Al pie de la escalera

Novela

Lorrie Moore
Al pie de la escalera

Traducción del inglés por Francisco Domínguez Montero

Seix Barral

La lectura abre horizontes, iguala oportunidades y construye una sociedad mejor.
La propiedad intelectual es clave en la creación de contenidos culturales porque
sostiene el ecosistema de quienes escriben y de nuestras librerías.
Al comprar este libro estarás contribuyendo a mantener dicho ecosistema vivo y
en crecimiento.
En **Grupo Planeta** agradecemos que nos ayudes a apoyar así la autonomía creativa
de autoras y autores para que puedan seguir desempeñando su labor.
Dirígete a CEDRO (Centro Español de Derechos Reprográficos) si necesitas fotocopiar
o escanear algún fragmento de esta obra. Puedes contactar con CEDRO a través de la
web www.conlicencia.com o por teléfono en el 91 702 19 70 / 93 272 04 47

Título original: *A Gate at the Stairs*

© Lorrie Moore, 2009
Traducción al español publicada de acuerdo con Melanie Jackson Agency, LLC
© por la traducción, Francisco Domínguez Montero, 2009
© Editorial Planeta, S. A., 2009
   Seix Barral, un sello editorial de Editorial Planeta, S. A.
   Avda. Diagonal, 662-664, 08034 Barcelona (España)
   www.seix-barral.es
   www.planetadelibros.com

Diseño de la cubierta: Booket / Área Editorial Grupo Planeta
Imagen de la cubierta: © Miguel Sobreira / Trevillion
Primera edición en Colección Booket: marzo de 2011
Primera edición en esta presentación: noviembre de 2024

Depósito legal: B. 17.865-2024
ISBN: 978-84-322-4405-6
Impresión y encuadernación: Liberdúplex, S. L.
Printed in Spain - Impreso en España

Biografía

Nacida en Glens Falls (Nueva York) en 1957, Lorrie Moore es autora de los libros de relatos *Autoayuda* (1985), *Como la vida misma* (1990), *Pájaros de América* (1998) y *Gracias por la compañía* (Seix Barral, 2015), de las novelas *Anagramas* (1986), *El hospital de ranas* (1994), *Al pie de la escalera* (Seix Barral, 2009) y *Si este no es mi hogar, no tengo un hogar* (Seix Barral, 2024), y del volumen *Cuentos completos* (Seix Barral, 2020). A lo largo de su carrera Lorrie Moore ha sido galardonada con el Irish Times International Prize for Literature, el O. Henry Award, el PEN/Malamud Award y el Rea Award for the Short Story, y la Lannan Foundation le ha concedido una beca. Es miembro de la American Academy of Arts and Letters. Actualmente es profesora en la Universidad de Wisconsin, Madison.

Este libro es para
Victoria Wilson y Melanie Jackson

«En lo que respecta a vivir: nuestros criados lo harán por nosotros.»

VILLIERS DE L'ISLE-ADAM, *Axel*

«¡Suzuki!»

Madame Butterfly

«Todos los asientos tienen vistas iguales al universo.»

Guía del Museo, Hayden Planetarium

I

El frío llegó tarde aquel otoño y a los pájaros cantores los cogió desprevenidos. Cuando la nieve y el viento
empezaron a ser intensos, demasiados habían sido enga-
ñados para quedarse, y en vez de partir hacia el sur, en
vez de haber volado ya hacia el sur, estaban acurrucados
en los jardines de las casas, con las alas ahuecadas para
conseguir un poco de calor. Yo estaba buscando trabajo.
Era estudiante y necesitaba trabajo de canguro, de modo
que pasé algún tiempo caminando por esos atractivos
pero invernales vecindarios, de entrevista en entrevista,
al tiempo que inquietantes multitudes de petirrojos pi-
coteaban la tierra congelada, pardogrisáceos y desvali-
dos —aunque qué pájaro no parece, incluso en las mejores de las circunstancias, algo desvalido. Hasta que un
día, hacia el final de mi búsqueda, después de una semana, los pájaros habían desaparecido de forma alarmante.
No quise pensar en lo que les había pasado. En realidad,
esto no es más que una forma de hablar —una cortesía,
una expresión de falsa delicadeza—, pues de hecho no
dejé de pensar en ellos, imaginándomelos muertos, en
grandes montones, en alguna especie de maizal de la

muerte a las afueras de la ciudad, o caídos del cielo en grupos de dos y de tres, a lo largo de muchos kilómetros de la frontera de Illinois.

Buscaba trabajo en diciembre para empezar en enero, coincidiendo con el arranque del segundo trimestre. Había acabado los exámenes y estaba respondiendo a varias ofertas del tablón donde se anunciaban los trabajos para estudiantes, en concreto a los de cuidar niños. Me gustaban los niños —¡es cierto!—, o más bien, me gustaban lo suficiente. A veces eran interesantes. Admiraba su energía y su candor. Se me daban bien porque sabía hacerles muecas graciosas a los más pequeños, y a los mayores les podía enseñar trucos de cartas y hablarles en ese tono exageradamente sarcástico que los desarma y capta su atención. Sin embargo, no tenía especial habilidad para cuidar de ellos durante períodos largos; me aburría, quizás como mi propia madre. Cuando pasaba demasiado tiempo jugando con ellos mi cabeza empezaba a pedirme algo más, anhelaba enfrascarse en el libro que tuviese en la mochila. Mis esperanzas se depositaban entonces en las noches tranquilas y las siestas largas.

Yo había salido de Dellacrosse Central, de una pequeña granja junto a la vieja carretera de Perryville, para llegar a esta ciudad universitaria, Troy, «la Atenas del Medio Oeste». Era como si hubiera salido de una cueva, igual que el niño-sacerdote de una tribu colombiana sobre el que había leído en Antropología, un niño al que habían convertido en místico manteniéndolo a oscuras durante casi toda su infancia, permitiéndole el acceso al mundo exterior sólo mediante historias, nunca por su propia experiencia. Ya fuera de la cueva, el niño quedó sumido en un perpetuo y beatífico estado de deslumbramiento. Ninguna de las historias que le contaron fue jamás equiparable a la realidad. Y así ocurrió en mi caso. Nada me había preparado para esto. Ni la hucha para la universidad en el comedor de mis padres, ni los bonos de ahorro de mis abuelos, ni la *Enciclopedia World Book*, de segunda mano, con sus preciosos gráficos sobre la producción internacional de trigo y sus fotografías de los lugares donde habían nacido los presidentes. El mundo verde, llano, de la granja de mis padres, una granja sin cerdos ni caballos —su monotonía, sus moscas, su calma desgarrada a diario por los humos y chirridos de la maquinaria—, se difuminó en la distancia y dio paso a una brillante vida urbana de libros, películas y amigos ingeniosos. Alguien había encendido la luz. Alguien me había dejado salir de la cueva —de la carretera de Perryville—. Mi cabeza volaba con Chaucer, Sylvia Plath, Simone de Beauvoir. Dos veces por semana un joven profesor llamado Thad, con vaqueros *y* corbata, se plantaba delante de una clase de chicos y chicas tan de campo y aturdidos como yo, y nos hablaba emocionado de Henry James y su masturbación de la coma. No salía de mi asombro. Nunca antes había visto a un hombre que llevara vaqueros y corbata.

Aquella cueva ancestral había engendrado a un místico; mi infancia, sin embargo, sólo me había engendrado a mí.

En los pasillos los estudiantes discutían sobre Bach, Beck, los Balcanes y la guerra bacteriológica. Los chavales me decían cosas como: «Tú que eres de campo... ¿Es verdad que si te comes el hígado de un oso te mueres?» Me preguntaban: «¿Sabes de alguien que haya hecho ya-sabes-qué con una vaca?» O: «¿Es cierto eso que dicen de que los cerdos no comen plátanos?» Lo que sí sabía es que las cabras no se comen las latas: les gusta lamer el pegamento de la etiqueta, nada más. Pero eso nunca me lo preguntó nadie.

Desde nuestra perspectiva de aquel trimestre, los acontecimientos de septiembre —todavía no hablábamos del 11-S— parecían cercanos y lejanos a la vez. Los estudiantes de Ciencias Políticas se manifestaban en los patios y vías peatonales, coreando: «¡Quien siembra vientos recoge tempestades!» Cuando conseguía imaginármelos —los vientos, las tempestades—, los veía como si estuviera entre una muchedumbre de personas que estiran el cuello, como a través de un cristal, de esa manera en que sabía (gracias a Historia del Arte) que la gente se queda mirando la Mona Lisa en el Louvre: ¡*La Gioconda!* Su mismo nombre recuerda una serpiente; su sonrisa astuta, tensa, enclaustrada en la distancia pero estudiada en busca de algún destello portentoso. La suya era, como aquel mismo septiembre, una boca de gato llena de canarios. Mi compañera de piso, Murph —una rubia de Dubuque, con un *piercing* en la nariz y dientes torcidos, que usaba jabón negro e hilo dental negro, y que hacía comentarios bastante duros con suma facilidad (pronunciaba Dubuque como «Du-bei-quiu») y que en una ocasión aterrorizó a sus profesores de Inglés al decir que el personaje literario que más admiraba era Dick Hickock, de *A sangre fría*—, había conocido a su novio el diez de septiembre, y tras despertarse en su casa, me llamó, con la televisión de fondo a todo volumen, llena de horror y felicidad.

—Ya, ya... No hace falta que me lo digas —dijo; su voz daba a entender que se estaba encogiendo de hombros—. Es un precio terrible a cambio del amor, pero no ha habido más remedio.

Levanté la voz como para hacerme la escandalizada:

—¡Eres una zorra! Hay gente muerta y tú pensando en el placer —le dije, y a continuación caímos en una especie de ataque de histeria: un torrente de risas asustadas, culpables, desesperadas, que jamás he visto en mujeres mayores de treinta años.

—En fin —suspiré, dándome cuenta de que quizás ya no la vería tanto—, espero que todo sea placer, nada de lágrimas.

—Bueno... —dijo—, donde hay placer al final siempre hay lágrimas, y éstas acaban arruinando el placer.

—La echaría de menos.

A pesar de que los cines cerraron dos noches, y de que hasta nuestro profesor de yoga izó una bandera norteamericana y estuvo sentado frente a ella toda una semana, en la postura del loto, con los ojos cerrados y repitiendo: «Y ahora inspiremos, profundamente, en honor de nuestra gran nación... y espiremos...» (yo miraba a mi alrededor frenéticamente, sin conseguir respirar correctamente), en general nuestras conversaciones fueron volviendo, escandalosa y tozudamente, a otros temas: las coristas de Aretha Franklin, o qué restaurante coreano servía la mejor comida china. Yo no había probado la comida china hasta que llegué a Troy, pero ahora, a dos manzanas de mi piso, junto al taller de un zapatero, tenía el Pekín Café, al que acudía tantas veces como podía a por una Delicia de Buda. Junto a la caja registradora había pequeñas cajas con galletas de la suerte rotas, que vendían rebajadas. «Sólo galleta rota», prometía el cartel, «no fortuna». Algún día, pensaba, iba a comprar una caja para ver qué tipo de consejos —crípticos, o místicos, ¡o mundanos pero confucionistas!— se podían adquirir en lote. Hasta que ese día llegase, me conformaba con recibir los consejos de forma individual, uno por cada una de las galletas que venían con la cuenta, siempre con rapidez y eficiencia, antes incluso de que hubiera terminado de comer. Quizás comía demasiado despacio. Había crecido a base de pescado rebozado y judías verdes con mantequilla (durante muchos años, me contó mi madre, la margarina se consideró un alimento de fuera, y sólo se podía comprar si cruzabas la frontera, en unos puestos levantados a toda prisa junto a la carretera —APARQUE AQUÍ Y ADQUIERA SU «PARKAY», decían los letreros—, justo después del cartel de bienvenida del gobernador de Illinois. Los granjeros solían murmurar que sólo los judíos compraban en esos puestos). Y por eso aquellas extrañas verduras chinas —que tenían algo de hongos y algo de gnómicas— eran para mí como un rito, como una aventura, una declaración que había que saborear. En Dellacrosse los restaurantes se dividían entre «informales», lo que significaba que comías allí pero de pie o bien te llevabas lo que habías pedido, y los más lujosos, los «de mesa». En el restaurante familiar Wie Haus, donde a veces nos sentábamos a comer, los asientos eran de escay rojo y las paredes estaban revestidas en madera, decoradas con objetos kitsch enmarcados, imágenes de pastoras de ojos grandes y de bufones. Los menús del desayuno rezaban «Guten Morgen». A las salsas las llamaban «aderezos». Y el menú de cenar incluía entre sus platos un pastel de carne con requesón, y el filete de vaca «hecho al gusto del cliente». Los viernes servían fuentes de pescado frito o hervido, acompañados de «abogados» (lotas o anguilas), llamados así porque tenían «el corazón en el culo». (Los pescaban en el lago cerca de Dellacrosse, alrededor del cual, en las distintas zonas para picnics, había papeleras con el letrero NO TI-

RAR TRIPAS DE PESCADO.) Los domingos no sólo servían ensalada de malvaviscos y cerezas confitadas, y algo a lo que llamaban «gelatina de la abuela», sino también «costillas de primera *au jus*», sin que los conocimientos de francés —ni de inglés, ni siquiera de colorantes alimentarios— fuera uno de los puntos fuertes del restaurante. *À la carte* significaba sopa *o* ensalada. *Menú* significaba sopa *y* ensalada. Al roquefort de la ensalada los camareros lo llamaban «aliño Rockford». Los vinos de la casa —tinto, blanco o rosado— exhibían todos el mismo inevitable buqué: rosa, jabón y grafito, un olorcillo a heno, un toque a campestre, pero el menú guardaba silencio respecto a todos estos atributos, haciendo mención en su lugar a cuestiones más convencionales. Servían cerveza rubia y también cerveza *dunkel*. De postre solía haber tarta *gluckschmerz*, cuya esponjosidad y volumen eran similares a las de un pequeño banco de nieve. Comieras lo que comieses, la somnolencia estaba asegurada.

En Troy, sin embargo, lejos de aquello, y sola, seducida y excitada por la salsa agridulce, me sentía más ligera y viva por momentos. Los dueños asiáticos del local veían con buenos ojos que sacara los libros y me demorara tanto como quisiera: «¡No te pleocupes! ¡No hay plisa!», decían amablemente mientras rociaban las mesas contiguas con desinfectante. Comía mango y papaya, y extraía los pequeños hilos atrapados entre los dientes con un palillo de canela. Me comía una galleta elegantemente plegada —un pequeño nervio de papel horneado dentro de una oreja—. Tomaba de una taza sin asa té rancio, recalentado y que sacaban de un cubo que guardaban en la cámara frigorífica.

Solía tirar del papelito hasta que conseguía liberarlo de las fauces de la galleta, y me lo guardaba como punto de lectura. De entre las páginas de todos mis libros sobresalían mensajes de buenaventura, como minúsculas colas. «Eres el tallarín frito de la ensalada de la vida.» «Eres dueño de tu destino.» Murph tenía por costumbre añadir «en la cama» a cualquier máxima que se encontrara en una galleta de la suerte, y mentalmente yo también lo hacía: «Eres dueño de tu destino. En la cama.» Bueno, ahí tenían razón. «La deuda es un seductor mentiroso. En la cama.» Abundaban las profecías traducidas con poco esmero: «Tu destino florecerá como una flor.»

Y las había más modernas, tipo listillo: «Un cambio refrescante te aguarda en el futuro.»

A veces, para mejorar el chiste, añadía «pero NO en la cama».

«Pronto ganarás dinero.» O: «La riqueza es el compañero de la mujer sabia. Pero NO en la cama.»

La cuestión es que necesitaba un trabajo. Había donado plasma a cambio de dinero en varias ocasiones, pero la última vez que lo había intentado la clínica me rechazó; me dijeron que tenía el plasma turbio por haber comido queso la noche anterior. ¡Plasma Turbio! ¡Yo sería la bajista! Era tan difícil no comer queso. Incluso los quesos frescos y los de untar, que podían usarse hasta para enmasillar los cristales de las ventanas y las baldosas, tenían algo de reconfortante. Todos los días miraba las ofertas de trabajo. Había muchas para cuidar niños: entregué mis trabajos de fin de trimestre y me dediqué a responder anuncios.

Una embarazada de cuarenta y tantos tras otra me cogió la chaqueta, me ofreció asiento en el salón de su casa, partió pesadamente en dirección a la cocina para hacerme un té y volvió al salón balanceándose con la misma pesadez, sujetándose los riñones, derramando té sobre el platito y haciéndome preguntas. «¿Qué harías si nuestro pequeño se pusiera a llorar sin parar?» «¿Estás disponible por las tardes?» «¿Qué consideras una actividad educativa útil para un niño pequeño?» No tenía ni idea. Nunca antes había visto a tantas embarazadas en tan poco tiempo —cinco en total. Me resultó alarmante. No estaban radiantes. Tenían el rostro enrojecido por la tensión alta y parecían asustadas. «Lo pondría en el carrito y me lo llevaría de paseo», contesté yo. Sabía con certeza que mi madre nunca le había hecho este tipo de preguntas a nadie.

—Dolly —me dijo mi madre en una ocasión—, mientras el sitio donde estuviéramos fuera medianamente resistente a los incendios, allí te dejaba un rato.

—¿Medianamente? —le pregunté yo. Casi nunca me llamaba por mi nombre, Tassie. Me llamaba Doll, Dolly, Dolly-lah o Tassalah.

—No quería preocuparme ni meterme en tu vida.

Era la única judía que conocía que albergaba estos sentimientos. Pero es que era una judía casada con un granjero luterano llamado Bo, y quizás por eso exhibía el mismo carácter reservado e indiferente que las madres de mis amigos. Todavía era una niña cuando me di cuenta de que mi madre, aparte de ser reservada, estaba prácticamente ciega. Era la única explicación a las gafas de cristal grueso que a menudo ni siquiera lograba encontrar. O al caleidoscopio de capilares rotos que, como en una petunia, crecía en sus ojos, el blanco inyectado de escarlata por el simple hecho de forzar la vista, o por haberse frotado los ojos descuidadamente. Esto justificaba el extraño hecho de que nunca parecía mirarme cuando hablábamos; miraba hacia la mesa o hacia alguna baldosa, como si al tiempo que conversaba estuviera pensando en limpiar el suelo, y mientras mi ira apenas disimulada se convertía en frases que esperaba fuesen, quizás no en ese momento pero sí más tarde, hirientes como cuchillos.

—¿Estarás por aquí durante las vacaciones de Navidad? —me preguntaron las madres.

Yo tomaba sorbos de té.

—No, me voy a casa. Pero estaré de vuelta en enero.

—¿Cuándo en enero?

Les entregué mis referencias y un resumen escrito de mi experiencia. Ésta era más bien poca: se ceñía a los Pitsky y los Schultz de mi pueblo. Aunque también una vez, como parte de un trabajo escolar sobre la reproducción humana, llevé de un lado para otro, durante toda una semana, un saco de harina de peso y aspecto similares a los de un bebé. Lo arropé y abracé, y acosté en lugares mullidos y seguros para que durmiera sus siestas, pero en una ocasión en que nadie me miraba, lo metí a toda prisa en mi mochila junto con un montón de lápices afilados, que agujerearon el saco. Mis libros, polvorientos durante el resto del trimestre, se convirtieron en una fuente de diversión para la clase. Opté por no incluir esta experiencia en mi currículum.

Todo lo demás lo había tecleado en el ordenador. Para ir de punta en blanco, como mi padre a menudo decía, me puse eso que en los centros comerciales llaman «chaqueta ejecutiva», y quizás a las mujeres les gustó ese toque profesional. Ellas mismas eran mujeres profesionales. Dos eran abogadas, una era periodista, otra médico y la otra profesora de instituto. ¿Dónde estaban sus maridos? «Ah, en el trabajo», dijeron todas distraídamente. Todas excepto la periodista, que dijo: «¡Buena pregunta!»

La última casa que visité era una típica casa rural, de

estuco gris y con la chimenea envuelta en hiedra muerta. Había pasado junto a ella a principios de la semana; estaba en una parcela que hacía esquina, donde había visto muchos pájaros. Ahora lo único que había frente a la puerta era un terreno blanco, circundado por una valla baja de listones de madera. Al empujarla, la puerta de la valla se descolgó un poco; a una de las bisagras le faltaba un tornillo y estaba suelta, y tuve que elevarla un poco para que se cerrara bien. Esta maniobra, que había llevado a cabo tantas veces en mi vida, me dio cierta satisfacción —una sensación de orden, de restauración, de ¡tengo poderes!—, cuando en realidad debería haberme comunicado algo bien distinto: la mal disimulada decrepitud de alguien, objetos descuidados siguiendo la moda de la conformidad, cosas necesarias fugitivas de su cuidador. Pronto tendrían que fijar la puerta con una cuerda elástica, de la misma forma que mi padre reparó en una ocasión la puerta del granero.

Dos escalones de pizarra conducían, en una extraña conjunción de piedras, a un camino de losa, en un nivel inferior. Sobre casi todo esto, al igual que sobre la hierba, lucía una fina capa de nieve. Yo estaba dejando las primeras huellas del día; quizás en esta casa usaban más la puerta de atrás. Algunas macetas del porche todavía tenían brotes secos. Una película de hielo cubría la parte alta, brillante, de las flores. Apoyados contra la casa había una pala y un rastrillo; y tirados en una esquina, dos listines telefónicos, aún retractilados en plástico.

La mujer de la casa abrió la puerta. Era pálida y compacta, sin bolsas ni flacideces, de piel limpia. Se había maquillado la zona bajo los pómulos en un tono oscuro, como si hubiera utilizado el polen de una azucena atigrada. Llevaba el pelo corto y tintado de ese color castaño rojizo tan de moda, intenso, como el de las mariquitas. Los pendientes eran unos botones de color naranja brillante, las mallas de color caoba, el suéter color teja, los labios entre marrón y granate. Parecía un experimento controlado sobre la oxidación.

—Pasa —dijo, y pasé, al principio en total silencio, y después, como siempre, en actitud de disculpa, como si llegara tarde, pese a que no era el caso.

En aquella época de mi vida nunca llegaba tarde. Al cabo de tan sólo un año, de repente, empezaría a tener dificultades para aferrarme a toda noción del tiempo, dejando a mis amigos esperándome sentados una media hora aquí y otra allá. El tiempo se me escaparía entonces de forma absurda, indetectable —cómica, cuando le veía la gracia—, en cantidades que era incapaz de medir o controlar.

Pero aquel curso yo tenía veinte años, y era tan puntual como un cura. ¿Son puntuales los curas? Tanto los que habían crecido en cuevas, como los que estaban divinamente aturdidos, yo creía que lo eran.

La mujer cerró la pesada puerta de roble, y yo froté los pies contra la alfombrilla trenzada para quitarme la nieve de los zapatos. A continuación empecé a descalzarme.

—No, no te tienes que quitar los zapatos —dijo—. En esta ciudad se llevan demasiado todas esas tonterías japonesas. Dejemos que entre el barro contigo. —Me dedicó una sonrisa, grande, histriónica, algo ida. Había olvidado su nombre y tenía la esperanza de que ella misma lo mencionara al principio; de no ser así, quizás ya no lo haría.

—Me llamo Tassie Keltjin —dije, extendiendo la mano.

Ella me ofreció la suya y después estudió mi cara.

—Sí —dijo despacio, con tono ausente, mientras de forma desconcertante me examinaba los ojos, primero uno y después el otro. Trazó un círculo de reconocimiento con la mirada alrededor de mi nariz y boca—. Yo soy Sarah Brink —dijo por fin.

No estaba acostumbrada a que me mirasen de cerca, ni a que me devolviesen la mirada. Desde luego, mi madre nunca me había mirado de esa forma, y en general se podría decir que mi cara exhibía el tipo de redondez, suavidad y simpleza que no hacen que uno se fije. Yo siempre me había sentido tan invisible como el corazón de una fresa, tan secreta y fetal como la retorcida tira de papel en la galleta de la suerte, y dicha invisibilidad no carecía de ventajas, ni tampoco de egocentrismos, ni de excesos alimentados por la pena.

—Dame el abrigo —dijo finalmente Sarah Brink, y sólo entonces, tras ayudarme a quitármelo y verla cruzar la entrada para colgarlo en un perchero, vi que estaba delgada como un palillo, en absoluto embarazada.

Me condujo hacia el salón y se detuvo antes de llegar frente a una ventana grande que daba a la parte trasera. Yo la seguía, intentando hacer lo mismo que ella. En la parte de atrás, un roble partido por un rayo había sido convertido en leña para el invierno, apilada junto al garaje. Cerca del viejo tocón, otro árbol —endeble, joven, con aspecto de varilla de cóctel— había sido plantado y apuntalado. Pero Sarah no estaba estudiando los árboles.

—Por el amor de Dios, mira a esos pobres perros —dijo.

Nos quedamos allí, mirando. En el jardín de la casa

de al lado, los perros estaban cercados por una valla electrificada invisible. Uno de ellos, un pastor alemán, se había percatado de la existencia de la valla, pero el otro, un terrier pequeño, no. El pastor alemán azuzaba al terrier en un juego de persecución, lo conducía hasta el borde mismo del cercado y frenaba en seco, dejando que el terrier se topara de lleno contra la electricidad. Aturdido, el terrier retrocedía a toda prisa, gimiendo de dolor. Esto divertía al pastor alemán, que provocaba una nueva persecución, y el electrificado terrier, que por encima de todo ansiaba jugar, se olvidaba de lo que acababa de ocurrir, se ponía a perseguir al pastor alemán, de nuevo se topaba con la barrera eléctrica y aullaba.

—Llevan así semanas —dijo Sarah.

—Me recuerda a salir con chicos —dije yo, y Sarah se giró, procediendo a calibrarme una vez más.

Me di cuenta de que era unos cinco centímetros más alta que yo; podía ver sus fosas nasales: la maraña de minúsculos pelos, como las ramas entrelazadas de un árbol vistas desde la base. Sonrió, lo cual desplazó sus mejillas e hizo que su colorete se ensombreciera y pareciera inadecuado. Me ruboricé. ¿Salir con chicos? ¿Qué sabía yo de eso? Mi compañera de piso, Murph, era la experta en citas, y prácticamente me había abandonado para quedarse a dormir todas las noches en casa de ese nuevo chico que había conocido. Me había legado, eso sí, su vibrador, un extraño objeto zumbante que se agitaba y que, puesto a velocidad máxima, se sacudía espasmódicamente. ¿Acaso alguien tenía un pene así? Quizás alguien que hubiera trabajado en un circo. A lo mejor Burt Lancaster en *Trapecio*. No lo moví de donde Murph me lo había dejado, sobre la encimera de la cocina, y de vez en cuando lo usaba para remover el cacao en la leche. Sí que tuve una cita una vez —el año anterior—, y me había preparado para ella lanzándome de cabeza a una tienda de lencería y comprando un sujetador taiwanés de cuarenta y cinco dólares, con aros y rellenos de agua y aceite, muy natural al tacto, todo un pecho en sí mismo, con vida y protagonismo propios, y que una vez ceñido a mi particular pecho parecía un oscuro animal al que yo estuviera amamantando. Con ese sujetador me invadía una agradable sensación de ingravidez; me sentía enardecida y dispuesta a ofrecerme, y yo suponía que mejoraba mis posibilidades en este mundo, teniendo en cuenta además que mi auténtico busto (había bromeado una vez) lo había dejado en un escalón a la entrada de la biblioteca de Dellacrosse, más que nada para caminar bien erguida.

Aquella preparación fue tan vana como el acicalado de una mosca: mi pobre ligue carraspeó y me dijo que era gay. Nos quedamos tumbados en mi cama, desnudos sólo a medias, nuestra ropa interior negra mintiendo sobre nuestra experiencia. Él tenía la espalda llena de granitos rosados. Los recorrí con la yema de los dedos, como si se tratara de un mensaje en braille, uno que hablaba de energía en bruto y de preocupación.

—Tan gay como cualquiera de los amigos de Dorothy en Oz —anunció él con candor, o con supuesto candor, pues ese sentimiento es el ataque más fácil y eficaz contra la esperanza (una esperanza la mía que, tenía que admitir, quería que fuera realidad).

—¿Amigos de Dorothy? —había repetido yo, con la vista fija en el techo. No tenía ni idea de lo que quería decir. Repasé en silencio las Dorothies que conocía.

Estuvimos una hora en la cama después de su confesión, los dos temblando y con los ojos llorosos, y luego nos levantamos y por alguna razón decidimos hacer un pastel. ¿Íbamos a tener sexo y acabábamos haciendo un pastel?

—Me gustas un montón, de verdad —le dije después de terminar de hacer el pastel. («Si hubiera sabido que venías, habría hecho un pastel.») Y al no decir él nada, un silencio duro, tenaz, llenó la habitación y resonó como si de un sonido se tratara. Yo dije un poco incómoda—: Parece que hay eco aquí.

Él me miró con pena y dijo:

—Pues ojalá lo hubiera, pero no lo hay.

Acto seguido entró al baño y cuando salió llevaba puesto todo mi maquillaje, lo cual, por alguna extraña razón, me hizo pensar que quizás había mentido sobre lo de ser gay.

—¿Sabes? —le dije, poniéndolo a prueba, pero más que nada rogándole—, si te concentraras podrías ser hetero. Estoy segura. Sólo tienes que relajarte, cerrar los ojos de vez en cuando y lanzarte. La heterosexualidad..., no sé, ¡requiere mucha concentración! —dije, mi voz en parte suplicante—. ¡Es algo muy difícil!

—Quizás demasiado para mí —contestó.

Le hice café. Me pidió crema de leche y después crema desmaquilladora y después toallitas de papel, y después se fue, llevándose un trozo de pastel, aún caliente. Nunca lo volví a ver, excepto en una ocasión, brevemente, al otro lado de la calle, de camino a clase. Se había afeitado la cabeza, llevaba unas botas de agua de color violeta y a pesar de estar lloviendo iba sin impermeable. Caminaba haciendo una suerte de enérgico zigzag, como esquivando el fuego enemigo. Iba con una mujer de más de 1,80 y que tenía una nuez del tamaño de un pequeño puño. Un largo pañuelo —¿de quién era?, no conseguía discernirlo: había momentos en que parecía de los dos— volaba alegremente tras ellos, como la cola de una cometa.

Sarah se giró de nuevo hacia la ventana.

—Los vecinos pusieron esa valla electrificada en noviembre. Estoy segura de que provoca esclerosis múltiple o algo así.

—¿Quiénes son? —pregunté—. Me refiero a los vecinos.

Por qué no mostrar cierta curiosidad antropológica por el vecindario. Hasta ahora no me habían llamado de ninguna de las entrevistas que había hecho. Quizás buscaban a un tipo de chica dinámica y lanzada y yo les había parecido aburrida y algo distante. Estaba empezando a preocuparme que mi docilidad se pudiera convertir en un hábito, un tic, en algo tan inherente a mi persona que mis gestos se encargaran de anunciarla durante el resto de mis días a pesar de mis esfuerzos, al igual que ocurre con el borracho que, aunque lleva tiempo sobrio, sigue tambaleándose y arrastrando las palabras.

—¿Los vecinos? —El rostro de Sarah Brink se iluminó de forma artificial, sus ojos abiertos de par en par, su voz grave y teatral—. Pues en esa casa, la de los perros, viven Catherine Wellborne y su marido, Stuart, y también el amante de Stuart, Michael Batt. Los Wellborne y los Batt... Quién se inventaría esos apellidos.

—Entonces... ¿Michael es gay? —dije, quizás mostrando demasiada curiosidad.

—Bueno, sí —dijo Sarah—. Se habla mucho de que Michael es gay. «Michael es gay», murmuran los vecinos, «Michael es gay, Michael es gay». Pues sí, Michael es gay.

Pero la cuestión es que Stuart también es gay, ¿no? —Sus ojos alegres y brillantes, como el excesivo pero agradable resplandor barato de los adornos navideños.

Carraspeé y dije:

—¿Y qué piensa Catherine de todo esto? —Intenté sonreír.

—Catherine. —Sarah suspiró y se apartó de la ventana—. Catherine, Catherine. Bueno, Catherine pasa mucho tiempo en su habitación, escuchando a Erik Satie. La esposa del gay, pobrecilla, es siempre la última en enterarse. Pero bueno... —Ahora quería cambiar de tema, hablar de lo que tocaba—. Siéntate. Te cuento —dijo, alzando un brazo de forma espasmódica—. Cuidado de niños... —empezó, o pareció empezar, pues se paró, como si con eso bastara.

Me senté en un sillón tapizado con una tela a listas. «Cuidado de niños», al igual que «cuidado de enfermos», se había convertido en una expresión hecha. Y yo me iba a encargar de dispensarlo. Abrí la mochila y me puse a hurgar en ella, en busca de una copia de mi currículum. Sarah se sentó frente a mí, en un sofá gris pálido. La mera luminosidad de su aspecto capaz de teñir la tapicería. Cruzó y ladeó las piernas, una sobre la otra, de tal forma que parecía que la pantorrilla de una salía dislocada del muslo de la otra, como si tuviera las rodillas de una grulla. Empezó a aclararse la garganta, así que dejé de hurgar y puse la mochila a un lado.

—El aire del invierno ya está empezando a afectarme —dijo. Se giró y emitió una nueva tos, con fuerza, ese tipo de tos seca que los médicos también llaman «no productiva». Se dio unas palmaditas sobre su abdomen plano—. Te cuento —dijo una vez más—. Vamos a adoptar.

—¿Adoptar?

—Un bebé. Vamos a adoptar a un bebé dentro de dos semanas. Por eso estamos buscando canguro. Queremos arreglarlo todo antes de que llegue el bebé, conseguir a alguien para algunas horas fijas.

No sabía nada sobre adoptar. En mi vida sólo había conocido a una persona adoptada, Becky Sussluch, una chica guapa y mimada, y que a los dieciséis años ya tenía una aventura con un atractivo y despeinado profesor en prácticas del que yo estaba medio enamorada. En general pensaba sobre la adopción de la misma forma en que pensaba sobre casi todos los aspectos de la vida, sin demasiada convicción. La adopción parecía por una parte un chiste cruel y por otra un sueño hecho realidad: una buena manera de evitar la sangre y los dolores del parto, y, desde el punto de vista del niño, la maravilla de poder pensar que tus padres no son realmente tus padres. Tus genes podían alzar un puño victorioso: *¡Toma!* ¡No estoy emparentado con ellos! Tenía gracia, pero precisamente hacía poco había comprado un lote de sellos de temática relacionada con la adopción —«Adopta un Niño, Crea una Familia, Construye un Mundo»—, y los había utilizado profusamente en mis cartas a casa, a mi madre. Era una maldad a la que me creía con derecho, discreta y fácil de negar.

—Felicidades —le dije a Sarah en voz baja. ¿Era eso lo que se decía?

La cara se le iluminó, agradecida, como si hasta entonces nadie le hubiera dicho una sola palabra de ánimo sobre el tema.

—¡Ay, gracias! Tengo tanto trabajo en el restaurante que la gente a la que le menciono lo de la adopción responde de forma un tanto extraña y poco efusiva, todos preocupados por mí. Me dicen «¡en serio!», y luego se quedan callados, con la boca rígida. Piensan que soy demasiado mayor.

Asentí sin querer. No tenía ni idea de adónde nos llevaba aquella conversación. Buscaba, como muy a menudo me veía abocada a hacer, un lenguaje, o incluso una octava, con los que poder comunicar. Me pregunté cuántos años tendría.

—Soy dueña del Petit Moulin —añadió Sarah Brink.

Le Petit Moulin. Lo conocía un poco. Era uno de esos restaurantes caros del centro donde todo entrante llegaba con un poco de eneldo recién cortado, donde las sopas y postres tenían esas salpicaduras que lo llenan todo tan estéticamente como en los cuadros de Pollock, donde los filetes y chuletas eran espolvoreados con briznas de lavanda recogidas por duendes; el tipo de restaurante al que una estudiante nunca iba, a menos que acabara de empezar una relación con algún miembro de un club estudiantil selecto, o estuviera saliendo con un vicedecano, o recibiera la visita de sus preocupados y sofisticados padres. Sabía que Le Petit Moulin servía cosas que sonaban a instrumentos —timbales y *quenelles*—, y que sólo Dios sabía lo que eran. En una ocasión había intentado estudiar la carta, encerrada en su caja iluminada, junto a la entrada, y conforme miraba las palabras, la punzada de mi propio exilio me humedeció los ojos. Era un restaurante que probablemente servía las patatas de mi padre, y en el que, pese a ello, mi padre no habría podido entrar. El precio más barato para una cena era veintidós dólares; el más elevado, cuarenta y cinco. ¡Cuarenta y cinco! ¡Por ese precio te podías comprar un sujetador relleno de agua y aceite!

Volví a hurgar en mi mochila hasta encontrar el currículum, doblado y torcido. De todas formas, se lo entregué a Sarah. Hablé yo:

—Mi padre vendía a bastantes de los restaurantes de por aquí. Hace algunos años ya, creo.

Sarah Brink miró mi currículum.

—¿Eres familia de Bo Keltjin, de las patatas Keltjin?

Me resultó chocante oír hablar de las patatas de mi padre —Kennebecs, Norlands, Pontiacs, Yukon doradas, algunas del tamaño de canicas, otras como pomelos, dependiendo de la sequía, la época de recogida y de lo que hicieran los escarabajos—, nombradas de esta forma, aquí, en su salón.

—Es mi padre —dije.

—Vaya, pues me acuerdo muy bien de tu padre. Sus perlas Klamath eran famosas, y también las *fingerlings* amarillas. Y sus patatas *baby* rosas y moradas fueron las primeras que se vendieron en esas pequeñas mallas, como joyas. Y esas patatas nuevas que él llamaba «huevos de pato Keltjin»... Yo tenía una teoría sobre ésas.

Asentí con la cabeza. De regreso de su luna de miel en Inglaterra con mi madre, mi padre había conseguido introducir una Jersey Royal llena de ojos a través del control aduanero de Chicago, y ya de vuelta en Dellacrosse había cultivado esas patatas en macetas y comederos dentro del granero, durante el invierno, y en la tierra durante la primavera. Se las vendía a los restaurantes como «huevos de pato».

—Iba al mercado de los granjeros a las seis de la mañana para conseguirlas. En abril creo que las voy a poner de nuevo en el menú.

Se estaba distrayendo. Aunque era agradable oír hablar de mi padre en términos positivos. En Dellacrosse no era realmente respetado como granjero: era un aficionado, un hortelano, con una superficie en hectáreas de escasa valía, que no contaba más que con unos cuantos patos (los cuales cada otoño se violaban mutuamente con una brutalidad a la que nunca nos acostumbrábamos), un perro, un tractor, una página web (una página web, ¡por el amor de Dios!) y dos vacas pintas, decorativas, de dudosa calidad láctica. (Las llamábamos *Bess* y *Guess*, o *Leche* y *Lactosa*, a petición de mi padre, quien a diferencia del resto de los granjeros de la zona, no dejaba que pacieran por los márgenes del arroyo. Una vez ordeñé a *Bess*; antes me había cortado las uñas cuidadosamente para no hacerle daño. La sensación al tocar sus tetas vellosas, con venas azuladas, casi me hizo vomitar. «Está bien, no tienes por qué volver a ordeñar», me dijo mi padre. ¿Qué clase de hija de granjero era? Había apoyado la frente sobre el costado de *Bess* para calmarme, y el repentino calor, junto con mi propio mareo, me hicieron sentir que la quería.) También tuvimos una alegre cerda de nombre *Helen*, que venía hacia ti cuando la llamabas y que, al hablarle, sonreía como un delfín. Un día desapareció y varios días más tarde, mientras desayunábamos huevos con beicon, mi hermano dijo de repente: «¿Esto es *Helen*?», y yo dejé caer el tenedor y dije: «¿Esto es *Helen*? ¡¿Es *Helen*?!», y mi madre, también, dejó de comer y miró a mi padre con dureza: «¿Bo, es *Helen*?» Al siguiente cerdo que tuvimos nunca llegamos a conocerlo; se llamaba #WK3746. Más adelante tuvimos una cabra cariñosa, también un poco inquieta, llamada *Lucy*, que a veces, acompañada por nuestro perro *Blot*, correteaba por todo el jardín, tan libre como un pájaro.

En Farm & Fleet, el hipermercado del granjero, a mi padre le hacían de menos porque sólo tenía unas pocas herramientas. Su granja no era mucho más que un huerto que poco a poco se había ido abandonando. Para colmo de males no había pintado el granero de ese rojo barato que tanto se utiliza en el campo y tan bien camufla la sangre (el cual, al lado del verde de los campos y arbustos, para mi madre recordaba demasiado a la Navidad), sino de blanco y azul celeste, ocurrencia esta de la que a menudo se hablaba en las tiendas de pienso del condado. (Yo suponía que esos colores complacían a mi madre, dada su relación con la Hanuká y con Israel, si bien ella decía odiarlos, los dos. La capacidad de mi madre para ser feliz era como un minúsculo hueso viejo en una enorme olla de caldo.) Además, la casa principal de la granja era demasiado chic para los estándares de la zona: los ladrillos de ciudad, color crema, mezclados con ladrillos Chicago, creaban un patrón de colores dorado y rosa oscuro, con el tejado abuhardillado típico de los granjeros ricos, excepto que mi padre no lo era. Mi padre pintaba a veces las cornisas de color marrón, o naranja, a veces incluso de violeta chillón; las cambiaba de color cada dos veranos. ¿Qué le pasaba a ese hombre?, ¿es que era «un afeminado del Ballet de Minnesota»? A veces fingía estar sordo y seguía a la suya como si nada, con su sentido del humor y su energía habituales. Había añadido a la casa una habitación que construyó él mismo, al más puro estilo ecológico. Era la primera vez que alguien levantaba algo así en el condado. Con sus propias manos elaboró el estuco de barro con el que, valiéndose de una paleta, cubrió las pacas de heno aseguradas entre vigas. Los vecinos no quedaron impresionados: «Vaya con este Bo: ahora resulta que se ha construido una choza de paja y barro y la ha pegado a su maldita casa.» Los alféizares eran de piedra caliza, pero reconstituida, de modo que fueron añadidos a posteriori. Le encantaba su vieja vaquería de color azul, con sus oxidados baldes nunca desechados y el riachuelo adyacente, que todavía enfriaba la leche y que desembocaba en un pequeño criadero de peces. Tenía una parcela de bosque y unos pocos campos de labranza. Era realmente una granja sencilla, más huerta que granja, pero por alguna razón a los habitantes de la zona su dueño les parecía un personaje desdeñoso, muy «de fuera». Para los demás, las rarezas de mi padre iban más allá de lo social y entraban en un terreno más existencial: Dios, el hombre, la vida. Mi padre evitaba usar semillas híbridas —ni siquiera quería plantar pepinos de piel lisa—, y por eso sus lechugas brotaban antes de tiempo. Y quizás esto a los demás les parecía muy divertido —esto y las escasas hectáreas de la granja, además de la más escasa asistencia a cenas de la iglesia y a las ferias del condado, y esa esposa de origen étnico no determinado que se levantaba demasiado tarde para ser la esposa de un granjero y que no se ocupaba lo suficiente de las tareas domésticas—. (Mi madre llegó a colocar varios espejos de cuerpo entero apoyados detrás del parterre de flores para multiplicar por dos la apariencia, si bien no el volumen, de sus labores de jardinería.) Daba la sensación de que mi padre estaba haciendo algo peor que guiarse por un libro de horticultura: parecía que usara artículos de revista de horticultura. Hasta los cultivadores de ginseng inspiraban más respeto que él. Pero aun así intentaba congraciarse con los demás: plantaba una pequeña parcela con soja sólo para atraer las plagas y que éstas no atacaran la alfalfa de los vecinos. Rotaba los cultivos, no sólo por la tierra sino también como un juego divertido, para confundir al enemigo: si un año uno ponía trigo donde antes estaban las patatas y ponía las patatas donde antes estaba la soja, lo normal es que los devoradores subterráneos no hicieran su aparición. O hacían su aparición pero ésta era breve, sintiéndose incapaces de hacer el esfuerzo extra necesario para encontrar sus bocados. La tierra de nuestros campos era de un color similar al chocolate y tenía cuerpo, como el vino. La atrazina formaba tristes terrones grises sobre las tierras circundantes. Mi padre estaba a favor de los productos locales, era ecológico y pro cultura biológica, y era, consecuentemente, lento. Sin embargo, hacía algunos años había renunciado a vender sus tierras a las diferentes cooperativas ecológicas que a menudo adquirían las viejas zonas de huerta. Esto sólo sirvió para aislarlo aún más. Lo llamaban Tofu Tom; o Bo, el Príncipe del Tofu; o a veces Bofu, sin más, y ello pese al hecho de que cultivaba patatas.

—Sí, sus patatas tienen buena fama... Al menos, en algunos lugares —me apresuré a añadir—. Hasta mi madre las admira, y a mi madre no es fácil complacerla. Una vez dijo que eran como «maná del cielo». Y solía llamarlas «pommes de terre de l'air». —Ahora, no cabía duda, estaba hablando demasiado.

—Qué gracia —dijo Sarah.

—Sí. Le parecía que no había ninguna palabra que las describiera con exactitud.

—Y probablemente tenía razón. Es curioso.

Temía que Sarah fuese una de esas mujeres que en vez de reírse decían «qué gracia», que en vez de sonreír decían «es curioso», o que en vez de decir «eres tonta del culo» decían «bueno, creo que es un poco más complicado que eso...». Nunca sabía qué hacer frente a ese tipo de personas, sobre todo si además eran de las que, después de que uno hablara, tendían a decir, de forma algo enigmática: «Ya veo.» Este comentario por lo general me hacía enmudecer.

—¿Sabías que el padre de Juana de Arco cultivaba patatas? —anunció Sarah—. Fue en los patatales de su padre donde oyó las voces por primera vez. Fíjate lo legendarias que son algunas patatas.

—No me extraña. Yo misma he oído voces en los campos de mi padre —dije—. Aunque por lo general es sólo el radiocasete de mi hermano, encajado en la parte trasera del tractor.

Sarah hizo un gesto afirmativo. Era incapaz de hacerla reír. Probablemente yo no tenía gracia.

—¿Y cultiva ñames tu padre? —preguntó.

¡Ñames! Tenían pequeñas colas de rata y un increíble protagonismo en el mundo del arte contemporáneo, sobre el que había leído el año pasado.

—No —dije. Por lo poco que sabía del funcionamiento de las entrevistas, mi sensación era que en ésta estaba en caída libre. No sabía con certeza por qué estábamos diciendo lo que estábamos diciendo—. Las patatas crecen a partir de los ojos de otras patatas —dije, a colación de quién sabe qué.

—Sí. —Sarah me observó, inquisitiva.

—En invierno mi hermano y yo solíamos disparar a los ojos de las patatas a través de un tubo, con petardos —añadí, ya completamente a la mía—. Les llamábamos pistolas de patata. Era un gran pasatiempo para nosotros, cuando éramos niños. Con patatas que cogíamos del almacén y un tubo de PVC, organizábamos pequeños ejércitos sobre los campos y batallábamos.

Ahora le tocaba a Sarah hacer un comentario cualquiera.

—Cuando yo tenía tu edad estudié un trimestre en

36

Francia. Estuve con una familia de allí y un día le dije a la hija, Marie-Jeanne, que estaba en mi mismo curso: «Es curioso que en el francés de Canadá digan "patate" y sin embargo aquí se diga "pommes de terre"», y ella me dijo: «Oh, nosotros también decimos "patate".» Pero cuando después le mencioné esto mismo al padre... se puso muy serio y dijo: «¿Marie-Jeanne ha dicho "patate"? ¡No debe decir "patate"!»

Me reí, sin saber exactamente por qué pero sintiendo que estaba cerca de saberlo. Se me apareció de repente un recuerdo lejano: una nota que un chico bastante gamberro me había hecho llegar en séptimo. «Ríete menos», me ordenó.

Sarah sonrió.

—Tu padre parecía un tipo simpático. No recuerdo a tu madre.

—Casi nunca venía a Troy.

—¿De veras?

—Bueno, a veces iba al mercado con sus bocas de dragón. Y sus gladiolos. La gente aquí los llama «gradiolos», lo cual le da rabia.

—Sí —dijo Sarah con una sonrisa—. A mí tampoco me hace mucha gracia. —Estábamos en la típica fase de consenso educado y gratuito.

—Cultivaba flores. Las vendía en ramos, como a un dólar cada uno.

Lo cierto es que mi madre se enorgullecía de sus flores, y las fertilizaba con un mantillo de algas del lago. Mi padre, sin embargo, se enorgullecía más de sus patatas y nunca hubiera usado mantillo. Demasiado metal en el agua. «Un grupo de rock cayó una vez en el lago con su avión», solía bromear mi padre, y aunque era en esencia cierto, cabe decir que el grupo era de R&B. Sobre la calidad del agua no cabía discusión: como poco estaba turbia, debido a la extracción de yeso que se llevaba a cabo al norte del lago.

Era extraño pensar que esa mujer, Sarah, conociera a mi padre.

—¿Alguna vez venías a la ciudad con ellos? —preguntó.

Me sentía algo inquieta. No había previsto revivir mi pasado, y su recuerdo, su invocación, se me resistía.

—No muy a menudo. Creo que una o dos veces mi hermano y yo los acompañamos y nos dedicamos a corretear de un lado para otro, molestando a la gente. Otra vez recuerdo haber estado sentada debajo del viejo puesto de madera de mis padres, leyendo un libro. Creo que también hubo otra vez en que me quedé en la camioneta. —O quizás eso fue en Milwaukee. No podía acordarme con certeza.

—¿Siguen cultivando? Ya no lo veo nunca por el mercado.

—Ah, no mucho —dije—. Mis padres les vendieron una parcela de la granja a unos amish, y ahora están cuasi jubilados.

Me encantaba decir «cuasi». Lo decía mucho, en vez de «semi» o «prácticamente»; se había convertido en un tic. «Estoy cuasi lista para salir», solía decir. O: «¡Cuasi acierto!» Murph me llamaba Cuasimodo. O Kami-cuasi. Y me decía: «Qué refinada y qué cuasi que eres.»

—O algo así —añadí. En realidad lo que mi padre estaba no era cuasi jubilado sino cuasi borracho. No era mayor, pero se comportaba como un viejo, como un viejo loco. Para divertirse le había dado por conducir su cosechadora por las carreteras comarcales, ralentizando el tráfico a propósito.

—He formado una caravana de diecisiete coches —se vanaglorió en una ocasión.

—Diecisiete es una multitud —le había dicho mi madre—. Más vale que tengas cuidado.

—¿Cuántos años tiene tu padre? —preguntó Sarah Brink.

—Cuarenta y cinco.

—¡Cuarenta y cinco! Pues si yo tengo cuarenta y cinco... Eso significa que soy lo suficiente mayor para ser tu... —Inspiró con fuerza, tratando aún de asimilar su sorpresa.

—¿Para ser mi padre? —dije.

Quería ser un chiste. En ningún caso era mi intención aludir a una falta de feminidad por su parte. Si no era un buen chiste, entonces como mínimo era un piropo, pues si algo estaba claro es que yo no quería, ni siquiera en mi imaginación, ni por un segundo, mezclar a esa sofisticada mujer con mi madre, una mujer tan agarrada y tan desubicada que una vez me había dado —¡para mí!, ¡para que me la pusiera!— su ropa interior de encaje negro, que había encogido en la secadora; yo tenía diez años.

Sarah Brink se rió: una cuasi risa, una risa socialmente diseñada, un conjunto de notas predeterminadas, como las de un timbre.

—Bueno, ya conoces el perfil del puesto —dijo cuando la risa llegó a su fin.

De camino a casa, pasé junto a una ardilla que había atropellado un coche. Sus suaves tripas, color escarlata, salían desparramadas de su boca, como el bocadillo de un cómic, y el viento mecía el pelo de su cola, como si todavía estuviera viva. Intenté acordarme de todo lo que

Sarah Brink me había dicho. Había un kilómetro y medio hasta mi apartamento, de modo que reproduje largos retazos de su voz, pese a que el aire frío era de ese tipo que sume al caminante en un estado de mudez mental. «Aunque estamos buscando a alguien a última hora, éste es un puesto muy importante para nosotros. Si te contratamos, nos gustaría que estuvieras aquí desde el primer día. Nos gustaría que te sintieras parte de la familia, ya que de hecho serás parte de ella.» Sarah Brink me recordaba a alguien, pero no sabía a quién; estaba segura de que no se trataba de nadie que hubiera conocido en persona. Quizás me recordaba a un personaje de alguna serie de televisión. Pero no a la protagonista de la serie. Desde luego que no a la protagonista. Más bien a la pulcra compañera de piso de la protagonista, o a su chiflada prima de Cleveland. Estaba segura de que, incluso después de convertirse en madre, jamás conseguiría deshacerse de ese aire de tía excéntrica y liberal. Había cosas peores, pensé.

En el cielo la luz era débil; desaparecía con rapidez pese a que sólo eran las dos y media de la tarde. Los días previos a la Navidad el sol se ponía pronto —«los días más cortos del año», decían, lo cual sólo significaba que eran los más oscuros—, y contribuía así a la soledad de mi caminata. Mi apartamento estaba en una de esas casas de madera cerca del campus, en el gueto estudiantil, junto al estadio de la universidad. La casa hacía esquina y yo compartía el apartamento del primer piso que daba al sur, a la izquierda conforme subías las escaleras hasta el rellano, con Murph, cuyo nombre real, Elizabeth Murphy Krueger, adornaba junto al mío nuestro buzón, ambos en color verde brillante sobre un papelito. Al otro lado de la calle, el muro gris del estadio, de hormigón, se erigía tres veces más alto que cualquiera de los edificios circundantes, ensombreciendo el barrio de forma lúgubre y brutal. En primavera y en verano las bandas de música que se reunían allí, con sus tubas y tambores, hacían vibrar los cristales de las ventanas. El sol llegaba a nuestras habitaciones sólo si conseguía caer de pleno —en mayo, a mediodía—, o durante alguna mañana invernal si era reflejado por una tormenta de nieve, o bien por la tarde, cuando el ángulo de su puesta hacía que destellara brevemente a través de las ventanas traseras de la cocina. Si algún retazo generoso de sol aparecía en el suelo del piso, el simple hecho de colocarse sobre él era un placer. (¿Era demasiado joven o demasiado vieja para disfrutar tanto de algo así? No tenía la edad adecuada para ello, eso desde luego.) Después de una fuerte tormenta, o en invierno durante algún deshielo, si caminabas junto al estadio podías oír el rumor del agua mientras caía desde los asientos más altos, fila a fila, hasta llegar al nivel del suelo: una cascada escalonada a la perfección, aunque, magnificado por la estructura de hormigón del estadio, el sonido podía llegar a ser torrencial. A menudo la gente se paraba, señalaba hacia el estadio y decía: «Pero ¿no está vacío...? ¿Qué es ese ruido?»

«Es la revolución», le gustaba decir a Murph. Para ella, los estadios eran el lugar donde fusilaban a los rebeldes, razón por la cual vivir cerca de uno le inspiraba sentimientos encontrados, por no mencionar sus sentimientos respecto de los días en que había partido, días en que había poco espacio en las aceras y los coches de los aficionados de fuera de la ciudad bloqueaban nuestras calles. Sus ovaciones desde las gradas eran como un viento estridente que atravesaba la ciudad, el rojo de sus miles de camisetas como una invasión de llamativos insectos. Los domingos por la mañana, después del partido, uno se encontraba con numerosos carteles tirados por la calle que decían: COMPRO ENTRADAS.

Murph era mi compañera de piso sólo en teoría, ya que prácticamente vivía con su nuevo novio, un estudiante de último curso, en un piso subarrendado a un kilómetro y medio del nuestro. Yo tendía a olvidarlo: deseaba encontrármela para contarle algo, me preguntaba qué haríamos para cenar, esperaba verla allí, rumiando sobre esto o aquello, con el suéter encima de los hombros y las mangas alrededor del cuello, un *look* que mientras que a ella le quedaba bien a mí me hubiera hecho parecer una loca. Entonces llegaba a casa y me daba cuenta, una vez más, de que allí no había nadie más que yo. Me encontraba, eso sí, con los informativos restos del naufragio: mudas de ropa desechadas y notas escritas a toda prisa. «Hola, Tass. Me he acabado la leche... Perdona.» Así que vivía la ambivalencia de tener que pagar con soledad un apartamento que no me podía permitir sola. No estaba triste; a veces no la echaba de menos. Era sólo que sentía una punzada de desánimo cuando llegaba y veía que no estaba. En dos ocasiones, sin embargo, había sentido ese mismo desánimo al ver que sí estaba.

Los resecos y podridos escalones de madera que daban entrada a nuestra casa todavía aguantaban el peso de los humanos —seis inquilinos delgados, en fila india—, pero cada vez que los subía me preocupaba que pudiera ser la última: seguro que la siguiente vez mi pie se hundiría en ellos y tendría que ser extraída de entre las ruinosas astillas por un equipo de salvamento al que llamaría la siempre vigilante Kay, nuestra vecina de arriba. El casero, el señor Wettersten, no vivía en el edificio, pero era partidario de las calderas en buen estado y de no escatimar en calefacción. Podías ducharte varias veces al día, o a última hora: ponías el pelo cerca de los radiadores y se te secaba en cuestión de segundos. A veces mi apartamento se caldeaba tanto que las uñas se me secaban, resquebrajaban y partían dentro de los guantes; pequeños fragmentos de uña quedaban atrapados en las yemas de lana. Justo ahora, mientras giraba la llave en la cerradura y empujaba la puerta, las tuberías emitían su estruendo metálico, daban rienda suelta a sus pequeñas explosiones internas. Hasta la fecha ninguna tubería había estallado, pero cuando la caldera se ponía en marcha por la noche, los temblores podían llegar a despertarme, alarmada. A veces era como vivir en una fábrica. Kay, que ocupaba el piso más grande, era una mujer de mediana edad y el único inquilino que no era estudiante. Siempre estaba envuelta en alguna refriega con el casero relacionada con el edificio. «No sabe con quién ha topado... Dejar que este edificio se deteriore de la manera en que lo ha hecho», me dijo Kay en una ocasión. «Cuando algo no funciona no tengo otra cosa en la que pensar. Es que no tengo otra cosa en la vida. Puedo hacer de esto mi vida. No se da cuenta de a quién se enfrenta. Se enfrenta a alguien que no tiene vida.» De modo que todos dejábamos que Kay se hiciera cargo de los problemas del edificio. Llevaba más de una década viviendo allí. Murph a veces se refería al resto de los inquilinos de la casa como a la familia Clutter, apelativo con el que yo suponía —esperaba, rogaba a Dios— que hacía alusión al montón de trastos que entre todos ellos atesoraban.*

---

* La familia Clutter, de Kansas, fue asesinada en noviembre de 1959; los hechos fueron retratados por Truman Capote en su novela *A sangre fría*. Por otra parte, *clutter* significa «trastos», «desorden». (*Todas las notas son del traductor.*)

Al atravesar el salón para tirar mis cosas en el sofá, el suelo, paradójicamente desgastado y vacilante, crujía con fuerza; con más razón ahora que toda la humedad había desaparecido. Pese al quejumbroso crujido, constante, de tuberías y suelo, las habitaciones respiraban una especie de soledad invernal. Nuestra chimenea, fría e inutilizada, un riesgo para nuestra integridad física —pero ¿qué confort no encerraba la posibilidad de morir a causa del fuego? ¿Nos arriesgamos? Sí, había suplicado yo una vez, ¡sí!—, hacía las veces de estantería de CD. Sobre un rincón descansaban mi bajo y el amplificador, deseosos de una buena sesión, pero yo los ignoraba. Tenía un Dan Armstrong de metacrilato, como Jack Bruce, de Cream, y había intentado aprender algún que otro solo atípico para bajo: podía tocar un poco de Modest Muse, un poco de Violent Femmes y un poco de Sleater-Kinney («Pero ¿no es así como se llama el hospital oncológico de Nueva York?», me preguntó mi hermano en una ocasión), y, de los viejos tiempos, Jimi Hendrix, *Milestones*, *Barbara Ann*, *Barbara Allen*, *My Favourite Things* y *Happy Birthday* (¡a lo Jimi Hendrix pero con el bajo!). Una vez, en Dellacrosse, había accedido a dar un concierto. Me puse una falda escocesa y toqué *Blue Bells of Scotland*. ¡Una falda escocesa con un bajo eléctrico transparente!, que se las apañaba para sonar bastante como una gaita, y como el concierto era parte de una feria del condado, me hicieron llevar una banda verde en la que ponía «moza cantante». Resultó ser una feria estúpida donde, en mi opinión, la gente era muy de mirarse el ombligo. Nunca volví a tocar para ellos.

En el pasillo la luz del contestador parpadeaba. Apreté el botón, subí el volumen y me fui a mi habitación, donde me desplomé sobre la cama, en medio de aquel atardecer islandés, con la puerta abierta, a escuchar voces de mujeres, una tras otra, y sus diferentes deseos y peticiones.

Primero fue la hermana de Murph. «Hola, soy Lynn. Ya sé que no estás, pero llámame más tarde, cuando llegues.» Luego mi madre. «Hola... ¿Tassie? Soy tu madre», tras lo cual colgó de forma abrupta y ruidosa. ¿Se le había caído el teléfono, o se trataba sólo de una muestra más de su extraño estilo personal? Luego mi tutora, que también ocupaba el cargo de «decana de mujeres». «Sí..., soy la decana Andersen. Quería hablar con Tassie Jane Keltjin.» Siempre se me olvidaba que el mensaje de nuestro contestador no ofrecía pista alguna sobre quiénes éramos; Murph simplemente decía a voces (lo que nos parecía divertidísimo): «¡Si quieres deja tu mensaje después de la señal! ¡Estamos por ahí!» La voz de la decana Andersen era suave y a la vez enérgica, una combinación que yo pasaría intentando aprender muchas horas de mi joven vida, pese a que me hubiera resultado más útil pasarlas estudiando persa. «Tassie, ¿podrías dejarme una copia de tu matrícula para el siguiente trimestre en mi casillero, en Ellis Hall? Gracias. Tengo que firmarla y parece ser que no lo he hecho, aunque no estoy muy segura de por qué. Que pases unas buenas vacaciones.» Un silencio largo, vacilante, precedió al último mensaje. «Sí, hola... Éste es un mensaje de Sarah Brink para Tassie Keltjin.» Hubo otro silencio largo, vacilante. Me incorporé para escuchar si había algo más. «Si me pudiera llamar esta tarde en algún momento... Muchas gracias. 357-7649.»

Primero llamé a mi madre, que no tenía ningún contestador, de modo que esperé diez tonos y después colgué. A continuación rebobiné la cinta del contestador y volví a escuchar el mensaje de Sarah Brink. ¿De qué tenía miedo? No estaba segura. En cualquier caso, decidí esperar hasta la mañana siguiente para devolver la llamada. Me puse el camisón, me hice un sándwich de queso a la plancha y una infusión de menta, me los llevé a mi habitación y me los tomé en la cama. Rodeada de migas y grasa, de periódicos y un libro, me quedé dormida.

Me desperté en medio de una luz fulgurante. No había bajado las persianas y había nevado durante la noche. Los rayos del sol de la mañana se reflejaban en los alféizares y en el pequeño tejado bajo éstos, inundando la habitación de luz. Intenté no pensar en mi vida. No disponía de ningún plan de vida interesante, sólido, a largo plazo —tampoco de ninguno malo; no tenía ningún plan—, y la desorientación en que esto me sumía, comparada con las claras ambiciones de mis amigas (matrimonio, hijos, facultad de Derecho), a veces me avergonzaba. Otras veces, para mis adentros, defendía esta desorientación como un estado intelectualmente superior —estaba abierta y dispuesta a todo, era libre—, pero no por ello dejaba de ser un estado solitario. Me levanté, arrastré los pies descalzos sobre el suelo frío y me hice un café, con un filtro de plástico marrón de Melitta y una toallita de papel. El café goteó en el interior de una gran taza de cerámica donde ponía «Hostal de Madera de Alce». Murph se había alojado allí un fin de semana, con su nuevo novio.

El teléfono volvió a sonar, antes de que el café me hubiera hecho efecto y me hubiera dado las palabras con las que poder comunicarme. Lo descolgué igualmente.

—Hola, ¿eres Tassie? —dijo una voz que ya me resultaba familiar.

—Sí, soy yo. —Bebí café frenéticamente. ¿Qué hora era? Demasiado pronto para estar haciendo llamadas.

—Soy Sarah Brink. ¿Te he despertado? Perdona. Llamo un poco pronto, ¿no?

—No, para nada —dije, no fuera a pensar que era una holgazana de cuidado. Mejor que me creyera una mentirosa de mierda.

—Ayer dejé un mensaje pero no estaba segura de si era tu contestador. Y quería hablar contigo antes de que aceptaras otro trabajo. —Poco enterada estaba—. Lo he hablado con mi marido y nos gustaría ofrecerte el puesto.

¿Habría contactado con las personas que se supone que habían de recomendarme? ¿Es que había tenido tiempo suficiente para hacerlo?

—Ah, gracias —dije.

—Podemos empezar con diez dólares la hora..., con posibilidad de un aumento más adelante.

—Vale. —Tomé varios sorbos de café, intentando despertar mi cerebro. «¡Que hable el café!», pensé.

—El único problema es el siguiente: el trabajo empieza hoy.

—¿Hoy? —Sorbí de nuevo.

—Sí, perdona. Es que hoy vamos a Kronenkee a conocer a la madre biológica y nos gustaría que vinieras con nosotros.

—Sí, bueno, me parece que no habrá ningún problema.

—¿Entonces aceptas el puesto?

—Sí, supongo que sí.

—¿De verdad? No sabes lo feliz que me haces.

—¿Sí? —pregunté, a la vez que pensaba: «¿Y la típica reunión del primer día para orientar al trabajador? ¿Y la presentación de PowerPoint titulada "Has elegido un gran lugar de trabajo"... ¿Dónde está todo eso?» El café empezaba a hacer efecto, pero no era un efecto útil.

—¡Sí!, de verdad —dijo—. ¿Podrías estar aquí antes de las doce?

La cita con la madre biológica era a las dos del mediodía en el restaurante Perkins, en Kronenkee, una localidad a una hora de distancia cuyo nombre, medio alemán y medio indio, yo siempre había creído que significaba *wampum*. Se suponía que la asistenta social que llevaba la agencia de adopción también estaría allí, con la madre biológica, y una vez reunidos nos examinaríamos alegremente los unos a los otros. Caminé la media hora hasta la casa de Sarah Brink y después esperé durante veinte minutos mientras ella se ocupaba de cosas varias, haciendo llamadas al restaurante —«Meeska, ¡el *coulis* Concord no es una simple mermelada de uva!»— o buscando desesperadamente sus gafas de sol («No soporto el resplandor de la nieve en las carreteras estas de dos carriles»), todo el tiempo pidiéndome disculpas desde la habitación de al lado. En el coche, de camino a Kronenkee, yo iba sentada delante, pues su marido, Edward, al que extrañamente todavía no conocía, no pudo escaparse de una reunión de trabajo y por lo que se veía le había dicho a Sarah que fuera sin él.

—Esta vida de casados... —dijo Sarah con un suspiro. Como si yo supiera lo que eso significaba. Y sin embargo, sí que me parecía extraño que él no estuviera con ella, y más extraño aún que fuera yo en su lugar.

Con todo, hice un gesto afirmativo con la cabeza.

—Debe de estar ocupado —dije, concediéndole a Edward el beneficio de la duda, pese a que estaba empezando a pensar que a lo mejor Edward era... pues... un capullo. Miré de reojo a Sarah, que llevaba la cabeza al descubierto y un largo pañuelo de color arándano anudado al cuello con una doble vuelta. El sol resaltaba el artificio de su pelo y también las hebras sueltas, blancas, de su chaquetón. Aun así, sobre todo con las gafas de sol en invierno —algo que yo había visto pocas veces en mi vida—, tenía una apariencia glamourosa. No estaba demasiado acostumbrada a hablar con adultos, de modo que me sentía cómoda callada a su lado. En seguida puso la emisora de música clásica y escuchamos *Cuadros de una exposición* y *Una noche en monte Pelado*, de Mussorgsky, durante todo el trayecto.

—Me han dicho que la madre biológica es muy guapa —dijo Sarah en algún momento.

Yo no dije nada, pues no se me ocurrió nada.

Nos sentamos en el segundo reservado conforme uno entraba en Perkins, Sarah y yo en el mismo lado para dejar el asiento de enfrente libre para las dos personas a quienes esperábamos. Sarah pidió café para las dos mientras yo observaba el plastificado menú de Perkins, con sus pequeñas fotos de patatas fritas doradas sobre frondosos lechos de verde lechuga y junto a unas perfectas rodajas de tomate. ¿Qué pedir de este menú? Estaba la Ensalada en Cuenco de Pan, la Tortilla Campestre, y también las diferentes bebidas «ilimitadas». Sarah pidió la Cafetera Ilimitada Perkins, para toda la mesa, y la camarera se fue a prepararla.

—Ay, mira, ahí están —murmuró Sarah, tras lo cual levanté la cabeza y vi a una mujer de mediana edad muy maquillada, con una parka de color fucsia, y que llevaba cogida del brazo a una chica que probablemente era de mi edad, quizás más joven, muy embarazada, muy guapa y que cuando nos sonrió, incluso desde donde estaban, mostró que casi no tenía dientes.

Nos pusimos de pie y nos dirigimos hacia ellas. La chica llevaba una pulsera electrónica en la muñeca, algo que claramente no le producía vergüenza alguna, pues al saludar ofreció enérgicamente la mano del brazalete, quedando éste al descubierto. Le di la mano.

—Hola —me dijo a mí.

Me pregunté qué habría hecho y por qué no tenía la pulsera en el tobillo en vez de en la muñeca. Quizás había sido muy, muy mala y tenía dos pulseras.

—Hola —contesté, tratando de sonreír amigablemente y de no fijarme demasiado en su barriga.

—La madre es ella —le dijo la mujer de la parka de color fucsia a la chica embarazada, señalando a Sarah.

—¿Sarah Brink? Amber Bowers.

—Hola, me alegro mucho de conocerte. —Sarah estrechó la mano de Amber cariñosamente, durante demasiado tiempo. Amber se giró un par de veces y me miró expectante, como si en compañía de esas misteriosas mujeres de mediana edad se sintiera tan desconcertada como yo.

—Soy Tassie Keltjin —dije rápidamente, estrechando la penalizada mano de Amber una segunda vez. Sus delicadas muñecas y elegantes dedos contrastaban con su falta de dientes y con la recia pulsera de plástico—. Voy a trabajar para Sarah, de canguro.

—Y yo soy Letitia Gherlich —dijo la mujer de la agencia de adopción, estrechándome la mano pero sin soltar la manga de la chaqueta de Amber, como si fuera a escaparse. De hecho, Amber sí que tenía la cara, aunque momentáneamente no el cuerpo, de alguien que quizás en más de una ocasión se había fugado.

—¿Qué tal, Letitia? —dijo Sarah, abrazándola brevemente como si fueran viejas amigas, si bien Letitia reaccionó con cierta rigidez—. Venid, sentaos —añadió—. Van a traer café.

Dicho esto, la situación progresó de forma tan rápida como incómoda, como si se tratara de algo roto y a la vez resistente. Colgamos las chaquetas, pedimos, comimos, conversamos sobre la comida y sobre la nieve.

—Ay, ahí está mi tutor de libertad vigilada —dijo Amber con una risita; se le iluminó el rostro, como si estuviera loca por él—. Creo que nos puede ver. Está sentado ahí mismo, al lado de la ventana.

Miramos hacia donde había indicado para ver al funcionario, con la chaqueta azul todavía puesta, su Coca-Cola Light ilimitada repleta de hielo. Un hombretón de capa caída enfundado en una cazadora: el mundo parecía estar lleno de ellos. Nos quedamos mirándolo para hacer tiempo, supongo, y para evitar preguntar sobre los delitos de Amber.

Letitia se puso a hablar con Sarah, en nombre de Amber:

—Amber se alegra de conocer a Tassie, y a ti también, Sarah. —Tras esta frase, Amber me miró y puso los ojos en blanco, como si fuéramos dos quinceañeras pasando la tarde con nuestras madres, las cuales nos causaban vergüenza ajena.

Me había estado fijando en la cara de Amber, que era tan bonita como Sarah había dicho. Era una cara atrevida, fresca, iluminada por una extraña electricidad, pero la ausencia de dientes hacía que pareciera una pueblerina algo leída, o bien una niña monstruito. Tenía el pelo rubio tirando a pelirrojo; le llegaba hasta los hombros, tan liso y recio como la cola de un caballo.

—Amber quiere saber qué planes tenéis para el bebé en términos de religión. Tiene mucho interés en que el bebé sea bautizado según el rito católico, ¿no es así, Amber?

—Sí, claro —dijo Amber—. Es el sentido de todo esto. —Estiró de la parte delantera del suéter, grueso y elástico; lo soltó y el suéter volvió a ceñirse.

—Y por supuesto le gustaría que, llegado el momento, también hiciera la primera comunión.

—Podemos hacerlo. Podemos hacerlo sin ningún problema —dijo Sarah en un tono agradable.

—¿Recibiste una educación católica? —preguntó Amber.

—Hum, pues... no, pero mis primos sí —dijo Sarah, como si eso lo solucionara todo.

Letitia, nerviosa respecto a los puntos peliagudos del trato, dijo alegremente:

—El padre biológico es blanco. ¿Eso ya te lo había mencionado, no?

Sarah no dijo nada, su rostro era momentáneamente inescrutable. Cogió una solitaria y fría patata que la camarera todavía no se había llevado y empezó a masticar.

Letitia continuó hablando:

—Alto y atractivo, como Amber.

Amber sonrió complacida.

—Rompimos —dijo, encogiéndose de hombros.

—Pero ¿tienes alguna foto de él? ¿Para enseñársela a Sarah? —Letitia nos estaba vendiendo la idea del padre joven, blanco y guapo.

—Pues me parece que nunca tuve ni una puñetera

foto suya —dijo Amber, a la vez que negaba con la cabeza. Después me miró e hizo una mueca—. Excepto en mi cabeza. Mi cabeza es una exposición permanente—. La frase curiosamente me recordó a la pieza de Mussorgsky que habíamos escuchado en el coche. Y su boca, con sus escasos y torcidos dientes, como trozos de conchas en un coral de encías, parecía un hogar extraño para su voz, que poco a poco se revelaba sorprendente, dotada de inteligencia y humor. Hubo una breve pausa. De repente Amber se echó hacia atrás, incómoda.

—¿Y dónde está tu marido? —le preguntó a Sarah.

Observé el rostro de Sarah en busca de esa expresión rígida de los acusados.

—Ah, está en una reunión que su laboratorio tiene con la universidad. Yo tengo un restaurante en la ciudad, de modo que hasta cierto punto puedo organizarme un poco como yo quiero, pero él, bueno..., está a expensas de los demás..., al menos hoy con esta reunión.

—¿Crees que de verdad tienes tiempo para un bebé al llevar un restaurante y todo eso? —Amber no era tímida. Si hubiera sido tímida, esta reunión en Perkins no se estaría celebrando.

Sarah decidió no ponerse nerviosa. Ya había oído ese tipo de comentarios en multitud de ocasiones. Pero antes de que pudiera hablar, Letitia lo hizo en su nombre.

—Por eso está aquí Tassie. Para apoyar en lo que haga falta. Pero Sarah va a estar ahí todo el tiempo. Ella será la madre. Y puede hacer gran parte de su trabajo desde casa... ¿No es así, Sarah?

¿Qué trabajo podía hacer Sarah desde casa? ¿Gritarle a Meeska sobre el *coulis*?

—Sí, así es —dijo Sarah—. Ay, se me olvidaba. Te he traído un regalo, Amber. —Sacó un CD del bolso—. Es

53

una recopilación que he hecho de mi música clásica favorita.

Amber lo cogió y, tras el más fugaz de los vistazos, lo metió en su bolso. Quizás ya había participado en un buen número de comidas como ésta, recibiendo todo tipo de obsequios que después se dedicaba a revender en eBay.

—Y yo también tengo un regalo para ti —dijo, y le entregó a Sarah una porción individual de mantequilla, envuelta en papel de plata, que había cogido del bol de la mesa—. ¡Está envuelto y todo! —dijo Amber con una sonrisa maliciosa. El CD no lo estaba.

Una expresión de descaro se adueñó del rostro de Amber, después tuvo como una especie de sentimiento de culpa, y finalmente se quedó medio ausente; como las canciones de una gramola, que se suceden aleatoriamente cuando nadie las elige.

—¡Gracias! —exclamó Sarah desenfadadamente. No te quedaba otra que admirarla. Abrió la porción de mantequilla y se puso un poco en los labios, como si fuera cacao—. Ideal para prevenir los labios cortados.

—De nada —dijo Amber.

Salimos todas al aparcamiento y el funcionario de prisiones lo hizo detrás de nosotras. La bandera americana flameaba ruidosamente junto al cartel de Perkins. El aire traía viento y nieve. El funcionario caminó hasta su coche y se sentó dentro, pero no lo puso en marcha. Amber estaba radiante. Me di cuenta de que estaba completamente enamorada de él. No nos prestaba ninguna atención, lo que, de algún modo, provocó a Sarah.

—Bueno —dijo, estudiando a Amber con una sonrisa artificial.

—Sí, bueno —dijo Amber.

—Pues nada... —dijo Letitia.

—¿Te puedo dar un consejo, Amber? —preguntó Sarah, allí plantada.

Letitia se aferraba a Amber aún más fuerte que al principio. Letitia estaba encantada con el hecho de contar con una madre biológica blanca, una madre blanca que daría a luz a un retoño igual de blanco, y no quería que ninguna agencia rival se la arrebatase. O eso es lo que Sarah diría más tarde. El funcionario de la cazadora saludó con la mano y se fue.

—¿Cómo? —le dijo Amber a Sarah, pero a mí me sonrió y me dijo—: Estoy segura de que me estaba siguiendo.

—Cuando yo tenía tu edad, pasé por una época un poco rebelde. —Sarah dio rienda suelta a su consejo no solicitado—. Me metí en problemas alguna que otra vez, aquí y allá, pero al final me di cuenta de que era porque estaba haciendo cosas que no se me daban nada bien. ¿Qué me dices de eso? —Con el enguantado índice Sarah dio unos golpecitos en la pulsera electrónica de Amber—. Tienes dieciocho años. No vendas droga. No es lo tuyo. Haz algo que se te dé bien.

La intención de Sarah con este discurso franco y directo era buena, eso yo lo podía ver, pero Amber se sintió insultada. Primero se puso roja, después su rostro se endureció.

—Eso es lo que estoy intentando hacer —respondió indignada.

Se deshizo del brazo de Letitia, se fue hasta el coche de ésta y se sentó en el asiento del acompañante.

«¡Cómo está el patio!», habría dicho Murph si hubiera estado aquí.

—Luego hablamos —le dijo Letitia a Sarah, haciendo un gesto de despedida. A continuación se apresuró a reunirse con Amber.

La bandera de Perkins latigueaba sonoramente entre el viento y la nieve.

—Bueno —dijo Sarah en cuanto las dos nos sentamos en el coche—, ha sido, en todos los sentidos posibles, un completo desastre.

Arrancó el motor.

—¿Sabes? —añadió—, siempre meto la pata. Me pasa tanto que las veces que acierto destacan muchísimo entre mis recuerdos, y así me olvido de que siempre meto la pata.

Hicimos casi todo el viaje en silencio. En algún momento Sarah me ofreció un chicle, después caramelos para la tos. Yo acepté ambas cosas, dándole las gracias. Cuando la observé, de reojo, conduciendo sin las gafas de sol, con el pañuelo ahora sobre la cabeza, como una muñeca rusa, me dio la sensación de que estaba como diluida, lejana, perdida en sus pensamientos, y me pregunté cómo una chica simpática y atractiva —pues en el trayecto de ida, con su pelo deslumbrante bajo el sol, me parecía haber vislumbrado a la chica que en otro tiempo fue—, cómo una chica así se convertía en una mujer solitaria con un pañuelo en la cabeza, cómo se convertía en esto, fuera lo que fuese. Después de tantos años hambrienta de vida adulta, el hambre se me había pasado. Toda una serie de destinos inesperados habían empezado a llamarme la atención. Estas mujeres de mediana edad daban la sensación de estar muy cansadas, como si les hubieran estrujado la esperanza y ésta hubiera sido reemplazada por una especie de sopor, de sueño moribundo.

El móvil de Sarah tocó los primeros acordes de *Eine*

kleine Nachtmusik. Su vigoroso tañido no era tan diferente de un clavicordio, de modo que no resultaba tan completamente opuesto al espíritu de Mozart. Quizás él, al contrario que muchos otros colegas suyos, no tenía tantas razones para revolverse en su tumba desde la llegada de los aparatos electrónicos.

Sarah sacó el móvil del bolso al tiempo que reducía la velocidad un poco.

—Disculpa —me dijo—. ¿Sí? —dijo al teléfono.

Todo esto pese a la pegatina en su coche que rezaba: QUIZÁS CONDUCIRÍAS MEJOR CON ESE MÓVIL EN EL CULO. También tenía otra que anunciaba: SI DIOS VELA POR NOSOTROS, QUÉ DEMONIOS HACE BUSH EN LA CASA BLANCA. Me resultaba curioso que una mujer con unas frases tan crudas adheridas a su coche hubiera superado el proceso de selección de una agencia de adopción, suponiendo que éste existiera. Una tercera pegatina decía: ¿«VOLVER A NACER»? NO, GRACIAS; CON UNA VEZ ME BASTA. Y eso que en teoría los móviles y el cristianismo habían de desempeñar un papel central en conseguirle un hijo. La cuarta pegatina no era más prometedora: DETRÁS DE TODA MUJER DE ÉXITO, ESTÁ ELLA MISMA.

No sé cómo podía oírlo todo con tanta claridad. Quizás Sarah estaba un poco sorda y ponía el volumen de todo al máximo.

—Sarah, hola, soy Letitia —escuché.

—Hola, Letitia.

Se suponía, pensé, que no debía escuchar, de modo que me dediqué a mirar el triste paisaje nevado al otro lado de la ventanilla. El sol brillaba débil, bajo. En todos los pueblos por los que pasábamos había un Dairy Queen, todos con colas de clientes esperando a ser servidos, incluso en invierno. Cuando volví a mirar a Sarah me fijé en su piel empolvada, fina, como una crêpe; tenía las mismas pecas pálidas de las crêpes. Su mano, de nudillos pronunciados, artrítica de tanto cortar hierbas aromáticas, se paseó por su pelo rojizo y de punta, desplazando el pañuelo. ¿Cómo conseguía su pelo desafiar no sólo a la gravedad sino además el peso añadido de un pañuelo? ¿Por qué mi pelo yacía siempre lánguido, derrotado por una condición atmosférica tras otra, sin que hasta el más publicitado y pegajoso gel fijador pudiera hacer nada por mejorar la situación? La educación no había conseguido reorganizar mis preocupaciones vitales. Probablemente ni siquiera me había ayudado a analizar o entender mejor dichas preocupaciones, aunque ésa fuera mi única esperanza. Mi infancia me quedaba demasiado cerca. Mi mente más recóndita seguía siendo un depósito de cuentos de hadas, y quizás por ello, subconscientemente, creía que si una mujer que había sido guapa ya no lo era es que había hecho algo malo que la hacía merecedora de ello. Creía, como una niña, que ese tipo de envejecimiento negativo nunca me afectaría a mí. La muerte me llegaría: eso lo sabía porque había leído a los poetas británicos. Pero lo que era marchitarse, encorvarse, empalidecer, debilitarse, engordar para después amojamarse... por todo eso, *moi*, no iba a pasar. Ya me encargaría yo de que así fuera.

Sarah se cambió el teléfono de oreja, dificultando mi audición, pero a continuación volvió a cambiar y redujo la velocidad para que pasara un convoy de camiones. Pude oír a Letitia:

—Si esto no funciona con Amber, tenemos muchos bebés en el mercado internacional. Hasta ahora hemos tenido mucha suerte con Sudamérica. El mercado se ha reabierto en Paraguay, y en otros países también. Y ten en cuenta que no todos son morenos. Han recibido mucha influencia de Alemania, y algunos de estos niños son preciosos, muy rubios, o de ojos azules, o las dos cosas.

—Bien, gracias por la información —dijo Sarah bruscamente—. Ya me avisarás de lo que decida Amber. —Letitia dijo entonces algo que no pude entender, tras lo cual Sarah añadió apresuradamente—: Tengo que dejarte, hay hielo en la carretera. —Y cerró la tapa del móvil con fuerza.

—Bebés de nazis —dijo Sarah, negando con la cabeza—. Ofrecen niños de nazis. De raza superior. No me lo puedo creer. —Una vez más pasó los dedos por la brillante hierba desértica de su cabeza, como rastrillando. No le pregunté cómo podía ser que un bebé fuera nazi. ¿Qué sabía yo? Quizás podía serlo—. ¡Ojos azules! —gritó—. ¡Pues sí que hemos evolucionado los humanos! —Volvió a negar con la cabeza, esta vez con un resoplido de disgusto, nasal, caballuno—. En la escuela de hostelería tuve un compañero judío de ojos azules. Decía que su semen era muy apreciado en el banco de semen de la ciudad y que gracias a ello estaba ganando un montón de dinero. Al principio la historia nos hizo gracia, luego se convirtió en una frase que todos utilizábamos: «Triunfar como un judío de ojos azules en un banco de esperma.»

—Sí —dije como atontada.

—Puede que seas demasiado joven para saber esto, pero llegado el momento mirarás a tu alrededor y te darás cuenta: *los nazis siempre son los últimos en reír.*

Nos quedamos calladas mientras cruzábamos las localidades de Terre Noir y Fond du Mer, ambas bautizadas caprichosa y temerosamente por los comerciantes de pieles franceses, sin saber que la posterior pronunciación de dichos nombres por parte de los granjeros escandinavos los dotaría de una absurda severidad: «Tern Or» y «Font Duma.»

—Verás que siempre digo como el ochenta y nueve por ciento de lo que pienso —dijo Sarah—. ¿Y el once por ciento restante? Me relajo un poco. —Puso un CD en el equipo del coche—. La primera suite francesa de Bach. ¿La conoces?

Tras unos instantes de estática, la suite dio comienzo, majestuosa y triste.

—Creo que sí —respondí, en absoluto segura. Mis amigos habían cogido la costumbre de mentir, de fingir una sofisticación de la que, tras el segundo farol, ya se sentían poseedores. Yo no sólo tendía menos al farol, sino que se me daba bastante mal marcármelos—. O igual no, ahora que lo pienso —añadí, y después—: Espera, sí que me suena un poco.

—Es una preciosidad —dijo—. Sobre todo con este pianista.

Alguien tarareaba a la vez que interpretaba el suave lamento de Bach. Más adelante sería dueña de todas las descabelladas grabaciones de Glenn Gould, de todas las que estaban a la venta, pero aquel día, en el coche, era la primera vez que lo oía tocar. La pieza era como un elegante signo de interrogación hecho con una maraña de hilos, como una pregunta formulada por un hombre bien vestido desde un ataúd, todavía vivo. Avanzaba lentamente, como una ecuación meticulosa, sólo que de repente dejaba de serlo: si x es igual a y, si mayor es igual a menor, si la muerte es igual a parte de la vida y la vida a parte de la muerte, entonces ¿qué resulta de sumar las infinitas notas de esta particular frase? La pieza preguntaba, respondía, volvía a preguntar, su taciturno preguntar como una sublimación de la desgana o la aversión. Nunca había oído una melodía que se le pareciera.

—¿Vives cerca del estadio, no? —preguntó Sarah.

Ya estábamos de vuelta en Troy. Enfilábamos Campus Avenue en dirección a la minúscula calle donde yo vivía: Brickhurst. Los vecindarios que rodeaban la universidad ya se habían vaciado, debido a las vacaciones de Navidad, pero en las casas que no hacían las veces de residencia de estudiantes a menudo nos encontrábamos con luces colgando de los tejados; los canalones iluminados parecían gritar con alegría: «¡Nosotros sí estamos aquí! ¡ESTAMOS AQUÍ!»

—En Brickhurst, número doscientos uno —dije.

—¿Brickhurst?

Sospechaba que Sarah era una de esas personas que, siendo de otro estado, se había mudado a Troy hacía tiempo pero que sólo poseía un conocimiento fragmentario de la ciudad, un organigrama incompleto al que añadía datos sueltos según le iba haciendo falta. Lo cierto, sin embargo, es que en menos de un minuto ya estábamos frente a la puerta de mi casa.

Puso el freno de mano. Me dio unos golpecitos en el hombro para a continuación dejar caer la mano, que recorrió la manga de mi chaqueta.

—Gracias —dijo—. Llámame cuando estés de vuelta en la ciudad, después de Navidad.

El aspecto de su rostro era de una extraordinaria tristeza.

—Vale —dije yo, sin saber qué otra cosa decir.

II

La mañana del día de Navidad dormí hasta tarde. También lo hizo mi hermano, que me había recogido el día anterior en la estación de autobuses de Dellacrosse. Vino con la camioneta de mi padre, la que tenía COME PATATAS: VIVE MÁS Y MEJOR inscrito en la parte de atrás. Al llegar lo vi de pie en el aparcamiento, esperando a que me bajara del autobús, con su parka barata de color marrón y sin gorro, con cara de estar contento de verme, como si tuviera algo que compartir conmigo, aunque imaginaba que no sería el caso: mi hermano rara vez compartía sus pensamientos. Me ayudó con la maleta y con el bajo (que me había traído conmigo), los puso en la parte de atrás y se abstuvo de hacer su típico comentario de que sólo los chicos tocan el bajo. ¡Pero si la guitarra eléctrica fue inventada a tan sólo ochenta kilómetros de Dellacrosse! Yo siempre estaba lista para contraatacar, aunque no tuviese nadie a quien rebatir, en este caso porque Robert estaba tan empapado como yo de los mitos sobre las guitarras Les Paul, tan propios de nuestra región. En mi habitación, en Troy, también tenía un contrabajo acústico, con una bolsa llena de arcos apoyada en su vientre. Allí, postrado en un rincón, el instrumento parecía un arquero gordo, abandonado, una aljaba llena de flechas destinada a acumular polvo.

—El Viejo Bob. —Así llamaba mi hermano al contrabajo, mezcla de mi padre y de él mismo—. Al menos no vas cargando al Viejo Bob.

Yo pensaba a menudo que Robert no se esforzaba demasiado, ni en lo musical ni en lo académico. Quizás tener una hermana mayor lo bloqueaba un poco. Él sabía que yo, pese a no gritarlo a los cuatro vientos, estaba loca por mi bajo. La parte judía que había en nosotros dos medio entendía que adorar a Dios significaba no sentir apego por los trastos —y los trastos nos encantaban (mis instrumentos estaban asegurados a todo riesgo, hasta el culo)—, pero esto no siempre salía bien: a veces Dios se adhería a algo material, físico, terrenal, y entonces el dueño del trasto en cuestión estaba perdido. En cualquier caso mi hermano no se metía con esta fijación mía. De hecho, cuando pensaba en todos nuestros años de convivencia, mi hermano siempre había sido bueno conmigo, pese a que ahora acelerara el motor un poco a lo bestia conforme salíamos del aparcamiento. Para sus amigos mi hermano era Gunny, apodo que mis padres odiaban.*

En el camino hacia casa me contó cómo le iba, aunque le tuve que preguntar dos veces. En ocasiones mi hermano, de modo puntual, tartamudeaba, hecho que hacía que se lo pensara dos veces antes de hablar. Estoy segura de que aquella voz ahogada, enrevesada, no reflejaba sus pensamientos fielmente. Aunque quién sabe, quizás sí. A veces cuando hablaba podías sentir cómo

* De la voz inglesa *gun*, verbo que, referido a un coche, significa «acelerar excesivamente», «hacer correr».

intentaba coger velocidad; le restaba importancia a las cosas y así llegaba antes a la meta. Gunny era, en momentos como éstos, un apodo más que apropiado.

En el autobús no había comido más que un poco de *sushi* del supermercado, del cual todavía me quedaba media bandeja de plástico en el bolso, y el hambre agudizaba mis deseos de ser buena oyente. Cada palabra me parecía un bocado. Mi hermano estaba en el último año del instituto y no le estaba gustando nada. El último trimestre había sacado cuatro suspensos y un aprobado. Su cara no delató consternación alguna mientras me lo contaba. Por lo que se ve, mi padre, que no siempre era el más indicado para la típica charla seria entre padres e hijos, se había quedado mirando las notas y le había dicho: «Pues, Robert, qué quieres que te diga... Cuatro suspensos y un aprobado: ¡Parece que le estás dedicando demasiado tiempo a una asignatura!» Mi hermano se reía entre dientes contándomelo. Terminado el relato nos quedamos callados, recorriendo el camino a casa lentamente. Los oscuros árboles volaban a ambos lados; sus ramas, contra la suave masa de cielo nocturno, eran como patas de reyezuelo, o como un broche puntiagudo en una caja almohadillada. Pasamos por la Primera Iglesia Metodista y por su iluminado belén de madera contrachapada, donde las expresiones adormiladas de las ovejas eran lo menos absurdo. Un cartel junto a la entrada anunciaba el título del sermón navideño: AMA A TUS ENEMIGOS; ERES TÚ QUIEN LOS HAS HECHO. Pasamos por la vieja granja de los Vanmare, que habían vuelto a decorar el jardín frente a la casa según un estilo festivo indescifrable: siluetas de pingüinos, palmeras, gansos y bastones de caramelos, todo iluminado, como viejos amigos al fin reunidos. No es que yo fuera inmune a las reacciones de los demás frente a la Navidad, a sus belenes y sus representaciones, ya se tratara de arte o de mero alarde. Lo banal y lo típico todavía ejercían cierta fascinación sobre mí.

Saqué el *sushi* y empecé a comérmelo.

—¿Quieres un poco? —le pregunté a Robert.

—Ni hablar —contestó.

Pasamos junto al pub Drift Inn, que había perdido la «D» y se había convertido en el Rift Inn. El aparcamiento de la bolera Buck Rub estaba abarrotado porque se disputaba una especie de torneo. Bajamos por la calle mayor de Dellacrosse, llena de comercios de un único piso y de espacios para aparcar en diagonal frente a sus escaparates. Pared con pared estaban la tienda de segunda mano Larry's, la de taxidermia Terry's (antes llamada Disecación de Ciervos Dick) y Gusanos Walt's; en instantes los perdimos de vista. Yo masticaba y miraba con atención, como si, en efecto, fuera esa extranjera que creía ser, estudiando el trenzado metálico del puente sobre el río Wahapa. Dejamos a un lado el camino del vertedero y después la caseta del guarda, que la había decorado con orgullo y espectacularidad empleando objetos del propio vertedero. Sobre el tejado relucía un gran reno de cornamenta partida.

Estaba guardando la bandeja de *sushi* cuando se me ocurrió preguntarle a mi hermano:

—¿Tú crees que si te comes el hígado de un oso te mueres?

Robert se rió.

—Ni idea. —Y añadió—: Lo que sí sé es que las ardillas no deberían acercarse a una caja de alta tensión caliente, a menos que quieran electrocutarse tanto que los dientes se les fundan en uno. —Y señaló hacia una cosa horripilante, en uno de los postes que bordeaban nuestra carretera, muy cerca ya del camino de gravilla que daba entrada a la granja.

—¿Cómo está mamá? —pregunté antes de que entráramos en casa. Las luces de la camioneta en el camino ya habrían anunciado nuestra llegada.

—Mamá está un poco en su mundo. O lo que es lo mismo: está igual que siempre —dijo.

Volvió a cargar con mi maleta y mi bajo: una exhibición de solicitud poco común en un chico de su edad. Mis padres habían criado a un buen chico de campo, aunque me preguntaba si ellos lo sabían. No era algo que se hubieran propuesto, que hubieran hecho de forma premeditada. Mi intención fue seguirlo hasta el interior de la casa, pero él dio a entender con un gesto que yo debía ir delante. Subí los escalones del porche y di unos golpes en la contrapuerta de aluminio, la abrí y grité «hola». Mi madre no era muy fan de la Nochebuena, y por eso, a menudo, cuando volvía a casa por vacaciones, me recibía como se recibe a una vecina que se deja caer por casa un domingo después de misa, una vecina a la que mi madre veía todo el tiempo pero con la que no quería ser descortés.

—Oh —dijo—. Hola, ¿qué tal?

El aire traía un olor a jengibre, procedente del horno. Y una vez más la casa me impactó por su cálida negligencia y su elegante pobreza. Ahí estaban las sillas Hitchcock, hechas polvo, jamás tratadas como antigüedades sino como objetos funcionales que habían de ganarse su existencia en este mundo del modo más difícil: en nuestra casa, una prueba de fuego para cualquier mueble.

Mi madre se levantó a por ponche de huevo y a por

66

un poco de brandy, y, aunque mi padre ya se había ido a la cama, ella, Robert y yo nos quedamos sentados unos veinte minutos más o menos, con un leño de cafeto consumiéndose lentamente en la chimenea y un plato de galletas de jengibre sobre el mantel, hasta que finalmente los tres nos sentimos demasiado cansados para fingir. La leña de cafeto era una de las cosas favoritas de mi madre. A mí, más que oler a café me parecía que olía a zapato quemado.

—Encendería la *menorah* —dijo mi madre—, pero ya sabéis lo que pasó el año pasado con las cortinas. —Las cortinas habían empezado a arder y les tiramos un bol de ponche de huevo para sofocar las llamas; el huevo chisporroteó y se frió sobre la cortina y toda la casa terminó oliendo a tortilla.

—No pasa nada —dije—. Mañana la encenderé yo. —Aunque quizás lo olvidaría. Todos los años era yo quien se debía encargar de limpiar el candelabro, usando alfileres y un tenedor para rascar la cera del año anterior, de modo que era posible que mi olvido tuviese algo de conveniente.

—Gracias, cariño —dijo mi madre, que nunca me llamaba «cariño». Casi nunca.

Por la mañana mi hermano y yo bajamos con unos diez minutos de diferencia. Este año el árbol de Navidad —o pícea de Hanuká, como mi madre todavía lo llamaba— lo habían comprado por Internet y venía iluminado de fábrica. La granja de árboles de Navidad de los McLellans había echado el cierre hacía poco, de modo que mis padres habían recurrido a un pino de plástico, uno de los modelos ecológicos a la venta en la página de Hammacher Schelemmer. Ornamentos tales como peces azules y naranjas agujereadas con clavos de olor, decoradas con cintas, ocupaban la parte central del árbol. De las ramas más delicadas colgaban viejos pendientes solitarios. En la cima mi madre había colocado una gran estrella de David, de espumillón, graciosamente torcida, como un problema de geometría. Quizás, bajo la luz matinal, ésa era la apariencia que adoptaba la ironía.

Mis padres estaban sentados a la mesa de la cocina comiendo cereales, pero se ofrecieron para hacernos tortitas de patata con compota de manzana, o tortitas normales, o las dos cosas; ambas eran recetas típicas de las fiestas.

—Ayer corté las patatas y las cebollas —dijo mi madre. Sabía que no tardaría mucho en poner una sartén al fuego, o en calentar la plancha, y entonces la casa se llenaría de un olor pegajoso a cebolla que, como en el café de la calle mayor, se adhería a la ropa y al pelo.

—Gracias, ¿a lo mejor más tarde? —dije, con ese interrogante que para nuestra generación era sinónimo de buena educación y que sin embargo a nuestros padres los descolocaba.

Afuera la mañana era clara; me gustaba su aspecto alegre, dichoso: las muchas Navidades grises de mi infancia me habían resultado deprimentes. Y por lo visto no sólo a mí: hubo un año en que mi madre, como felicitación de Navidad, había enviado una foto de mi hermano y mía, al pie de la cual ponía: «Los niños. Rodeados de hojas muertas.»

La fina capa de nieve sobre los campos tras la casa, y en el jardín entre ésta y el granero, empezaba a derretirse bajo el sol de la mañana. La hierba ocre se abría camino y ya asomaba en diversos puntos. A lo lejos, la parte inclinada del terreno —que mi padre había vendido el año anterior «por un buen dinero, y si no bueno por lo menos muy atractivo»— había sido revendida por los amish y ya estaba transformándose en una especie de urbanización denominada Highland Estates. Había hecho tan buen tiempo que las obras habían seguido su curso durante el mes de diciembre. Dos excavadoras amarillas destacaban contra el cielo. Las casas iban a ser enormes, nos dijo mi madre, e iban a tener jardines sin árboles y pseudocenadores, torretas y patios desde los que nos mirarían con el mismo desprecio con que nosotros los miraríamos a ellos.

—No quieren árboles porque las ardillas trepan por ellos, se meten en sus buhardillas y mordisquean los aparatos de gimnasia que ya no utilizan. Pero, ¿sin árboles...? Las ardillas se irán a otra parte y las buhardillas se llenarán de polillas y topos.

Uno escuchaba esto y se sentía secretamente agradecido por la existencia de los amish, que no echaban los árboles abajo, pero también injustamente enfadado con ellos cuando les vendían sus tierras a gente que sí lo hacía. En cualquier caso, lo normal era que los amish compraran granjas y no que las vendieran, y que se dedicaran a celebrar misas en ellas. Esto no evitaba que en Dellacrosse se comentara con cierta malicia que sus carretas y caballos dañaban los caminos, y que sus casas eran declaradas iglesias para evitar pagar impuestos, y que procreaban como conejos y vestían como murciélagos.

—¿Qué, viendo cómo se derrite la nieve? —le pregunté a mi hermano.

—Pero es que, joder, ¿qué clase de tiempo es éste? —preguntó Robert, sin apartar la vista del cielo. Las nubes empezaban a hincharse de forma absurda, como si el cielo se preparase para una fiesta.

—Ese lenguaje... —dijo mi madre.

—Se llama inglés —contestó mi hermano.

—Parece que de blanca navidad este año nada —dije alegremente.

—Pues sí —afirmó mi hermano, mostrando más entusiasmo por mi comentario del que yo esperaba, si bien a continuación añadió entre dientes—: Bla-bla-joder-bla.

—¡Esto del cambio climático es para asustarse! —añadí en un intento por mantener el tono alegre.

—Es el calentamiento global —dijo mi padre—. Se han visto chumberas en lugares tan al norte como el río Hottomowac. Y este año han puesto nieve de bote hasta en las ventanas del hipermercado Costco.

Me ceñí el albornoz. Era agradable que mi padre estuviera aquí. A menudo, durante vacaciones anteriores, había estado demasiado ocupado suministrando sus verduras *gourmet* (no sólo patatas de conservación sino también miniberenjenas y chalotas) a los restaurantes de alto standing de Chicago. Suministrarles durante las vacaciones significaba viajar con la camioneta hasta Illinois, en época de nevadas, y nunca conseguía regresar a tiempo para la cena. Los granjeros de la zona siempre habían estado, igual que el arte, al servicio de los ricos. La vaquería de un poco más abajo tenía una importante lista de clientes privados —los doctores, abogados y pastores del condado—, y era a ellos a quienes les vendía su mejor mantequilla. La otra mantequilla —la conocida como «grasa de Dellacrosse»— acababa en cualquier lugar, a saber. Los fabricantes de queso de la zona, por su parte, estaban atravesando una extraña transformación. Una de las viejas fábricas de quesos había quebrado y se había convertido en una escuela, y una de las viejas escuelas se había convertido en una fábrica de quesos, pero no de quesos cualesquiera, sino de quesos «artesanales», elaborados a base de inyecciones de ácaros y cuajos vegetarianos. Ésa era la clase de fábrica de quesos que tenía oportunidades de triunfar: comida para *yuppies*, como las refinadas patatas de mi padre, organizadas por colores en pequeñas mallas moradas. Estos fabricantes bautizaban sus quesos con nombres excéntricos, como *Unplugged*, o Enano sin Corteza: ¡comida especial para gente especial! Los otros fabricantes de quesos, los convencionales, se afanaban, junto con el gobernador, en buscar un hueco en el mercado japonés.

Bajo la intensa luz matinal mis padres parecían limpios de esa suciedad que forma parte de toda granja. Parecían translúcidos y un poco más frágiles que en otoño, cuando la mugre de la patata bajo sus uñas y el barro en sus zapatos y ropa parecían anclarlos a la tierra. Ahora podían —y quizás lo harían— ascender al cielo en una columna de luz, qué sabía yo. Casi no los reconocía, como si fueran seres de luz, sólo animados en el sentido en que lo está una holografía. En el pasado, su tierra les había conferido cierta calidez, los había definido. Ahora parecían figuritas, no tanto de cristal como de caramelo translúcido. En comparación con ellos yo me sentía fuerte, carnosa y visceral, consciente del intenso calor de mi cuerpo incluso en albornoz. Todos íbamos en albornoz, lo cual me resultaba gracioso. Probablemente todos nos vestiríamos antes de ponernos a abrir regalos: las menudeces variopintas que nos aguardaban sobre la mesa de centro. Este año mis regalos consistían en unas fichas de siete por doce con dibujos de lo que habría comprado si «hubiera tenido tiempo» y que supuestamente les compraría más adelante. Era una broma con tradición en mi familia. Este año había dibujado coches deportivos en todas las fichas, una vuelta de tuerca cruel a lo que en sí era la tradición, pues daba a entender que había pensado muy poco en ello y que posiblemente no les iba a comprar nada. Encima se me habían acabado las fichas de siete por doce y para mi hermano había usado una de diez por quince, con un dibujo más grande de un coche más grande y por lo tanto una mentira-chiste más grande. De todas formas era mejor que aquel año en que yo, con doce años, y por lo tanto demasiado mayor para lo que hice, cogí una lata de caramelos vacía y la llené de caca de nuestro perro, *Blot*, y tras envolverla se la regalé a mi hermano junto con una tarjeta en la que escribí: «Hummmmm..., qué rico. Feliz Navidad, de *Blot*.» «Mira lo que ha hecho el perrito», dije mientras estudiaba la reacción de mi hermano al abrirlo. Su reacción fue y seguía siendo de una silenciosa perplejidad.

Ahora mi madre estaba fumando.

—¿Hago el desayuno? —volvió a preguntar.

Mi padre, que la noche anterior había estado demasiado cansado para hablar, dijo:

—¡Sí! ¡Haz el desayuno! Robert y yo queremos sentar a Tassie e interrogarla sobre la universidad.

—Sí, justo eso —dijo Robert, que salió de la cocina sigilosamente—. Me voy a duchar —gritó en la puerta, adueñándose así del único baño de la casa.

—Bueeeno... —Mi padre me sonrió—. ¿Qué tal la universidad?

—Ah, bien —dije con parquedad, pero es que pensaba que lo único que mi padre necesitaba oír de mí eran comentarios positivos en un tono neutro del que se pudiera fiar.

Mi madre estaba calentando aceite en una sartén. Cogió el cuenco con la masa para *latkes* y le quitó el plástico que lo cubría. Me puse a ayudarla, encargándome de dar forma a los *latkes*, el aceite y la clara de huevo pegajosos entre mis dedos.

—¿Cómo andas de novios? —Mi padre arqueó las cejas, restándole importancia a su propia pregunta, dándome a entender que no hacía falta que contestara. Mi madre, en cualquier caso, le lanzó una mirada.

—Bo. —Pronunció su nombre a modo de advertencia. Mi madre aseguraba que en privado lo llamaba Robert, ya que nunca le había gustado la versión familiar del nombre, pero cuando estábamos todos Bo resultaba necesario, para marcar diferencias entre Robert padre y Robert hijo.

Me gustaba mi padre. Nada de lo que hacía me molestaba, ni siquiera el hecho de que últimamente le hubiera dado por la bebida; de todas formas no empezaba a beber hasta bien entrada la tarde. Sin embargo, mi cariño incondicional no había evitado que en alguna ocasión me hubiera avergonzado de él.

—¿Tu padre es granjero? ¿Y qué cultiva? —me preguntaban a veces mis conocidos en Troy. Lo cierto es que en Dellacrosse apenas se le consideraba un granjero.

—Nada —contestaba yo a veces—. No cultiva nada. Agricultura dadaísta.

—Ah, ya lo pillo —igual respondía entonces algún chico de la Costa Este frente a su jarra de cerveza, o alguna chica de gafas estrechas con montura de pasta oscura, como la Nana Mouskouri de los viejos elepés de mi madre.

No estaba segura de la procedencia de esta pequeña dosis de vergüenza, no del todo activa pero real. De algún modo la había adquirido, quizás incluso en Dellacrosse Central, donde tener un padre granjero no debería haberme causado vergüenza alguna, incluso teniendo en cuenta la pobre escala del negocio de mi padre. La gente sabía que sus productos tenían muy buena acogida en el mercado. Y entre los niños los chistes más obscenos se reservaban para los agricultores de ginseng. Pero sí que recuerdo que una vez, en séptimo, nuestra tutora fue de alumno en alumno preguntándonos lo que hacían nuestros padres. Cuando le llegó el turno a Eileen Reilly, ésta se puso roja y dijo: «Prefiero no decirlo...» Aquello me impactó, pues su padre era el guapo y encantador dependiente de Calzados Súper Ahorro, en la calle mayor —Peter el Zapatero, lo llamaba con cariño mi madre—. Sin embargo, su hija había hecho suya alguna sensación de fracaso —la que sentía quizás el propio Peter, o su esposa— y no quería hablar de cómo se ganaba la vida su padre.

Tal vez en aquel momento descubrí que la profesión del padre de uno podía ser causa de vergüenza.

—¿Y tus clases? —dijo mi padre—. Siéntate y aprovechemos esta maravillosa mañana de Navidad: cuéntale a tu viejo padre qué asignaturas has tenido este trimestre y cuáles vas a tener cuando vuelvas. ¿Qué tal ha ido esa asignatura de filosofía que ibas a hacer?

—¿Sabías que Alejandro Magno le dejó todo su dinero a Aristóteles? —pregunté animada.

—Claro, así es como se hizo con su nombre —dijo mi padre—. ¡Se lo puso Aristóteles! Antes de aquello sólo era Alejandro Majo.

—¡Bo! ¡Jopé!

La plancha chisporroteó; mi madre estaba echando aceite. Teníamos una cocina de las antiguas, con la plancha integrada. Tenías que limpiarla con trapos y papel de cocina, o bien rascarla con una espátula y darle un buen lavado con un estropajo y agua. La masa para *latkes*, caliente y humeante, ahora me parecía que olía bien, y a la vez contribuía a disimular el leve tufo a rata que de forma perenne habitaba en la cocina. En otro cuenco, mi madre estaba batiendo masa para tortitas normales.

—Puedes estar sentada mientras ayudas —me dijo mi madre—, pero acuérdate de que los *latkes* no son hamburguesas. No los hagas tan gordos.

La ignoré y seguí con mis *latkes* gordos y con mi padre.

—¿Y el próximo trimestre? —preguntó.

—He matriculado otra asignatura de historia de la literatura, Británica, de 1830 a 1970; Introducción al Sufismo; Introducción a la Cata de Vinos; Bandas Sonoras del Cine Bélico, apreciación musical; y una asignatura de investigación académica llamada Citas y Bibliografía. —Lo del Sufismo no le había hecho mella.

—¿Citas?

—¡Necesito que me enseñen! —dije riéndome.

—No dejes que te besen —dijo serio. La lista de mis asignaturas, dicha en voz alta, sonaba totalmente aleatoria. Había evitado hacer alusión a los créditos obligatorios de educación física, que estaba cubriendo con una clase multidisciplinar, mitad humanidades y mitad Pilates, llamada El Cuerpo Perverso/La Pelvis Neutral. No quería provocarlo.

Y sin embargo sí que murmuré, como con pena de mí misma:

—No hay besos. Son citas a secas.

—¿Y lo de la cata de vinos? —Arqueó las cejas. Ahora era como si mi padre estuviera preocupado por su inversión, por la relación calidad-precio de mi educación.

—Necesito tener alguna asignatura que esté chupada, para que las demás me vayan bien —dije—. Este trimestre pasado no he tenido ninguna, y se me ha hecho todo demasiado pesado.

—Pero ¿no eres menor de edad?

—Pues técnicamente imagino que sí. Pero es una asignatura, así que supongo que te dejan.

—¿Volverás a recibir mención de honor este trimestre? —preguntó mi madre.

—Quizás —dije yo.

—Bueno, cuidado con quién te menciona —dijo mi padre—. ¡No querrás que te mencione la persona equivocada!

—Este trimestre que viene voy a trabajar.

—¿Tienes trabajo?

—¿Tienes trabajo?

—Parece que hay eco —dije.

—Venga, cuéntanos —dijo mi madre—. No nos tengas en ascuas.

—Sí. Bueno, en realidad no he empezado todavía. Es un trabajo de canguro. Pero falta el niño.

—Ah, vale, lo típico —dijo mi padre, que se divertía.

—¿Qué quieres decir con que «falta el niño»? —preguntó mi madre, extrañada. Mi padre sonreía de oreja a oreja, como diciendo: «¡Esto tiene buena pinta!»

—Quiero decir que falta por ahora. El niño llega en enero —expliqué.

—¿La madre está embarazada?

—Bueno, la madre biológica está embarazada, y la mujer para la que trabajo adoptará a su hijo cuando nazca.

Se hizo un silencio sepulcral, al que también contribuyó mi padre, como si ésta fuera una situación que debiera considerarse desde sus muchos ángulos, todos tristes y profundos.

—Es algo bueno —añadí—. La chica... Ella nunca podría ser una buena madre. Y la señora que me ha contratado... es bastante maja. Es simpática y guapa y tiene un restaurante caro en el centro.

—Por eso te necesita —dijo mi madre en un tono de preocupación—. No tiene tiempo para un chiquillo.

Estaba a punto de defender a Sarah cuando mi padre preguntó con auténtico interés:

—¿Qué restaurante?

—Le Petit Moulin —dije.

Mi madre puso cara de haberle quedado todo claro y afirmó:

—Una finolis que regenta un negocio para finolis.

Mi padre volvía a sonreír abiertamente.

—Vaya, me acuerdo de ella. Una mujer muy simpática. —Mi madre nos dio la espalda, dándole la vuelta a las tortitas y poniendo los *latkes* en el aceite caliente, negándose a dejar a un lado su escepticismo respecto a todo este asunto. Mi padre continuó—: Venía e inspeccionaba las patatas como si fueran diamantes. Y a veces se llevaba las que estaban un poco picadas, porque sabía que, cortando la parte picada, esas patatas eran más dulces de lo normal. Una mujer lista.

—¿Y por qué no puede tener hijos ella? —preguntó mi madre, inmersa en sus dudas.

—Mamá, no lo sé. No le puedo preguntar. Casi no la conozco.

—¿Y su marido?

—¿Qué pasa con su marido?

—¿Quién es?

77

Hasta a mí me resultaba algo sorprendente el hecho de que supiera tan poco de él.

—Me parece que es una especie de profesor de universidad o algo así, pero no estoy segura.

—Uf —dijo mi madre—. Académicos. Siempre hablando sin parar, y todo el día sentados.

—¿Cómo dices? —preguntó mi padre.

—Nada —contestó ella—. Aunque la gente se mantenga a distancia no por ello deja de tener opiniones, eso es todo. Uno no participa en la carrera pero aun así tiene ganas de ganar. —Tras lo cual añadió—: Acercad la silla a la mesa. El desayuno ya está.

Mi padre tenía más sentido del humor que mi madre.

—¡Puede que sea un poco duro de oído —le dijo a mi madre sonriendo—, pero sé que estás farfullando!

Más que a su sentido del humor a lo que ella se había tenido que apuntar, con buena voluntad, con amorosa resignación, era al sentido de la aventura que tenía mi padre; y es que él la había embarcado en una aventura, trayéndosela al campo, a esta granja. También era cierto que ella se había prestado a ello. Al menos al principio.

—Bueno, qué le vamos a hacer... A lo mejor algún día abro yo un restaurante —dijo ahora, suspirando animadamente, toda la felicidad que podía expresar, un suspiro con un poco de luz. Y entonces añadió justo el tipo de comentario que hacía que la odiara—: Lo cierto es que, con el Año Nuevo a la vuelta de la esquina, me he dado cuenta de que llevo décadas sin hacer otra cosa que dedicarme a los intereses de los demás, así que voy a empezar a centrarme un poco más en mí misma.

—Vale, cariño, pero antes de que empieces —dijo mi padre—, ¿me puedes pasar el sirope?

Una vez, siendo yo pequeña, mi padre plantó cuatro hectáreas de maíz y de centeno, y a mitad de verano aró sólo el centeno, dando lugar a una enorme greca que recorría las cuatro hectáreas. «Esto se apreciará bien desde el cielo», dijo mi padre. La razón por la que se había hecho granjero era porque pensaba que podía ser divertido. Y contrató a un tipo de Minneapolis para que tomara una foto aérea de esa zona del campo, y una vez revelada la pusimos en la nevera con pequeños imanes de patatas. La imagen era hermosa: el dorado del centeno segado junto al trigo verde, y ambos se ondulaban una y otra vez como un par de delfines juguetones. Una imagen que, yo quería creer, era representativa del matrimonio de mis padres. Mi madre creyó que se casaba con el hijo del rector de una universidad y en realidad lo hizo con un granjero aficionado, y pese a ello lo había seguido. Había permanecido junto a él sin importar adónde diablos la llevase. Mi madre era como un pez espinoso atrapado tierra adentro, con los glaciares en retirada y los ríos —único acceso al mar— en proceso de desaparición. Tendría que apañárselas encerrada en este lago de amor. Yo sabía, porque mi madre lo había dicho, que ella pensó que habría dinero —mi padre había crecido, al fin y al cabo, en una casa con columnas—, pero no, estaba equivocada: la casa, con todas sus columnas, era propiedad de la universidad. Tampoco entendió, cuando llegó con mi padre a Dellacrosse y compraron nuestra vieja casa de ladrillos, con su cobertizo y su granero que se venían abajo pero con preciosos bancales llenos de pensamientos y alegrías, que esas flores eran anuales, creyó que al año siguiente volverían a brotar y se sintió traicionada cuando no lo hicieron. ¡Otro espejismo! Pero con el tiempo aprendió a plantar flores. Y durante una buena temporada llegó a hacerlo como una auténtica profesional. Hasta que se cansó. Fue entonces cuando colocó los espejos al fondo del jardín: mi madre empezaba a ser un espejismo.

Después del desayuno se levantó viento, y al poco se desató una tormenta. El cielo se había vuelto amarillento y las nubes se habían llenado del crujir y rasgar de los rayos. Los árboles, desprovistos de hojas, parecían frágiles y sorprendidos. El repentino chaparrón prácticamente eliminó todo rastro de nieve en la tierra, y como el drenaje de las carreteras comarcales era tan deficiente, éstas se llenaron de agua, cual canales. Allí estancada, brillante, el agua quedó a la espera de transformarse en hielo, cuando las temperaturas bajaran horas más tarde. Y así ocurrió.

El ceremonial navideño ese día, desayuno aparte, fue tan pobre —no hubo *hamentashen*, ni *pfeffernüsse*, ni *kringles* de Racine— que me pregunté para qué nos molestábamos. Quizás mi madre, defensora de los rituales, había perdido interés en esa tradición ostensiblemente cristiana ahora que habíamos crecido, y mi padre no sabía cómo tomar el relevo. ¿Dónde estaba el pavo de siempre, con su pobre corazón envuelto en una bolsa y remetido por el culo? Por otra parte, mi madre sí que me había dado, cuidadosamente envuelto en papel de regalo, un collar de perlas, contemplándome con ojos llorosos mientras yo abría el paquete.

—Todas las mujeres deben tener un collar de perlas —dijo—. Cuando yo tenía tu edad me regalaron uno.

—Mi padre se lo había dado, ya lo sabía. Y ahora, sin un

hombre en mi vida, y a pesar de que sólo tenía veinte años, ella se iba encargar de este rito de iniciación, de otorgarme este artefacto de feminidad, esta gine-soga. En ningún momento se le pasó por la cabeza que quizás nunca tendría oportunidad de ponerme tal cosa, o que si lo hiciera quizás me tomaran por republicana. Creo que ella lo veía como un ticket de salida de la granja y de entrada al mundo, dondequiera que ese mundo estuviera.

—Gracias, mamá —dije, y le besé la mejilla, polvorienta y a la vez húmeda. Golpeé el aire con la caja de terciopelo que contenía las perlas, como haciendo un brindis—. Va por Jesús —dije.

Mi madre me miró desde un lugar lejano, con cara de preocupación. A Robert le habían regalado un identificador de estrellas y constelaciones.

Una nueva ráfaga de nubes de tormenta pasó sobre la casa y el granizo comenzó a caer con fuerza sobre nuestro tejado, y a través de la chimenea, chisporroteando con fuerza al caer en el hogar, como imitando el sonido del fuego, y rebotando para acabar desparramado sobre el suelo de madera. Era como si hubiera roto el collar de mi madre y hubiera lanzado las perlas por toda la habitación.

Después nos sentamos y vimos la televisión. Sólo me acuerdo de haber ido a la iglesia en Navidad una vez, a la Iglesia Luterana Noruega que había en el pueblo. Aquel día mi padre había echado un buen vistazo a las vidrieras, con sus babosas escenas y diseños, y a continuación había murmurado, tal vez rememorando su pasado más religioso, o luchando contra alguna especie de puritanismo ancestral: «Creo que esa vidriera es original de Koshkonong. O, espera..., ahora que me fijo..., igual no...», a lo que mi madre replicó en un susurro amable: «Mira, Bo, seamos honestos: no tienes ni idea de los *goyim*.»

—El tiempo está muy raro por todo el país —dijo mi padre mientras se sentaba junto a nosotros.

—¿Qué quieres decir? —pregunté, un poco asustada. Igual que una niña, seguía confiando en que mi padre lo supiera todo.

—Pues que hay muchas tormentas en lugares extraños y vientos fuertes... —redujo la velocidad para oscurecer su ya de por sí sombrío pronóstico—... y calmas siniestras...

—¿Calmas siniestras?

—Dicen que en Kenosha no corre ni un ápice de viento y que sus habitantes están cagados de miedo.

—¡Papá! —Y me reí, para complacerlo.

A las cuatro en punto, con el sol prácticamente oculto en el horizonte, mi hermano y yo salimos a dar un paseo; con nuestras zapatillas deportivas resbalábamos sobre el hielo recién formado. A mediodía había hecho el suficiente sol como para que mi madre tendiera fuera, y ahora la ropa, empujada por un viento suave, se inflaba sobre las cuerdas y el hielo sobre éstas se quebraba, como las velas de un barco ballenero entre hielos árticos. ¿Cuántas Navidades habíamos salido a pasear sin botas? No muchas.

—¿Cómo están los papás? —le pregunté a mi hermano.

—Ah, bien, supongo —dijo Robert—. Siguen peleándose con uñas y dientes, pero he aprendido a no prestarles demasiada atención. En realidad no es nada. Lo malo es cuando dejan de pelearse y se fijan en mí. ¡Dios!

—Te dan la brasa con el instituto.

—Y tanto. —Le pegó una patada a una piedra, que

patinó sobre el hielo—. El otro día por cagar una pregunta en un examen acabé en el despacho del director.

—¿Qué quieres decir?

—Dije que Gandhi era un *ciervo*.

—¿Un *ciervo*?

—Me lié con Bambi.

—¿Qué? —Era listo, y por lo tanto a veces impaciente. Tenía tendencia a decir lo primero que le venía a la cabeza. Si se atascaba soltaba algo rápido. Y a veces lo que soltaba no tenía sentido. Una vez había dicho «asteroides» en vez de «hemorroides», lo cual hizo que me llevara las manos a la cara, de la risa.

—No sé..., unas palabras me recuerdan a otras. Como «rehén», que siempre me hace pensar en «sartén». Yo qué sé por qué. Esto del instituto es una mierda, de verdad te lo digo. Pero no te preocupes, que tampoco es que vaya a perder la cabeza ni nada así. —Avanzábamos a duras penas, casi sin levantar los pies del suelo, para no resbalar—. Las notas no me llegan, y en teoría tengo que entregar la matrícula para la universidad a primeros de año. Igual me alisto en el ejército.

—¿Por qué? —Me sobrevino una sensación de alarma en la garganta.

—Estamos en época de paz. No me van a matar o algo así...

—Ni nada así.

—Ni nada así. Estás dos años y el gobierno luego te paga parte de la universidad. Así los papás me dejarán en paz.

—¿El gobierno sólo te paga una parte?

—Pues, por lo que se ve, hay como distintas ofertas, depende de por cuánto tiempo te alistes. Un reclutador vino al instituto y nos lo explicó.

—¿Un reclutador fue a tu instituto? ¿Eso es legal?

Robert resopló.

—Es legal en Dellacrosse Central.

—Jopé —dije yo.

—Pues sí. No puedo sacar el tema en casa porque mamá se altera. Dice que a lo mejor hasta llama al reclutador a su casa, en Beaver Dam, para decirle exactamente lo que piensa.

—Me extraña que le quede algo por decir.

—¿Qué quiere que haga? ¿Que vaya a la DDD?

—Espero que no.

La Dellacrosse Diesel Driving School* hacía las veces de infernal plan B —o plan D, como se decía medio en broma— para todos los críos que no acaban de cuajar en el instituto.

—Este año, para educación física, he escogido yoga —dijo.

—¿De veras? —Las cosas cambiaban a tal velocidad... Quién lo hubiera dicho: el yoga se había hecho un hueco en el instituto de Dellacrosse. Aunque también se habían hecho un hueco los reclutadores del ejército.

—Sí. La conciencia de la respiración: una victoria de mí sobre mí.

—Así se habla. ¿Y tienes tu propia esterilla, higiénica y personal?

—Sí, tengo mi propia esterilla.

Llegados a este punto me miró con gran seriedad; sus ojos me pedían que lo escuchara con tanta profundidad como me fuera posible.

—Sentado medio a oscuras —dijo—, en el gimna-

* Autoescuela de Vehículos Pesados de Dellacrosse.

84

sio, pienso. Alistarme en el ejército parece la única opción. O eso o la autoescuela de camiones.

—Pero en realidad no estamos en época de paz. Está Afganistán —dije.

Esos países lejanos que se habían abierto paso en nuestras conversaciones a mí me resultaban raros. Una cosa era, hacía sesenta años, cruzar el océano y luchar por Francia, un país del que habíamos oído hablar, ¿pero cuál era el significado de luchar en —o quizás otra preposición... ¿*por*?— un lugar como Afganistán? Que conste: los estudiantes de Troy querían enterarse de dicho significado. Claro testimonio de ello era que se hubieran agotado las plazas para Introducción al Islam el trimestre siguiente, razón por la cual yo había acabado matriculándome en Introducción al Sufismo, que tenía fama de ser más suave. Se suponía que íbamos a leer a Rumi y a Doris Lessing.

—Lo de Afganistán se ha acabado.

—¿Ah, sí? —Había estado muy liada con mis exámenes finales.

—Bueno... —Otra vez le pegó una patada a una piedra—. Sí, creo que sí.

—¿Y qué ha pasado? ¿Hemos ganado?

—Bueno... —rió—. Supongo que sí.

—De todas formas, los soldados, cuando no están en guerra, se aburren y a veces están destinados en zonas calurosas y tensas, y al final empiezan a querer que haya una. Si no, no saben qué hacen allí. Y si la guerra no llega, acaban disparando al cielo o disparándose entre ellos.

—¿Cómo sabes tanto?

—Por las películas.

—¡Ja! —Y añadió solemne, demasiado solemne—: Si no regreso..., ya sabes: vivo... No dejes que me entierren en uno de esos ataúdes gigantescos. No quiero ocupar espacio.

—Bueno —dije—, supongo que por eso estás haciendo yoga, ¿no?, ¡para que podamos apretujarte en una caja de galletas! Diremos: «¡Oh, era lo que él habría querido!»

—Gracias —sonrió.

—No sé si me gusta lo de la «libertad duradera».

—¿Y lo de «que suene la libertad»?

—Tampoco. ¿No debería ser libre la libertad? ¿Por qué hay que hacerla sonar ni nada por el estilo? Es como si la tuviéramos encerrada en algún sitio y de repente la soltáramos entre la gente.

—A ti te gusta la universidad, ¿no?

En lo alto de los árboles, los nidos de las ardillas, ocultos durante el verano, yacían expuestos como tumores: fabricados con los materiales del propio árbol, y aun así celosos y ajenos.

—Más o menos. ¿Has ido a cazar alguna vez este año? —La caza nunca lo había entusiasmado. ¿Cómo se las apañaría en el ejército?

—Nah.

—¿Nada de control demográfico? —La supuesta razón de ser de la caza siempre conseguía hacerme resoplar.

—No, y de hecho este año he participado en una iniciativa de reparto de condones para ciervos.

—¡Genial! —Estaba tratando de desarrollar una risa que fuera más allá de mi habitual gruñido alegre, pero por ahora lo único que tenía era una especie de explosión que culminaba en un balido.

Seguimos andando por el borde del camino helado, pasando junto a un manchón de abedules que en la distancia parecían los cigarrillos de mi madre apagados en la tierra, casi enteros. La vida de muchacho de mi hermano daba la sensación de ser dura y solitaria, por lo menos a mí. Su sonrisa todavía exhibía un diente fuera de lugar. La razón de esto era que sólo había habido dinero para la ortodoncia de uno de los hermanos, y éste se invirtió en la hija, cuyo aspecto habría de importar (¡lo habían malgastado en mí!, una chica que no sonreía y a la que, estaba segura, ningún hombre jamás desearía..., al menos no intensamente). A mí me tocó el aparato. A él, la faena. Las expectativas de que alguien ayudara a mi padre en la granja siempre habían recaído sobre él en mayor medida que sobre mí. Yo lo sabía y por lo tanto era consciente de que su vida era un poco más dura que la mía, pese a que fuera un chico guapo, listo en un sentido general y con muchos amigos. De niño había tenido ambiciones empresariales. Una vez, hacía bastantes años, había diseñado un plan para una cadena de hoteles, y al considerar que su principal competidor sería el Holiday Inn, había optado por darle lo que, él creyó, era el nombre opuesto, haciendo gala de un fuerte espíritu competitivo: Noche Normal Fuera. El Hotel Noche Normal Fuera.

Mi hermano albergaba, en cualquier caso, la misma soledad que yo. Siempre había sido el favorito de mi madre, pero ¿de qué le había servido? El de mi madre era un amor inútil.

Franqueamos la puerta de la verja que quedaba más lejos de la casa y empezamos a recorrer los viejos senderos del ganado, medio congelados y ligeramente terraplenados con viejas raíces y piedras, para formar escalones. Una mosca pequeña zumbó junto a mi oreja y después desapareció. Nunca antes había visto una mosca en Navidad. Agité la mano en el aire, siendo consciente, como nos habían enseñado a serlo en Arte II, de ese surrealismo que caracteriza a dos cosas corrientes pero que juntas no cuadran. El surrealismo era el futuro.

Caminamos junto al soto de sicomoros y robles (siendo niños, impulsados por alguna especie de miedo urbano latente, mi hermano y yo pasamos por una época de gritar «¡el soto!, ¡el soto!», para a continuación, histéricos, atravesar la maleza a toda velocidad, encantados con nuestro pseudoterror autoprovocado). Ahora Robert y yo zigzagueábamos entre los olmos en dirección al viejo criadero de peces, sobre el cual, en inviernos pasados, habíamos patinado. Construido en el siglo XIX, fue en otro tiempo un estanque de molino, pero hacía ya mucho que no servía como tal, si bien la vieja muela del molino seguía allí, apoyada contra un árbol, cubierta de las cáscaras dejadas por las ardillas. En ocasiones nos habíamos tirado, sentados sobre la nieve, desde bien alto hasta el criadero, donde ahora no había ni rastro de nieve. Lo que había era hierba apelmazada y tallos secos, congelados, de angélica, algodoncillo y toronjil. A mi hermano de vez en cuando le gustaba pescar en el criadero, incluso en invierno, a veces incluso en el arroyo, pese a que en esta época lo único que se pescaba era morralla, y pese a que pescar en hielo, en un arroyo, era una tontería. En verano, sin embargo, esta parte de la granja siempre me había gustado, y a veces, si los mosquitos no estaban insoportables, lo acompañaba. Me sentaba entre la hierba alta, todo rosa por las flores de la equinácea, y le contaba el argumento de, pongamos por caso, una película de Sam Peckinpah que yo no había visto pero sobre la cual había leído una crítica reproducida por el *Dellacrosse Sunday Star*. Los grillos, del tamaño de un pulgar, entonaban su dulce monotonía desde la maleza. A veces aparecía una mariposa tan perfecta y tan bonita que te daban ganas de convertirla en pasador y ponértela en el pelo. A nuestro alrededor, en todas direcciones, las hojas verdes brillaban mojadas con la luz del sol poniente. En medio de esta cala verdosa le conté a mi hermano la trama de *Perros de paja*, de principio a fin.

Los bichos eran lo que nos echaba para atrás. «¡Moscas tan grandes como patos violadores!», solíamos decir. Y luego estaban los mosquitos, con sus cuerpos atigrados y barbas aterciopeladas como las del lirio, sus alas y patas como la parda pelusa de un joven imberbe, sus larguiruchas patas como zarcillos de orquídea, como las cuchillas del trineo de un gnomo. Su fealdad y sus vuelos me obsesionaban, en ello se centraba toda mi repulsión. Suspendidos en el aire como móviles, o lanzados a toda velocidad, su mecánica era siniestra. Se sentían atraídos por el color: su vida se ceñía al más triste de los guiones del mundo animal. Una vez le di un manotazo a Robert en la espalda, pues vi que tenía un mosquito enorme, y maté cinco, todos sangrientos sobre su camisa.

Nos paramos al borde del arroyo; tiramos un par de piedras al agua, prestando atención al chapoteo. Quería decir: «Te acuerdas de cuando...» El problema era que muy a menudo, cuando comparábamos historias de la infancia, éstas no coincidían. Me ponía a hablar sobre algún viaje o alguna comida o alguna visita de este o aquel primo, o de algún incidente durante la misma, y Robert se quedaba mirándome como si le estuviera contando las aventuras de algún grupo de rock albanés. Así que me quedé callada junto a él. Esto es algo que las personas que han compartido su niñez pueden hacer de forma natural. A veces es preferible a la charla, la cual también se da de forma natural.

Recogimos más piedras y las lanzamos.

—Las piedras no se pueden hundir —dijo mi hermano finalmente—. Están hundidas de por sí.

—¿Has estado leyendo poesía? —Le dediqué una sonrisa.

—No, pero he estado pensando.

—Pensar es peligroso.

—Sólo un poquito da para mucho.

—Pensar un poquito es peligroso. Pero también lo es pensar mucho. Igual que no pensar nada. —Hice una pausa—. Un peligro en potencia lo mires por donde lo mires.

—¿Estás colocada? —preguntó mi hermano.

Estuve a punto de conseguir que una piedra rebotara sobre el agua. Quería conseguirlo. Podía sentirlo, el deseo de la piedra.

—Ojalá —suspiré.

La siguiente piedra la tiré tan a la izquierda que pasó de largo no sólo del arroyo sino también del criadero de peces, llegando casi hasta la pista de tenis. Había una vieja pista de tenis en la granja, construida por los primeros dueños de la casa. Hacía ya mucho tiempo que las malas hierbas se habían encargado de arruinarla, y prácticamente había vuelto a su estado primitivo, pero si paseabas por allí, todavía, de repente, sentías algo atípico bajo los pies: mirabas y veías un trozo de cemento resquebrajado. Además, uno enfrente del otro, allí seguían los dos postes blancos que en otro tiempo sostenían la red. Desde que yo tenía uso de razón nadie había jugado al tenis en la granja. Aquello era como un destello espectral de una antigua riqueza que en el pasado hubiera protegido el lugar, un contrapunto a los indicios de antigua pobreza —retretes en cobertizos o bombas de agua oxidadas— que aún languidecían en casi todas las granjas y casas a nuestro alrededor.

Tiré otra piedra. Y a continuación nos encaminamos hacia casa. La nieve empezó a caer de nuevo a través del cielo, en silencio, hasta que se levantó una racha de aire que, silbando, empujó los copos hacia arriba, como en una bola de cristal de esas que se agitan. Durante parte del verano pasado Robert había trabajado como monitor de campamento, experiencia que le había servido para empezar a cantar, y eso mismo se puso a hacer ahora:

—Sé una canción que molesta a todo el mundo, que molesta a todo el mundo, que molesta a todo el mundo... Y ésta es la canción: Sé una canción que molesta a todo el mundo, que molesta a todo el mundo...

Llegamos a casa secos y, según el espejo del vestíbulo, con la cara rosada, aunque el espejo estaba lleno de post-its de mi madre, los cuales hicieron que momentáneamente pareciéramos flores en una obra de teatro escolar. Mi madre había hecho su *kugel* de fideos y en vez de pavo un redondo de ternera, y todos nos sentamos a comer. Trajo el redondo en un plato grande que, parándose justo detrás de mí, colocó en la mesa con dificultad; por poco me da en la cabeza.

—¡Plato! —había anunciado mi madre conforme procedía a alzarlo, a lo cual yo respondí ladeando el cuello.

—¿Qué es eso? —preguntó mi hermano mirando el redondo.

Yo lo miré a él, desesperadamente.

—Tu madre es judía —dijo mi padre—, ¿y no sabes lo que es un redondo de ternera?

—Veo que es ternera —contestó—, pero ¿no ha dicho que era pavo?

Y con esto llegó nuestro gran momento de risa familiar. La ternera en sí, con una salsa a base de ketchup y demasiados paquetes de sopa de cebolla —quizás mi madre en algún momento perdió la cuenta de los que ya había usado—, estaba algo salada y no fue de las mejores que había hecho. Todos nos servimos una considerable cantidad de condimentos —salsa de arándanos y una salsa vegana a la que llamábamos «caviar del campo»—, y nos pasamos el resto de la noche bebiendo mucha agua.

En casa, en Dellacrosse, el mundo de la universidad, de Troy, de la madurez incipiente, se disolvía y yo me convertía en un compendio inarmónico de personalidades pasadas. El mal humor se hacía notar en mi voz, y la tristeza me hacía desaparecer en mi habitación durante horas. Con la llegada de la tarde, solía dar un pequeño paseo —uno siempre ha de salir de casa antes de las dos del mediodía, me dijo una vez mi madre—, y a veces me llevaba a *Blot*. En una de estas salidas nos encontramos con el camión de la basura, y *Blot* odiaba el camión de la basura, al sentir, creo yo, que los hombres del camión se llevaban algo que le pertenecía no sólo a él, sino a todos los perros en general. Les ladró salvajemente, como diciendo: «¡Cabrones, nos vamos a enterar de donde vivís y vamos a ir a llevarnos vuestra basura, a ver qué os parece!» Por lo general a las dos y media ya estaba de vuelta. Iba a la cocina, donde optaba por no ayudar a mi madre, y allí me encontraba con alguna cazuela espumeante —desbordante, vesubiana—, pues debido a su mala vista le había puesto bicarbonato en vez de maicena. En una ocasión vi que había hecho varias ensaladas individuales y que las había puesto en las cazuelitas de barro del perro.

—Mamá, éstos son los platos del perro —dije, señalando las pequeñas cabezas de perro que había dibujadas en ellos.

La indignación tensó los músculos de su cara, pero no dijo nada.

Una vez me gritó desde la cocina y tuve que bajar a ver lo que pasaba.

—Tú y tu comida finolis —dijo.

Mi madre había cogido el *sushi* que no me había acabado durante el viaje a casa y lo había dejado en la encimera; después, sin querer, se le había caído el *wasabi* al suelo, e inmediata y automáticamente *Blot* había procedido a lamerlo. Azuzado por la sensación resultante, que el perro sólo pudo interpretar como dolor y calor, *Blot* empezó a aullar y corretear por la casa. Atacó su plato de agua con tal ímpetu que también éste se volcó, de modo que lo saqué fuera, donde empezó a comer nieve —la poca que había— y a beber de un charco. Tuvo que pasar una hora para que volviera a calmarse. El comentario sobre «mi comida finolis» tardó algo más en morir. Un día que salí a cenar con mi madre y pedí una copa de Cavernet Sauvignon, ella, en vez de objetar que era menor de edad, se había limitado a decir: «Vaya, qué fina.»

Pasé mucho tiempo leyendo en mi vieja habitación, atravesada en la cama. Las paredes de color rosa y su cenefa blanca, estilo bastón de caramelo, formaban un reconfortante y dulce útero en el que me refugiaba de la nieve, que finalmente comenzó a amontonarse en el exterior. De vez en cuando un rayo resplandecía en medio de alguna que otra ventisca. ¿En qué planeta estábamos? El cielo se ponía morado, y unos estallidos de luz parecían incendiar, por unos instantes, la nieve, como si todo formara parte del polvoriento paisaje lunar. Las ramas

de los árboles se retorcían como garras bajo el empapado algodón del cielo. Fui la empollona universitaria mientras el tiempo nos tuvo sitiados; los días pasaban entre
libros, que eran madrigueras para escapar. La música na-
videña llegaba hasta mi habitación emitida por la radio
del comedor, que estuvo encendida durante los doce días
de temporal: «Rejoice, rejoice...» parecía exhortarme: «a
Joyce, a Joyce»; y a Joyce fui, preparándome para una de
mis nuevas asignaturas, Imaginación literaria del Reino
Unido pre-1930. «Emmanuel...» y yo me puse con la *Crítica de la razón pura*. Algunos días se volvían tan insípidos
y estériles... Cuando me quería dar cuenta estaba leyendo
a Horacio. Aunque entre libro y libro también me daba
por desenfundar el bajo eléctrico, enchufar los auriculares
e improvisar un rato, una hora o así, experimentando con
la reverberación. Siempre me alucinaba lo que sólo cuatro
cuerdas eran capaces de hacer. Había empezado con el
chelo siendo muy pequeña, pero acabé bajando de divi-
sión. El Viejo Bob quedó aparcado en un rincón, y desde
allí me guiñaba el ojo, creía yo. Tocar el bajo eléctrico era
mucho más fácil. Como mear para una chica. Ni siquiera
había que levantarse. Podías quedarte tumbado y arrancar acordes con un solo dedo, como el increíble James
Jamerson. Uno podía fingir ser Jaco Pastorius en su etapa
con Weather Report, o en *Hejira*. ¡Y eso mismo hacía yo!
Me entregaba a James y a Jaco, y, si no, me atrevía con
Meshell Ndegeocello, cuya voz grave trataba de imitar,
aunque no lo hiciera bien.

Los días terminaban, y entonces volvían a empezar,
como monótonas reposiciones. El calor se abría paso en
la casa, hasta que finalmente la volvía a abandonar.

No hice esfuerzo alguno por quedar con los pocos
amigos que me quedaban de cuando estudiaba en Della-

crosse. Al evocarlos, los veía como desconocidos sin brillo. En otoño le había escrito una nota a uno de ellos, a mi amiga Krystal Bunberry, a la que, por ninguna razón en particular —aparte de como profecía involuntaria— solíamos llamar Krystal Berry Bun;* su padre había trabajado toda su vida en la fábrica de papel higiénico, y cuando se jubiló no sólo recibió un suministro vitalicio de papel higiénico, sino también un diagnóstico de cáncer de colon. Lo siguiente en llegar fue una colostomía. «Extracción de cañería oxidada», era como la propia Krystal se había referido a la intervención. Me había escrito para ver si quería papel higiénico —desde la operación, claro está, lo estaban regalando—. Y le escribí para expresarle mis condolencias, pese a que su padre no había muerto realmente. El año anterior, por otra parte, había estado en una de las bodas de mis amigas, en la de Marianne Sturch, que llevaba un traje de novia palabra de honor, con pedrería. Sin embargo, a las damas nos había condenado a llevar unos vestidos de tela floreada chillona que hubieran sido perfectos para una lechera pornográfica: un modelo escotado y encorsetado con lo que parecía ser un cordón de zapato. «Es lo que Scarlett O'Hara habría hecho con una cortina de ducha si en vez de a Rhett hubiera querido cazar a un fontanero», dijo mi madre, que captó la intensa fealdad del vestido incluso a través de su neblina visual. Nuestros zapatos, obviamente escogidos por Marianne, supuestamente a juego con el vestido, eran de charol blanco. La boda al completo —no sólo los trajes—, celebrada en un salón alquilado del Hotel Ramada, fue una horterada que hacía sentir vergüenza ajena. A los treinta minutos de empezar, me dije que ja-

* En inglés: *berry* («baya») y *bun* («culo»).

95

más querría casarme. La novia llevaba lo que en principio era un ramo de gladiolos rosas y dorados, pero que, vistos más de cerca, no eran más que tres tallos parecidos a cetros, en tonos amarillo y melocotón; no podía fijarme mucho en ellos porque me mareaba. Después de aquello, nunca me sentía con la energía suficiente para llamar a Marianne —ella y su marido, Brendan Brezna, se fueron a Orlando y a Cancún de luna de miel, un viaje organizado de cinco días y cuatro noches con crucero incluido—, y nuestros caminos sencillamente no se cruzaban, algo a lo que sin duda contribuía el que cuando yo volvía me quedara en casa como una ermitaña.

En Dellacrosse todo el mundo me resultaba extraño, cuando no alienígenas en toda regla. Antes de nacer yo, el pueblo de Dellacrosse había tenido el ridículo nombre de Little Spread Eagle, inspirado en un guerrero indio que había sido cazado como un perro por las milicias del gobierno; y pronto se llamó así a un campo de golf, después a un motel, y finalmente al pueblo. Desde el nacimiento del pueblo, todo lo relacionado con el mismo parecía ser fruto de una maldición chistosa. Cuando los concejales decidieron cambiar el nombre a Dellacrosse, también decidieron que intentarían comercializar el pueblo como centro turístico de lo paranormal. Rumores de naves espaciales avistadas en los maizales, de deslumbrantes objetos metálicos, flotantes en mitad del cielo nocturno, y, por qué no, de alguna que otra abducción —las sufrirían desde un par de rechonchas amas de casa de Little Spread Eagle hasta el ocasional camionero de paso, siempre a manos de unos seres extraños vestidos de negro— ayudaron a crear la posibilidad de un aura de misterio. Los rumores sirvieron incluso para que Dellacrosse se autoproclamase «Capital Extraterrestre del Mundo». («Otra abducción... y otra exploración anal», le había dado por decir a mi madre cuando se encontraba con una de estas noticias-rumores en el *Dellacrosse Courier*. En una ocasión le había llegado a espetar a mi padre, bastante molesta: «¡A este paso por qué no le cambian el nombre al pueblo: Porculea, USA!» «¡Gail!», le había reprendido mi padre. «¡Contrólate!») Del alumbrado de la calle mayor colgaron pequeñas cabezas alienígenas de papel, y se puso a la venta un helado de vainilla venusiana con virutas de chocolate Mars, una creación local. En un principio se esperaba que la gente llegara desde todos los rincones del país y acampara o se alojara en el pueblo, a la espera de poder vislumbrar las naves y los seres extraterrestres. La eclosión comercial y la publicidad a nivel nacional duró algo menos de un año, y después se desvaneció, como los propios alienígenas y sus platillos. La gente decía que el ayuntamiento lo había metido todo en un cohete y que lo había enviado de vuelta a su planeta, dejando tras de sí algún que otro vestigio.

Tales vestigios, tenía yo la sensación, eran mis amigos, a quienes ahora yo veía como marcianos. Bebían brandy directamente de la botella, y consumían Theraflu por gusto, como si fuera la leche caliente de antes de acostarse y no un jarabe (algo que, a decir verdad, también yo seguía haciendo). Llevaban camisetas que decían DELLACROSSE: JUSTO LO QUE (NO) NECESITAS, haciendo referencia a la mala fama que el pueblo había cogido como zona de radares, controles y multas.

Las preposiciones confundían. Aquí casi todos decían «de accidente» en vez de «por accidente». Decían «estoy aburrido "con" eso», o «a lo que veo» en vez de «por lo que veo». «Leche» se decía de forma tan nasal que pasaba a ser «lache» y «déjà-vu» se pronunciaba «dellaví». Usaban tiempos como «había ido a ir a...», un hipotético pluscuamperfecto perifrástico en el que tiempo e intención se retorcían con tanta perversidad que rara vez se podía entender lo que con él se pretendía expresar. «Había ido a ir a hacer eso, pero al final no me dio tiempo.» Era como la teoría de la relatividad de Einstein, cuyo sentido se revelaba ante mí como un cometa fugaz, unos instantes, hasta que volvía a desaparecer a algún lugar donde mi entendimiento no lograba llegar. «Había ido a ir a hacer eso» parecía ocupar un recoveco aislado del espacio-tiempo gramatical, un punto en el que el lenguaje hablado era o navajo o francés muy, muy antiguo. Se trataba de un lenguaje de tiempos verbales rústicos y estrambóticamente concebidos, tanto que yo estaba segura de que uno de ellos significaba: «¡Diablos, si tuviera una máquina del tiempo!» En Dellacrosse la gente te contaba cualquier incidente, por rutinario que fuera, sin usar otro tiempo que el pluscuamperfecto: «Había salido del coche, y ella había venido y me había dicho que...» Imposible pasar de ahí. Todo eran antecedentes. Todo era preámbulo. El pasado era un prólogo sin novela, y a no ser que fuera de ese modo, no se utilizaba. ¿Había algún otro pueblo en la faz de la tierra donde hablaran así? La gente se quedaba mirando el tatuaje que tenía en el tobillo, un símbolo de la paz, y, refrenando los prejuicios pero también la inteligencia, decían: «Vaya, es original.» Y lo mismo sentenciaban sobre mi bajo eléctrico. Incluso respecto del acústico —¡Es original!—, y siempre que lo hacían alargaban la «l» final, aportando un matiz gutural.

Y mis amigos habían engordado, sobre todo los chicos, se decía que por culpa del aire acondicionado. Se suponía que los veranos calurosos adelgazaban, porque el calor quitaba el apetito y te hacía sudar, pero claro, esos veranos pertenecían al pasado: las cafeterías, las casas, hasta los tractores, tenían todos aire acondicionado. Cada vez me era más difícil reconocerlos. Empecé a ver a todo el mundo que conocía en Dellacrosse en los mismos términos peyorativos que mi madre a veces utilizaba —unos simplones o unos «sí, mi amo»—, o sea: como pueblerinos de fingidas buenas intenciones, o como paletos con algún supuesto as debajo de la manga. Me daba la sensación de que habían tomado cierto repelente cariz animal, como los monstruos ancestrales que se decía que habitaban en los lagos profundos del norte, o como los dinosaurios que, se rumoreaba, seguían vagando por las extensas tierras del interior de África. El mundo se había precipitado hacia el futuro, pero sin ellos. Quizás, imaginaba yo, el retroceso de los glaciares había condenado a los trogloditas de Dellacrosse a permanecer por siempre en el pueblo, olvidados por el tiempo. O quizás todas estas personas eran los tontos del espacio exterior, los que se habían olvidado de regresar a tiempo a la nave espacial, y ésta había despegado sin ellos, ¡a propósito! Dellacrosse tenía aspecto de haber sido olvidada por muchas naves. Parecía el espacio exterior del espacio exterior.

A todo esto se sumaba mi agudo sexto sentido para todo lo raro. Cuando era pequeña, se decía que cierta gente extraña, de fuera, merodeaba por las calles. Quizás eran alienígenas en busca de recursos naturales. ¿O acaso eran turistas en busca de alienígenas, o alienígenas en busca de colonos perdidos, de ancestros? ¿Y si resultaba que la campaña de márketing del ayuntamiento no había sido tal? Quizás era cierto, real como la vida misma, que los usurpadores de cuerpos o los muertos vivientes o los seres de otro planeta, estaban intentando caminar entre nosotros los humanos, aquí en el pueblo. Mis viejos amigos del instituto eran prueba más que suficiente: siniestros androides que tal vez habían sido incubados correctamente como jóvenes humanos pero que, de mayores, resultaban inadecuados y muy poco atractivos; no habían sido programados para pasar por adultos de verdad. Se quedarían un tiempo en este planeta, hasta que los llamaran de vuelta al suyo, donde serían descodificados y pasarían a formar parte de una montaña de chatarra, sus caras de zampabollos zombis desprovistas finalmente de toda expresión facial, sus aburridas vivencias almacenadas en chips subcutáneos.

«No estamos solos.» Vale, no, pero vaya si nos gustaría estarlo.

Yo era perfectamente capaz de este tipo de pequeños homicidios. Cuando venía a casa, a Dellacrosse, la cabeza se me llenaba de ellos. Lo cual en cierto modo contribuía a que la ciudad me resultara más animada, del mismo modo en que una necrológica revive al muerto unos instantes. Era un pueblo vibrante, les gustaba decir a sus habitantes, ¡a modo de chiste, por lo mucho que se tiritaba, o se solía tiritar, en invierno! La nieve o el frío eran, sin embargo, el más nimio de los problemas para un pueblo que estaba lleno de ex alumnos de la autoescuela de camiones, para un pueblo que no era más que una de las mil semillas esparcidas, olvidadas, sobre el mapa del estado. Granos de harina de maíz chamuscados en el dorso de una pizza. Mil agujeros negros. Pinchazos con nombre. La última noche del año la pasé en casa, en vez de acudir con mi hermano al Perryville and County M, donde se uniría a un escandaloso grupo de vecinos. Por nada del mundo quería escuchar: «Hola, Tassie, ¿qué tal la uni?», o: «¿Ah, has estado leyendo? ¿Y qué has estado leyendo?»

«Pues mira, ¡he estado leyendo a Horacio!»

Los fuegos artificiales eran más explosivos y estridentes cada año que pasaba, y año tras año seguían siendo ilegales. Podía oír su silbido y estallido, la tormenta metálica de perdigones. Ya no eran los petardos de mi infancia: aquellos tan pequeños, de muchos colores, que insertábamos en mandarinas o en vejigas secas de cabra, colgábamos del árbol de Navidad y que, finalmente, arrancábamos, encendíamos y nos arrojábamos unos a otros en el campo, como en una especie de guerra de bolas de nieve. (Esto era algo que hacías con tus amigos, para aniquilar al enemigo. ¿Y quién era el enemigo? Tus amigos. ¿Qué otra clase de persona estaría interesada en ver cómo una mandarina te explota en los pies?) A medida que en los inviernos hacía menos frío y había menos nieve, los fuegos artificiales eran más elaborados. Habíamos pasado de las encantadoras granadas-mandarina, que como mucho te podían ocasionar una pequeña ampolla, a los supertruenos y los M-80, artefactos oficialmente clasificados como armas y que, de hecho, se usaban en entrenamientos militares. Hacía un año los restos de uno de estos artilugios habían bastado para prender fuego a una zona de bosque pantanoso... en invierno.

Afuera, los intervalos entre explosiones se acompañaban de caceroladas y gritos de alegría, con la participación en ambos casos de niños y hombres adultos. Esta gente era la misma que, de haber nieve, estaría correteando de un lado para otro en motonieve. De haberse helado el lago, lo recorrerían con sus camionetas, de un bar a otro, dejándolas toda la noche sobre el hielo. Harían chozas para pescar sobre el hielo —«¡Ya tengo un agujero!»—, mascullando su triste dicha entre anzuelos y boyas de pesca. Pero ahora lo que había era otra ronda de explosiones, nada más, el ratatá de la guerra en su versión más alegre, aunque no lo fuera para mí. Oh, ¿dónde estaba Ira Gershwin cuando lo necesitabas para una canción de verdad, una canción de protesta campesina, y no sólo para un quejumbroso lamento de piano bar? Entre tanta explosión temía que, algún año, a alguien le diera por ponerse a disparar una pistola, sin previo aviso. Esperaba no ser yo la que lo hiciera. Este chiste, un tanto crudo e invernal, jamás salió de mis labios. Excepto para compartirlo con mi hermano. Pero bueno, ahí quedaba.

El día de Año Nuevo, bastante entrada la tarde, Sarah Brink llamó a casa. Contestó mi madre, que dijo: «Sí, sí que está», y me pasó el auricular.

—Hola, Tassie —dijo Sarah, con voz jadeante—. Llamaba sólo para ver si había alguna posibilidad de que volvieras a la ciudad un poco antes.

Miré por la ventana, reparando en la pátina amoratada de nieve. Mi padre y mi hermano estaban en la habitación de al lado, hablando sobre cañones de nieve.

—¿Como cuándo? —pregunté.

—Pues... pongamos... —Ralentizó el mensaje no para reflexionar, sino para, o eso parecía, hacer acopio de valor, arrastrando las sílabas de tal modo que hizo que sonara como el principio del himno nacional—. Me sabe mal por si suena un poco déspota... Pero ¿como para el tres?

—El tres... ¿de enero?

Tras lo cual ella se rió, y yo me reí, y las dos nos medio reíamos de la otra y medio de nosotras mismas, de forma confusa, sin que ninguna expresión facial nos pudiera servir de ayuda.

III

Cogí el autobús al día siguiente, el dos. En el viaje a Dellacrosse el autobús había ido, según mi hermano solía decir, «abarrotado como una colmena», y sin embargo ahora, por ser vacaciones, todo estaba vacío, limpio y apagado. Ya en Troy, al anochecer, las diversas manchas de nieve gris tenían el aspecto de la pelusa de una secadora. La calefacción de mi edificio no había sido desconectada —de lo contrario se congelarían las tuberías—, pero sí que la habían dejado en unos frescos doce grados. En mi ausencia la madera del suelo se había reajustado y había adquirido nuevos crujidos. Entré al salón y tuve la sensación de estar en la casa de otra persona. Un poco de escarcha trepaba por las ventanas de mi habitación, por dentro; el vibrador-batidora de Murph, heredado por mí hacía ya tanto, seguía en la encimera en la cocina. (Lo había comprado en una tienda que se llamaba Un Toque Femenino, y yo la había acompañado a comprarlo. «Vente, acércate conmigo», me había implorado. De camino mi mente había intentado aceptar tal artilugio, pero, una vez tras otra, las puertas se cerraban de golpe. «¿Toque femenino?», le había preguntado conforme entrábamos. «Pero ¿lo que queremos no es que nos toque un hombre?» Aquel sitio era una capilla consagrada al pene, con artefactos fálicos de todas las marcas y credos, expuestos igual que zapatos en una zapatería, aunque sin los calzadores y taburetes apropiados para estos establecimientos. Dos mujeres corpulentas y alegres detrás del mostrador que ponían pilas y que, si se les pedía, enviaban las compras por correo envueltas en un sencillo papel marrón, nos sonrieron y nos pidieron que, por favor, les preguntáramos cualquier cosa que pudiéramos necesitar. Todo esto al principio me divirtió y después me agobió. Durante varios días, sin embargo, estuve tentada de volver, comprar alguno de los modelos más discretos, menos motorizados —alguno que fuera rosa y maleable—, y pedirles que me lo enviaran a casa.)

Como en el apartamento hacía un frío tan fuera de lo común, fui a una cafetería para calentarme. Durante el año académico, como descanso entre clases o sesiones de estudio, solía acudir a Starbucks, donde imperaban los tamaños orwellianos —¡«alto» significa «pequeño»!—, o bien a un lugar cerca de la facultad de Derecho que se llamaba On What Grounds, donde «alto» significaba «mediano» y donde aparte de café tenían unos bonitos tarros de cristal con infusiones a granel de diferentes tipos, coloridas como confetis, aunque una vez que pedí una, el camarero le gritó a alguien en la cocina: «¡Sam! ¿El de la hierba de limón es el de las larvas?» Desde aquello mayormente pedía café. Primero me dio por los *espressos*, servidos en minúsculas tazas de casa de muñecas que yo no había visto hasta llegar a Troy, y después por los *lattes*, en grandes tazas de cristal, ideales para calentarse las manos. A veces tenían galletas, por lo general de *chip* de chocolate o de avena y pasa, llamadas así, se decía, en singular, porque cada galleta contenía un único *chip* de chocolate, o una sola pasa. Alguna vez entraba en el local de al lado, Burritos Baby B, nombre supuestamente inspirado en el hijo del dueño, aunque también se decía que podía ser una especie de acrónimo: Burritos Tan Grandes como Tu Culo.* O al menos eso decía Murph. Dos manzanas más abajo estaba el local de pizzas y batidos, con su letrero en el escaparate: NUNCA TEMAS, NUNCA TE RINDAS, ENTRA. También había un bufé libre indio: TODO LO QUE QUIERAS POR UN DÓLAR. Pero si comías demasiado y te quedabas más de la cuenta, empezaban a enseñarte diapositivas de la aldea de donde eran, lo cual te hacía sentir fatal.

Me había ido de vacaciones sin darme cuenta de que dejaba varios plátanos en el frutero, ya negros, y a pesar de que estaban envueltos en plástico, y del fresco que había hecho —para cuando volví de Starbucks el apartamento ya se había calentado un poco, los radiadores rugían como locomotoras, ¿me había visto volver el casero?—, pude ver que unas moscas de la fruta revoloteaban en el fregadero. Polillas de la harina aleteaban como diminutos ángeles, procedentes de algún lugar. A saber. ¿Las cajas de cereales? No teníamos harina pero sí polillas de la harina. Las intenté atrapar al vuelo, como enloquecida. Las fresas mexicanas de la nevera se habían dejado barba, sabias y alegres barbas como las de Santa Claus, y varias peras peruanas yacían ahora recubiertas de moho. El queso crema era una tarrina de arcilla verde claro. En comparación con los escasos pero bucólicos copos de nieve caídos en Dellacrosse, el apartamento pa-

---

* En el original: *Burritos As Big As Your Bum*.

recía una bola de cristal de esas con nieve, defectuosa y surrealista, de temática estudiantil, así que apagué las luces. Murph se había dejado las de su cuarto encendidas, la principal y también su letrero de neón PIENSA EN ORIGINAL, que había colgado, descarada e instructivamente, sobre la cabecera de la cama. Lo desenchufé. Me puse una camiseta de manga larga y unas mallas de algodón, y me fui a la cama, con la esperanza de que por la mañana el Año Nuevo se revelara como tal. Mientras tanto, impreso en el sedimento de mi corazón, conocido, el viejo año seguía presente.

El teléfono sonó temprano. La voz de Sarah era viva y decidida.

—Voy a pasar a recogerte en taxi a las once en punto. Tenemos que coger un avión a Parker City —anunció.

—¿Ah, sí? —Apenas estaba despierta. Si había de ser capaz de relacionarme con Sarah tendría que convertirme en una nueva persona, biológicamente.

—¿No te importa, no? Con una bolsa de viaje sobra, mañana ya estaremos de vuelta. Nos acaban de llamar sobre un bebé allí, así que vamos a conocer a la madre biológica.

Otra madre biológica. ¿Cuánto tiempo podría durar esto? ¿Y realmente importaba mientras me pagase?

—Muy bien, de acuerdo —dije. No había ido nunca en avión. No había ido nunca en taxi, pero no me atreví a decírselo.

La verdad es que no tenía una bolsa de viaje. Tenía una mochila, y en ella puse mi camisón, ropa interior y una blusa. Aparte de eso llevaría lo que ya tenía puesto. Metí un libro —*Poemas zen*—, regalo de un amigo que el año anterior se había cambiado a otra universidad, a una budista de California. «Vaya, así que te mudas al estado zen», le habíamos dicho Murph y yo en su día, y él nos dio el libro para reformarnos y silenciarnos. Contenía versos como: «El mundo es una estela / que desaparece tras un barco / que ha zarpado al amanecer.»

«Pues vale...» Los budistas podían retirarse de este mundo y aliviar su desesperación, si eso es lo que querían. Sin embargo, yo no pensaba que abandonar la fiesta e irse a casa temprano, para entrar en una especie de sueño noctámbulo, fuera una decisión sabia. Yo prefería a la bruja demente que era Sylvia Plath, cuyas palabras no perseguían la iluminación, ni el consuelo; cuyas palabras no perseguían otra cosa que esculpir un grito. Un grito inteligente, proferido desde la más negra oscuridad.

¡Ay, quizás si se hubiera casado con Langston Hughes...!

Había escrito en un post-it, un poco como para burlarme de las listas en post-its de mi madre, mi frase favorita de la autora: «No soy más tu madre / que la nube que vierte un reflejo / para plasmar su propio y lento / borrado a manos del viento.» Y había colocado el post-it —sí, estupendo— en el marco de mi espejo.

«Nos quedamos parados, en blanco, como paredes.»

La maternidad, como un radar o una radiación, irradiaba en el ambiente.

Vi el taxi desde la ventana de mi cuarto, y mientras bajaba los escalones del porche el conductor se bajó y abrió el maletero para que dejara la mochila.

—Hola —dijo.

¿Cuántos años tendría? ¿Treinta? ¿Qué habría estudiado? ¿Literatura francesa? Al parecer los taxistas de esta ciudad tenían todos licenciaturas en Derecho, o doctorados, o tesinas a medio acabar sobre la alfarería de la Grecia antigua o los setos preponderantes en Versalles. Un cierto matiz belicoso en su rostro me hizo pensar que sería de los licenciados en Derecho. Había muchos en Troy, ya que si se quedaban en la ciudad no tenían que hacer el examen de acceso a la profesión, y por eso la ciudad hacía tiempo que rebosaba de abogados, muchos de los cuales estaban ahora al volante de autobuses urbanos, furgonetas de FedEx Express y taxis. Me monté atrás y allí estaba Sarah, exultante.

—¡Una nueva aventura en el mundo de la maternidad en potencia! —exclamó.

—Sí —dije, pensando que la frase era justo la que diría Murph después de una aventura amorosa. De nuevo no pude evitar pensar en dónde estaría el marido de Sarah.

Como si me leyera la mente, dijo:

—Edward va a intentar reunirse allí con nosotras. Tenía una conferencia en Los Ángeles y ahora mismo está de viaje de vuelta. Si su vuelo llega a tiempo nos deberíamos encontrar en el aeropuerto de Green Bay. Alquilaremos un coche y haremos el trayecto de vuelta juntos.

—Así lo conoceré —dije estúpidamente.

—Claro, por supuesto —dijo—. O puedes optar por lo que mucha gente hace: simplemente dejarte llevar. —Dejó escapar una risa tipo ladrido, rápida y ambigua.

El taxista, creo yo, ya la odiaba al llegar al aeropuerto. Cuando el taxímetro marcó veinte dólares justos, que ella le dio, y cuando a continuación ella no pudo encontrar ningún billete más pequeño para darle como propina y sacó una moneda de veinticinco centavos del bolsillo y se la dio, pidiendo perdón, éste se la devolvió.

—Señora, usted lo necesita más que yo.

Sarah se dio la vuelta y salió del taxi resueltamente. El taxista abrió el maletero desde dentro, nosotras mismas sacamos nuestras bolsas y nos apresuramos a entrar en la terminal.

—¡Por lo general doy buenas propinas! ¡Sí que las doy! —dijo—. ¡Tengo fama de dar buenas propinas! —Hice un gesto afirmativo.

La creía, y eso que todavía no me había pagado un solo centavo. Me acordé de un comentario que mi padre, a menudo frugal, solía hacer. «Sólo me gusta dar cosas gratis cuando es absolutamente necesario.»

—Los buenos modales se han perdido en el Medio Oeste —dijo Sarah—. Si quieres educación tienes que irte al sur, y hasta allí empieza a escasear.

En el mostrador de facturación comprobaron nuestros documentos de identidad, manteniendo Sarah el suyo un poco oculto a mi vista, como si le diera vergüenza la foto. En cuanto se lo devolvieron lo metió rápidamente en uno de los muchos bolsillos con cremallera que su bolso amarillo tostado contenía.

—Esta bolsa de mano tiene tantos compartimentos que cuesta acordarse de dónde has puesto las cosas —dijo—. Es como un test de inteligencia. —Sólo había oído a otra persona en mi vida decir «bolsa de mano» en vez de «bolso»: a mi madre—. Pero es mágica. Hay tanto espacio... ¡La vas llenando y de repente te encuentras con un montón de cosas que ni te acordabas de que estaban ahí! Es como en el anuncio del Volkswagen, ¡un payaso tras otro saliendo del coche! Pero bueno, la verdad es que si yo fuera mi madre, me encargaría de poner una etiqueta en cada cremallera.

Para mí la propia Sarah era como un Volkswagen del que salían despedidos un payaso tras otro.

—¿Tienes madre? —dije—. Quiero decir, ¿tu madre está viva?

—Sí —respondió.

—Genial —dije, ciñéndome a esos parámetros tan típicos de nuestra generación, según los cuales, y yo lo sabía, todo era «genial» o «una mierda».

Usábamos «genial» de la misma manera que los británicos usaban «espléndido»: para cualquier cosa. Quizás, como en el caso de los británicos, perseguíamos un efecto antidepresivo: una retórica excesiva para mantener la triste realidad a raya.

—Mis padres tenían una relación de verdad —dijo.

—Bueno, estaban casados.

—Cualquiera se puede casar. ¡Lo que ellos tenían era una relación!

—¿A tus padres les gusta tu restaurante?

—Mi padre murió antes de que pudiera verlo. Pero nunca le gustó comer fuera. Una vez lo llevé a Benihana, en Nueva Jersey, pero el chisporroteo del *hibachi* le puso muy tenso. Creo que le hizo acordarse de la guerra y del bombardeo de Tokio. Después de aquello se negó siempre a salir a cenar conmigo. Si le invitaba me decía: «¡Pásate a vernos! ¡Tu madre ha hecho un *kugel* buenísimo!» Mi padre era un señor mayor con dinero, que se asustaba con el chisporroteo de una plancha de cocina.

—¿Tenía dinero?

—Bueno, más o menos. ¿Tu padre tiene dinero? —Las cejas se le arquearon y sus ojos sobresalieron.

Nuestro diálogo versaba sobre algo que no coincidía con lo que decíamos. O al menos eso esperaba yo.

—La gente siempre ha pensado que tenemos dinero, pero no lo tenemos —dije. En realidad, no tenía ni idea. Me hice eco de lo que se solía decir—: Los granjeros no son gente de dinero. Tienen tierras pero no tienen dinero. —La verdad es que mi padre ni siquiera tenía tantas tierras. En una ocasión, de pie en el porche, abrió los brazos y dijo: «Hijos, algún día todo esto será vuestro.» Recuerdo que se dio con los nudillos en los pilares del porche. Ni siquiera el porche era tan grande—. Los granjeros se hacen ricos cuando mueren —añadí.

—Supongo que sí —dijo Sarah—. Aunque nunca se me ha ocurrido pensar en los muertos como gente rica. Creo que más pobre que cuando te mueres no se puede ser.

—Puerta dos, arriba —dijo la mujer del mostrador, a la vez que nos entregaba nuestras tarjetas de embarque, y como sólo teníamos equipaje de mano, nos fuimos directas arriba, o no del todo directas, pues Sarah, al no ver a nadie en las escaleras mecánicas que bajaban, decidió subir por ellas.

—Mira —me dijo—, te voy a enseñar la mejor manera de hacer un poco de ejercicio antes de subir a un avión. —Tras lo cual procedió a subir los escalones a toda prisa, usando la escalera como si fuera una cinta de correr, y saludándome teatralmente al llegar a la mitad, estilo Lucille Ball.

—Señora, ésa no es la escalera de subir —dijo alguien que iba por la escalera correcta, y después, como Sarah estaba tardando tanto en llegar arriba, otra persona que subía le dijo al llegar a su altura—: ¿Sabe que está subiendo por donde se baja, no? —Nadie entendía lo que estaba haciendo, y por lo tanto nadie sonreía.

—¡Ejercicio! —exclamó Sarah.

Me daba cuenta de que este brote de excentricidad era algo a lo que ella estaba acostumbrada, y como tal estaba entregada a él sin reservas. Yo, por mi parte, creo que nunca había presenciado un nivel tan elevado de autopermisividad en nadie, niños o adultos. Tomé la escalera de subida, desde donde observé cómo Sarah, cargando con su equipaje de mano, efectuaba el salto de gacela necesario para apearse de la escalera de bajada, y el cual, si su coordinación no hubiera sido justo la que fue, podría haberla dejado lisiada. El hecho de que toda esta secuencia no llamara la atención de ningún vigilante de seguridad fue un alivio.

—¿No está mal para una madurita, verdad? —dijo con una mueca jadeante y las mejillas rosadas.

Esbocé algún tipo de sonrisa (no estoy segura de cuál), y nos dirigimos con rapidez hacia la zona de control profusamente acordonada, donde un hombre fornido y con el pelo de color ocre nos quitó los cortaúñas, y a Sarah también las pinzas de depilar.

—¡Qué difícil nos lo ponen hoy día a las chicas para arreglarnos! —me dijo.

Solté una risita, para complacerla. Una energía nerviosa revoloteaba a su alrededor, y la risa —la suya, la de cualquiera— parecía disiparla.

La tensión me agarrotaba el cuello. No sabía dónde acababa mi miedo a volar y dónde empezaba mi desorientación respecto de este repentino viaje. El avión era pequeño, de cincuenta plazas, y desde mi asiento junto a la ventanilla las piezas grises del ala parecían encajar de forma casual y a la vez estudiada, como el plumaje de un ganso. Las manivelas de las puertas de emergencia estaban desconchadas y abolladas. ¿Qué significaría eso? Era un día azul de enero. El sol se reflejaba en los árboles de hoja perenne, el aire estaba completamente limpio. La luz era como futurista, como a veces podía ser a mediodía en enero: no intensa, sino pálida y tan refrescante como la crema de limón. Por la ventanilla veía docenas de aviones distribuyéndose en el pequeño entramado de pistas: un baile de abejas, de colisiones evitadas apenas, una y otra vez. ¿Dónde, oh, dónde estaba el néctar? Lo único visible era el baile bullicioso y el comercio de la colmena. Palabras de Robert..., qué ciertas.

De repente estábamos despegando, corriendo a toda velocidad por la pista y finalmente elevándonos en el aire, como en una atracción de feria. El avión se balanceó igual que un ave marina. Me pareció que era como el tipo de atracción en la que te dejarías más dinero de lo habitual en la feria del condado. Sentí el despegue en la barriga, y después cómo se inclinaba el avión hacia abajo y de nuevo hacia arriba, tratando de encontrarse a sí mismo. Por unos muy breves instantes me imaginé a todos los trabajadores de Boeing o de donde fuese que esta nave hubiera sido fabricada (¡en Brasil!, descubriría más tarde) como una panda de trabajadores de feria ambulante, mellados y tatuados. El suelo quedó atrás, hundido en el fondo —y si era verdad que el mundo se desvanecía como la estela tras un barco que zarpa al amanecer, ¿acaso era algo malo?—. Los veinticinco minutos de tierras de cultivo entre Troy y Green Bay se convirtieron en un tablero de damas verde pálido, caqui, gris pardo y marrón nuez, salpicado de nieve. Se parecía bastante al muestrario de granos de café, de verdes a tostado francés, que había en Starbucks junto a la caja registradora, y el cual a veces yo me quedaba mirando como si en vez de granos de café fueran pistachos o M&M's o bolas de chicle que uno quería pero no podía sacar de la máquina por no tener el cambio adecuado.

«El cambio adecuado.» Pensé en esta frase y en el significado que podía tener para Sarah. Su deseo de tener un hijo. Su escasa propina para el taxista. Yo todavía no la había visto hacerse con el cambio adecuado.

«El equipaje puede desplazarse durante el vuelo», nos habían dicho. ¿Eso era bueno o malo? ¿Y el equipaje emocional? ¿Sería posible que éste también se desplazara, por favor? ¿Y si la falta de oxígeno en la cabina hacía que pensaras en lentas espirales y desesperados bucles verbales por el resto de tu vida? Bajo nuestros pies seguían moviéndose los cuadrados en tonos verdes y marrones a los que Rothko nunca llegó. La tierra se presentaba veteada de barro y de nieve, su superficie rota de vez en cuando por la reluciente huella de un lago. El de abajo era un tono de ocre que, alumbrado por el sol, parecía una pantalla de pergamino iluminada.

—Bueno, te cuento la historia de la madre biológica —dijo Sarah en voz baja, para mantener la privacidad, si bien el motor sonaba bastante alto y por ello me veía obligada a pedirle que repitiera gran parte de lo que decía.

«Madre biológica.» Debía de ser uno de esos términos de nuevo cuño, quizás inventado por el propio negocio de la adopción. Mientras hablábamos estudiaba el elaborado ensamblaje del ala. Era necesario fijar la vista en algún punto. Parece ser que esa madre biológica, en un principio, se había puesto en manos de los Servicios Sociales Católicos, y ellos se habían encargado de encontrar una familia adoptiva para su bebé. Sin embargo, tras demasiados meses, la familia en cuestión se había echado atrás, de repente (le habían rezado a su Dios y éste les había dicho que no; «"Su" Dios —recalcó Sarah—, no el de todos. Ya está todo privatizado. Hasta el Creador»), así que la madre biológica había decidido cambiar de agencia y la de ahora se había puesto en contacto con la de Letitia Gherlich, con quien habíamos comido en Perkins.

¿Y Amber?

Amber ya no era una posibilidad, ya que por una parte había violado la libertad condicional, y por otra no le había gustado lo suficiente ninguno de los posibles padres que había conocido. Estaba considerando la opción de quedarse con su hijo.

—Me medio gustaba Amber —dije. Un error por mi parte.

La cara de Sarah se transformó en una piedra pulida.

—Amber era adicta a la cocaína y a las anfetas. Las dos cosas —dijo.

Amber era pasado. Estábamos cubriendo su rostro inanimado con la sábana blanca del «era». Pero en mi mente, bajo la sábana, sus pies descalzos sobresalían, luciendo una pulsera magnética. Imaginé que movía un dedo del pie, en señal de despedida. Amber me había medio gustado.

La nueva madre biológica, en Green Bay, se llamaba Bonnie y tenía veintitantos años. ¡Una adulta! Su hija, que tenía más de un año, quizás incluso dos, languidecía ya a estas alturas en casas de acogida.

—Y una vez que los conozcamos, probablemente descubriremos por qué, aunque creo que ya lo sé.

Yo estaba callada. El avión había empezado a descender, y los oídos se me estaban cerrando debido a la presión. Sus palabras me llegaban como pronunciadas bajo el agua.

—La niña es negra —dijo—. Medio negra. Y nadie la quiere. ¡La gente prefiere irse a China! Hacer todo el camino hasta China antes que adoptar a un bebé negro de su propio estado.

Cuando yo era pequeña el único sitio donde alguna vez veía a niños negros era precisamente en Green Bay. Los veía cuando íbamos allí de compras: hijos de futbolistas profesionales que vivían en grandes casas, en urbanizaciones, y de los que se decía que desaparecían a los tres años, en cuanto sus padres se lesionaban o eran traspasados a otro club. Los dependientes decían sin ningún reparo: «Yo les digo a mis hijos que no se molesten en hacerse amigos de ellos. Si al final se van a mudar.» Así era como se manifestaba la intolerancia entre gente que, por otra parte, juraba no albergar el más mínimo prejuicio.

—Estoy convencida de que esto es lo que pasa con esta niña —dijo Sarah—. Es por la raza.

Me pregunté si el padre biológico sería un jugador de los Green Bay Packers. Sería genial. En mi primer año en la universidad había una chica en mi residencia que se llamaba Rachel. Como su padre era negro y su madre blanca, sus amigos la llamaban Inter-Rachial. Ella siempre se reía.

El avión tocó tierra y yo tragué saliva, para abrir los oídos y asentar el estómago. Saqué un chicle de la mochila. Había comido más bien poco, lo que, combinado con el mareo que sentía, a buen seguro me había provocado mal aliento.

En la terminal buscamos a Edward, pero no estaba.

Sarah preguntó por el avión procedente de Chicago, y le dijeron que había aterrizado hacía quince minutos y que los pasajeros ya habían desembarcado.

—A lo mejor está cogiendo el equipaje —dijo.

Rodeamos las cintas de recogida de equipajes, yo tras ella, de camino al mostrador de Hertz, donde Sarah rellenó los papeles necesarios para alquilar un coche. A continuación nos plantamos cerca del baño de caballeros, a esperar. Edward no estaba. Pensé que el baño también debería tener un gran cartel amarillo que dijera HERTZ.*

Sarah se hundió contra la pared, y no debajo del cartel de HERTZ, sino debajo del que, anunciando el baño, decía CABALLEROS. Se le empezaron a humedecer los ojos. Los cerró y cuando los volvió a abrir sacudió la cabeza y suspiró.

—Ésta es la razón —dijo— de que Dios inventara la posición fetal.

Estaba empezando a admirarla. O como mínimo me daba menos miedo.

Se colocó bien el bolso sobre el hombro y se ciñó el abrigo un poco más.

—Venga, vámonos —dijo, llave y mapa en mano.

Sus rasgos faciales habían decaído, pero vi cómo los volvía a levantar, uno a uno, de esa manera en que uno arregla el mobiliario del porche después de un temporal de viento. Me preguntaba cómo podría ser su matrimonio. Construido sobre la marcha, sin duda. En lo que a hombres respectaba, a las mujeres se les decía ahora muchas veces que no fueran conformistas, que se merecían algo mejor, pero ésta era una época en la que, a

* Hertz, muy similar fonéticamente a *hurts*: «duele».

todas luces, parecía haber mucho menos dónde elegir. En este sentido las mujeres eran como los pobres, quizás. ¿Qué sentido podía tener nada de lo que les decían?

Encontramos el coche, un Ford Escort gris oscuro, al final del aparcamiento. Entré y noté lo limpio que estaba, más limpio y ordenado quizás que ningún otro coche en que yo hubiera estado. Sarah me entregó el mapa.

—¿Te importa hacer de copiloto? —preguntó, o medio preguntó.

—En absoluto. —Abrí el mapa, segura de que jamás volvería a plegarse correctamente, al menos entre mis manos. No se me daba mal interpretarlos, pero plegarlos me resultaba imposible.

Frente al parabrisas, una pequeña ciudad industrial llena de puentes me devolvía la mirada. El enorme pabellón de deportes, con su brillante techo blanco en el horizonte, o el gran tazón del estadio, llenaban buena parte de esta vista. Intenté esmerarme como copiloto. Me acordaba de que una vez, durante una retransmisión del concurso de Miss América, a Miss Wisconsin le habían preguntado a qué se refería la expresión «Bahía de Cochinos», y de que ésta había contestado, ansiosa: «¿A Green Bay?» Las bocas de incendios estaban pintadas en verde lima —era extraño ver este color en invierno—, y circulaban trolebuses también de color verde, como si esta ciudad fuera un divertidísimo centro turístico, lugar de residencia del mismísimo Gigante Verde; seguro que no faltaban los que venían en su busca y sólo se encontraban con Vince Lombardi, el mítico entrenador apodado El Papa de Green Bay, en su versión escultural. Se encontraban con la estatua de Vince Lombardi y con una fábrica tras otra vertiendo residuos al río.

—Me pregunto si habrá una alta incidencia de cáncer en esta zona —se planteó Sarah en voz alta—. O de defectos congénitos...

—Sí que sé que hay una alta incidencia de fútbol —dije.

En la distancia podía ver los nuevos palcos y cabinas del estadio, y la parte alta del pabellón; formaban un anillo de torres, como las atalayas de un castillo. Sarah estuvo moviendo el dial de la radio hasta que dio con la emisora de soul y con el cascabeleo del principio de *Heard It Through the Grapevine*. Empezó a dar golpecitos en el suelo del coche con el pie izquierdo, y me dio la sensación de que, bajo su abrigo, sus hombros se meneaban. Nos adelantó un coche con una pegatina que decía: LOS OSOS APESTAN.

—¿Se refiere a un equipo de fútbol o a los osos de verdad?

—A un equipo —dije.

La oficina de la abogada estaba en un hotel del centro, viejo y algo siniestro. Nos pusimos a dar vueltas por el aparcamiento, buscando un espacio libre.

—Cuando intento aparcar me pongo un poco pitonisa —dijo Sarah—. No puedo evitar pensar: «Tengo la corazonada de que va a haber un hueco justo torciendo por aquí.» O eso o me vuelvo un poco abogada defensora y me pongo a discutir con las señales: «¿Y yo qué, no soy un vehículo autorizado? Tan autorizada como el que más, y tan minusválida como el que más...» Y si nos ponemos con lo de las limitaciones horarias, pues qué te voy a decir, en la Costa Este, que es de donde yo soy, ahora mismo son las cuatro. Tonterías así. A veces cojo

119

el espíritu de la norma y me quedo con eso, y otras con la norma en sí.

Sólo había un espacio, bastante justo, a la izquierda de un turismo negro aparcado de forma descuidada: mucho espacio a la derecha, ninguno a la izquierda. En cualquier caso, conseguimos meternos en el hueco disponible, y al parar vimos que el conductor estaba en el coche, recostado sobre su asiento, esperando a alguien. Una gorra de los Packers, inclinada hacia adelante, le cubría parte de la cara. El hombre bajó la ventanilla.

—Señora, ¿por qué no busca otro sitio donde aparcar? —dijo.

Sarah dijo entre dientes:

—¿Por qué, porque él lo diga? —Apagó el motor, bajó la ventanilla de mi lado y dijo gritando—: Con que se moviera unos centímetros cabríamos todos perfectamente. Éste es el único espacio que queda en todo el aparcamiento.

—Yo estaba aquí primero —gritó indignado.

—¿Y qué que estuviera primero?

—Señora, me deja muy poco espacio. Me sabría muy mal ver que su coche acaba todo abollado y rallado.

Sarah se bajó y cerró de un portazo.

—Claro, caballero, y a mí me sabría mal ver que le han pinchado las cuatro ruedas. —Salí a duras penas, y las dos nos apresuramos hacia la entrada del edificio—. El seguro de la empresa de coches lo cubre todo, si no recuerdo mal —me dijo con una buena dosis de confianza—. Y si no el de la tarjeta de crédito. ¡Una vez maté a alguien y American Express lo cubrió todo!

Sonreí. El vestíbulo, en tonos apagados granate y escarlata, estaba oscuro. El ascensor era de metal deslustrado, y no dejó de rechinar y vibrar durante nuestro lento ascenso hasta el tercer piso. Las puertas se separaron con violencia y yo salí con rapidez, no fuera a ser que el artilugio cambiara de opinión y velocidad, y saliera disparado hacia el sótano.

—Suite tres D —dijo Sarah, que leía una tarjeta donde también ponía: «Roberta Marshall, abogada».

En seguida llegamos a una estancia amplia y con bastante luz natural, decorada en verde y rosa. El papel de la pared tenía un fondo de color verde oliva y una secuencia a base de lirios y rosas enormes que, entrelazados, se iban hinchando hasta explotar, o que quizás se apareaban y enloquecían, una y otra vez.

—Venimos a ver a Roberta Marshall —le dijo Sarah a la recepcionista, una mujer gruesa con el pelo teñido en un tono oro deslucido, engominado hasta formar una capucha rígida.

—¿Y usted se llama...? —dijo la recepcionista.

—Ay, perdone. Sarah Brink.

La recepcionista marcó tres números y esperó con el auricular pegado a la oreja. Movió la cabeza varias veces a uno y otro lado, puso los ojos en blanco, se miró el reloj, me miró a mí y me dedicó una breve sonrisa de labios fruncidos, y después se miró las uñas, pintadas, pero que parecían necesitar una nueva sesión de manicura.

—Sarah Brink está aquí —dijo—, con... Perdona, no he oído como te llamabas.

Pero justo cuando yo decía «Tassie Keltjin», ella repetía el nombre de Sarah, por lo que la mención de mi nombre quedó silenciada por el suyo.

—Sarah Brink. Sí. Sarah Brink. —Dicho lo cual, colgó con fuerza y suspiró—. En un momento está con usted —le dijo a Sarah.

Nos sentamos y esperamos. Era difícil decir dónde nos encontrábamos o en qué año estábamos. Podría haber sido cualquier lugar, cualquier fecha.

Roberta Marshall irrumpió en la sala para a continuación darse la vuelta y cerrar la puerta de su despacho con sigilo. Era una mujer bajita, de pelo moreno, con una amplia sonrisa que hacía ya mucho tiempo le había producido tanto arrugas alrededor de la boca como patas de gallo. Pese a que era de día, llevaba una chaqueta de ante entallada, con solapa doble triangular, la cual le sentaba bien y que probablemente ella creía que le daba un aspecto distinguido. Sin duda me estaba convirtiendo en una mujer que juzgaba la apariencia de otras mujeres. Me estaba convirtiendo en una mujer típica.

Nos levantamos, le estrechamos la mano a Roberta y nos volvimos a sentar. Roberta me miró y descorchó una de sus enormes sonrisas.

—Sarah me dijo que vendrías —anunció de forma acogedora—. ¿No está Edward? —preguntó a la vez que miraba alrededor, frunciendo el ceño.

—La próxima vez —dijo Sarah. Su rostro reflejaba, de algún modo, un mínimo de alegre esperanza.

Roberta Marshall abrió un sobre de color manila.

—Bueno, aquí está nuestra pequeña —dijo mientras sacaba varias Polaroids—. Prácticamente un bebé —añadió—. Ha estado todo este tiempo con los Servicios Sociales Católicos, a la espera de que se interesase alguna familia afroamericana. —Ésta era la historia que ya había oído—. Le encontraron una, pero al final la pareja cambió de opinión: dijeron que le habían rezado a su Dios y que su Dios les había aconsejado no proseguir con la adopción. Acabaron rechazando al bebé. Y entonces la madre, que es blanca, acudió a nosotros.

—Bueno, pues, menos mal —dijo Sarah, su alegre confianza todavía presente en su mirada, la cual tenía puesta ávidamente en las instantáneas que Roberta sostenía.

—No sé muy bien quién era «su Dios» o por qué daban a entender que era distinto del de todos nosotros —dijo Roberta, poniendo los ojos en blanco. Quedaba claro que los indecisos no eran santo de su devoción—. Una vez arreglé una adopción internacional, y la pareja en cuestión pasó dos semanas en un hotel de Santiago y al final se volvieron sin niño, y todo porque decían que «no podían conectar con el bebé». Así que menos mal, sí, menos mal. —Por alguna razón, seguía aferrándose a las fotografías—. El padre biológico es afroamericano, o al menos mitad afroamericano, aunque parece que se ha largado de la ciudad. Hemos puesto los anuncios que en teoría hemos de poner antes de quitarle sus derechos.

—¿Qué anuncios?

—Los que le avisan de que o aparece o... Pero esto es muy común. Incluso cuando estos chicos aparecen, por lo general quedamos en McDonald's, les compramos una hamburguesa y les informamos de que renunciar a sus derechos es lo mejor. Incluso si están en la cárcel vamos y hablamos con ellos, aunque entonces es un poco más difícil. Cuando están en la cárcel no quieren renunciar a nada. Ya han renunciado a mucho. —Hizo una pausa, como si pensara que lo que acababa de decir podía sonar cruel—. No se obliga a nadie. Se les convence de un modo completamente compasivo y razonable. Todo es legal. Por lo general estamos hablando de chicos que han venido de Milwaukee o de Chicago para trabajar en la planta de conservas y que un viernes por la noche se han tomado un par de cervezas, ya sabéis a lo que me refiero. —A continuación añadió—: La madre es blanca..., ¿eso ya lo había dicho, no? No conocía demasiado al padre, Victor; siempre por el nombre de pila, por cierto. La cuestión es que ella no está encariñada con la idea de ser madre. Le gustaría poner su vida en orden y volver a estudiar. No tiene muchos recursos. —De repente hizo ademán de entregarme las fotos. Un poco insegura, me dispuse a cogerlas, pero ella las retiró veloz—. Perdona —dijo, tocándose la frente como si tuviera dolor de cabeza—. A ti —le dijo a Sarah—, quería dártelas a ti. Perdón.

Sarah actuó como si nada. De ninguna manera quería hacer nada que pudiera estropear las cosas. Cogió las fotos con cuidado, como si lo que le estuvieran entregando fuera al bebé en carne y hueso.

—Oh, mira qué monada —dijo complacida—. Es preciosa.

—Se volverá más oscura, por supuesto —dijo Roberta Marshall rápidamente.

—Por supuesto. ¡No es que eso sea un problema! —Sarah compuso un gesto de leve indignación.

—Bueno, no quería dar a entender que sea un problema. Es sólo que creo que la gente debe ser consciente de ello. Yo misma tengo un hijo de raza mixta. Y se le ha criado de tal forma que no distingue entre razas, como si no las viera. Es algo bonito de ver. Se conoce la historia de su adopción de memoria, lo de que la barriguita de su madre no funcionaba y demás, y realmente la ha hecho suya. —Me daba la sensación de que el negocio de la adopción estaba lleno de mujeres con «barriguitas defectuosas»—. Con diez años, un día, estaba viendo a Gregory Hines bailando en la televisión y de repente me dice: «Mira, mamá, ese hombre que baila es adoptado.» ¡Fue graciosísimo!

No parecía demasiado gracioso. Parecía raro. Sonaba como si encerrara una extraña mentira, una mentira afilada. Quizás, como decíamos en Dellacrosse, hogar y esperanza de los avistamientos de extraterrestres, Roberta sólo veía su ombligo. Eché un vistazo a Sarah, que se dedicaba a asentir, los labios fruncidos. Siempre tenía esta sensación de que era una mujer que no soportaba las imbecilidades, predisposición que la vida, sin embargo, se estaba encargando de poner seriamente a prueba y corregir. Aunque más tarde le oiría decir, repetidamente: «No ver las razas... Una idea muy de blancos, me parece a mí», en aquel momento se limitó a preguntar:

—¿De cuándo son estas fotos?

Roberta estiró el cuello para mirarlas de nuevo.

—Las hizo la madre biológica antes de ayer, creo.

—¿Está sana? ¿La niña?

—Está sana. Un poco de alergia a la leche en polvo, al principio, pero ya se solucionó. Ya está comiendo comida normal, tengo entendido. Tendremos que ver lo que dice la familia de acogida. Y aprovecho para ponerte sobre aviso sobre la casa de acogida de los Servicios Sociales Católicos: no es el Hotel Pfister.

—¿Y qué más sabemos sobre los padres biológicos?

—Bueno, a la madre biológica la conocerás ahora... Sólo nombres de pila. Tiene que entrevistarte para ver si le parece que sois los padres adecuados, la madre adecuada. El padre biológico... pues... no sabemos demasiado. Y hay una cosa que no puedo mencionar, por cuestiones de privacidad. Ella no lo conocía bien. Fue, creo, sólo una aventura, por decirlo así. Quizás fuera una..., no, lo retiro. No creo que fuera una violación.

Un silencio cortante cayó sobre la estancia, como un temporal.

Por fin alguien despertó, como sacudiéndose la nieve de encima. Sarah.

—¿Podemos conocer a la niña?

Roberta sonrió.

—Después de haber hecho todo el viaje..., ¡por supuesto! Pero primero tienes que conocer a Bonnie. La madre biológica. —Bajó la voz antes de continuar—: Sólo quiere hacerte unas preguntas. Lo que más le importa son los temas de religión. La niña ya está bautizada, pero Bonnie quiere que le prometan que hará la primera comunión. —Bajó la cabeza y su susurro casi se convirtió en siseo—: Una promesa de este tipo no tiene validez legal, por supuesto. —A continuación retomó su tono de voz normal y lo que a mis ojos era una postura más típica de abogada. Tiesa como un palo—: Supongo que no tendrás ningún problema con eso, ¿no?

—No, creo que no —dijo Sarah—. Conozco bastante la Iglesia Unitaria, y allí hacen unas ceremonias que...

A Roberta no le había gustado la palabra «unitaria». Interrumpió en un tono muy sonoro y amenazante:

—Estamos hablando de una madre que pasa los sábados por la noche patinando sobre hielo con las monjas. Supongo que no tendrás ningún problema con que la niña haga la primera comunión y también la confirmación en una iglesia católica.

—Oh, no, ningún problema —se apresuró a añadir Sarah.

—Perfecto. —Roberta se levantó—. Conozcamos a Bonnie, pues. —Entreabrió la puerta de su despacho e hizo un gesto a quien estaba dentro de que ya podía pasar—. Estamos listas —dijo con voz suave, y abrió la puerta del todo.

Bonnie no era bonita. Llevaba un traje chaqueta de punto beige, medias y unos zapatos planos de color marrón. Supuse que la intención había sido parecer una mujer de carrera, cosa que, aunque no era cierta, sí que ella esperaba que lo fuera algún día. Debía de pesar bastante, quizás todavía por el embarazo. Tenía el pelo fuerte y de color ocre, como el de una muñeca. Era mayor que yo. Puede que incluso tuviera treinta años. Llevaba gafas, y tras ellas pude ver que tenía unas cejas muy finas. Se las había afeitado, y arriba y abajo se apreciaba la sombra del pelo incipiente; también habían sido alargadas usando lápiz de ojos, y el efecto era tan natural como si se hubiera pegado dos lápices en las cejas. A mí siempre me habían dicho que nunca había que depilarse las cejas por arriba, sino sólo por la parte inferior, y que nunca, nunca se debía usar una cuchilla, y al verla allí de pie, bajo la sombra de su error, por fin entendí el porqué de todos aquellos consejos sobre depilación. Me levanté para saludarla. Parecía hinchada y medicada. Me pregunté qué tal le iría cuando volviese a algún centro a estudiar, llevando a cuestas su irónico nombre de pila* —tan irónico como el del padre biológico, Victor—. Me pregunté si sentiría su nombre como una burla. Por otra parte, teniendo en cuenta que tantos otros aspectos de su vida eran motivo de tristeza, ¿por qué iba a importarle el que su nombre fuese una burla?

Caminó hacia nosotras despacio, acompañada del roce de los pantis, y se sentó a mi lado en el sofá, por lo que yo también me volví a sentar. Tras su rígida com-

---

* *Bonny* en inglés significa «bonita».

postura y su rostro enmascarado asomaba un tufillo a tocino y a chicle. El olor a menta creció con su cercanía, y yo me pregunté si no tendría todo un lote de chicles escondido a un lado de la boca para disimular un aliento terrible. De cerca, el insólito arreglo de sus cejas parecía más un caso de locura transitoria que un simple error de cálculo.

Le sonreí, pensando que podría verme con su visión periférica. Y podía. Se giró y me saludó con la cabeza, y de nuevo se volvió a centrar en Sarah, a la que teníamos enfrente.

—¿Ya has conocido a mi hija? —le preguntó Bonnie.

La pregunta, todas y cada una de sus palabras, no sonó bien. Se hizo un silencio incómodo. Saltó Roberta:

—Voy a pedirle a Suzanne que nos traiga café.

Se levantó y se fue en busca de Suzanne, quien por alguna razón había abandonado su puesto de recepcionista y se había metido en el despacho de Roberta, como si hubieran cambiado de puesto y realmente no importara quién fuera quién. Claro que en el fondo sobre esto iban las agencias de adopción: mujeres que se cambiaban de sitio.

—No, sólo he visto fotos —dijo Sarah—. Es una niña preciosa.

—Sí —dijo Bonnie, sus ojos de repente brillantes—. Lo es.

—Es como una pequeña rosa irlandesa —dijo Roberta mientras volvía.

Traía una bandeja con dos cuencos: uno con un montón de sobres de leche en polvo y el otro lleno de sobrecitos amarillos de edulcorante, que, unos amigos me habían contado, había sido inventado accidentalmente por un grupo de científicos que trabajaban en la reformulación de un insecticida. La muerte y el postre, la ruina y la dulzura: tan lejos y tan cerca. Empezaba a darme cuenta de que esto era bastante común. Este tipo de azúcar, por supuesto, era un azúcar envenenado. La muerte, por otra parte, era bastante sencilla. Sabía de bastantes chicos que, por dinero, habían hecho de conejillos de Indias en ensayos farmacéuticos y que secretamente habían estropeado los resultados al hacer cosas como zampar donuts cuando no debían o esnifar pegamento. Y sin embargo, tras analizar su sangre y observar sus períodos de sueño, los resultados se habían dado por válidos y se convirtieron en ciencia.

—No creo en las relaciones interraciales —dijo Bonnie.

—¿Lo dices por lo del estereotipo del «mulato trágico»? —dijo Sarah, con un ligero sarcasmo que, procedente de alguna otra conversación, nada tenía que ver con ésta—. Por todo eso de «¿Y qué será de los niños?».

—¿Qué? —Bonnie retorció la cara, como presa del dolor. Quería que la respetasen por el regalo que le estaba haciendo al mundo, aquí y ahora ella quería ser la dueña de la situación, pero parecía quedar claro que probablemente no lo era.

Roberta miraba a Sarah, sus ojos de par en par.

—Perdona —dijo Sarah. Su voz había recuperado un matiz más suave—. A veces mis empastes interceptan las conversaciones de móvil de otra gente. —Hizo una mueca.

—¿En serio? —preguntó Bonnie confundida.

—¡A mí a veces también me pasa! —fue mi contribución—. En serio, algo rarísimo.

Sarah intentó remar de vuelta a Bonnie, a quien había perdido.

—Pero, Bonnie, te quería preguntar: ¿la niña no es mitad afroamericana?

Sarah volvió a cruzar las piernas. Se había estremecido un poco al oír lo de «pequeña rosa irlandesa». Me daba cuenta de que por una parte quería evitar la confrontación, pero que por otra quería saber qué tipo de racismo era exactamente el que había en esta sala.

—Más bien tiene una cuarta parte, creo. No sé. Él, el padre de mi hija, me preguntó una vez si estaría dispuesta a tener un hijo que tuviera un abuelo negro.

No parecía el tipo de pregunta que salía a relucir en una violación, o en una aventura. En realidad, no parecía encajar en ninguna conversación de ningún tipo. O quizás yo no sabía nada del tipo de cosas que se decían en según qué contextos y por fin me estaba enterando. ¿Cuándo llegaría Suzanne con el café?

—A lo mejor era italiano —dijo Bonnie.

Nadie se rió, lo cual estuvo bien. Nadie se rió en voz alta.

Por fin llegó Suzanne con una cafetera y vasos, y estaba todavía sirviendo y pasando el café cuando la puerta de entrada a la sala se entreabrió.

—¿Es aquí...? —dijo una voz de hombre—. Ah, sí, veo que sí. —Y con esto la puerta se abrió del todo.

Entró un hombre de aspecto distinguido: el pelo, escaso arriba, en tonos plateados, lo llevaba algo largo y ondulado por detrás, como si llevase una pequeña capa. Tenía un bigote entre canoso y moreno, recortado con esmero.

—¡Edward! —Sarah se puso en pie de un salto.

—Siento llegar tarde —dijo.

Su mirada, en un principio puesta en Sarah, pasó a centrarse en su propio vaso de plástico, del cual empezó a beber a sorbos, como si el café no sólo estuviera delicioso sino que además el beberlo fuera tarea urgente, y yo podía ver que él se nos ofrecía, que ofrecía su perfil aquilino, su supuesto atractivo, de tal modo que por unos instantes él no tuviera que molestarse en admirarnos, sino que más bien se empapara de nuestro reconocimiento. Había dividido en dos la conexión visual con Sarah, formada con rapidez y en seguida anulada, pero se veía que era un hábito suyo el, de modo casi imperceptible, dominar e insultar.

En vez de estar enfadada, Sarah parecía estar más feliz de lo que yo nunca la había visto en mi breve relación con ella. Algo en su rostro cedió, mostrándose más suave, y había una luz juvenil tras cada una de sus facciones. Pese a todo, estaba enamorada de él. Yo no había presenciado el amor en demasiadas ocasiones, y para mí, con mi mentalidad de chica del Medio Oeste, era difícil imaginarme enamorada de un hombre tan llamativamente pagado de sí mismo y tan, no sé, mayor. Quizás tendría cincuenta años, o incluso cincuenta y cuatro. En cualquier caso, Sarah se acercó hasta él, tomó su cara entre sus manos y lo besuqueó en los labios. Él le dio unas palmaditas en la espalda como para calmarla. Sus ojos profundos, su sonrisa encantadora... Yo, allí y en aquel momento, desde luego que no le veía nada. Eso era amor, supuse, y con el tiempo acabaría entendiéndolo. Algún día el amor me elegiría a mí y terminaría por comprender su embrujo, durante períodos largos y también cortos, dos veces, quizás tres, y entonces con toda probabilidad no volvería a elegirme nunca más.

—El taxista se ha equivocado al salir del aeropuerto y no se ha dado cuenta hasta que estábamos casi en Pulaski.

—Aquí decimos «Plaskai» —se apresuró a decir Roberta.

—Hemos vuelto por un sitio que se llamaba Allouez... ¿Cómo decís eso?

Al parecer muchos de los comerciantes franceses que en su día llegaron a estas tierras tuvieron una relación muy difícil con la naturaleza, y sobre todo con el agua. Todo lo que bautizaron fue objeto de su siniestra visión. La Puerta de la Muerte, la Tumba de las Olas, el Lago del Diablo, todos encantadores lugares vacacionales traducidos del francés. Incluso el lago de Dios, *du Dieu*, en el condado de Delton, tenía su lado oscuro, al ser llamado por los habitantes de la zona «lago Du-du». En comparación, Allouez era un nombre acogedor.

—Alwez —respondió Roberta, como si la palabra no tuviera nada de francesa.

—Edward Thornwood —dijo él, ofreciéndole la mano.

—Edward. Edward. Sí. Edward. Yo soy Roberta —dijo, obviamente tratando de enfatizar que habíamos de ceñirnos a los nombres de pila.

¿Podría la revelación de su apellido echarlo todo a perder? ¿Qué podía pasar? ¿Que la madre biológica cambiara de opinión y que al acordarse del apellido los pudiera localizar y quitarles la niña? Yo que intentaba vivir de forma cautelosa, o mejor dicho, había finalmente aprendido a intentar vivir, en un espíritu de prevención del arrepentimiento, era incapaz de ver cómo Bonnie podría intentar vivir de la misma forma en la situación en la que se encontraba. El arrepentimiento —un arrepentimiento operístico, oceánico, insondable— parecía extenderse en todas direcciones a su alrededor. Sin importar qué camino eligiera, el arrepentimiento le mancharía los pies, le arañaría los brazos, llovería sobre ella, una lluvia fina y sin fin. Ya había empezado.

Sarah nos presentó a Edward otra vez, de nuevo sólo como «Edward», quizás para contribuir a borrar el recuerdo de su apellido, y él centró su brillante mirada y sus palabras de amabilidad —«me alegro mucho de conocerte, sé que éste es un momento complicado»— en mí. Esto ocasionó que Bonnie se mostrara visiblemente consternada, aún más distante y más triste, pues estaba claro que Edward había pensado que yo era la madre biológica y que por lo tanto era en mí en quien debía centrar sus encantos. Bonnie deseaba y necesitaba que el foco de esta reunión, si no de todo ese día, recayera sobre ella. ¿Es que no podía ser ella la estrella por sólo unas horas, dada la situación, dándolo todo como lo estaba dando?

—Edward, Bonnie, aquí, es la madre biológica —dijo Sarah.

—Ay, perdona —dijo, y pasó a saludarla con la cabeza, pero sin conseguir transmitir ya la misma energía que había tenido conmigo.

Me pregunté si ser tomada por una madre biológica sería un mal augurio, de un futuro poco brillante, quizás.

—¿Quieres un poco más de café? —le preguntó Suzanne a Edward. Levantó la cafetera y la pegó a su vaso.

—No, gracias —contestó.

Y charlamos un poco más, sobre esto y aquello. Edward era investigador. No estaba asociado a ninguna universidad en particular. Trabajaba en el campo del cáncer ocular.

—¿Y cómo es que te interesaste por los ojos? —preguntó Roberta, animada.

—Bueno... —dijo Edward, sentado junto a Sarah en el sofá para dos, y con una mirada de regocijo inocente, verdadero, añadió—: Al principio me interesaban los pechos.

—Qué peculiar —dijo Roberta.

Se me escapó una pequeña risotada. Un error.

Bonnie lo miraba, impasible.

—Pero bueno, hay un tipo de cáncer ocular en los ratones que responde muy bien a una sustancia química presente en la uva y en el vino tinto. Se llama resveratol, y básicamente me interesé en todo lo relacionado con eso. Claro que las empresas farmacéuticas no están interesadas porque se trata de una sustancia natural y como tal no se puede patentar, y las grandes farmacéuticas son las que controlan las becas de investigación...

—Pero contáis con algún tipo de interés por parte de otros organismos —se lanzó Roberta al rescate.

Estas madres biológicas querían padres con dinero a raudales. Querían saber que sus niños tendrían todas las cosas que ellas no tenían. Y las tendrían. Éstos eran majos, estaban bien. La persona que mayor necesidad tenía de ser adoptada, me parecía a mí, era la propia Bonnie.

—Sí, por supuesto. Hay interés —se apresuró a añadir. Sabía interpretar las indicaciones de la abogada con tanta rapidez como Sarah—. Pero no es que haya inventado un robot asesino ni nada así de excitante. —Hubo silencio, así que continuó—: Por desgracia la inteligencia artificial es muy artificial. En mi opinión.

Sarah metió baza del modo más extraño:

—Yo con mi cocina profesional y él con su laboratorio, mucha química cada uno por su lado, pero luego entre los dos somos incapaces de crear nada. —Y ahí estaba otra vez: el niño adoptado como niño por defecto. En su intento por congraciarse, nerviosa, Sarah había traspasado algún límite (el que marcaba la intimidad y la delicadeza, quizás incluso la honestidad), aunque yo entonces no lo sabía. Edward le dirigió una mirada áspera. No obstante, ella continuó—: Se nos dan fatal las plantas, —dijo—. Hasta las malas hierbas se niegan a crecer en el jardín. Tenemos la vinca más tímida del mundo.

¿Qué significaba tener la vinca más tímida del mundo? Sonaba a algo triste pero tal vez necesario, como la jubilación de una bailarina entrada en años.

Bonnie empezaba a moverse en su asiento, e incluso su escasa expresividad empezaba a perderse en la distancia, siendo sustituida por una falta de expresividad aún mayor.

—Bonnie, ¿tienes alguna pregunta?

Esta repentina atención, que antes Bonnie parecía haber deseado, ahora la cogió desprevenida. Se puso roja. Quizás era cierto que había una sustancia química en la naturaleza que podía prevenir el cáncer de ojo, el cáncer de lagrimal, aunque yo lo dudaba. Pude ver que sus ojos comenzaban también a enrojecerse, y después que un agua viva brillaba sobre su superficie, como la luz del sol, pero sin sol. Sus manos se desplazaron lentamente hacia su pelo. La magnitud de lo que estaba haciendo volvía a adueñarse de ella.

—Ahora mismo sólo soy auxiliar en el hospital. —No usó la palabra «cuña», pero no hacía falta—. Me gustaría volver a estudiar.

—Nosotros te podemos ayudar.

—Humm, de hecho, eso no está permitido en este estado —dijo Roberta—. Ciertos regalos más pequeños puede que sí.

—Quiero decir que podríamos apoyarte... de otras maneras. Aconsejándote y demás. —Sarah era patética y a la vez resuelta. Era difícil no admirarla.

—Sólo quiero lo mejor para mi pequeña —dijo Bonnie con firmeza—. ¿La educaréis como católica?

—Por supuesto —mintió Sarah, que se inclinó bastante para posar su mano sobre la de Bonnie y darle unos golpecitos. Como yo estaba más cerca, estreché a Bonnie entre mis brazos. No sé lo que me pasó. Pero me pareció que éramos un equipo. Un equipo de rescate y de destrucción, las dos cosas, y yo estaba en él y tenía que hacer mi papel. Por unos instantes pareció que Bonnie iba a apoyar su cara en mi hombro, pero entonces se recompuso y se irguió en su asiento. Sarah nos lanzó una mirada atónita.

—Bueno, Bonnie —dijo Roberta—, ¿qué te parece si vamos ahora a mi despacho para hablar nosotras dos?

—Vale —dijo Bonnie.

Se levantaron y una vez dentro cerraron la puerta del despacho, dejándonos a nosotros tres de pie y en compañía de Suzanne, la cual anunció:

—La de cosas fuertes que he visto en esta sala. —Y pasó a ocuparse de unas carpetas.

—Si el papel de estas paredes pudiera hablar, ¿no? —dijo Edward, y tras estudiar el papel con curiosidad—: O quizás ya habla.

—Este papel no hablaría —dijo Suzanne, mirando las paredes de reojo—. Mordería.

Nos volvimos a sentar y hojeamos revistas. *El Mundo de la Adopción*, *El Niño Adoptado*, y *Sports Illustrated*. Una para los papás. Estuve leyendo un artículo de la revista *Time* sobre los nacidos durante la explosión demográfica de la posguerra, sobre sus solitarios hábitos de trabajo y sus mascotas envejecidas.

Pasados diez minutos reaparecieron Roberta y Bonnie.

—¡Tengo una noticia fantástica! —dijo Roberta—. Bonnie ha decidido que le gustaría que fuerais los padres de su bebé.

Esta ceremonia de aprobación era una farsa —todo se había decidido antes de que nosotras llegáramos—, y era, como pasa con todas las farsas, un tanto bulliciosa, necesaria y poco convincente.

—¡Oh, es maravilloso! —dijo Sarah, que se abalanzó sobre Bonnie, con la consecuencia de que ésta se desequilibró un poco y tuvo que apoyarse un momento en el respaldo del sofá.

Edward dio un paso adelante y también le dio un abrazo, al que ella respondió con rigidez. Pero entonces Bonnie se giró hacia mí, y a lo mejor es que ya le había tomado cierto cariño a los abrazos, o me lo había tomado a mí, pues se acercó decidida y me abrazó, y sus lágrimas silenciosas humedecieron mi hombro. La espalda le tembló ligeramente, una sola vez, y después se irguió.

—Bueno, pues estamos en contacto, supongo —dijo Bonnie en un tono esperanzado. Su cara, mientras tanto, reflejaba desolación y vanidad frustrada. Su momento bajo los focos llegaba a su fin; la luz de los focos se iba atenuando y ella iba desapareciendo al fondo del escenario.

—Sí, te enviaré felicitaciones de Navidad —dijo Sarah—. Todos los años contándote lo que haya pasado.

—Y fotos —dijo Bonnie con una voz grave, solemne, que hasta entonces no había usado—. Quiero fotos de la niña.

Sarah dijo:

—Por supuesto. Te enviaré fotos. —Le dio un último abrazo y le murmuró algo al oído que todos pudimos oír—: Sé feliz.

—Sí —dijo Bonnie sin tono alguno. Se giró hacia mí una última vez y también yo le di un último abrazo. Me susurró al oído—: Sé feliz *tú*.

Y entonces empezó a desvanecerse como un fantasma. A través de la ventana y de su tarde cada vez más oscura llegaba el sonido de un quitanieves, pero era aquí dentro donde estaba nevando. Estaba nevando aquí dentro y la nieve se apilaba alrededor de Bonnie. Caía sobre su cabeza, se amontonaba sobre sus hombros. Lo de Bonnie había sido un farol, un farol echado a costa suya; ahora se había desinflado hasta quedar en nada. Bonnie se había convertido en algo plano y lejano y pegado a la pared. Sentí que quería llevármela, ir a ella, cogerla de la mano y que se viniera con nosotros. ¿Adónde iría? ¿Qué hogar podía tener? De repente nos estábamos separando, cada uno por su lado. Mañana veríamos a Roberta en la casa de acogida, donde conoceríamos a la niña. Le dije adiós a Bonnie con la mano. Fue una especie de saludo estilo reina, un gesto que yo esperaba que ella interpretase como amistad, pero no se inmutó.

Sarah, Edward y yo, como un trío aturdido, salimos del hotel para adentrarnos en esta ciudad de... ¿de qué? Una tundra de fábricas a medio cerrar, fútbol profesional, ávido catolicismo. El aire vespertino de nuestras exhalaciones pendía frente a nosotros en breves nubes. El bocadillo de mi propia respiración decía: «¿Cómo he llegado hasta aquí?» No era una pregunta teológica. Más bien sobre transporte y neurología.

—Vamos a buscar un buen plato de pescado rebozado con patatas —dijo Sarah, que felizmente se cogió del brazo de Edward.

—Vayamos pues —dijo él, y a mis oídos sonó como el típico caballero sureño de las películas cursis antiguas.

Nos metimos en el Ford Escort, ya sin el coche negro al lado, y con sólo un pequeño arañazo plateado. Empezamos a dar vueltas sin demasiado orden ni concierto, y pasamos junto al estadio, momento en el que Sarah dijo:

—Así que es ahí donde se reúnen todos los católicos a rezar para que ganen los Packers.

Acabamos en un club de cenas, de nombre Lombardino's, donde, en alto, detrás de la barra, había un cartel que decía: MEJOR VIVIR MÁS QUE UN ELFO QUE BEBER MÁS QUE UN ENANO. Había dibujos de Vince Lombardi en las servilletas y en los manteles individuales y hasta en las tazas de té. Para mi sorpresa, tuve que explicarles a Sarah y a Edward lo que era un club de cenas.

—Somos del este —dijo Edward—. Por allí no los hay.

—¿De verdad? —Para mí esto era inconcebible.

—Bueno, por allí tenemos los asadores y eso, pero no es lo mismo. Nos encantan los clubes de cenas pero sin que sepamos exactamente en qué consisten. Más o menos lo entendemos, pero siempre nos gusta oír la definición exacta de alguien que se haya criado por aquí —dijo Sarah.

«Siempre. Por aquí.» De modo que esto era algo que ellos tenían costumbre de hacer, un juego de turistas.

—Pues... un club de cenas es sólo... pues... ponen zanahorias y rábanos en vasos con hielo, como éste —empecé a decir desorientada, sin que las palabras fluyeran, con la sensación de que era obvio. Era como ponerme a describir mis brazos—. Y siempre hay bistecs, y los viernes pescado, y patatas fritas de algún tipo. Hay cócteles de whisky, y Bloody Marys, y Cacho Marys, y cenas, pero no hay ningún club. Quiero decir, que no hay miembros ni nada de eso.

—¿Qué es un Cacho Mary? —dijeron Edward y Sarah casi a la vez.

—Es un Bloody Mary con un cacho.

—¿Un cacho?

—Un pescado. Está muerto. Lo ponen pequeño. Al principio sólo ves la cabeza ahí entre los cubitos, y te piensas que eso es todo, pero no, el resto está dentro, entero.

Edward y Sarah estaban sentados al otro lado de la mesa, sonriéndome como si fuera un encanto de chiquilla. Noté que me acaloraba, una reacción a su reacción, que yo sentía como una burla. Por unos instantes me entraron ganas de clavarme un cuchillo.

—Probablemente están en la cocina, dándole medio hervor a todo y luego dorándolo con un soplete —dijo Sarah.

—Sarah piensa que ya no se cocina nada de verdad en los restaurantes, que se le da un poco de color a la comida con un mechero de butano y ya está.

—A veces es así. —Sarah se encogió de hombros.

—En casa a menudo quemábamos las malas hierbas con un soplete —dije—. Pero bueno, eso es desherbar, no cocinar.

—No. No es cocinar. —Sarah volvió a dedicarme una breve sonrisa, como si fuera un encanto de chiquilla pero ya no fuera exactamente lo que ella buscaba para este trabajo.

Edward cogió su copa de vino y brindó por Sarah.

—Feliz cumpleaños —dijo.

—Gracias.

—¿Es tu cumpleaños? —pregunté.

—Sí, pero la verdad, con todo lo que ha pasado hoy, ¡ya ni me importa!

Estuve tentada de preguntarle cuántos años cumplía. Todavía era lo bastante joven e inconsciente como para atreverme. En cualquier caso lo que hice fue decir:

—¡Entonces eres capricornio!

—Sí —contestó con voz cansada.

—¡Igual que Jesucristo! —dije. Al tener una madre judía, tenía tendencia a ver a Jesucristo no tanto como el mesías sino más como un famoso.

—Y como Richard Nixon —suspiró, pero después sonrió—. Los capricornios son un poco aburridos. Pero es gente estable. Y trabajan muy duro, siempre con vistas a hacerlo todo lo mejor posible. —Bebió de su vino de cumpleaños—. Trabajan duro con decisión y lealtad, y luego la gente se vuelve en su contra y los destruye.

—Y mañana es nuestro aniversario —dijo Edward.

—Así es. Pero nunca lo celebramos.

—Bueno, es justo después de tu cumpleaños, pero sí que lo celebramos.

—¿Sí?

—Claro —dijo Edward sonriendo—. ¿Es que no te acuerdas? Todos los años te pones un brazalete negro y salgo por ahí a buscarte y te encuentro subida a un campanario con un paquete de patatas fritas, una Coca-Cola Light y un rifle.

Sarah se giró hacia mí. Estaban interpretando. Estaban interpretando su matrimonio para mí.

—Es mucha presión tener un cumpleaños y un aniversario tan juntos. Es un factor de estrés —dijo Sarah, que alzó su copa para brindar—. ¿Qué significa lo del elfo y el enano de la barra? —preguntó.

141

Yo me había convertido en la traductora oficial.

—No tengo ni idea. —Quizás me despedirían sin más, sin piedad.

Cuando llegó la cuenta Edward fue a echar mano a su cartera, pero no la encontró.

—Me la debo de haber dejado en el coche —dijo.

Para entonces Sarah ya estaba sacando su tarjeta de crédito.

—Deberías comprarte una de esas riñoneras —le dijo.

—Si no parecieran bolsas de colostomía, a lo mejor —replicó.

Los dos tenían cara de estar divirtiéndose, y por un estrambótico instante sentí que eran perfectos el uno para el otro, una sensación que nunca volvería a tener.

—¿Pago yo por lo mío? —pregunté un tanto incómoda.

—De ninguna manera —dijo Sarah mientras firmaba, sin levantar la vista.

A la mañana siguiente me desperté en mi propia suite —la Suite Presidencial, se llamaba—, al oír el teléfono.

—Nos vamos a ver al bebé —dijo Sarah—. ¿Te gustaría «acercarte», como decís los que de verdad sois del Medio Oeste?

¿Cortesía rutinaria? ¿O mala educación rutinaria? ¿Debía decir que no y así dejar que tuvieran el encuentro privado que quizás debían tener? ¿Y si me ganaba el despido al dar a entender que en realidad no tenía interés por la niña? Había llegado hasta este punto con ellos..., parecía que debía decir que sí. Fue una decisión tomada al aterrador abrigo del despiste absoluto. Si cuando, al terminar de pagar en una tienda, el dependiente me daba la bolsa y me decía: «Que vaya bien», yo siempre me descubría pensando: «¿Que vaya bien EL QUÉ?»

—Sí —contesté finalmente.

La luz perfilaba los bordes de las cortinas. Las abrí usando la varilla de plástico y la mañana entró ardiendo, clara y cegadora sobre un aparcamiento nevado. Pude ver ahora que el techo era un maizal, un laberinto de manchas amarillentas de humedad, y que las paredes tenían agujeros de bala. ¡La Suite Presidencial! Bueno, por qué no, más de un presidente había sido tiroteado. El papel de la pared se despegaba en triángulos en las junturas, como el hombro caído del vestido de una furcia que mostraba su piel de escayola. Había un termostato falso, uno de esos termostatos a ninguna parte.

—¿Te parece si nos vemos en recepción en treinta minutos? —preguntó poco convencida.

—Perfecto. —Reparé en la cafetera que había en la habitación y me pregunté cómo funcionaría.

En cuanto los vi en recepción, me di cuenta de mi error. Consultaban sus relojes, se cogían de la mano, volvían a consultar sus relojes. Al llegar yo me dispensaron una mirada rápida, de cortesía, y cuando entré en el coche y me senté en la parte de atrás como su hosca hija quinceañera comprendí perfectamente que ésa era una excursión en la que yo no debía estar. Edward se dispuso a encender un cigarrillo, y Sarah lo impidió de un manotazo.

—¿Preocupada por el humo ajeno? Los científicos no lo tienen del todo claro —dijo él.

Sarah le dirigió una mirada, pero no dijo nada. Desde mi lugar en el asiento de atrás, me acordé de un titular que había visto en un periódico de estudiantes.

—Sabéis lo que dicen del humo ajeno —dije. Hasta que encontrara mi propia voz chistosa, tendría que tomarla prestada de donde pudiera.

—¿Qué? —dijo Sarah.

—Que te provoca glamour ajeno.

Edward se giró para mirarme. Le había complacido con esta estupidez, y me observaba con más detenimiento para ver qué persona era hoy.

—¿Has desayunado bien?

—Sí —mentí.

—A veces eso es todo lo que uno necesita —dijo él mientras se volvía a girar, momento que yo aproveché para estudiar algo más su melena, su extraño y agradable vuelo.

La casa de acogida frente a la que aparcamos estaba en una zona obrera, de casas casi idénticas. La familia de acogida se apellidaba McKowen, y en su garaje lucía una gran «M» de plástico verde brillante.

—¿Lista para el baile? —le preguntó Edward a Sarah.

—Y tanto —contestó.

Edward se giró hacia mí.

—Para Sarah el vocabulario de la típica madre del Medio Oeste es todo movimiento: córrete para allá, entra para dentro, apretujaos... Todo el mundo a bailar, y la madre la directora artística.

—Así es —dijo Sarah.

—Ya, creo que te entiendo —dije, y aunque quise que sonara como que estaba de acuerdo, sonó como que no me había enterado.

Sarah apagó el motor. Se echó un rápido vistazo en el retrovisor, prestando especial atención a que en los dientes no hubiera restos del desayuno que los oscurecieran como los puntos negros de un dado, y a continuación abrió la puerta. Los tres nos deslizamos del coche al suelo, y el sonido de las tres puertas al cerrarse, en rápida sucesión, me trajo a la cabeza la imagen de una patrulla de policías preparándose para un asalto. Habían retirado la nieve del camino de entrada con una pala, y Sarah fue la primera en recorrerlo y llegar al porche, decidida y profesional. Tocó la campana y Edward y yo todavía no habíamos llegado; éramos los novatos del cuerpo. Sarah aguardaba con la contrapuerta abierta tras su hombro, y mientras se aflojaba la bufanda. Cuando la puerta blanca de madera de los McKowen se abrió, se quitó el gorro, que tenía pompones en las tiras de los lados. Se ahuecó el pelo rápida e innecesariamente.

—Hola, soy Sarah Brink —dijo, y extendió la mano—. Veníamos a ver a la niña.

La mujer que había contestado al timbre era rubia y corpulenta, y parecía tener una pequeña cojera, como si tuviera la cadera rígida, aunque lo único que estaba haciendo para sugerir tal cosa era cambiar de pierna de apoyo.

—Nadie nos ha dicho nada de que fuera a venir alguien —dijo secamente.

—Roberta Marshall nos dijo que había organizado el encuentro —dijo Sarah mientras nosotros nos colocábamos tras ella.

—¿Quién es ésa?

—¿De la agencia Opción Adopción?

—No, nosotros somos familia de acogida para los Servicios Sociales Católicos, y nadie nos ha llamado para decirnos nada sobre esto.

—Oh, vaya. —Sarah se giró y miró a Edward, sus ojos ya brillando.

Me estaba entrando una extraña sensación de que era una secuestradora, y quería o bien escapar, huir a Canadá, o bien irrumpir en esa casa y coger a alguien y llevármelo. No había desayunado, y tenía que calmarme.

Ahí estábamos todos, respirando, sin que nadie supiera qué hacer. La mujer de la entrada nos estaba escudriñando. Me pregunté qué aspecto tendríamos. Típicos liberales de Troy, sobreeducados y bien conservados, con su hija universitaria. O alguna especie de perverso *ménage à trois*. También de Troy. Para los habitantes del resto del estado, Troy era la cuna de todo aquello que fuera pretencioso, y de toda perversión. A veces yo misma pensaba en Troy en esos términos.

La mujer de la puerta, la señora McKowen, suspiró, como derrotada.

—No sé por qué las llaman «organizaciones», si siempre la están liando. —Se amplió el hueco entre puerta y marco—. Bueno, estáis aquí, así que por qué no pasáis y veis a Mary.

—¿Mary? —Sarah no se había molestado en preguntar por nombre alguno. Estaba claro que ella ya tenía pensado un nombre para la niña, y que no era Mary.

—La niña. Queréis verla, ¿no?

—Ah, sí, claro. Éste es mi marido, Edward —dijo Sarah a toda prisa—, y nuestra amiga Tassie. —Saludé a la señora McKowen y ella me observó, entornando un tanto los párpados, preguntándose quién demonios sería yo.

Pasamos a una salita con paredes amarillas, una alfombra verde y un sofá marrón a cuadros. La televisión vociferaba su oferta matinal. Bloques de plástico de colores chillones y peluches baratos, de rizo grueso y alegres —una oruga y un abejorro—, yacían esparcidos por el suelo. Había una adolescente de pie a la entrada de la cocina, que estaba a oscuras, y desde allí nos observaba sin decir nada. Mary vestía un pelele verde pálido al que le habían cortado la parte de los pies para que le entrara; era demasiado mayor para esa prenda. La niña no era realmente un bebé, sino que tendría unos dos años, pese a lo cual estaba en un andador de plástico, frente a la tele. Ponían un programa basura de testimonios, me pareció —«De modo que lo has dejado porque se negaba a tomarse el Seroxat», una mujer de pelo impecable le preguntaba a una segunda en la pantalla—. En absoluto un programa infantil. La señora McKowen cogió el mando y lo apagó.

—Mary, ¡mira, tienes visita! —dijo la señora McKowen.

La niña y su vehículo giraron, y Mary nos dedicó una gran sonrisa. Sus dientes eran diminutas conchas blancas. Tenía el pelo oscuro y sedoso, los ojos negros y brillantes, y su piel era una mezcla de marrón galleta y gris pardo: como un astuto mercader de alfombras indio. Alzó los brazos abiertos para que la cogieran. La niña trataba el andador como una especie de pequeña oficina. Y quería salir de ella.

—Hola, pequeñina —dijo Sarah mientras la cogía en brazos, pero los pies de la niña se quedaron enganchados en los agujeros para las piernas, así que el artilugio se elevó con la niña, un desastre, y Sarah no conseguía sacar los pies de Mary, y Mary empezó a llorar.

—Ay, esta cosa se le ha quedado enganchada —dijo Sarah.

Di un paso al frente para ayudar, y Edward, todo hay

que decirlo, también, y entre los dos separamos a la niña del andador, pero ya para entonces Mary lloraba demasiado y se retorcía en brazos de Sarah, buscando los de la señora McKowen.

—Oh, Mary, ven aquí, pequeña —dijo la señora McKowen, que cogió a Mary de brazos de Sarah y la consoló. La señora McKowen miró a Sarah con sequedad y dijo—: ¿Tienes experiencia con niños?

—Es un poco mayor para esa cosa —dijo Sarah, intentando no parecer desconcertada.

—¿Por qué no os sentáis? —dijo la señora McKowen, cosa que rápidamente hicimos.

La adolescente en la sombra se quedó donde estaba. Sarah se sentó junto a la señora McKowen, que puso a Mary, ya tranquila, sobre sus rodillas. Edward se sentó en una silla junto a la televisión. Me percaté de que Edward no calculaba demasiado bien las distancias sociales, lo cual era un impedimento para el ejercicio de sus encantos. O estaba demasiado cerca o demasiado lejos. Cuarenta y cinco centímetros, había leído yo una vez, era la distancia ideal, pero él nunca parecía adoptarla, ni siquiera metafóricamente. Ahora más que nada estaba lejos e inmóvil.

—¿No quieres decirles hola? —le dijo la señora McKowen a la pequeña—. ¿Quieres ir con tu nueva mamá?

—¿Mamá? —dijo la pequeña, y se giró hacia donde estaba la adolescente, que seguía oculta en la penumbra.

La repentina atención de que fue objeto hizo que desapareciera. Y entonces fue cuando quedó claro que era la adolescente quien estaba criando a la niña. La señora McKowen se quedaba con el subsidio que les pasaban, y la chica, que quizás no tenía otra vida más allá de esa falsa maternidad, estaba a punto de descubrir cómo era que te destrozasen el corazón, de un modo totalmente novedoso para una adolescente.

—¿Mamá? —volvió a gritar Mary, mirando hacia la oscura cocina. Supuse que la chica, secretamente, en voz baja, había animado a Mary a llamarla «mamá».

—Hola, pequeñina... —empezó Sarah, a modo de conquista, y la pequeña miró a Sarah.

Y con esto dio comienzo el tímido ritual de acercamiento de Sarah a la niña y viceversa, ambas afectuosas y juguetonas. Sarah se acercó un poco más y recorrió el brazo de la niña con los dedos, como si fuera una araña. La pequeña sonrió, acercó los hombros a las orejas y dijo: «Cuello», indicando así que quería y que no quería que le hiciera cosquillas en esa parte, de modo que Sarah se las hizo y no se las hizo, consiguiendo que la mezcla fuera la adecuada. Y en nada la niña estaba sentada en las rodillas de Sarah, jugando con su reloj y con sus pendientes de ópalo, y Sarah estaba haciendo sonidos tontorrones y hablando con esa voz aguda y nerviosa que los adultos ponen con los niños porque es que, ¿no ves que funciona?

La adolescente merodeadora pareció retirarse de nuevo, a una oscuridad realmente insondable, o quizás al interior de un aparador. Esto propició el que la señora McKowen se soltara, y que con ello empezara a exhibir justo el tipo de matices del acento del Medio Oeste que jamás se usaban en una ciudad como Troy, donde las frases amistosas —«Buenas, ¿te ayudo en algo?»— se decían con cierta rabia y retintín. Aquí, al igual que en el campo, donde yo me había criado, hasta el mensaje más desafiante se decía en un inocuo tono cantarín. El tono lo era todo. El envoltorio lo era todo. Si dominabas el arte de envolver la caja, entonces en la caja podías poner lo que quisieras. Podías poner petardos. Podías poner mierda de perro.

—Bueno —dijo la señora McKowen—. ¿Habéis conocido a la madre biológica?

—Sí —dijo Sarah.

—Y estáis seguros de que queréis un hijo de esa mujer...

Edward carraspeó.

—Perdone, ¿podría usar el baño?

—¿Por qué dice eso sobre la mamá biológica? —preguntó Sarah.

—Bueno, no sé —dijo la señora McKowen—. Pues que... digamos que no es la chica más lista de la clase... —Y entonces le dijo a Edward—: El lavabo está justo a la vuelta.

Edward se levantó, salió y nos abandonó.

—Quiere volver a estudiar —dijo Sarah.

—*Tudiar* —repitió Mary.

—Sí, estudiar —arrulló Sarah.

—Sí, estudiar —dijo la señora McKowen con un suspiro—. Siempre está hablando de eso.

—¿La ve a menudo?

—Bueno, es una condición que ponen en los Servicios Sociales Católicos, que la madre venga aquí a visitar a la niña una vez al mes. Para dar oportunidad a que surja un vínculo. No quieren que se les acuse de haberle quitado esa posibilidad a la madre. También una oportunidad de que cambie de parecer. Que sinceramente no creo que vaya a ocurrir en su caso, para nada. —Hizo una pausa—. ¿Usted se cree lo de su violación?

—¿Qué violación?

—¿Lynette? —chilló la señora McKowen, y con el cambio de volumen la niña rompió a llorar—. ¿Puedes venir y darle de comer? Ya es casi la hora de la comida.

La adolescente emergió de entre las sombras y se dirigió hacia la pequeña, que nada más verla prorrumpió en una risa llorosa.

—Lynette, ésta es Sarah y... los suyos —dijo medio señalándonos a mí y a Edward, que acababa de regresar de su breve visita al lavabo.

—Hola —dijo Lynette.

Lynette cogió a la pequeña de su asiento en el regazo de Sarah, se la acomodó diestramente sobre la cintura y se la llevó de la salita. Y ahí terminó la cosa.

—¿No le dijo que la violaron? —preguntó la señora McKowen. Ahora que la niña ya no estaba, había cierto vigor en sus palabras.

—No —dijo Sarah.

—Hummm —dijo la señora McKowen.

—A lo mejor no la violaron.

—A lo mejor no.

—A lo mejor sólo quería tener una excusa para lo que estaba haciendo.

—A lo mejor. Aunque, si es así, no le acabo de ver el sentido —dijo la señora McKowen, que después ya no dijo nada más.

Nos fuimos, en busca del almuerzo.

—Vamos a ver, ¿adónde vamos? Es pronto, así que no debe de haber mucha gente por ahí. —Sarah encendió la radio.

La radio estaba sintonizada en una especie de emisora de música soul en la que sonaba un rap con un fondo a base de gemidos femeninos. «You gotta do it, roll it, run it, up it, down it. Gotta do it, roll it, run it, rock it...» La cuestión era conjugar verbos. Edward cambió de emisora con desdén. Pero Sarah la volvió a poner.

—El sexo es lo único bueno que el mundo les ha dado —dijo Sarah—. Al menos escúchalo.

Me hacía cargo de que Sarah se estaba preparando para adoptar una nueva visión de la sociedad. Sería una visión artificial y turística. La maternidad con traje de safari. ¿Y cómo no? Era mejor que otras visiones. Probablemente era mejor que la mayoría.

Encontramos una cafetería de exterior metálico, entramos y nos sentamos en la barra, dejando que los abrigos colgaran sobre los taburetes, anclados bajo nuestros culos. Acababan de limpiar la barra con algún desinfectante con olor a pino, y justo donde estábamos sentados había un antiguo dispensador de Coca-Cola, rojo, similar a un motor fuera borda. Yo estaba sentada entre Sarah y Edward, como una niña. Esto parecía que a ellos les gustaba, pero a mí me quitaba el apetito. Me costaba comer, como si comer fuese, de entre todas las posibles actividades a nuestro alcance en ese momento, la más inapropiada e irrelevante y quizás incluso la más asquerosa. Hubo un momento en que me giré demasiado deprisa y con el puño del suéter tiré varias patatas al suelo. Cuando era pequeña mi manera de librarme de comer algo que no me gustaba era decir que llenaba mucho o bien que se me había caído al suelo. (Más adelante lo usaría también para la gente: «Esa chica llena mucho», o: «El chico se cayó al suelo, ¿qué iba a hacer?») Y ahora ahí estaba, superada por mi indiferencia hacia la comida. Me estaba alejando de mí misma, flotando sobre mi cuerpo. El aliento me olería mal si no comía, de modo que lo intenté. Pedí un batido de vainilla y me lo bebí a sorbos, hasta acabarlo. De vez en cuando Edward y Sarah se estiraban para tocarse —una mano sobre un muslo, o sobre un brazo, o un hombro— y a continuación se retiraban de vuelta a sus respectivos sitios. Los tres estábamos callados, aunque yo no sabía muy bien por qué.

Regresamos al hotel y nos dirigimos a nuestras habitaciones. Reparé en que cuando la gente mayor se cansaba parecía mucho mayor, mientras que cuando los jóvenes se cansaban parecían sencillamente cansados. Sarah y Edward tenían un aspecto algo envejecido. Nuestra comida no había contribuido a que se despejaran, más bien les había agarrotado la boca y había desencajado sus facciones, ahora más caídas. Me dijeron que esperaban una llamada, y que me llamarían una vez que la recibieran.

«Vale», dije yo. Me arrastré de vuelta a mi habitación y me metí en la cama con la ropa puesta. Sólo me había traído un libro, los poemas zen, y su retórica oblicua me estaba resultando demasiado fatigosa y paródica. Opté por investigar en la comedia judeocristiana oficial: extraje la Biblia del cajón de la mesita. Comencé por el principio, día uno, que fue cuando Dios creó los cielos y la tierra y les dio forma. Antes de aquello no había habido forma. Todo más bien un grumo sin gracia. Y entonces Dios dijo que se hiciera la luz, para darle un poco de dinámica a la noche y el día, si bien las lunas y las estrellas y el sol no eran los generadores de esa luz sino sólo una suerte de supervisores, de cuadros medios, de gloriosos guardianes, ya que de hecho no fueron creados hasta más tarde —cuarto día—, como a veces pasa con la burocracia, incluso la de tipo cósmico. Pensé en todas las canciones que se habían escrito sobre las postreras lunas, las estrellas y el sol en comparación con las dedicadas a la forma. ¡Y ni una sola canción famosa sobre la forma! A veces una semana inspiraba más conforme avanzaba. En cualquier caso, era francamente extraño que hubiera mañana y noche el primer día y que el sol no se creara hasta el cuarto. Quizás Dios no tuvo un corrector de pruebas hasta algo así como el cuadragésimo séptimo día, y para entonces ya estaban pasando todo tipo de cosas raras. Quizás hasta entonces Dios había estado total y completamente solo, inventándose las cosas sobre la marcha y olvidándose de las que ya se había inventado. La gente se moría y volvía a la vida, y tenía niños y luego resultaba que no podían, así que sus criadas los tenían en su lugar. Y aquí empecé a caer en ese sueño que yo sabía que el batido del almuerzo traería consigo si se lo permitía.

Me desperté al oír que alguien tocaba a la puerta con suavidad.

—¿Tassie? Soy Sarah. Vamos a ir al hospital para la revisión médica de la niña. ¿Quieres venir?

—Sí, voy —dije, y me apresuré a abrir la puerta, pero se quedó enganchada en el pestillo y a través de la rendija me quedé escudriñando, aturdida, como entre rejas, una fina loncha de Sarah.

La siesta no me había reiniciado correctamente. Sarah llevaba su abrigo de invierno, pero aun así podía apreciar que, bajo el mismo, se encogía de hombros.

—La agencia va a hacer el cambio de familia y han organizado una cita en el hospital para que le hagan un chequeo médico a nuestra pequeña.

También llevaba el gorro tejido a mano con las orejeras y los pompones. ¿Volvían a estar de moda? ¿Alguna vez lo habían estado?

Tuve que cerrarle la puerta del todo para poder quitar el pestillo y volver a abrirla, esta vez de par en par.

—Un momento que me pongo los zapatos —dije.

—Se suponía que ésta era la Suite Presidencial —dijo, con la mirada puesta en los agujeros de la pared.

—Bueno, más de un presidente ha sido tiroteado.

—Yo misma estaba a punto de decirlo —dijo sonriente—. Pero no te quería asustar.

No sabía si eso era interesante —que las dos hubiéramos tenido el mismo pensamiento desagradable—, o si no era del todo cierto. Quizás estábamos ante un caso de percepción extrasensorial retórica, un comentario sacado de la Guía de Etiqueta para Mentalistas. Pero incluso si fuera cierto, que hubiéramos estado a punto de decir lo mismo, ¿nos conectaba ello de algún modo personal y profundo? ¿O se trataba sólo de una mera obviedad compartida por dos desconocidas? La conexión profunda entre dos personas era algo que todavía no sabía interpretar con confianza. Era como un texto vaporoso con un alfabeto cambiante. «Una narrativa exfoliante», dirían mis profesores probablemente. «El paratexto de lo posible.»

—Perdona que la habitación esté tan hecha polvo —añadió.

—No pasa nada.

—Nuestra colcha es incluso más chillona que la tuya —confesó—. A lo mejor es que en época de caza este hotel se llena de cazadores. Nosotros estamos en la Suite Packer, que es verde y dorada, con balones en el empapelado. Yo no paraba de pensar que eran nueces. Los balones, quiero decir. Edward me lo tuvo que aclarar.

—¡Ja! Bueno, al menos el agua sale con bastante presión.

—Bueno, sí. Te esperamos abajo en el coche —dijo Sarah, al tiempo que se daba la vuelta y se marchaba.

¿No había sonado como si intentara enmascarar cierta irritación? ¡Pues claro! Una vez más me di cuenta de que probablemente no debía acompañarlos. Me había olvidado de lo ocurrido la última vez y en medio de mi adormilamiento había dicho que sí.

En el coche nos limitamos a intercambiar impresiones sobre el asiento que acababan de comprar en Sears. Lo tenía yo al lado, en la parte de atrás, todavía medio envuelto en plástico.

—Parece seguro —dije alegremente.

—Hoy día los hacen mejor —dijo Sarah—. Los críos van más sujetos. Antes se salían en cuestión de segundos.

En el área de recepción del hospital nos encontramos con la pequeña Mary en brazos de una nueva cuidadora. La niña llevaba puesto un mono acolchado azul celeste, quizás propiedad de la agencia y que tenía aspecto de haber sido diseñado para niños.

—Hola, soy Julie —dijo la mujer—. Soy una de las madres de acogida de Opción Adopción. Acabo de recoger a Mary de la casa de acogida de los SSC. Hemos tenido un pequeño numerito en la puerta. —Liberó una de las dos manos con las que cogía a Mary y se la ofreció, aleteando y algo forzada, a Sarah.

—¿De veras? —dijo Sarah mientras le estrechaba la mano—. Yo soy Sarah.

—Sí, lo sé. Y tú debes de ser Edward, y tú Tassie. —Nos saludó a los dos con la cabeza, sin soltar a Mary.

—¿Un numerito? —preguntó Edward, insistiendo.

—Sí, bueno, la madre biológica estaba decidida, quería seguir adelante con el cambio de agencia, pero la familia de acogida se lo ha tomado un poco mal. Eran reacios a entregar a la niña, y el cambio ha sido, mucho me temo, un poco dramático.

—¿En serio? —Sarah parecía preocupada—. ¿Qué ha pasado?

—Mejor te ahorro los detalles. —Julie suspiró y le tocó la punta de la nariz a Mary, consiguiendo que ésta sonriera. Volvió a mirar a Sarah, con expresión dubitativa—: ¿Conociste a la hija adolescente, Lynette? —dijo.

—Sí.

—Entonces no hace falta que te diga nada más —dijo Julie—. ¿Quieres coger a tu niña?

—Voy a intentar a ver si viene a mí —dijo Sarah. Alargó los brazos en dirección a la pequeña y dijo—: Ven aquí, pequeñina. —La niña cambió de brazos felizmente, y Sarah se la acomodó sobre la cadera, satisfecha.

Una mujer afroamericana, mayor, pasaba junto a donde estábamos y nos miraba a todos, pero sobre todo a Sarah sujetando a Mary.

—¿Es su niña? —preguntó la mujer con tono dudoso.

—Sí —contestó Sarah, sonriendo algo aturdida, como si alguien le acabara de gastar una inocentada graciosa.

La mujer mayor se paró y miró a Mary, después a Sarah.

—Pues es la niña más bonita que he visto en mi vida —dijo, y acto seguido continuó andando.

Edward se giró hacia Julie y dijo:

—Esa mujer está contratada por los de Opción Adopción.

Julie se rió.

—Lo dudo.

—¿Y no será que a lo mejor la agencia está preocupada porque hay escasez de niños blancos y están invirtiendo un poco más en autopromoción?

—Edward —le reprendió Sarah, pero en realidad estaba sonriendo, radiante, y lo mismo hacía ahora Mary.

«Escasez.»

Mary era, sin lugar a dudas, espectacularmente guapa. Sólo ahora empezaba a darme cuenta. Tal vez el aire de la calle le había refrescado la cara, o el azul celeste del mono iba bien con su tono de piel. A saber. Era una preciosidad. Tenía una sonrisa traviesa y a la vez dulce, y sus profundos ojos oscuros, que asomaban por debajo de su gorro de franela, tenían presencia y una buena dosis de inteligencia. Era una criatura muy observadora, y pese a todo el revuelo tenía el aura de ser una niña muy querida. De todas formas, sí que tenía algo ese azul celeste que la favorecía. El color, al llevarlo ella, parecía otro, y era un color que todas las niñas pequeñas querrían arrebatar a los chicos si lo pudieran ver así, como agua de los ángeles. Una de las pocas veces que había comprado ropa de un catálogo —con la MasterCard de mi madre—, recuerdo que pedí todo lo que las modelos negras llevaban puesto. Los colores de las prendas —naranjas, verdes, turquesa y marfil— quedaban muy bien sobre su piel, pero cuando llegaron y fui yo la que me las puse, los colores me parecieron un horror. Mi piel, con sus indefinidas manchas en rojo y azul claro, me confería un peculiar tono lavanda. Mi aspecto era el de una cosa muerta colocada en el interior de una viva. Y por eso cuando oía la palabra «escasez», una palabra que era como un cruce entre muerte y nacimiento,* un aborto quizás, o el coche cama en un descarrilamiento, ese color —el lavanda de la ausencia de vida— era lo que me venía a la cabeza.

* «Escasez» (*dearth* en inglés), palabra interpretada aquí como combinación de *death* («muerte») y *birth* («nacimiento»).

—¿Mary? —dijo una recepcionista con una carpeta grande en la mano.

Julie señaló a Sarah y dijo:

—Somos nosotros.

La recepcionista le sonrió a Mary y le pellizcó las mejillas.

—¡Parece que ha estado comiendo muchas zanahorias y calabaza! ¿No? —dijo alegremente.

Dio comienzo aquí un largo intervalo de tiempo durante el cual me parecería estar oyendo voces.

—Es de raza mixta, afroamericana —dijo Julie—. ¡Ah! Bueno. Tengo aquí también el historial de la madre, que podéis mirar si queréis. Por supuesto se ha omitido su apellido, para respetar su intimidad.

—Vale. ¿Edward? ¿Quieres quedarte tú aquí y mirar la carpeta? Tú eres el científico. Ya entramos Julie y yo con la niña.

—Muy bien —contestó.

Esto a mí me dejaba en recepción, con Edward. Por fin me había quedado atrás, pero junto a Edward y el grueso historial médico de la madre biológica. Me senté a su lado en un sofá naranja de polipiel. Dio unas palmaditas sobre la tapa de la carpeta, me miró y dijo:

—¿Echamos un vistazo a ver lo que nos dice?

Me miraba pero ya con la vista perdida, algún otro pensamiento me había borrado, y al poco retiró su mirada por completo.

—No sé, supongo —dije.

Edward centró su atención en el historial. Actuaba con la brusca afabilidad de quien está acostumbrado a tener ayudantes.

Mirar toda esa información sobre cuestiones privadas y físicas parecía una completa invasión de la privacidad, pero en todas las páginas el nombre de Bonnie había sido tapado. A veces en su totalidad, otras sólo el apellido. Entre las enfermedades padecidas por su familia, a las que ella podía ser propensa, estaban los problemas de corazón, el trastorno bipolar (un tío suyo se había suicidado), el acné y la escoliosis. Ya con la paciente en sí como protagonista había numerosas páginas dedicadas a gripes, psoriasis, depresión, trastorno de ansiedad, herpes, hipertensión y, al final de todo, un embarazo que culminó en cesárea. Al principio del embarazo había habido un poco de alcohol, algún que otro pack de seis latas. Edward se quedó mirando con especial atención la página que mencionaba esto último.

—Los católicos y sus confesiones —dijo sin levantar la vista, y a continuación pasó a la siguiente página.

Yo estaba intentando emparejar ese historial médico con la Bonnie recia, rígida y excesivamente depilada que había conocido. En una de las páginas —en una ecografía que un radiólogo había adjuntado a un informe— alguien no había visto el nombre de la paciente y por lo tanto no estaba tapado. Bonnie Jankling Crowe.

—Huy —dijo Edward cuando también se dio cuenta. No lo señaló con el dedo, pero no hacía falta. Ahora los dos lo sabíamos, y ya no habría manera de olvidarse. —No se lo digamos a Sarah —dijo—. Tiene un lado ligeramente obsesivo.

—Ah, vale —dije. Y así pasé a formar parte, junto con Edward, de una pequeña conspiración. Ya no sabía a lo que decía que sí cuando decía lo que dijese. Pero esto no parecía importar.

Edward decidió cerrar la carpeta.

—Nadie es perfecto. Todo el mundo tiene a alguien en su familia que ha hecho una guarrería, o que le ha clavado un tenedor a alguien en el ojo o que ha puesto una bomba en una casa.

Me quedé atónita.

—Claro —dije.

Se levantó y se colocó la carpeta bajo el brazo como si ya estuviera arrepintiéndose de haber compartido la información conmigo, y a continuación atravesó la zona de recepción para beber agua. Lo observé, inclinado sobre el dispensador; su especie de melena se desplazó hacia adelante, sobre su cara. Seguía con el abrigo puesto, pero lo llevaba abierto y formaba, a los lados, algo así como dos alas de tela plegadas. Se dio la vuelta y, echándose el pelo hacia atrás con la mano, regresó para sentarse en el sofá naranja, aunque esta vez lo hizo más lejos de mí. Me miró un instante y sonrió mecánicamente, y entonces retomó su ensimismamiento, el codo apoyado en el brazo del sofá y la mano sobre la boca, a la espera de que Sarah volviera. En algún momento de esa espera se giró y me dijo:

—Uno no debería comprar niños, por supuesto. Como sociedad creo que todos estamos de acuerdo en eso. Y las madres no deberían venderlos. Pero mientras nosotros decimos eso, todos estos intermediarios están ganando dinero, y la madre biológica vaciando cuñas, como mucho con un nuevo reloj. —Hizo una pausa—. Sólo se les permite recibir pequeños obsequios, como por ejemplo un reloj. Nada importante, como un coche. Y esta ley de «sólo-relojes» se considera progresista, porque, claro, a los bebés no hay que venderlos, ni intercambiarlos por coches. Así que se intercambian por relojes.

—Es todo un poco confuso moralmente, ¿no? —me aventuré a decir.

—Y tanto —dijo.

Sarah salió sonriendo, con la pequeña Mary en brazos. La niña estaba llorosa y se agarraba con fuerza a Sarah. Julie iba detrás.

—Le han tenido que sacar sangre del pie para hacerle una prueba del sida. Ya tiene una edad en que es imposible que no le hagan daño al pincharla.

—Pero no tiene edad para tener sida. A menos que lo tenga la madre. ¿Por qué no le hacen la prueba a la madre? —De repente a Edward le interesaban los posibles vericuetos e ilegalidades.

Julie se encogió de hombros.

—No se puede hacer así. Cuestiones legales.

Había muchas leyes. No podíamos sacar el historial médico del hospital, de modo que Edward se acercó a dejar la carpeta en recepción. No podíamos irnos con la niña sin más. Teníamos que salir con Julie y acudir primero a Opción Adopción a firmar papeles.

En el aparcamiento Julie dijo:

—Esperadme un momento, que tengo que coger una cosa del coche.

Y mientras se dirigía hacia el coche, Sarah le dijo a Edward en voz baja:

—¿Alguna cosa en el historial sobre la que nos debamos preocupar?

—No, en realidad no —contestó.

—¿En realidad no?

—No —repitió con énfasis—. No es realmente diferente del historial de cualquier otra persona.

—¿Realmente diferente?

—Deja mis adverbios tranquilos —dijo Edward—. No. De verdad.

—Me acabas de pisar el pie.

—¿Cómo?

—Que al moverte me has dado en el dedo gordo.

—Perdona. Seguro que el contrato del coche lo cubre.

—Sí —dijo Sarah con un suspiro—. Cariño, ¿te acuerdas de cuando matamos a aquella persona y American Express se hizo cargo de todo?

¡Otra vez ese chiste! Pero Edward no estaba sonriendo. Una sombra pasó entre los dos. Un matiz sepia apareció en los ojos de Sarah. Un trineo tirado por caballos tintineó en la distancia: esta ciudad iba a convertir el invierno en fiesta costase lo que costase.

—Los que juntos celebran, juntos se quedan —me dijo Sarah en un murmullo. O eso es lo que me pareció oír. Aunque su voz no había sonado refranera. Liberó una de las manos con las que agarraba a Mary para coger la mía brevemente y así transmitirme seguridad. O quizás me transmitía una promesa. O arrepentimiento. O esperanza. O tal vez era una especie de pacto secreto con una pizca de todos estos ingredientes.

Julie regresó con una bolsa de basura blanca, la cual acabó en el asiento de atrás junto a mí, Sarah y la pequeña Mary. Ella se subió delante, con Edward, y se vino con nosotros, ya que técnicamente, por el momento, era ella quien tenía la tutela de la niña.

Edward toqueteaba la calefacción.

—Un coche que controlara también el tiempo en el exterior... Eso sí que sería un buen climatizador —decía.

—Hola, pequeñina. —Sarah seguía murmurando—. Hola, pequeñina, pequeñina. —Se giró hacia mí y, susurrando solemnemente, me dijo—: ¿Sabes?, a mi edad el estrógeno empieza a escasear y te vuelves incapaz de hablar con nadie de forma cívica. Pero luego aparece un bebé y mira.

«Cívica, vale, no civilizada.»

—Toda la irritación se esfuma —añadió.

«Por ahora», pensé yo, como si fuera el muñeco de una de esas películas de miedo en las que el ventrílocuo se vuelve loco.

—Me gustaría seguir llamándola Mary...

—Mary —dijo Mary, alegrándose ante la mención de su nombre. Era el único nombre a su alrededor que no había cambiado. Ahora volvía a tener que aprender todos estos nombres nuevos de todas estas personas nuevas.

—Pero le voy a añadir Emma. Siempre me ha encantado ese nombre. —Pude ver en su rostro al chef que se erige dueño y señor de su cocina.

—¿Mary-Emma? —preguntó Julie desde su asiento en la parte de delante, y su voz reflejaba una neutralidad profesionalmente mantenida. Apenas.

—Sí, Mary-Emma —dijo Sarah soñadoramente—. Y después Bertha, por mi abuela; Mary-Emma Bertha Thornwood-Brink. Me temo que va a ser una de esas niñas con demasiados nombres. —Yo sabía de estas personas, las había conocido en mi primer año en la universidad. Personas con nombres como trenes que anunciaban de todo: indecisión parental, obligación, orgullo genético, creatividad fuera de lugar y orientación política. Hasta la propia Murph tenía un nombre legal tan largo que en él, por alguna parte, estaba su tío abuelo. Sarah acariciaba la mano de Mary-Emma. Mary-Emma se estaba durmiendo en el coche; había tenido un día bastante intenso, y todavía no había acabado—. Supongo que la gente pensará que deberíamos llamarla Maya, o Leontyne, o Zora, algo que haga honor al patrimonio cultural de las mujeres de raza negra. Y por supuesto que le inculcaré todo eso. Pero me encanta el nombre de Emma.

—Con que no la llamemos Condoleezza —dijo Edward tras el volante—, yo me conformo.

—Mary-Emma —dijo Julie, sin apartar la vista del camino y sin que ofreciera ningún comentario adicional. Un atardecer violáceo intenso descendía sobre nosotros, pese a que sólo eran las cuatro de la tarde—. Aquí delante a la derecha —le indicó a Edward.

—Gracias —respondió, y la obsequió con una sonrisa que en parte parecía un ruego: le pedía que conectasen.

Sarah, desde su lugar en el asiento de atrás, lo notó y no lo notó. Se abrió un largo silencio durante el cual Sarah, ligera y protectoramente, se dedicó a acariciar el brazo durmiente de la dulce Mary-Emma. Y entonces dijo en voz alta, a nadie en particular:

—Me pregunto si habrá algún Hitler en la guía telefónica.

De vuelta en Opción Adopción, había más papeles que firmar. Roberta nos saludó efusivamente, se maravilló de la niña e hizo un ligero aparte con Julie.

—¿Qué tal todo con los McKowen?

—Numerito en la puerta, por desgracia.

—Me preocupaba que pasara eso. Dejaron varios mensajes subidos de tono en el contestador. Pero es que no tienen derecho de tutela. No sé en qué están pensando.

—La habían tenido tanto tiempo que creo que le habían cogido cariño —dijo Julie. Llevaba en la mano la bolsa blanca de plástico. Me la entregó a mí—. Éstas son las cosas de Mary. O de Mary-Emma. Perdona. Los McKowen pasaron la Navidad con ella y le compraron algunas cosas.

—¿Firmamos aquí? —Sarah se había girado y les preguntaba a Suzanne y a Roberta.

—Aquí —dijo Edward a la vez que señalaba, y retomaron la lectura y firma de documentos. Y después la cosa más rara: se pusieron a preparar cheques, cada uno por su lado.

—Lo vamos a partir por la mitad —dijo Sarah. Estaba haciendo algunos cálculos en sucio—. Nos gusta llevarlo todo a partes iguales. —Hizo una pausa, para después murmurar—: Aunque por lo general se aprovecha de mí. —Nadie se rió—. ¡En fin!

—Los costes legales están incluidos en el total, pero os llegará una factura aparte por correo. —También Roberta parecía contemplar los dos talonarios con cierta sorpresa. —El coste de los cuidados de la niña también está incluido.

Sarah se dirigió a Edward:

—Ocho mil ciento veintisiete con cincuenta centavos —dijo en voz baja, aunque podría haberlo gritado a los cuatro vientos y hubiera sido lo mismo.

—¿Algo para Bonnie? —preguntó Edward.

—Le podéis comprar un reloj —dijo Roberta—. Dinero no. En este estado es ilegal.

Sarah puso una mano sobre el brazo de Edward.

—Le compraremos un reloj muy bonito —dijo.

Eché un vistazo, de reojo, al interior de la bolsa de basura. Me parecía increíble que pudiera ser una cosita tan pequeña y tener «cosas». Por otra parte, también me sorprendía lo poco que tenía. Parecía triste que un ser humano fuera por el mundo acumulando toda esta porquería y a la vez patético que esta porquería fuera todo lo que tuviera. Ella, la protagonista, ni lo sabía ni le importaba, de eso estaba segura. En la bolsa había una oruga de peluche amarilla, una manta verde, algunos cubos de rompecabezas con letras dibujadas, un puzzle educativo de animales, un mono de peluche vestido de vaquero.

—Enhorabuena —dijo Roberta—. Tenéis un bebé precioso.

—Y sin cosméticos de por medio —añadió Suzanne en una especie de alegre siseo—. Estupendo.

En el coche, de vuelta a Troy, Sarah iba sentada atrás junto a Mary-Emma, que iba dormida en la sillita que Edward y Sarah habían comprado en Sears, junto con algo de ropa para Mary-Emma, mientras yo dormía la siesta.

—Bueno, lo hemos conseguido —dijo Edward—. El futuro pinta un poco diferente. Ya tenemos un caballo en la carrera.

Se hizo una larga pausa en la conversación. Los neumáticos empezaron a rodar sobre la mezcla gris de agua y nieve que cubría la carretera. Para conducir, siempre era mejor el aguanieve que el hielo, si bien, cuando ésta se volvía a congelar lo hacía de manera bastante traicionera, y entonces ya era otra historia. La nieve junto a la carretera, tras derretirse y condensarse, se había hecho terrones que recordaban a coliflores salpicadas de puntitos negros.

—Una vez fui al hipódromo —empezó a decir Sarah—. Tenía once años y fui con mi tío. Él tenía todas estas estadísticas sobre los caballos, un montón de papeles, como una guía telefónica. Se las estaba estudiando, intentando decidir por qué caballo apostar, y yo le dije: «Mira, tío Joe, hay un caballo que se llama *Laredo* y yo tengo un perro que se llama *Laredo*.» Y mi tío me miró, dejó los papeles a un lado y dijo: «Vale, vamos apostar por ése.» Y así lo hicimos.

—¿Ganó? —pregunté desde mi asiento junto a Edward. Parecía que él ya se conocía esta historia.

Avanzaba por la triste carretera invernal. ¿Qué era lo que (¿el radar Doppler?) tenía que ver con la diferencia de tono entre la parte inicial y la parte final de la reverberación? Hacía un año había cogido una asignatura de física y uno de los temas había sido el sónar.

—¿Ganó? —aventuré de nuevo con voz quebrada, el coche sumido en un silencio cortante.

Nadie contestó. Edward era científico y por lo tanto estaba acostumbrado a conducir en medio de un mundo oscuro y sin respuestas aparentes, en su coche climatizado. La nieve empezó a caer. Grandes copos en volutas perezosas, revuelo de bailarinas bajando por una escalera de caracol: una nevada clásica, de película, de escaparate. Para conducir, sin embargo, éste era un país de las hadas terrorífico. En cualquier caso, contemplarlo tenía un efecto hipnótico, y en seguida me sobrevino un gran cansancio, y pasado algún tiempo me pareció que Edward decía algo y que entonces Sarah respondía en voz baja:

—Bueno, en cierto sentido el sexo es todo una forma de violación. —Y entonces añadió—: Por favor, con este tiempo no conduzcas con una mano.

Miré por la ventanilla y vi que un descapotable blanco nos adelantaba veloz; una pegatina trasera decía: LA CULPA ES UNA MIERDA, ¡DIVIÉRTETE! Lo conducía una señora bajita de pelo canoso, encorvada tras el volante con el ceño fruncido.

—¿Me has oído? —preguntó Sarah.

El rostro maduro de Edward se transformó ligeramente, tenso con la rabia muda del adolescente. Parecía seguir conduciendo con la mano derecha, colocada con suavidad sobre el punto más bajo del volante. La otra mano, de modo desafiante y absurdo, la tenía en el bolsillo. Sarah puso la radio para llenar el coche con su suave murmullo. «¿Cuántos equipos con un estadio cubierto han ganado la Super Bowl?», decía alguien. «Y ahora, ¡vamos con el "Concierto en *do*" de Luigi Boccherini!»

Probablemente me dormí un buen rato, porque cuando me desperté el cuello me molestaba. El motor del coche estaba apagado y nos encontrábamos frente a la casa de Sarah y Edward.

—La primera vez que se entra en una casa con un bebé es bueno hacerlo por la puerta de delante —le decía Sarah a Edward—. Por detrás da mala suerte. Y es políticamente incorrecto.

—No hay un alma en la calle —dijo Edward.

Eché un vistazo a mi reloj: medianoche. Me sentía como una sonámbula, necesaria a esas horas sólo para cargar con lo que pudiera del coche a la casa, y cuando me quise dar cuenta ya estaba acarreando con la bolsa de basura que contenía los peluches de Mary-Emma, y con la bolsa de *snacks* para el viaje, que no se habían anunciado —galletas Ritz, barritas Nutri-Grain, un pack de seis botellas de agua mineral de sabores— y que por lo tanto estaban intactos. La sillita de Mary-Emma era de las modernas, con una sillita fina y extraíble colocada en el interior de otra más mullida. Edward se las apañó para cogerla con un mínimo movimiento, mientras Sarah buscaba las llaves en el bolso. Cruzamos la puerta del jardín de delante, tras detenerse Edward unos instantes a lidiar con el cerrojo defectuoso. Cuidadosamente bajamos los varios escalones hasta el porche, cuyos escalones subimos para acabar frente a la puerta de la casa. Todo en esa noche de enero destilaba cierta quietud lunar, también la emoción lunar. ¡Desde aquí podías ver la Tierra!

Una vez dentro, Sarah se encaminó hacia el comedor, encendiendo un par de lámparas pequeñas por el camino. Edward asentó a la durmiente Mary-Emma, aún sobre su silla del coche, sus piernas y brazos acolchados colgando a los lados, la barbilla hundida en el cuello. Había sido un día intenso para ella, lo supiera o no.

—Bueno —dijo Sarah mirándola.

—Sí, bueno —dijo Edward.

Sarah todavía llevaba puesto el gorro con las orejeras y los pompones colgantes, y cogió el pompón derecho y se lo echó hacia atrás por el otro lado del cuello. Le golpeó en la cabeza con un sonido mullido.

—¿Y ahora qué? —dijo.

Bien podríamos haber empezado a reírnos histéricos, y probablemente lo hubiéramos hecho de no ser porque teníamos a una niña durmiendo en medio de la mesa del comedor, entre dos candelabros, un azucarero Stengel y un par de saleros y pimenteros. La adopción, me daba cuenta, era muy parecida al nacimiento de un hijo: «¡Aquí está, mírala!», exclamaba la gente a tu alrededor. Y tú mirabas y veías un lechón y no sentías nada, sin darte cuenta de que sería la última vez en tu vida que no sentirías nada. Un bebé destrozaba una vida y al hacerlo se convertía en la mejor parte de esa vida. Aunque estar sentada gloriosa y triunfalmente entre ruinas quizás no tenía un efecto tan poderoso.

—Pues ahora lo que voy a hacer es llevar a Tassie a casa —dijo Edward.

—¿Y dejarme a mí aquí, sola? —dijo Sarah, todavía con el gorro puesto, en un tono de terror fingido—. Estarás de broma —añadió aferrándose al brazo de Edward.

—Espero que «tú» estés de broma —dijo él.

—Sí. Es broma —dijo Sarah.

«Más o menos», pensé. Y después se lo dijo ella a sí misma.

—Más o menos. —Sonrió. Hubo entre ellos un destello de tirantez.

A continuación Edward me llevó de vuelta a mi apartamento.

—Gracias por ayudarnos en esta complicada misión.

—De nada —dije. ¿Qué otra cosa decir?

—Nos vemos en un par de días. Seguro que Sarah te llama muy pronto.

—Vale, perfecto —recité cara a la oscuridad del coche.

«Vale, perfecto.» Ésta era, para la chica del Medio Oeste, la respuesta a todo. Te daba la sensación de que habías cerrado un trato. Se parecía en muchos sentidos a la más masculina «aquí estamos», excepto que no encerraba promesa alguna, no era más que una afirmación descriptiva. Era una forma de terminar, de salir del paso.

IV

Las clases no empezaban hasta la semana siguiente. No obstante tenía la sensación de que el trimestre ya había empezado a dar vueltas como la manivela de una ametralladora Gatling, preparándose para una larga ronda de disparos. ¡El trimestre de primavera! El nombre era adecuado e inadecuado. Como oficialmente no había dado comienzo, dormí hasta mediodía. Me desperté y me preparé un pequeño y triste desayuno, *baklava* para pobres: una barrita de cereales con miel y cacahuetes picados por encima. La cocina seguía inmersa en su estado de abandono. Más fresas, las cuales yo creía haber comprado hacía nada, se habían puesto malas en la nevera; esta vez habían cogido ese turquesa grisáceo de los tejados de cobre. También el pan tenía un moho azulado, pulverulento, que a alguna corista le podría haber servido de bonita sombra de ojos —ideal si además necesitaba la penicilina—. Sobre la encimera, las últimas rebanadas de otro pan de molde, con semanas de existencia a cuestas, compartían bolsa con lo que a todas luces parecía una serpiente: un ovillo de moho con manchas negras y naranjas. Vivíamos en el Museo de Arte Moderno Chica Frugal.

El casero seguía sin escatimar en calefacción. Qué felicidad. Con el correo me llegó un cheque de Sarah por valor de trescientos dólares. Parecía mucho y a la vez poco, pero en cualquier caso no me detuve a calcular las horas y lo que éstas debían sumar. Fui al banco e ingresé el cheque, y saqué cien dólares en billetes de veinte para libros y comida. De vuelta en el apartamento me senté junto a las revistas más estúpidas, que Murph había dejado allí, y las leí con esa clase de avidez y ansia que normalmente llevan consigo las peluquerías y el invierno. «Cuatro cosas que excitan a los hombres.» Yo nunca podía encontrar las cuatro cosas, casi nunca las enumeraban juntas en una misma página. Una vez abierta la revista, no te quedaba otra que rebuscar entre los anuncios (ahí estaba su estratagema) si es que querías enterarte de cuáles eran, e incluso cuando lo hacías siempre estaban algo disfrazadas. Estaba claro que nadie, en ninguna de estas revistas, sabía con certeza lo que excitaba a los hombres, aunque su esperanza era que tú creyeras que sí. O quizás quienes trabajaban en estas revistas neoyorquinas sólo conocían a gays, y por lo tanto las cosas que sabían que excitaban a estos hombres eran cosas que no se atrevían a contar en la revista.

El factor sorpresa parecía ser muy importante, pues lo mencionaban a menudo.

También hacer cosas con comida.

En cuanto a la ropa que aparecía en estas revistas, estaba completamente perdida. No veía cómo parecerse a una tarta experimental podía ser un *look* original. Lo original sería algo bien distinto: más radical, algo que no se podía decir con palabras. De lo que veía deducía que el mejor *look* no sólo implicaba ponerte algo totalmente novedoso, sino también, con joyería desenfadada y siniestros artículos de piel, denunciar algo antiguo que tú y todas llevábamos dentro. Probablemente yo nunca lo conseguiría, a no ser que me instruyeran de forma explícita. No tenía el instinto necesario, al menos para lo que era o dejaba de ser novedoso. Sí que sentía, sin embargo, que podía cumplir la otra parte, la de la denuncia, pero en privado. El mío podría ser un *look* medio original, en privado, pues participaba de la denuncia (en silencio, con violencia) todo el tiempo.

Durante varios días me dejé llevar a la deriva. Encendí el ordenador y vagué por Internet. Hacía clic aquí, y después allá, y cuando me quería dar cuenta estaba mirando carreras de coches o los pechos de Demi Moore antes de operarse. Un billón de anuncios de remedios naturales y de sistemas de seguridad informática pasaron por la pantalla. Contesté encuestas sobre los Oscars. Busqué en Google a viejos amigos de la escuela primaria. Nada. Busqué a Lynette McKowen. Nada. Busqué a Bonnie Jankling Crowe, cuyo nombre completo ahora sabía —pese a ser ilegal—. De nuevo, nada. Volví a los pechos preoperados de Demi y pensé un rato sobre la vida media del arrepentimiento.

Cuando por la noche me fui a la cama, sufrí mi primer ataque de insomnio. Así debía de ser la muerte, pensé con cierto temor, no como el sueño sino como el insomnio: no volver a dormir, como había aprendido en mi clase de Teatro Británico Pre 1700. Nunca antes había temido al insomnio —como con la cárcel: ¿no te daría más tiempo para leer?—. Hasta ese momento siempre había sido capaz de dormir. Pero ahora mi mente vagaba incómoda por las horas nocturnas, y era en efecto como una prisión: cuando el cielo empezó a clarear, me embargó la incredulidad y un terrible cansancio igual que un zumbido.

Una vez me desperté con la sensación de que me había muerto. Me desperté sintiendo que durante mi supuesto sueño me había encontrado frente a frente no sólo con la brevedad de la vida sino también con su ¡velocidad!, y con su ruido y su irrelevancia, y su final. ¡Cuánto glorificábamos nuestras vidas!, ¡nuestros cuerpos!, cuando éstos no eran más que... ¡patatas! Cuerpos con ojos planos de patata y raíces quebradizas de color rosa pálido. Me quedé inmóvil en la cama, inmersa en una suerte de depresión tranquila. En otra ciudad, una que fuera menos contraria a la religión, a este estado de ánimo —anterior al rezo, a Dios, a la conversión— se le podría haber asignado algún tipo de significado espiritual. Pero para la gente de Troy, Dios era un trasto mental: un cruce entre una valla publicitaria, un curandero, una hamburguesa y un rey de cuento. Yo siempre había pensado que Dios era parte de una crédula pero en cualquier caso sensata negación de la muerte, una negación que hacía que la vida fuera más llevadera. ¿Qué podía haber de malo en esto? ¿Por qué criticarlo? ¿Por qué despreciar las muletas del cojo? ¿Por qué vanidosamente imaginar un andar recto, distinto del que tenías? Además, la religión nos había dado el insulto. Antes del cristianismo, ¿qué teníamos? ¿«Por Júpiter»? Daba igual: en Troy la vida había que tomársela sola, sin amuletos de ninguna clase. Era la neorreforma. Las paredes de mi habitación invernal parecían de un satén plateado, guateado, como el interior de un ataúd. Empecé a sentir que no existía la pretendida sabiduría. Que sólo había falta de sabiduría.

Por fin, Sarah llamó.

—Tassie, cómo estás, ¡cuántos días sin hablar!

—Días y noches —dije estúpidamente.

—Y tanto —dijo—. La pobre Emmie se pasó dos noches llorando. Se despertaba a las tres de la madrugada y se ponía a llorar y a llorar, pobrecita. Claro, se despertaba en la oscuridad de su habitación y no sabía dónde estaba. Yo la cogía y la mecía hasta que se volvía a dormir. Pero ahora creo que ya lo entiende y parece que ya está hecha a la casa y a nosotros. Te quería preguntar si estás libre esta tarde. Ha llegado la hora de que me pase por esa locura de restaurante que tengo, a ver qué tal va todo.

—¿Es Emmie como se llama ahora? —Me resultaba extraño que así fuera.

Sarah hizo una pausa.

—Bueno, cuando nos quisimos dar cuenta estábamos usando sus iniciales todo el tiempo, M. E., y bueno, de ahí a Emmie. Le sienta bien, creo.

—¿Sigue respondiendo al nombre de Mary? —pregunté, debido a mi falta de sentido común.

—Pues la verdad es que no lo sé —dijo Sarah.

No me importaba pasear hasta su casa. Caminé a paso vivo por primera vez en días. El estadio, su parte curva, era como una enorme ola congelada frente a mi apartamento. El frío me sacudió el adormecimiento de la cabeza, y también mi tormentosa alucinación de una visión existencial y profunda, sufrida durante varios días. El cielo estaba en parte despejado, con nubes infladas como globos flotando absurdamente en todo lo alto, como a la espera de una fiesta que todavía estaba por empezar. Más abajo, en el horizonte, había nubes de otro tipo, como la nieve a los lados de la calle justo después de que ésta haya sido limpiada. Yo era como cualquier crío que ha crecido en el campo: dejaba que el tiempo —bueno o malo— me describiera la vida: su burla, su magia, sus contradicciones, su caprichosa fuerza. ¿Por qué no? Uno se hallaba indefenso ante todo.

Ya en la casa, la puerta frente a los escalones del jardín seguía rota. Llamé al timbre y nadie vino, de modo que golpeé sobre el cristal de la gruesa puerta de madera. La abrió Sarah ataviada a lo Madame Curie, un *look* del que, pronto habría de descubrir, ella era firme partidaria: chaqueta blanca estilo bata de laboratorio y medias negras. El rojo mate de sus labios le confería a su Madame cierto aire de película: dura elegancia carmesí en las grietas de sus labios. No quería parecerse a los otros chefs de la ciudad, con su estilo *hippie*-campestre, sus pañuelos y camisas floreadas. Un restaurante era una ciencia, me diría ella, no un baile de cuadrillas. Quizás fue en esto en lo que se equivocó.

—Ven a probar esto —dijo, al tiempo que me llevaba a la cocina.

Los electrodomésticos eran de esos mastodónticos en acero inoxidable que en Dellacrosse uno sólo veía en supermercados o almacenes de piensos. Sabía que el frío metal gris de la cocina y la nevera era supuestamente chic, pero yo prefería el viejo verde aguacate de la cocina de casa (todavía no había salido la canción). Sobre la reluciente cocina había una sartén de un metal más pálido, como oro blanco. En ella había unas hojas plateadas. Cogió una con los dedos y me la entregó. Me la puse en la boca, donde pareció que se derretía hasta que dejó de hacerlo, pasando a resistirse con leñosa dureza. El sabor era una mezcla entre tienda de golosinas y bosque.

—¿Qué es? —pregunté aún masticando.

—Salvia caramelizada. —Me miraba esperanzada.

—Increíble —dije, dándole a la palabra toda la amplitud de su significado.

Sarah sonrió radiante.

—Hay algo que conecta la tierra con el cielo, y ese algo es el caramelo —dijo—. Le añades unos copos de sal de Normandía recogida a mano y... *voilà!*

Así que esto es lo que los norteamericanos estaban haciendo en Normandía ahora que había sido liberada de los nazis: recoger sal marina. Lágrimas de soldados transportadas en barco miles y miles de kilómetros, y rociadas sobre una hoja frita. ¡Mira al Día D a la cara y dile eso!

—Delicioso. ¿Soy la primera cliente?

—Sí, la primera —dijo—. Espero que no te importe.

—¿Importe?...

—Ay..., me había olvidado de los libros. —Abrió el horno y con unos guantes de cocina sacó un par de cuentos ilustrados—. Son de la biblioteca. Los he horneado para eliminar los gérmenes. Siempre lo hago con los libros de la biblioteca. Dicen que si los pones en el microondas también los matas, pero yo no me fío del todo.

Eché un vistazo a los títulos: *Lenteja* y *Abran paso a los patitos.*

—Me encanta McCloskey y sobre todo estos dos... De pequeña eran mis favoritos. A mi primer restaurante en Chicago lo llamé Abran Paso al Patito. —Aquí se encogió de hombros—. No tuvo éxito —concluyó pesarosa.

—A lo mejor deberías haber escogido Lenteja —sugerí.

Sonrió.

—De hecho, lo hice. Para el siguiente.

—Oh —dije, un poco espantada—. Bueno, ¿y Arándanos para Sal?

—Mejor no te cuento.

—O también, quizás, McCloskey's a secas.

—Ése conseguí evitarlo. Pero sólo por los pelos.

—Bueno, al menos no elegiste El Gato Garabato.

—Emmie está durmiendo —interrumpió Sarah en un susurro—. El cuarto de la niña está en el tercer piso, lo que era la buhardilla, pero cuando llore la oirás. La acústica de la casa es tal que el sonido sube y baja por las escaleras lo mismo que por la rampa de la ropa sucia. A menos que el timbre la haya despertado, se levantará en una hora, seguro. Es demasiado mayor para hacer siesta a media mañana, pero anoche no durmió demasiado bien, así que la estoy dejando. —Intenté no tomarme personalmente el comentario del timbre, el cual sentí como una ligera reprimenda—. Quizás debería comprar uno de esos carteles que dicen TRABAJO DE NOCHE, DUERMO DE DÍA, para la puerta —dijo con una sonrisa—. Otra cosa, te voy a conseguir una copia de la llave. Así puedes entrar cuando quieras sin necesidad de llamar. ¿De hecho...? —Caminó decidida al otro lado de la cocina y allí abrió un cajón lleno de trastos (alargadores, alicates, pilas, garantías de electrodomésticos) y rebuscó hasta encontrar una llave, la cual me entregó—. Con esto entras, cariño —dijo con una especie de voz sobreactuada, y quizás era la frase de una película que yo no había visto. Sabía que la había acompañado de un guiño para ayudarme a que lo entendiera, pero el guiño no me ayudó.

No se puso su abrigo de piel de borrego, que colgaba de una silla, sino una especie de chaqueta de lana corta con el mismo jaspeado borroso en blanco y negro de un televisor sin sintonizar. Se enroscó una bufanda de cachemira alrededor del cuello.

—¡Vamos al tajo! —dijo—. Mucho me temo que se está viniendo abajo. Dos platazos y un pequeño incendio. Y eso sólo anoche —sonrió forzada. El hechizo obrado por la salvia caramelizada y su escalera hacia el cielo ya se había esfumado.

—¿Qué es un platazo?

—Es como un tipo de rabieta muy antigua, de origen escocés-irlandés. Uno de los cocineros coge el plato de otro y lo estampa contra el suelo. ¿Sabes?, mi padre era judío, así que yo soy medio judía, y...

—¡Yo también! —estallé, como si acabara de descubrir que las dos éramos del mismo pueblo remoto de Sri Lanka.

Nunca antes había conocido a nadie que fuera mitad judío como yo, y quizás por ello me emocioné. Yo me sentía un poco como una especie híbrida, peculiar pero benigna, y me resultaba increíble conocer a alguien cuya hibridez parecía ser idéntica a la mía.

—¿En serio? —dijo, poco impresionada. A lo mejor había conocido a cientos de personas mitad judías—. Quizás por eso me caíste bien. —Me enchufó una sonrisa, un segundo—. Pero bueno, mi impresión es que los judíos no actúan así. Los judíos no son dados a los platazos. Pasan de este tipo de trifulcas. Y claro, tienen éxito. —Se rascaba el cuello—. Pero mi madre era cristiana y por lo tanto me educaron como cristiana. Como consecuencia, ¿qué me ha pasado toda la vida? Pues que he estado rodeada de perdedores. «Dejad que los perdedores se acerquen a mí», dijo Jesús. Y fueron. Los peores son los protestantes que se comportan como católicos; y los mejores, los católicos que se comportan como protestantes.

Sus palabras me asombraron.

—Lo que dijo Jesús fue: «Dejad que los niños se acerquen a mí» —repliqué.

Me sorprendieron mis sentimientos. Y me sorprendió haber dicho eso. Hacía tan sólo unos segundos había estado tan contenta de ser mitad judía. ¿De dónde salía esta pedantería cristiana? Quizás tenía la Navidad demasiado reciente.

—Sí, bueno, lo que sea. Los niños no han venido a mí. —Hizo una pausa, durante la cual se recompuso. Había una especie de energía alegre en el ambiente—. Excepto por la de arriba —dijo, y añadió—: He dejado todas las instrucciones en la encimera. Arriba, en la escalera, has de tener especial cuidado con la puerta para bebés. No quiero que la niña caiga rodando. ¡Ni que tú subas rodando! —Hizo una pausa. «Nos quedamos parados, en blanco, como paredes...»—. ¡Un Babygate!* ¡Menudo escándalo! Eres demasiado joven. Seguro que ni siquiera sabes cómo es que la palabra *gate* pasó a ser sinónimo de vergüenza.

—El Watergate —dije, aunque no estaba del todo segura.

—Vaya, ¡eso es! Aunque ocurrió mucho antes de que tú nacieras.

—Igual que muchas otras cosas interesantes.

—Bueno, sí. ¡Por cierto!, platazos aparte, sí que ocurrió algo bueno anoche: una *minestrone* hecha con alubias pintas y con las *fingerlings* de tu padre. Todo un éxito.

Sonreí de forma agradable, pero no podía imaginar-

---

* Término formado por *baby,* «bebé», y *gate*, «puerta».

me esas patatas flotando sobre una sopa. Como si pudiera leerme el pensamiento, Sarah dijo:

—Las cortamos en trozos. Justo por donde tienen esos pequeños nudillos que les salen.

Era algo brutal esto de la cocina.

—Le encantó a todo el mundo. Ah, y antes de que se me olvide —añadió—. Hay ipecac en el armario al lado del fregadero. Ni siquiera estoy segura de cómo se utiliza, pero es para casos de intoxicación. Una mujer que vive más abajo me dijo: «¿Vas a adoptar?» Yo le dije: «Sí, ¿qué me hace falta?», y me contesta: «Ipecac.» Y yo: «¿Ya está?», y ella me dice: «Eso es todo lo que sé.» Así que eso es todo lo que yo sé. —Aquí Sarah me miró traviesa, su mirada como una habitación compleja que uno quizás pasaría un tiempo explorando, si hubiera tiempo—. Si hay algún problema, hagas lo que hagas, no me llames. Te he dejado un número para las emergencias. El novecientos once —sonrió.

—Llamaré a urgencias directamente —dije, sonriéndole de vuelta.

—Buena chica. Perdona, me tengo que ir, que mientras hablamos están quemando los centros de mesa herbales y ahumando pescado encima. —Salió deprisa por la puerta de atrás.

Oí cómo el coche arrancaba y se alejaba. Pero luego, de repente, Sarah estaba de vuelta (el coche, el subir de escalones a toda prisa, el explosivo retorno por la puerta de atrás).

—He olvidado algo —dijo mientras se acercaba a la encimera. Abrió el cajón y cogió un cuchillo, el cual metió alegremente en su bolso de cuero—. ¿Arma oculta o herramienta de trabajo? ¿Y cómo lo demuestras? La verdad es que a mí sólo conducir en invierno con una pala en el maletero ya me hace sentir como una asesina en serie. —Salió disparada de nuevo.

Las instrucciones, escritas a ordenador e impresas, estaban entre las páginas de un libro titulado *Bebé y niño*. Me llevé ambas cosas al comedor y me senté en el sofá de listas, donde primero hojeé el libro. Miré el capítulo «El bebé mayor» y reparé en encabezados en negrita como: «Cuidado con los cochecitos livianos» y «Deja que tu bebé se ensucie». Yo me habría equivocado con estas dos cosas. «Trátalo como si fuera un trabajador manual. De todos los materiales que hay en tu casa, la piel es el más fácil de lavar.» Parecía un consejo contraintuitivo y absurdo, igual que si hubiera dicho: «Dale una colleja con manoplas rojas de Bélgica.» Las páginas de Sarah parecían sensatas en comparación. «Tassie: Cuando Emma se levante te darás cuenta; empieza gimoteando, luego rompe a llorar. En cuanto la veas vuelve a recordarle quién eres. La mesa para cambiarla está allí mismo en su habitación (de donde vendrá el llanto). Las cosas para cambiarla están en la estantería. En la cocina hay vasos con tetina para la leche y el zumo, y puede comer lo que quiera (o sea, lo que encuentres).» Sensatas excepto por la siguiente parte: «Más tarde le voy a enviar un poco de *risotto* por FedEx, y esta noche cuando vuelva le traeré yo misma algo del restaurante.»

¿*Risotto* por FedEx? Miré en el armario y, aparte de un tarro de bolas de masa hervidas que parecía sacado de una clase de Biología del instituto, vi pequeños tarros de guisantes, zanahorias y plátanos cultivados biológicamente, para bebés. Las canguros teníamos fama de comer alimentos infantiles, y aunque tenía hambre —¡era una estudiante universitaria, famélica!—, decidí que intentaría no tocar los tarros por ahora. Quizás más tarde. Los de plátano eran deliciosos, como un postre. Sabía de una mujer que una vez, en una cena en Dellacrosse, en un apuro, había servido papilla de plátano en copas de helado.

Me quedé mirando el tarro de plátano triturado. Teniendo en cuenta que Mary-Emma tenía su *risotto* a la FedEx, quizás... No me podía resistir. Además, ella era demasiado mayor para ese tipo de comida; ya podía comer plátanos normales, y de éstos había varios en el frutero. Desenrosqué la tapa, cogí una cuchara y me lo zampé todo. Después enjuagué el tarro y lo puse para reciclar, en una bolsa de plástico transparente agujereada arriba para que pudiera colgar del picaporte de la puerta de atrás. Aunque la mayoría de las cosas de la casa se anunciaban a sí mismas con claridad, otras las tendría que descubrir.

De arriba llegó un gimoteo, después un llanto. Sarah no me había mostrado la casa, así que tuve que buscar las escaleras yo misma. De hecho había dos escaleras, una junto a la otra, las cuales se encontraban en un rellano con ventanas y que subían a partir de ahí como una sola un segundo tramo más corto, hasta donde estaba, al final de todo, sujeta con ventosas a la pared, la pequeña puerta de plástico que cerraba el paso. La superé con una especie de patada de tijera y me encaminé hacia el llanto. Pasé junto a un cuarto de baño de paredes pintadas en un marrón claro tipo bolsa de papel. Sobre el lavabo había botes de pastillas, como si alguien estuviera reuniendo cuentas para hacer un collar. Pasé junto a un dormitorio con una cama estilo colonial que quizás no había sido del todo colonizada y con un tocador de madera de cerezo. Sobre éste había un joyero de cajones finísimos, como la colmena de un apicultor.

La habitación de la niña, tal como se había anunciado, parecía estar en un piso aún más elevado, cuya puerta de acceso no podía encontrar. El llanto venía de la parte oeste de la casa, pero al abrir las puertas para encontrar la escalera sólo me encontraba con armarios. Se dio una pausa breve y a continuación empezó un llanto en toda regla.

Averiguar cómo llegar hasta el llanto era exasperante. Entraba y salía de las habitaciones en un estado de pánico de baja intensidad, el cual impedía que las examinara con atención, si bien mis ojos, en su revoloteo y búsqueda, alcanzaban a percibir tanto sus elegantes tonos pastel como su abarrotamiento. En el extremo este del pasillo, a la izquierda, vi una puerta abierta. Me abalancé sobre ella para encontrarme con otra puerta baja al pie de la escalera, la cual traspasé para empezar a subir unos escalones muy mullidos, alfombrados en un dorado apagado. A través de una minúscula ventana seccionada en cuatro partes, en otro rellano, pude ver las cimas raquíticas de varios árboles y los cables del teléfono. La escalera giró y ahí estaba, la habitación de la niña. Los angulosos techos y paredes estaban pintados en un amarillo pálido, las ventanas a ambos lados de la estancia contaban con estores y frente a éstos colgaban cortinas blancas. Había un punto de luz, naranja chillón, enchufado justo a la izquierda de un tocador y un cambiador. La cuna blanca de Emma, con sus adornos y ropa de cama de Winnie-the-Pooh, estaba en la esquina más alejada de la puerta, y ella estaba de pie, agarrada al borde. En el corto espacio de tiempo desde que la había visto por última vez, su pelo negro, sedoso, había dado paso a unos rizos castaños que crecían a lo afro. Casi parecía una peluca. Cuando, sorprendida, vio que era yo, su llanto cesó momentáneamente.

—Hola, Mary-Emma —dije, devolviéndole, al menos a medias, su antiguo nombre.

Me miró, y seguidamente retomó su llanto. Pero cuando me acerqué para levantarla, vi que estaba deseosa de salir de su cuna, y se aferró a mí y se calmó. Estaba caliente y suave al tacto, y olía a talco y a pipí. La llevé a la mesa, donde se quedó tumbada dócilmente. Le quité los pantaloncitos con dibujos de globos y el pañal desechable, hecho éste de un papel suave que formaba extrañas capas y el cual se despegaba de su culo rosa-moreno como lo hacía el papel de hornear de los menudillos de pollo. La habitación estaba oscura debido a los estores, todavía bajados, y el aire estaba húmedo a causa de un humidificador. Me estiré para intentar coger una caja de plástico con toallitas húmedas, en el estante más alto sobre el cambiador, y sin querer tiré la caja al suelo.

—¡Oh-oh! —dijo Emmie. Ya conocía tanto el sonido como el lenguaje de las cosas que se tuercen.

—No pasa nada —dije.

La caja de plástico era de hecho un calienta toallitas, de modo que al caer hizo bastante ruido. Por suerte ninguna de las toallitas se salió y el piloto de la caja seguía encendido, por lo que supuse que no había roto nada. ¡Toallitas calientes! Desde luego que mi madre ni se lo creería. Me imaginaba que, siendo yo un bebé, mi madre habría usado toallas bien frescas en invierno, o bolitas de algodón gélido, o quizás, con un poco de suerte, una manopla tibia; para aliviar la dermatitis del pañal me la imaginaba pasándome los cubitos de su refresco. Sea como fuere, no sentía lástima de mí misma. Sentía lástima de Mary-Emma, de todo por lo que estaba pasando, abriendo los ojos cada mañana para encontrarse con algo nuevo. Aunque quizás en esto consistía la infancia, pese a que yo no la recordara así en mi caso. Quizás Mary-Emma crecería con la sensación de que a su alrededor abundaba la incompetencia, y de ser así era más que posible que yo fuera clave en ello. Crecería rodeada de amor, pero con la sensación de que la gente que la rodeaba no sabía lo que estaba haciendo —lo contrario que en mi caso—, y por lo tanto acabaría siendo una persona que desconfiaría de la gente, que desconfiaría del amor y de su calor. A fin de cuentas, sería muy parecida a como era yo. Así que a lo mejor no importaba lo que te pasaba de niña: todas acabábamos siendo iguales.

Una vez Mary-Emma estuvo cambiada y rociada con unos polvos de almidón de arroz y de hierbas, me la llevé en brazos abajo, superando con cierta dificultad las puertas de plástico para bebés. Al hacerlo, me vi diciendo: «Huuuyy» y «¡Yupi!». Mary-Emma me miraba con interés neutral. Ésa era una expresión que yo ya había olvidado y que ya nunca la veía en los adultos. Pero era la mejor expresión que había. Increíblemente centrada: sabia, libre de prejuicios, angelical. Nos paramos en el rellano, para decidir qué escalera coger.

—¿Cuál? —le pregunté—. ¿Ésta? —Ah, ahí estaba de nuevo: la incertidumbre del mundo adulto. Extendió un brazo para señalar la escalera que conducía a la cocina. Ya sabía cómo manejarse por la casa, o al menos hacía como que lo sabía para exhibir así su autoridad. Yo no parecía tener ninguna; más bien era como su alegre criada. Mientras más minúsculo era un niño, más hacías de criada, eso lo sabía. Los niños más mayores eran más serviles, menos regios y exigentes.

Ya en la cocina, senté a Mary-Emma sobre la encimera, y a continuación cometí la estupidez de darme la vuelta un segundo para abrir un armario. Allí sentada, empezó a retorcerse, y me lancé y la agarré justo en el momento en que resbalaba por el reluciente granito camino del suelo. Por un instante pareció sonreír y sollozar a la vez; su cara decía: «Puede que eso le resulte divertido a alguien, pero no a mí.» Me la acomodé sobre la cadera, sintiendo que el bíceps de mi brazo ya empezaba a coger fuerza y que mi cadera ladeada comenzaba su larga andadura hacia la rigidez y el renqueo.

—Vamos a darte algo de comer. ¿Qué tal suena eso? —Escudriñé los estantes de la despensa. ¿De verdad ya me había comido lo mejor y más dulce de la comida para bebés?

—Ahí, frío —dijo, señalando al congelador.

—Sí, ahí hace frío —dije, todavía escudriñando los estantes. Eché un vistazo en la nevera, donde vi varias botellas de agua de Fiyi. Era la primera vez que veía agua de Fiyi, pero desde luego que no sería la última. No creía que fuera en serio. Vender agua de Fiyi parecía un claro engañabobos, como si en un carnaval te intentaran vender aire alpino embotellado.

Mary-Emma empezó a golpearme suavemente con las piernas, sus talones como espuelas sobre mi muslo. ¿Podría darme un poquito de prisa?

—¡Ahí, frío! —repitió, de nuevo señalando.

Abrí la puerta del congelador y vi, entre las cubiteras, el vodka, una carpeta de plástico y un paquete de café molido, lo que quería: polos de yogur.

—Ah, vale —dije, y los saqué.

La senté en el suelo y a continuación me senté yo, y las dos, felices, nos comimos sendos helados de yogur de mora.

—Hummmm, delicioso —dije.

—*Dicioso* —repitió. Los restos del helado de color

lavanda alrededor de la boca la hacían parecer una *drag queen* novata.

La comida era algo francamente milagroso. Enterré los envoltorios y los tarros de antes en la basura.

Cuando Sarah volvió, Mary-Emma corrió a buscarla y se abrazó a su pierna. Sarah le masajeó la cabeza. Yo le hice un informe de lo sucedido, aunque la mayor parte ya lo había escrito en un papel: las horas en que Mary-Emma se había despertado, comido y jugado.

—Le encanta el yogur helado —dije—. Espero que no pase nada: le he dado varios.

—Huy, claro que no pasa nada. ¡Sólo espero que no dejen de fabricarlos! Cuando era pequeña, Danone hacía un yogur de ciruela buenísimo que vendían en unos recipientes pequeños de color marrón brillante. Y ya no los hacen. Han desaparecido por completo. Aunque el año pasado estuve en París y allí sí que los vi.

Asentí con la cabeza, intentando imaginar la peculiar tristeza asociada a un yogur de la infancia desaparecido, el cual ya sólo se podía conseguir en Francia. Era un tipo de tristeza muy especial, individual, que por su incapacidad para provocar lástima, por su falta de brillo, eludía la poesía y entraba de lleno en el terreno de la ciencia. Intenté no pensar en mi única visita, hacía más de un año, a Alimentación Naturista, donde me había sentido paralizada al ver toda aquella comida especial para gente especial, cuyos murmullos especiales parecían decir: «¡Fuera de mi camino! ¿Dónde está mi tofupavo?»

Me di cuenta de lo muy cansada que estaba cuando por fin me tumbé. Pero primero anduve hasta casa, a través de la oscura tarde. Aunque la estación ya iba cambiando y se encaminaba hacia días más largos, el sol seguía sin subir demasiado alto, y más bien se deslizaba por el cielo, pálido y timorato, como algo enfermo. La oscuridad se cernía sobre la ciudad temprano y hacía que todo el mundo se rindiera y diera por acabado el día a las cuatro. Los bancos de nieve en el suelo se presentaban moteados de negro.

En el apartamento los radiadores siseaban y las ventanas estaban escarchadas allí donde el vapor había impactado. Ya en mi habitación me quité las botas con los pies y con ellas salieron mis calcetines. Tenía los dedos doloridos, agarrotados como un trozo de jengibre. ¿Quién diría que la vida con un bebé era tan agotadora? En la mesita yacía una taza de poleo, macerándose desde por la mañana, gélido y de un color marrón medicinal. Tomé un sorbo y la bolsita, pasada, me cayó sobre la boca. Hice gárgaras, escupí y me bebí el resto. Saqué el bajo de metacrilato, como una respuesta al frío que hacía, conecté los auriculares y toqué un poco de Metallica, un poco de Modest Mouse, un trozo en absoluto para bajo de *Angel From Montgomery* y algunos acordes de *Rock-A-Bye Baby*. Y de nuevo volvía a estar tumbada en el suelo tratando de cantar como Ndegeocello. Me inventé una melodía zigzagueante que sonaba a rana toro tragándose su dolor. Yo creía que sabía cantar a la vez que tocaba, algo que la mayoría de los bajistas, demasiado ocupados tratando de encontrar el punto intermedio entre melodía y ritmo —¿y qué era el viaje de la vida sino esa búsqueda?— ni siquiera se molestaban en intentar. El problema era que me habían dicho que ponía una cara rara, demasiado retorcida incluso para lo que eran los guitarristas, de modo que rara vez lo hacía con nadie presente. ¿A qué chica le gusta ponerse fea? No obstante había empezado a sentir el silencio del apartamento como algo triste, y cantar ayudaba a aliviar esa sensación, al menos un poco. Me dormí con la ropa puesta, tirada sobre la cama sin orden ni concierto, como si un tornado hubiera irrumpido en la habitación y me hubiera levantado, después me hubiera soltado y hubiera seguido su camino, aburrido.

Al día siguiente, en casa de los Thornwood-Brink, preparé a Mary-Emma para llevármela a patinar sobre hielo. Le puse su mono acolchado, la encajé en el carrito y lo conduje sobre el hielo lleno de baches hasta el parque del barrio, donde una pequeña laguna junto al lago había sido acondicionada para patinar. No había habido demasiados días de mucho frío, y una camioneta que había decidido adentrarse en el lago se había hundido en el hielo, de modo que el lago en sí, excepto por una fina calle destinada a las carreras, estaba cerrado al público. Sobre la laguna sí que había gente patinando.

Fui a la caseta y alquilé patines para las dos —Sarah había dejado un billete de veinte en la encimera para esto—, y de ahí pasamos al hielo, de superficie algo desnivelada y agrietada. Me coloqué a Mary-Emma entre las piernas y, dándome poco impulso, comenzamos a recorrer la laguna. Para ella era una experiencia totalmente nueva y se reía como si se tratara de un chiste. Sus patines eran de doble filo, y cuando la soltaba un poco se deslizaba unos metros por sí sola pero en seguida empezaba a desviarse a uno y otro lado, hasta que tropezaba con alguna imperfección del hielo y se caía hacia adelante. Su mono acolchado se encargaba de amortiguar la caída. Una vez tumbada sobre el hielo se quedaba inmóvil, observando las grietas. Bajo el hielo había largas hojas onduladas y lirios de agua, atrapados bajo la superficie como en un sujetapapeles de cristal. «Pez», gritó tras una de sus caídas, y cuando fui a levantarla vi que señalaba hacia abajo con su manopla, tomando a la flora por fauna. «Bueno, más o menos», le dije yo. Mary-Emma estaba contenta, el sol brillaba; se levantó de nuevo y ella misma retomó su desigual y vacilante paso. Tenía una gran habilidad para este deporte —parecía dársele bien de forma natural—, y entonces me acordé de su madre biológica, que dedicaba los sábados a patinar con las monjas, y pensé «pues ya está claro». Había heredado las dotes de Bonnie para el patinaje. Y esto es lo que Bonnie ahora se iba a perder: a alguien con quien patinar que no lo hiciera por caridad. Me pareció, momentáneamente, una terrible pérdida, como haber perdido varios miembros. Observé a Mary-Emma avanzar veloz sobre la pista y a continuación volver a caerse hacia adelante. De nuevo se quedó inmóvil, contemplando el hielo, maravillada.

—Hoy el segundo jefe de cocina ha hecho un completo desastre con los *mignardises* —dijo Sarah en cuanto entramos por la puerta—, que, la verdad, tampoco es que me haya sorprendido. Hola, pequeñina —le dijo a Mary-Emma, y rápidamente la cogió en brazos.

Todavía llevaba su chaqueta de chef blanca, la cual estaba manchada de grasa marrón. Tenía un corte en la mano y un par de quemaduras en los brazos.

—En todo lo que hago parece que falta algo, alguna cosa que no he hecho. Estoy descubriendo que es casi imposible ser madre y hacer algo de valía fuera de casa. Pero la clave está en ese «casi», y yo estoy viviendo en el corazón hiperventilado de ese mundo exterior. —Su rostro se iluminó—. Esas pegatinas en los coches que dicen TODA MADRE ES UNA MADRE TRABAJADORA son una gilipollez. Propaganda de los ricos. Y un insulto para las verdaderas madres trabajadoras con empleos. ¡Últimamente, pegatina de esas que veo pegatina que arranco!

—Tosse —dijo Mary-Emma, señalándome felizmente.

—¿Habéis comido alguna cosa? —nos preguntó Sarah con voz aguda y animada.

—Tomamos un poco de sidra caliente con nata montada en la caseta junto al lago —dije.

—¿Sidra con nata montada? —Sarah parecía horrorizada.

—Oh, ¿he hecho mal?

—Es sólo que nunca he oído hablar de sidra con nata montada —dijo Sarah—. Obviamente me gusta experimentar con la comida, pero ¿sidra con nata montada? Dios mío, ¡qué horror hacerle eso a la sidra!

—Es bastante típico de por aquí. —Me encogí de hombros.

Me había pasado la infancia echando nata montada sobre vasos de sidra caliente; ¿sería alguna perversión? La verdad, no me habría sorprendido que así fuera.

—Bueno, los lácteos van bien con todo, supongo. Creo que voy a empezar a poner todos los quesos del postre en el ventanal de delante del Petit Moulin. Uso los lácteos para animar a la gente a entrar y luego les doy..., no sé, cualquier plato con una reducción de jerez. —Estábamos ante el lado ligero, frívolo, de Sarah—. O si acaso un poco de jerez sin más —añadió.

Por lo general, y sobre todo si el día se presentaba bien, yo añadía mi grano de arena.

—Así se pondrían contentos —dije, y sin querer, con esta última palabra, pronuncié el nombre que sólo yo parecía pronunciar, ese que en esta casa se deseaba enterrar: Mary.*

—¡O quizás se pondrían agresivos!

Sarah sonreía y aupaba a Mary-Emma.

—¡Tosse! —volvió a chillar Mary-Emma, inclinándose hacia mí.

Sarah puso cara de preocupación, algo ausente.

—¿Qué perfume llevas? —me preguntó—. Huele muy bien.

—¿Perfume? —Estaba acalorada, por el patinaje, y todavía no me había quitado el abrigo. No estaba segura de que Sarah estuviera identificando el olor correctamente, si es que realmente había algún olor. No estaba acostumbrada a despertar el interés por nada que tuviera que ver con mi cuerpo, y eso hizo que quisiera huir, esconderme.

—Hueles muy bien, ¿qué es? —Me miraba esperanzada, las cejas arqueadas con curiosidad.

Se pasó la mano por el pelo. El brillo de éste parecía haber desaparecido, dejando en su lugar un tono mate, tánico. Entre sus dedos, pude ver que su pelo era de hecho bastante fino. Bajo los mechones cruzados en alto, a derecha e izquierda, otros tantos se cruzaban en horizontal sobre la frente para ocultar el cuero cabelludo de la zona de delante. La edad se adentraba en su pelo, y cuando se pasaba la mano, antes de que los mechones volvieran a caer y a decorarla, su frente sobresalía redonda y reluciente como una manzana.

*   «Contentos», en el original *merry*, muy similar fonéticamente a «Mary».

—No estoy segura —dije—. ¿Ajo?

Sabía que la gente mentía sobre sus perfumes y decía que era jabón, como si ir más allá del simple lavarse fuera vanidoso. A veces, después de ducharme, sí que me ponía una especie de aceite aromático que Murph me había regalado para mi cumpleaños, un frasquito que se llamaba Princesa Árabe. Siendo la situación mundial la que era, no parecía buena idea anunciar este hecho, no fueran a tomarme por la mascota de Osama bin Laden, si bien estaba casi segura de que Murph lo había comprado en la cooperativa de alimentos.

—Bueno, si te acuerdas, dímelo.

—Creo que es uno de la cooperativa —dije.

—¿De veras? Bueno, pues tendré que pasarme por allí a olfatear un poco. —Sarah aupó a Mary-Emma y apretujó su cara contra la de ella—. ¿Qué tal el patinaje?

—Bien —dije.

—¡Bien! —repitió Mary-Emma.

—¡Has visto cómo está hablando más y empezando a abrirse! —dijo Sarah, y le dio un beso en la cabeza—. A fin de cuentas ya tiene casi dos años.

—¡Bien! —chilló Mary-Emma de nuevo, y a continuación se revolvió en brazos de Sarah para volver a los míos.

—Vaya, ¿quieres ir con Tassie?, ¿eh? —dijo Sarah, que la dejó ir y me la pasó. El dolor de madre rápidamente quedó oculto tras una sonrisa fina como una cuerda de piano—. En serio que me tienes que decir el nombre de ese perfume que llevas, si te acuerdas —dijo con un suspiro—, si no acabarán arrestándome en la cooperativa, por merodear sospechosamente.

Había algún problema. Quizás eran los labios fruncidos de Sarah: un alambre asfixiante con el que de alguna forma me había dejado sin habla. No podía hablar. Un minuto de silencio se interpuso entre nosotras.

—Bueno —dijo por fin—, mejor no te entretenemos más.

Y volvió a coger a Mary-Emma, que empezó a retorcerse y a alborotar.

Las clases se iniciaron en medio de una ola de frío, una semana en que la máxima fue de uno bajo cero. Este invierno sí que se parecía al de mis recuerdos. El frío irrumpía en la habitación con sólo abrir un cajón de la cocina, donde tenedores y cuchillos convivían como carámbanos. La generosa calefacción de nuestro casero nada podía hacer frente a esto. La puerta de la entrada captaba y conducía el frío de tal forma que hasta tocar el picaporte de dentro era suficiente para congelarte la mano. El aire frío se deslizaba entre los agujeros de los enchufes. Sacabas la ropa del armario y estaba fría. En el sótano del edificio, sacabas la ropa de la secadora y o bien no estaba seca del todo, o bien salía con escarcha. Un vaso de agua en la mesita por la noche, por la mañana lo era de hielo. Uno miraba por la ventana cuando podía, entre carámbanos puntiagudos que eran como los incisivos de un tiburón. Era como vivir en la boca muerta, fría, de un muñeco de nieve muy cruel. Kay, la vecina que no tenía vida, decidió que, a modo de experimento, iba a lanzar agua hirviendo desde el porche de arriba, en la parte trasera del edificio. Mediante notitas de papel deslizadas por debajo de cada puerta, nos hizo saber que este acontecimiento tendría lugar a las once de la mañana del lunes, de modo que el resto de los vecinos nos reunimos y vimos cómo el agua golpeaba el aire silenciosamente y hacía su descenso transformada en una mezcla de vapor y aguanieve. Se nos había dicho que el agua se convertiría en bolitas al instante, pero quizás alguno de sus componentes —el cloro o el descalcificador—, impidieron que así fuera. En la calle, el aire era tan glacial que parecía eludir el frío y convertirse en calor. Respirar te quemaba las fosas nasales. En cada manzana había coches que jadeaban y se atragantaban y se negaban a arrancar. La mezcla del tiempo frío y la calefacción dentro de casa hizo que las uñas más largas de mi mano de puntear se debilitaran, resquebrajaran y rompieran muy abajo. Las esquinas se me clavaban en la carne, y, como los dedos me sangraban, tuve que empezar a vendármelos antes de salir de casa.

Entonces el tiempo se atemperó lo suficiente como para que hubiera una ventisca, seguida de otra, como si las praderas tuvieran hipo. Los vientos aullaban en las chimeneas y bajo los aleros, derribando bloques de hielo de los tejados. Y después, cuando el aire por fin se calmó, llegó el sopor, inducido por la nieve acumulada durante las ventiscas y apilada junto a los lados de las casas, como un edredón envolviendo a un perro nervioso. Había en el aire una fría resignación que era buena para leer.

Mi clase de Introducción al Sufismo la daba un hombre que se describió a sí mismo como «otomanista», lo cual me hizo pensar en alguien tirado en un cómodo sofá con los pies en alto, con el mando en la mano, en otoño. Tenía aspecto de estar encantadoramente aturdido, y llevaba el brazo en cabestrillo. Era irlandés, y hablaba con las típicas erres relajadas y el típico staccato de los que, como los antepasados de la propia Murph, eran de aquel país.

—A aquellos de ustedes que estén en lo más mínimo preocupados porque sea yo quien dé esta clase —nos dijo el profesor—, les tengo que decir que sé más de este tema que ninguna otra persona de este departamento. Y a aquellos de ustedes que estén preocupados porque enseñe hasta arriba de analgésicos por mi brazo, he de decirles que sé más de enseñar colocado que ninguna otra persona en este departamento.

Me senté junto a un chico alto, guapo, de piel morena, que me sonreía mucho y que terminó por pasarme una notita, como si estuviéramos en el instituto. «¿Qué estoy haciendo en esta clase? —me escribió—. Yo soy brasileño. ¿Tú qué eres?»

No sabía lo que era en ese contexto en particular. Le contesté en la misma hoja de papel: «Soy cuasi judía. ¿Qué estoy haciendo yo en esta clase?»

«No lo sé», me respondió.

En mayúsculas, escribí: «¿CUÁL SERÍA LA MEJOR MANERA DE MATARME? ¿CREES QUE UN BOLI EN EL CUELLO SERÍA RÁPIDO?» Y le pasé el papel.

Leyó mi nota y sonrió, sofocando una risa que se quedó en suave bramido. El profesor, que estaba hablando, miró unos instantes hacia donde estábamos. El chico a mi lado escribió en mayúsculas: «DEFINITIVAMENTE, NO DEBERÍAS ESTAR EN ESTA CLASE.»

«No estoy segura de lo que es el sufismo», escribí como respuesta, y le deslicé el papel.

«NO ESTOY SEGURO DE LO QUE ES EL INVIERNO», escribió él, de nuevo en mayúsculas.

«Bienvenido —garabateé—. No suele hacer tan buen tiempo», una gracia basada en el viejo chiste local. «No suele hacer tanto frío», se le decía a los que llegaban a una ciudad en mitad de un temporal de invierno.

«¡¡¿QUÉ?!!!», escribió con mucha energía.

«Tengo la sensación de que en esta clase no hay mucho misticismo», escribí.

«NO, NO LO HAY.»

«¿Eres cuasi místico?», escribí.

«SOY PESI-MÍSTICO —contestó—, Y OPTIMÍSTICO. LAS DOS COSAS.»

Después de clase me fui a casa y, con los auriculares puestos, toqué un poco el bajo eléctrico, hundiendo los dedos en las cuerdas de acero, endureciendo los callos. Me encantaba la canción infantil *Twinkle, Twinkle, Little Star*, a la que yo solía tildar de «Mozart». Me puse a cantar y a tocar en voz alta, una y otra vez, el mismo verso: «How I wonder what you are», y yo sabía que, fuera de contexto, a Kay la sin vida propia le podía estar sonando como un gato callejero aullando en celo y a la vez brutalmente herido. Ella me había comentado esto mismo en una ocasión. Por lo visto, no obstante, cuando rendía homenaje a los clásicos sonaba adecuadamente agónica. Una vez que me sentí satisfecha, una vez que me sentí plenamente autoexpresada y vacía, encontré un viejo paquete de Marlboro de Murph y me fumé uno frente al espejo del cuarto de baño, echando el humo lejos y hacia arriba, y girando la cabeza lentamente en una y otra dirección. Bajo la luz tenue tampoco estaba tan mal.

Sarah y yo hicimos un viaje al juzgado para recoger en el despacho del juez los documentos de la adopción provisional. Pasados seis meses serían firmados y Mary-Emma sería oficialmente de Sarah. Y de Edward. Hasta entonces eran los padres de acogida. Antes de entrar al despacho, en el pasillo, pasamos junto a un banco en el que una hilera de jóvenes aguardaban audiencias de distinto tipo. Algunos tan sólo tenían nueve años. Todos eran negros. Pasamos con Mary-Emma y los chicos la miraron, y Mary-Emma a ellos, todos embelesados y perplejos. En el despacho del juez, secretario y documentos nos aguardaban. Sarah cogió el sobre con una sonrisa.

—¿Ésta es su otra hija? —preguntó el secretario refiriéndose a mí.

—Veinte años es una edad bonita —me dijo Sarah más tarde en el coche, de camino a casa.

Una vez me pidieron si me podía quedar a dormir por la noche, como a las canguros de confianza, y yo dije que bien. Querían tener una noche romántica y salir hasta tarde, así que quedarme sería lo más civilizado. Este interés por la civilización llegaba quizás algo tarde.

—Ningún problema —insistí.

Cuando llegué a su casa, el día de su cita de sábado noche, Sarah me dijo:

—No tengas miedo de mecer a Emma en contacto con tu piel. Pecho con mejilla, barriga con barriga. Yo lo hago todo el tiempo. Tranquiliza a los niños adoptados que no han sido amamantados como es debido.

—Vale —dije.

—Menos mal que no estás dándole el pecho —le dijo Edward a Sarah—. Conociéndote, seguro que intentarías hacer queso.

—¡No se le quita de la cabeza que haría algún tipo de queso selecto! —Sarah puso los ojos en blanco.

Después de que se fueran, Mary-Emma y yo pasamos la tarde viendo tal cantidad de películas para niños —canciones infantiles e historietas con trenes—, que con sólo ver la advertencia contra el pirateo del FBI al principio de cada cinta ya sonreía de felicidad.

Y aunque era demasiado mayor, cuando llegó su hora de dormir me levanté la camisa y, sin sujetador, la mecí en la butaca tapizada de su cuarto, hasta que las dos nos dormimos. Cuando de repente me desperté, distinguí una silueta en la entrada: Edward. Me estiré la camisa con torpeza.

—Ya estamos de vuelta —dijo en voz baja.

—¿Me voy a casa? —pregunté.

—En absoluto —dijo—. Estás en tu casa. Usa la habitación para invitados de abajo. Buenas noches.

Puse a Mary-Emma en la cuna y me arrastré hasta el segundo piso, donde me acosté en ropa interior. Otra vez apareció Edward en la entrada, esta vez de la habitación de invitados.

—¿Todo ha ido bien? —me preguntó, sonriendo.

—Sí —dije desde debajo de las mantas.

—Estupendo. —Hubo un largo silencio acompañado de una sonrisa lenta, cada vez más tenue: la suya—. Bueno, pues buenas noches —dijo.

«Hermoso es el que con hermosura actúa», recordé que solía decir mi madre.

—Buenas noches. —Y cuando se hubo ido me levanté y me aseguré de que la puerta estuviera bien cerrada.

Por la mañana, Mary-Emma se paseó por nuestras respectivas habitaciones, cantando con nuevos bríos y palabras.

—Hora de levantar para mi papi. Hora de levantar para mi mamá. Hora de levantar para mi Tassa.

Sarah hizo tortitas y le pusimos sirope a todo, hasta

al café. Durante unos minutos dio la sensación de que éramos una familia, riendo y masticando. Me sentía incluida. Éramos un equipo.

Pero la vida familiar del Medio Oeste a veces tenía un vórtice, como en un ciclón. Podía ser como un tornado que zigzagueaba silencioso: si te acercabas lo suficiente, a lo mejor veías, girando en su interior, un camión y una mujer.

—Gracias por lo de nuestra cita —me dijo Sarah cuando ya me iba.

Su rostro reflejaba cansancio, debilidad. Parecía que, por cada nueva palabra o frase que Emma aprendía, una se le restaba a Sarah.

Las mañanas que, entre semana, acudía andando a casa de los Thornwood-Brink, el aire gélido hacía que las mejillas se me enrojecieran como la carne cruda —había visto la expresión «mejillas de ternera» en uno de los menús de Sarah, tirado un día sobre la encimera. ¡A lo mejor las hacían así!—. La nariz me goteaba profusamente cuando me paraba en los bordillos, antes de cruzar alguna calle. Pero mientras andaba —la nieve tan fría que bajo mis botas chirriaba como el porexpán—, una única gota translúcida se aferraba a la punta de mi nariz y de allí colgaba como una lágrima de cristal, hasta que la frotaba con el clavel gris de un Kleenex que hacía ya tiempo había muerto en mi bolsillo. El continuo frotar hacía que el pañuelo se desintegrara más si cabe, y no tardó mucho en ser poco más que migajas de hielo. Los calcetines, pese a mis buenas botas, eran demasiado finos y me dejaban los pies fríos. ¿Por qué en Troy las chicas de campo siempre teníamos los calcetines de algodón finos (los de Home Dollar) y las urbanitas llevaban los gordos (J. Crew o L. L. Bean)? ¿Sería que teníamos los pies más grandes y sencillamente no había espacio en los zapatos para los calcetines gordos? ¿O sería que no pensábamos en el tiempo como en algo ajeno a nosotras? Quizás es que nos identificábamos con el tiempo, no le teníamos miedo, lo llevábamos de un lugar a otro, por severo que fuera, en nuestro interior, como se pasea una derrota. Nuestro revestimiento era fino, agradable y débil —¡vano!— y parte de nuestra derrota. Nuestra rendición interior, cuyo objetivo era simplificar la vida, encajaba con la exterior. De ahí los calcetines. Y de ahí otras cosas.

Entré y Edward estaba sentado a la mesa de la cocina, solo. Llevaba un suéter verde y tenía ambas manos metidas en la manga opuesta, como hacen las chicas cuando quieren calentárselas, pero su pelo —esa mezcla de nieve sucia y humo— le confería el férreo aspecto de un viejo sabio. La contradicción —el pelo, el toque infantil de las manos en las mangas— me resultaba peculiar, y si uno la estudiaba quizás podía sacar conclusiones sobre su personalidad, pero no le achacaba yo entonces ningún propósito en particular, y su aspecto simplemente me parecía de una hibridez extraña y cómica. A los lados tenía entradas y el pelo era más escaso, hecho que se notaba más después de que se lo cortara, y se veía que se lo había cortado hacía poco. ¡Los hombres y la calvicie! Una vez había visto un documental que seguía las vidas de diez niños desde los siete años en adelante, y con cada nuevo episodio más y más cuero cabelludo hacía su aparición. El documental, que se suponía pretendía examinar los temas de la masculinidad y la clase social, resultó ser una retrospectiva sobre la pérdida del cabello.

—Hola, qué tal —dijo—. ¡Llegas acompañada de un agradable y cálido perfume!

El calor de la casa rápidamente descongeló todas las partes de mi cuerpo menos los dedos de los pies.

—¿Hoy no estás en el laboratorio? —pregunté, y quedé a la espera no de su respuesta, sino de algún sonido proveniente de arriba, de Mary-Emma. Me parecía oír un suave balido intermitente, quizás una alarma contra incendios que tenía las pilas bajas.

—Te estaba esperando —dijo.

—¿A mí?

—Esperando a que llegaras para poder irme yo. —Extrajo las manos de las mangas.

—¿Llego tarde?

—Para nada —dijo. La expresión de su rostro era misteriosa: una indiferencia severa y a la vez divertida. ¡Quizás éste era el aspecto de la ciencia alternativa! Sabía que la Clínica Mayo había expresado interés en su trabajo—. Sarah estará en el trabajo hasta las seis. Me ha dicho que te dijera que, aunque hace frío, igual te apetecía abrigar bien a Emmie y sacarla a pasear en la carretilla. Hay una carretilla roja para bebés en el porche de delante, con un brazo largo, que igual con este hielo va mejor que el cochecito.

—Sí, la he visto al llegar.

—Muy bien —dijo, mirándome fijamente.

Por unos instantes me vi forzada a escudriñarlo también yo. Su nariz, huesuda y picuda de perfil, era más ancha y tuberosa cuando la veías de frente. Sus ojos intentaban hacer algo con los míos, pero no estaba segura de qué. Él parecía demasiado mayor para que nuestros ojos hicieran nada. No era sólo que los años hubieran hecho mella en su peinado —dos grandes claros a horcajadas de un mechón plateado central—, sino que además parecía que se había tintado las raíces, quizás con el betún que alguna vez había visto en el baño. Sus zapatos siempre estaban marrones. Al igual que el pelo de Sarah, el suyo también era un producto, de la naturaleza y del arte: era como si, con la marea, su cara hubiera sido arrastrada hacia arriba y, a pesar de volver a descender, hubiera dejado su huella allí donde había estado; la cosa se había intentado arreglar después con algún que otro retoque.

—Sarah considera que a los bebés hay que airearlos —dijo finalmente—. También cree que hay que forzarlos a llevar gorros aunque demuestren a gritos que los odian. Opina que hay que hacer esto porque con gorro los niños están muy monos y nosotros queremos fotos muy monas. Por lo visto. —Suspiró—. Así que eso hacemos, forzarla a llevar gorros.

—La belleza cuesta, como dicen las supermodelos.

—¡Exacto!

El balido con tintes de alarma empezó a cobrar intensidad.

—¿Eso es Emmie? —pregunté.

—Sí, eso es. La dejo en tus manos.

Subí en su busca y mientras lo hacía oí que la puerta trasera se cerraba y que el coche arrancaba y se iba.

No sabía cuánto tiempo habría estado llorando. Pero tenía la cara hinchada, y sus mejillas presentaban un brillo febril. En el aire había un cálido tufo a pañal que indicaba que había que cambiarla.

—¡Hola, pequeñina! —gorjeé, tras lo cual ella levantó los brazos para que la sacaran de su enorme cuna.

—Tassa —dijo, como haciendo memoria. Era una niña necesitada y dulce.

La nueva historia de su vida, la que comenzaba aquí, sería quizás un historial de éxito. Y cuando la cogí y la tuve entre mis brazos, la sentí como algo muy hermoso e incorrupto, impoluta pese a ese supuesto terrible pasado del que había sido rescatada.

Arrastrada con suavidad, la carretilla iba dando botecitos sobre las calles heladas, para gran regocijo de Mary-Emma. «Yeeepa», decía yo: la carretilla se ladeaba sobre dos ruedas y entonces volvía a posarse, o se quedaba enganchada en un surco y necesitaba de un tirón fuerte que hacía que la niña se cayera hacia atrás. Todo ello nos hacía reír. Mary-Emma exageraba sus caídas, adoptando todo tipo de poses en su nuevo mono acolchado de color rosa. Una pequeña tira de moco translúcido aparecía bajo su nariz, y ella la recogía con la lengua. Si alargábamos demasiado el paseo, la cara se le pondría reseca y roja como un rábano. Incluso teniendo en cuenta lo de su piel cada vez más oscura. Yo empezaba a controlar este tipo de detalles. Cuando me parecía que hacía demasiado frío, buscaba zonas de recreo guarecidas. Me la llevaba, en la calle principal del barrio, a un supermercado que tenía acceso para minusválidos y la dejaba que correteara por las rampas, que jugara con las puertas eléctricas, e incluso al escondite entre los pasillos. Me la llevaba, en la misma calle, a la tienda de colchones. Empezábamos mirando como si nada, pero la idea era que finalmente ella se pusiera a correr y saltar de cama en cama mientras yo hablaba de muelles y firmeza con el vendedor, quien de vez en cuando la observaba preocupado brincando por allí. «¿Le importa que haga eso?», preguntaba con fingida preocupación. Y él: «Oh, no.» Pero lo decía sin convicción, mirándola de reojo y al borde de la consternación.

Como las próximas primarias democráticas de marzo harían las veces de elecciones —ya que ningún republicano había sido elegido alcalde, quizás nunca—, los quitanieves del ayuntamiento se pasaban gran parte de las semanas previas a las primarias limpiando las calles. En Dellacrosse era posible que se hicieran algunas reparaciones en las calles durante el verano, a tiempo para las elecciones propiamente dichas, en otoño —PHIL POTT PARA LA ALCALDÍA (¡Dickens vive!)—, ya que allí los republicanos tenían sus posibilidades. Pero aquí, en la progresista Troy, la seducción del electorado debía ocurrir pronto, y por eso el alcalde recurría a la retirada de la nieve como su gran baza. Los quitanieves parecían llegar de todas partes, sus palas delanteras anguladas como bocas de peces aterrorizados. El rascar del metal sobre el hielo y después sobre el propio asfalto creaba un sonido agudo que acompañaba al más grave del motor de las máquinas.

Me encaminé con Mary-Emma hacia Wendell Street, que era la única calle cercana donde había restaurantes aparte de algunas tiendas y otros negocios; probablemente no sumaban más de nueve establecimientos en total. Podría pasar por algo así como el centro de una minúscula aldea. En cualquier caso, sabía que las calles estarían más despejadas por allí. Ya en Wendell nos dirigimos hacia la sucursal de la biblioteca pública, caminando sobre lo que habría sido hielo de no ser porque habían echado sal en la calle. Quería enseñarle los libros infantiles, y pese a la preferencia de Sarah por los libros horneados, nos íbamos a sentar en una mesa cerca de un radiador e íbamos a leer. Había poca gente en la calle, pero la poca con la que nos cruzábamos me sonreía, miraba a Mary-Emma y por último me volvía a mirar, y no es exactamente que su expresión cambiara, pero tampoco es que fuera la misma: al vernos juntas, nuestra desconocida historia era imaginada, primero venía una deducción, y después un pensamiento calaba en sus rostros y congelaba sus facciones.

Pero entonces un coche al otro lado de la calle, que parecía lleno de quinceañeros —no podía discernir cuántos años tenían— redujo la velocidad y sus ocupantes nos miraron fijamente al cruzarse con nosotras. Seguí andando, camino de la biblioteca, pero de reojo pude ver que el coche se metía en una calle lateral y volvía hacia donde estábamos, en nuestra misma dirección. Nos adelantaron y pararon unos metros delante, junto a la acera. Un chico con una cresta de color naranja chillón, un aro grande plateado en la ceja, varios pendientes plateados como las bolitas de las tartas en la parte cartilaginosa de la oreja, y una chupa de cuero gruesa que hacía que el chico pareciera vestido con una silla cara, se asomó por la ventanilla. Había otros dos chicos en el asiento de atrás —¡si la taciturnidad matara!— y, tras el volante, una chica de pelo castaño y aspecto muy común. Pensé que el chico de la cresta se limitaría a mirarme lascivamente. O quizás me diría que quería verme los pechos o gritaría que se los quería meter en la boca o a lo mejor se ofrecería para hacerme cosas con su lengua perforada, lamerme por arriba, lamerme por abajo, chuparme de la cabeza a los pies, o quizás quería mis labios carnosos sobre su piel o quería decirme que tenía el culo gordo pero que le gustaban los culos gordos o que tenía poco culo pero que le gustaban las chicas con poco culo y que si no me gustaría sentar mi poco culo o mi culo gordo en su supercoche para largarme con él y sus amigos y que él me hiciera todas esas supercosas. En vez de todo esto, miró fijamente a Mary-Emma y gritó:

—¡Negra de mierda!

Por primera vez en mi vida me pareció comprender lo que significaba no creerse lo que uno oía.

—¡¡Michael!! —exclamó la chica al volante.

Los chicos del asiento de atrás se rieron entre dientes. Ella aceleró y al alejarse una de las ruedas traseras echó nieve sobre la carretilla, lo cual al principio hizo que Mary-Emma se riera, pero que después, cuando la nieve golpeó con fuerza su cara, la hizo llorar. No sabía que esto fuera posible aquí. En Dellacrosse, quizás —aunque de hecho jamás había oído que ocurriera—, pero ¿en esta ciudad? Esta ciudad se enorgullecía de cómo era. Esta ciudad era tan progresista y tan ejemplar. Esta ciudad era tan de izquierdas. Esta ciudad era tan... blanca. Aquí el único color que la gente conocía era el color de Troy, el que todos adoptaban por conveniencia, para camuflarse. Seguro que si esto fuera Salt Lake City la mitad de los habitantes de esta ciudad serían mormones. Pero no, aquí nadie se distinguía de nadie, aquí todos eran educados y virtuosos, todos miembros de asociaciones librepensadoras y ateístas.

—Cabrones —me oí decir.

Cogí a Mary-Emma en brazos, dejando que la carretilla rodara un poco hacia atrás y chocara contra un parquímetro. Estaba tan envuelta en su enorme y resbaladizo mono que casi no podía sostenerla. No obstante la llevé hasta la cafetería que casualmente teníamos al lado, la senté en el sofá cerca de la estufa de gas y le abrí un poco el mono para que se calentara. La estufa tenía unos leños falsos y el fuego brillaba a su alrededor, azul y frío como si fuera agua —más fuente ornamental que estufa—. Mary-Emma tenía el pelo húmedo y pegado a la cabeza. Bueno, decidí que le pediría una taza de chocolate caliente.

—Cabrones —me dijo, y entonces las dos nos echamos a reír.

—Pero no digas eso, ¿eh? —añadí, a modo de advertencia.

—¡Dios mío! —gritó Sarah—. Dios mío, Dios mío. Esto se acabó, se acabó. —Empezó a andar de un lado para otro de la cocina en cuanto le conté lo que había ocurrido. No repetí la expresión que Michael había usado, únicamente dije que éste la había llamado «n. de m.». Tenía en brazos a Mary-Emma, que se dedicaba a jugar con mi pelo; lo levantaba y lo dejaba caer sobre mi cara, y se reía cada vez que, al resoplar yo, el pelo se movía.

Sarah seguía:

—¡Dios mío! ¿Quién iba a decir que esto podía pasar en esta ciudad? Si en los pequeños festivales de música folk que hacen en los parques en verano ves a todo tipo de familias multirraciales... Pensaba que ésta era la ciudad perfecta... Bueno, no perfecta, pero pensaba que era un lugar ideal para Emmie. Pensaba que no le fallaríamos al traerla aquí, y ahora me doy cuenta de lo ingenua que he sido. —Empezó a pasarse la mano por el pelo, algo a lo que ya me había acostumbrado, pero ahora se pasaba las dos.

—Quizás cuando eres negro no hay realmente ningún lugar ideal —dije, al tiempo que pensaba en el chico de mi clase de Sufismo. Sarah se quedó mirándome.

—Voy a crear un grupo de apoyo. No te rías.

Pero yo no me estaba riendo.

—Voy a utilizar los propios mecanismos de esta ciudad contra ella. Esta maldita ciudad tan orgullosa de sí misma, que...

—¡Se bebe hasta el agua del baño si es suya!

Era una frase que se usaba en Dellacrosse precisamente para referirse a Troy. Era una metáfora y no era una metáfora, y era lo que se pensaba en todo el estado: que Troy era una tierra de engreídos, liberales, ecologistas y otras pijotadas políticamente correctas. Que era todo pose, para sentirse bien consigo mismo (lo cual, en Dellacrosse, significaba «mejor que los demás»). Que no era real. Y «ése» era el verdadero crimen. Su falta de realidad. Significara eso lo que significase. Además, todos los años alguna chica del campo venía a Troy a pasar el fin de semana, bebía demasiado y acababa violada y muerta a golpes en algún piso o parque.

Sarah me miraba con repentina concentración, como rebuscando algo. Era una mirada que empezaba a resultarme familiar y que a menudo sentía en mi interior, una sensación de escrutinio horrorizado y a la vez infantil, una voz que preguntaba: «¿Por qué hay más extraterrestres en este planeta de los que solía haber? ¿O somos nosotros los extraterrestres?, en cuyo caso, ¿van a regresar los humanos?»

—Sí —dijo Sarah lentamente, para a continuación coger velocidad, como despertando de un sueño—. Bueno, supongo que todas las ciudades beben un poco de su propia agua. Pero la cuestión es que voy a formar un grupo de apoyo, y voy a reunir en esta casa a familias de color, y vamos a discutir cosas y a juntar nuestras fuerzas y a compartir nuestras historias, y a planear nuestra estrategia común y toda esa mierda. ¿Estarías dispuesta a echar una mano con los niños?

—¿Qué niños?

—Los supuestos niños. Los hipotéticos niños. Los imaginarios. —Sonrió.

—Sí, claro —dije.

—Pelo Tassa, arriba y abajo —dijo Mary-Emma, todavía jugando con él como si fuera serpentina.

Y las reuniones semanales dieron comienzo. Todos los miércoles me quedaba arriba con los niños: Mary-Emma; Isaiah y Eli, de cuatro años; una niña de cinco, llamada Althea; y otra llamada Tika, que tenía ocho años y que a veces me ayudaba con los más pequeños y otras se sentaba en un rincón a leer *Harry Potter*. A menudo otras familias hacían su aparición: un doctor etíope y sus hijos —un chico que estaba en séptimo llamado Clarence y otro que iba a cuarto llamado Kaz—. La mayoría eran «de color», como decían los adultos abajo, en un abanico de tonos que iba del claro al oscuro, si bien casi todos los padres, me había percatado, eran blancos. Se trataba de las únicas familias transraciales, birraciales o multirraciales que Sarah y Edward conocían en Troy, pero probablemente conseguirían reunir a más. Arriba, yo jugaba al Lego con los niños y pensaba en pequeños juegos tipo escondite, o de pillar, o de cantar. Sus voces eran bulliciosas y divertidas, y, como eran niños, tenían su propio lenguaje: «*Nana-na-bubu*, ¿a que no me pillas?», se retaban unos a otros. Me resultaba interesante lo mucho que las burlas de los niños se parecían a las llamadas y gritos del reino animal. Sarah requirió mi presencia abajo en una única ocasión, para que, en una emergencia, la ayudara a preparar un postre rápido para todos: calentamos en el microondas un potito de melocotón, que servimos con helado.

—En Dellacrosse solíamos comer esto todo el tiempo —dije.

—¡En serio! —dijo Sarah.

—Sí. Más o menos.

Todos, excepto los niños, alabaron lo delicioso que estaba.

—Podéis comeros sólo el helado —les dije a los niños, arriba.

De las historias compartidas sobre discriminaciones en la escuela pública, dinámicas de grupo desfavorables y extraños comentarios de conocidos, diversos fragmentos se abrían paso hasta donde nosotros estábamos, dos pisos más arriba. Los niños casi ni se enteraban, debido en parte a su falta de interés, pero yo, si me esforzaba, sí que los entendía.

—... y llego al colegio para la conferencia y ahí estaba el maestro sacudiendo a Kaz y dándole cabezazos contra la pared...

—... la intolerancia institucionalizada puede llegar a convencerte sutilmente de que tiene razón de ser. Le quitas su carácter absurdo y su maldad puede mover a...

—Y hasta los mayores le tocan el pelo a la niña como si fuera la cosa más graciosa que hubieran visto en un mamífero... y como si estuviera ahí para divertimento público, como una cabra en el zoo...

—Hay una mujer estupenda al sur de la ciudad que peina...

—Claro que los deberes siempre son un problema. Y a los niños de color siempre les acaban perjudicando...

—El colectivo de los afroamericanos es el más fuerte, y el de los asiaticoamericanos el más débil. Eso sí, los padres asiaticoamericanos tienen una influencia que los afroamericanos no tienen.

—En el colegio la mayoría son blancos. Y sobre todo niñas. Así que los chicos de color son los que lo tienen más difícil, y si no les interesa el deporte, entonces las bandas callejeras intentan captarlos...

—Supongo que ya sabíamos todo eso, pero bueno...

—Es todo tan injusto.

—¿Dónde está la reparación por todo lo de la esclavitud, o para los indios, que recibieron algo de dinero, pero no gran cosa por sus tierras?... No creo que lo de los casinos cuente como reparación.

—Bueno, cariño, contar sí que cuenta.

—Mira, en nuestra zona hay gente que tiene un montón de dinero, heredado, y que está en contra de que una persona negra gane cinco mil dólares más que ellos. «Es cuestión de principios», dicen, y tú es que no sabes ni por dónde cogerlo.

—Mira, los judíos sí que fueron indemnizados por los nazis, pero ¿quiénes fueron los que en realidad recibieron el dinero? Los nietos de algunos de los de aquella generación, judíos acomodados que se podría decir que no necesitaban ese dinero. Y luego en Ohio y en Brasil tienes a hijos de nazis que prácticamente viven como indigentes...

—Vale, ¿en qué punto estamos? ¿Cómo hemos llegado hasta aquí?

—¿Qué?

—¿A alguien le apetece un poco más de vino?

—A estas alturas igual nos vendría bien un poco de ginebra...

—Bueno, hasta los indios recibieron algún que otro casino...

—Eso ya lo hemos hablado...

—Pero en África nadie ha recibido jamás ningún tipo de reparación...

—¿De verdad?

—Sonya Weidner está encargándose de mirar eso, ¿no, Sonya?

—Bueno, los judíos se están encargando de eso.

—¿En serio?

—¿Y yo cómo demonios lo voy a saber?

Los sonidos no verbales eran como golpes de viento —arreciaban y amainaban—. Había ráfagas de resoplidos, que eran como la risa en invierno, y brotes de suspiros y consternación, de menor intensidad. Estaba el escanciado del vino, y el masticar de los canapés a la vez que intentaban hablar.

—La indiferencia racial es una idea de blancos.

—¿Cómo podemos tener el valor de considerarnos a nosotros mismos un experimento social?

—¿Cómo podemos tener el valor de hacer lo contrario?

—¡Cómo podemos tener el valor de usar a nuestros hijos para sentirnos mejor con nosotros mismos!

—¿Cómo podemos tener el valor de hacer lo contrario?

—Qué desesperación.

—Desesperación es confundir un mundo pequeño con uno grande y uno grande con uno pequeño.

—Pues creo que eso es lo que estoy haciendo.

Se oyeron como unos bramidos. Podía tratarse de una jauría de perros o de una bandada de gansos, o simplemente de los radiadores poniéndose en marcha.

—Aceptémoslo: todos estamos viviendo en alguna clase de burbuja. O en una burbuja de muchas clases.

—No hay más que mirar la manera en que los bancos están concediendo préstamos hoy día. Da igual las veces que la gente vea *Qué bello es vivir*... ¡Siguen sin enterarse!

Abajo, las opiniones se daban con tal énfasis y confianza que el sonido resultante era como el de una orquesta de percusión: tímpanos y címbalos, y las notas graves de un piano. Hasta un tambor militar hubiera sonado liviano y dubitativo en comparación.

—¡Tú y tu diversidad académica! La diversidad es una excusa para no tratar el problema.

—No, no en el Amazonas. Es el cemento. Es lo que une todas las piezas.

—¡El Amazonas! ¿Y esto es el Amazonas? Mira, todas estas teorías, como el feminismo, la discriminación positiva... es todo fachada. Sin una reestructuración de sistema de clases, la cuestión de la diversidad es tontería.

—¡Ah, vale! Viva el comunismo entonces. O sea, que eres de esos revolucionarios que piensan que luchar por la diversidad en los cupos de los colegios es demasiado poco, que con eso no se cambia nada. Me encanta. Mira, no pasa nada, la semana que viene me paso por tu dacha y te lo explico todo...

—Otra falsa dicotomía. ¿No estás de acuerdo, Edward, en que Mo está creando una falsa dicotomía? No tiene por qué ser diversidad o socialismo, discriminación positiva o igualdad de clases. Una de las dos cosas es más fácil de hacer, eso sí, y no cuesta nada.

—¡Sí que cuesta! Se gastan recursos que se podrían usar para otras cosas. ¡Todo cuesta!

—Eso son tonterías, un auténtico montón de mierda.

Yo había visto un montón de mierda una vez. Llegó a nuestra casa en la camioneta de Don Edenhaus y lo dejaron en nuestro granero, donde se utilizaría como fertilizante.

—Tú eres uno de esos derechistas que se disfrazan de

socialistas para poder infiltrarse en la izquierda y una vez dentro soltar sus críticas, pero yo no voy a escuchar...

Me giré hacia mis súbditos y anuncié de forma rimbombante:

—Damas y caballeros, es un honor para mí presentarles el espectáculo «¡Hora de Callarse!», ¡protagonizado por mí!

—¡Y protagonizado por mí! —rió la pequeña Tika.

—¡Y por mí! —se apresuró a copiar Mary-Emma, y nos pusimos todos a dar vueltas por la habitación con la mano frente a la boca.

En nuestro remoto jardín de infancia, tras la puerta para bebés de la escalera, rara vez había peleas. Podía darse alguna que otra riña menor relacionada con el Lego. Mary, que era demasiado pequeña, siempre se metía alguna pieza en la boca. Uno de los padres, con toda su buena intención, lo había traído. Hubo una vez que Mary-Emma, que al principio estaba encantada con que otros niños ocuparan su habitación, tuvo un berrinche provocado por un peluche de Elmo que hablaba. Y también hubo una vez en que alguien usó la palabra «chalado» para insultar a otro de los presentes, pero resultó ser tan nueva para todos, incluido para el que la dijo, que nadie se sintió herido. La mayor parte del tiempo se dedicaban a jugar de forma tranquila, aunque era cierto que entre todos conferían a la habitación una energía a la que ni Mary-Emma ni yo estábamos acostumbradas. A veces me hacían preguntas:

—¿Vas a la universidad? —me preguntó Clarence.

—Sí.

—¿Te gusta?

—Sí, me gusta.

—¿De verdad? —exclamó Tika.

—Bueno, todos los días no son perfectos.

—Yo quiero ir a un sitio donde todos los días sean perfectos.

—Yo también.

—¡Yo también!

—¡Yo también! —Estallamos en carcajadas, entregados a la risa por ese deseo absurdo, todo ello como un extraño eco, burlesco, de la conversación de abajo.

Les canté «Había una mujer mayor que se tragó una mosca». «No sé por qué se tragó una mosca, quizás moriría.» Ninguno la había oído antes; a lo mejor es que hoy día se pensaba que era demasiado truculenta para los niños, con su despiadado final, «muerta está, claro está», pero a todos les fascinó, incluida Mary-Emma, que empezó a aprendérsela. Tenía que estar pendiente de que no se tragara una pieza del Lego, retirándoselas periódicamente de la boca, y como ya empezaba a no usar pañales, tuve que llevarla dos veces al orinal que tenía en el baño —tal era su excitación cuando estaba en compañía—. De abajo nos llegó una conversación que esperé que los niños no pudieran oír.

—Esta ciudad no tiene experiencia en lo que respecta a las distintas razas, y por lo tanto el racismo está presente en todas partes.

—Hasta en esta casa. Sin ánimo de ofender, es simplemente que no puedes excluir ningún lugar.

—Entiendo lo que quieres decir.

—Hace años oí hablar de una familia blanca que tenía un niño adoptado, afroamericano, y me contaron que cuando tenía trece años instalaron un sistema de seguridad en la casa para que el chico se sintiera seguro cuando los padres salían a alguna fiesta o algo así. Parte del sistema era que la policía era alertada por cualquier cosa, incluso si se detectaba un pequeño movimiento en una ventana, y claro, ¿qué pasó? Pues que un día cuando los padres estaban en una fiesta de Navidad, la policía entró en la casa y, al ver a un quinceañero negro allí de pie, le dispararon en el pecho.

—¿Murió?

—No al instante.

A veces se hacía un silencio simultáneo, arriba y abajo, como una capa de nieve, como si en ese momento nadie en ninguna parte de la galaxia supiera qué decir.

«¿Les has enseñado una canción a los niños sobre comer animales vivos?», empezaba un mensaje de Sarah en mi contestador. Parecía encaminarse hacia la reprimenda pero al final se fue por otros derroteros. «Bueno, sea lo que sea lo que has hecho, les ha encantado y les has encantado. Gracias. El miércoles que viene estaría genial si pudieras llegar un poco antes. Sobre las cuatro o las cinco si te viene bien. Ya me dirás algo. ¡Gracias!»

Geología, Sufismo, Cata de Vinos, Literatura Británica, Bandas Sonoras del Cine Bélico. Corría el rumor de que a varios estudiantes estaban a punto de echarnos de Cata de Vinos porque éramos menores de edad y algún ordenador por alguna parte —no el ordenador original— se acababa de percatar de ello. Quizás hasta estaría bien. El aroma a roble era algo que sencillamente no captaba. Podía con «cítrico», «untuoso», «chocolate», pero el toque a violetas, por ejemplo, también se me resistía. ¿Sería todo una chorrada? El trajín del trimestre parecía desarrollarse a mi lado, sin que yo acabara de formar parte del mismo. En cualquier caso, lo intentaba. Me sentaba a trabajar por la noche, me tiraba de cabeza al azul de la pantalla del ordenador, como si fuera una piscina, y tras nadar un rato, salía de nuevo a tierra con trozos de esto o de aquello, quizás no con la cabeza empapada pero sí con el pelo húmedo. El escritorio del ordenador indicaba que, como mínimo, estaba trabajando en algo. Empezaba cosas, y luego las volvía a empezar pero sin borrar lo anterior: la pantalla era un acuario en el que cien peces minúsculos de aleta triangular habían muerto, quedando tiesos aquí o allá. Excepto por mi clase de Sufismo, a cargo de Don Donegal, que era como le llamábamos, el resto de las clases seguían su curso sin pena ni gloria —en La Pelvis Neutral estaba aprendiendo sobre el torso voladizo, el espacio interior y el *om* coral—. Pero en Sufismo aprendimos que Rumi era un hombre enamorado, y que la ausencia del amado impregnaba todas sus ansias, lo cual no ocurría en el caso de Doris Lessing. En Geología estudiábamos los efectos del calor y del frío, y yo empezaba a darme cuenta de que en realidad todas nuestras clases iban sobre eso. En Bandas Sonoras del Cine Bélico nos dieron una lista —todas las guerras desde la antigüedad hasta el mundo actual, desde *Gladiador* a *Black Hawk derribado*— y debíamos leer tantas descripciones de estas piezas como pudiéramos y no escuchar sus melodías.

Ahora que Murph ya no estaba, decidí mover mi escritorio de su lugar frente a la ventana, pues por ésta entraba una ligera corriente que me helaba y me encogía. Hice de la pantalla del ordenador mi única ventana. Por ella me asomaría al mundo. Buscaba a mi padre en Google, para ver qué se decía de sus productos y para echar un vistazo a su página web y a lo que ésta pudiera revelar sobre las cosechas de primavera. Busqué a Sarah y Le Petit Moulin, y me enteré de que en una ocasión había cocinado en la Casa Blanca, para el presidente Clinton. Quizás no le había ido bien y por eso no lo había mencionado. ¿Cualquier cosa con una reducción de jerez? Por lo visto sí que les había servido algo con jerez: cerdo, autóctono y de granja ecológica, dispuesto sobre una especie de tortilla de maíz que a mí me pareció un pañal. Las tortillas me parecían un error. Les había servido además un sorbete de nuez y cuajada. Quizás también una ensalada —rociada con aliño de chalota y limón (me inventaba ahora nombres de posibles platos: ¡carpaccio de kiwi!, ¡rastrojo de hinojo!, ¡cuscús con frufrú!)—, y seguro que otras cosas, pero sólo se mencionaban el cerdo y el sorbete. Me busqué a mí misma en Google, la pantalla del ordenador convertida en ventana y espejo. Quería saber qué tal me iba ahí fuera, en el mundo, o más que a mí a la otra Tassie Keltjin, que había descubierto que era abuela y trabajaba como voluntaria para el servicio telefónico de urgencias a las afueras de Pestico. «Espejito, espejito mágico.» Todas las semanas la buscaba y veía cómo le iba. Una semana vi que acababa de celebrar su cuarenta aniversario de boda con su marido, Gus. Otra semana, que había quedado empatada en segundo lugar en un concurso de tartas. Hasta que un día la busqué y su necrológica apareció en pantalla, y ahí fue cuando dejé de buscarla.

La siguiente vez que fui a casa de los Thornwood-Brink fue Edward de nuevo el que me recibió sentado a la mesa de la cocina. ¿No debería estar supervisando alguna cita rápida entre moscas de la fruta?

Me sonrió de un modo tan cálido y encantador que

me giré a ver si tenía a otra persona detrás. No había nadie.

—Quería comentarte que hoy viene el gay de la limpieza.

—¿Disculpa?

—Perdona. Es gay. Limpia. Yo lo llamo el gay de la limpieza. Sarah me chilla por eso. Digamos que es el chico de la limpieza. Se llama Noel. Aunque a veces le gusta que le llamen Noelle. Su aspiradora solía asustar a Emmie, pero ahora le encanta. A veces le deja que la maneje un rato. Está bien.

—Vale, perfecto —dije—. ¿Está durmiendo Emmie la siesta?

—Sí —contestó. Y me volvió a dedicar una de sus sonrisas, llena de calidez y chispa inteligente. Yo volví a girarme para ver si había otra persona detrás de mí. Y entonces él se fue.

Cuando llegó Noel, irrumpiendo ruidosamente por la puerta de atrás con cubos llenos de esprays y trapos, me presenté.

—Llámame Noelle —me dijo—. Cuando era pequeño me solían decir «Noel, Noel, toallita de papel». Alguna vez he pensado en pintarlo en mi furgoneta. Quizás sería bueno para el negocio. No sé.

—¿Cuánto tiempo llevas trabajando aquí? —pregunté.

—Demasiado —suspiró—. Aunque adoro a Sarah. Es un encanto.

—¿Y Monsieur?

Suspiró y se apoyó sobre su fregona.

—A los gays no nos gustan los hombres heteros.

—¿En serio? —Por alguna razón me costaba creerlo.

—¿Y por qué tendrían que gustarnos?

Me encogí de hombros.

—No sé, por nada.

—La pequeña Emmie es una muñequita, ¿no? Estoy supercontento por Sarah. Estaría muy bien que le pusieran unos columpios en la parte de atrás.

—Sí, estaría bien —dije.

—Hoy es mi cumpleaños —añadió.

—Feliz cumpleaños. ¿Cuántos cumples? —Tenía aspecto de tener treinta y tantos.

—Sesenta —dijo—. No es moco de pavo.

—¡Vaya, pues para nada los aparentas! —Aunque no había ni acabado de decirlo y ya había notado, bajo su pelo teñido de negro, la piel curtida y los ojos cansados típicos de quienes tienen cierta edad, o quizás eran típicos del uso continuado de los productos de limpieza.

—Bueno, en realidad no es mi cumpleaños.

—Oh —dije.

Había leído a Lewis Carroll. Un poco. Estaba claro que no lo suficiente.

—Estoy probando a ver qué pasa. Es que pronto será mi cumpleaños, y quiero ir viendo cómo reacciona la gente.

Una prueba. Quizás no sólo ponía a prueba la noticia, también me ponía a prueba a mí. En cualquier caso, me dio la sensación de que podríamos ser amigos. Sentía una especie de conexión natural entre nosotros, tipo *Arriba y abajo*; nosotros seríamos los de abajo. ¿O los sirvientes eran los de arriba?

—Bueno, como decía, no aparentas sesenta años.

Hizo un gesto con los brazos, como si me quisiera abrazar.

—Ay, ¡no me digas eso! Me hace sentir peor, como si me estuvieras mintiendo. ¡Mira! ¡Emmie! —Me di la vuelta y ahí estaba, con las mejillas enrojecidas y la cara abotargada, tras haberse despertado y haber franqueado su cuna, las escaleras y todas las puertas en el camino.

—¡Tassa! —dijo, y corrió a abrazarme las piernas.

En Sufismo seguía sentándome junto al brasileño.

«¿QUÉ DEMONIOS ESTÁ DICIENDO ESTE HOMBRE?», me escribió.

—En realidad es muy listo —murmuré—. Está hablando sobre las cuatro etapas de la *tariqa* y sus rituales: hay mucha piedad, renuncia y anhelo por el Paraíso.

Él se acercó y me susurró:

—Veo que no te unes a las quejas con facilidad. Es una buena cualidad. Pero también lo es unirse.

Ya saliendo del aula me dijo:

—¿Sabías que estamos en los días del mirlo, *i giorni della merla*?

—¿Qué es eso? Es la primera vez que lo oigo.

Me estudió unos instantes.

—Es una celebración en honor del mirlo blanco que se ha refugiado en la chimenea, que lo mancha de hollín. Es una celebración del hollín.

—Interesante —dije, al tiempo que pensaba en Mary-Emma y en otros posibles mitos relacionados con el mirlo blanco.

—Es una cosa brasileña —dijo.

Asentí con la cabeza. Ésta se me llenó con la idea de renunciar a la renuncia. Y con el deseo del deseo.

Empecé a vestirme para él, depositando buena parte de mis esperanzas en un vestido de punto entre gris y marrón que me había comprado hacía poco en el centro con mi sueldo, en una tienda donde los dependientes y su buen gusto estaban enteramente a tu disposición, y en la que todas y cada una de las prendas venían en un color que se llamaba pardo o peltre o pera o pómez o algo por el estilo. Había sutilezas dentro de lo que eran los tonos neutros hasta entonces desconocidas para mí: piedra, pacana, portabella, piñón, platino, porcelana, paloma, parmesano, pavimento, pergamino, perla y, ah, patata. Luego estaban los colores más vivos. Uno podía recitarlos todos y era como una canción de las de saltar a la comba. Páprika, pinot, ¡pomarrosa!, ¡pimentón!, papaya, ¡pino!, pomelo, pistacho, pavo real, pétalo rosa, pepino, plátano, pimiento, papagayo, peridoto, prímula, palma, puerro, peonía, púrpura. El tono de mi nuevo vestido se llamaba «ostra», y era muy parecido, me había percatado, al «gris higo», y yo lo llamaba «palo», pues era del color de los palos. ¿Qué sabía yo de las ostras si había crecido tan lejos del mar? El tono era igual al de una patata roja todavía llena de tierra. Creía que me hacía los ojos más oscuros y el pelo más brillante, aunque quizás la razón por la que el color me atraía era que, al contrario que casi toda mi ropa, no tenía nada que ver con ese verde tirando a amarillo que tanto hacía resaltar el color natural de mis dientes. Los días que me ponía ese vestido, junto con el sujetador relleno de agua, el brasileño era más simpático. Pasado algún tiempo, tras un lavado desafortunado pero no totalmente destructivo, empecé a llamar al vestido «el palo seco». ¿No se daba cuenta el brasileño de que ésos no eran en realidad mis pechos, o sí? ¿Realmente les importaba a los chicos si sí o si no? Las chicas caminaban de un lado para otro con estas protuberancias blandas y los chicos se limitaban a pensar «du-di-duu», como Homer Simpson. Quizás, en la Biblia original y correcta, todavía por descubrir, cuando Dios dijo «hágase la luz» también dijo «y hágase el du-di-duu». Gracias, Dios.

Acabada la clase, el brasileño y yo solíamos salir juntos y pasear un poco. A mi lado era alto y de extremidades largas, y caminar junto a él, acompasando mis pasos a los suyos, me hacía sentir como si hubiera ganado un premio. Una vez llegamos hasta la puerta de una cafetería, le pregunté si le apetecía tomarse un café conmigo, y me dijo que no.

—Como llevar leña al monte —dije avergonzada—. ¿Por qué ibas a querer tomar café en Estados Unidos, siendo brasileño? No sé en qué estaba pensando. —Me giré para marcharme.

—Me tomaría una Coca-Cola —dijo.

—Vale —dije—. Ahí tienen Pepsi. ¿Te parece bien?

—Vale —dijo. Tenía una sonrisa que te hacía darte cuenta de que algunos cráneos encerraban auténticas centrales eléctricas en miniatura, y el calor y la energía que éstas generaban vertían su voltaje a través de sus dientes y sus ojos.

—Enséñame un poco de portugués —dije frente al café y la Coca-Cola, en una mesa del fondo, cerca de otra más grande llena de folletos y panfletos.

Y lo que me enseñó, frases sacadas de cancioncillas —«Ahora me voy a dormire, bambino, porque llevo el pijama: ¡sí!, ¡no!, ¡sí!, ¡no!»—, lo repetí y practiqué en casa e incluso se lo enseñé a Mary-Emma. Podrían haber sido frases etruscas y no me habría enterado. «Negro, blanco, ¡me gusta naranja!» Mucho más adelante descubriría que lo que me había enseñado era realmente español con una pizca de italiano. Excepto por la letra de *Cumpleaños feliz*, nada de ello resultó ser portugués.

Así dio comienzo mi pobre relación con las lenguas romances, plagada de malentendidos (en el instituto había dado alemán con Frau Zinkraub; en la parte de arriba de todos mis exámenes me dio por dibujar pánzers con Hitler arriba, saludando; había intentado estudiar latín, pero es que *in situ* no había nadie con quien hablarlo, ¿y entonces qué sentido tenía? Me pasaba la clase pensando cosas como que «ergonómico» debía de tener algo que ver con «por lo tanto»). Las lenguas romances se me resistían en plural y en singular; nada había más críptico y fácil de malinterpretar que el lenguaje físico del amor de un chico. Lo que era mueca involuntaria yo lo tomaba por éxtasis. Lo que era una compulsión natural masculina, deseo de estar dentro, de abrir y empujar, yo lo veía como el tierno anhelo de ser dulcemente arropado y al menos momentáneamente abrumado por la devoción de otra persona. Lo que eran urgentes y automáticos vaivenes del cuerpo yo lo veía como el eterno y romántico regreso del amado. Besar no era un apetito animal sino el corazón que se posaba sobre los labios y comunicaba su atracción única, su profundo y eterno cariño, de la única manera en que podía hacerlo. La vibración del clímax, tan involuntaria como el estertor de la muerte, yo la interpretaba como una declaración de amor incurable. Por qué, no lo sé. No me consideraba una persona sentimental. Yo me veía más bien como espiritualmente alerta.

«Oh-oh», que diría Emma.

—¿Eres virgen? —me preguntó.

—Sí —contesté. El hecho de que le hiciera falta que yo se lo dijese, de que no estuviese escrito en mi frente y mi conducta, me emocionó. Para hacerme la graciosa, ladeé la cabeza lentamente y, de forma supuestamente sexy, ronroneé—: Lo soy.

Más adelante llegaría a pensar que los lazos eróticos entre dos personas no eran más que un espejismo, una psicosis temporal, incluso una suerte de violencia, o como mínimo que coexistían con esos estados. Me daría cuenta de que los criminales y los locos a menudo transmitían un encanto vibrante, palpable, una especie de magnetismo animal que hacía que siempre tuvieran a alguien que los quisiera. ¿Cómo podrían sobrevivir, si no? ¡Alguien tenía que ayudarlos a esconderse de las autoridades! De ahí la necesidad y la fuerza que tenía el atractivo sexual para los que eran salvajes y vivían al límite.

Si hubiera salido con alguien que estuviera loco y fuera un criminal..., ¡con alguien que sufriera de locura criminal!, podría haber disfrutado el doble, ¡podría haber vivido el trance narcótico y erótico más elevado y puro que había!, y si hubiera vivido para contarlo, quizás habría recuperado la cordura antes. Pero no era el caso, y yo vivía en un estado que era mezcla de éxtasis y lamento retrospectivo.

—Te quiero —le decía, y él no contestaba. Pero la vergüenza no me asaltaba, ni me rescataba ni me hacía callar—. Te quiero —volvía a decir, y a continuación añadía—: Me parece que hay eco...

—Sí, lo hay —me decía, sonriendo. Sus dientes eran del color de la nata.

Sus encías del rosa salmón de un tomate de invierno. Alrededor del cuello llevaba un pañuelo blanco y negro, un estampado que yo identificaba con Oriente Medio, pero que igualmente podía ser un mantel navajo.

—Sí, eso me parecía. —Tiernamente, yo misma me atusaba el pelo.

Le había contado a Murph que estaba medio loca

por un suramericano. Una noche que yo estaba fuera me llamó desde casa de su novio y me dejó un mensaje cantarín: «Pedro, Pedro, ¡Pedrito!, Pe... Pedro, Pedro, ¡Pedrito!, Pe...»

Se llamaba Reynaldo, y conforme la nieve empezó a derretirse, yo empecé a llevarme a Mary-Emma —bien en su carretilla Radio Flyer o en su cochecito— de paseo hasta donde él vivía. Para llevarle algún regalo —un donut o un milhojas o un café moca— me paraba en el mercado que había de camino, en una parte de la ciudad donde de hecho se veía a bastante gente negra comprando (al contrario de lo que se rumoreaba en las reuniones de los miércoles). Algunas personas me miraban, después a Mary-Emma, después a mí de nuevo y sonreían. Pareciera que me estaban dando la bienvenida a su comunidad. Ciertas personas saludaban a Mary-Emma. Sólo hubo uno que otro instante desagradable, al cruzarme con alguna que otra mujer. Dos mujeres negras y una blanca me miraron con el ceño fruncido: era una golfa. Para varias mujeres negras parecía estar claro que yo les había robado a uno de sus hombres y engendrado ese bebé, y además, ¿qué sabía yo de criar a un bebé afroamericano en este mundo en que vivíamos? (Nada.) Para la mujer blanca yo era una desvergonzada que me acostaba con cualquiera. Todo esto se decía con la mirada, hecho que impedía el que yo pudiera anunciar la verdad, pero una y otra vez podría ver lo que era entrar en una tienda para comprar un donut y, sin que mediara palabra alguna, tener una experiencia racial.

En cualquier caso, la mayoría de la gente negra nos sonreía y trataba de forma agradable. Todo el mundo adoraba a un bebé precioso, fueran cuales fueran las circunstancias.

«¡Hola, cielo!», decían, y Mary-Emma sonreía o se acurrucaba hacia un lado.

Una vez me pareció ver el coche de Sarah siguiéndonos, pero cuando me giré para mirar mejor no vi nada.

Cuando iba a casa de Reynaldo con Mary-Emma, no nos besábamos ni tocábamos delante de ella, pero a menudo volvía a su piso con la niña tras haber pasado la noche en su cama, pues deseaba verlo otra vez en cuanto llegaba al trabajo. Su piso no estaba ni cerca ni lejos. Se podía llegar en veinticinco minutos sin demasiados problemas, y una vez allí era muy amable con nosotras. Le encantaban los donuts. Le encantaba el café moca que yo le llevaba. Estaba dando clases de fotografía y tomaba fotos de nosotras con una nueva cámara digital que se acababa de comprar. Nos hacía decir «patata» en tres idiomas, y después «whisky» y después «patata» otra vez, y cuando Mary-Emma y yo no estábamos prestando atención de repente aparecía y nos tomaba una foto de lado. O capturaba una instantánea, debería decir. Las cámaras digitales todavía eran algo nuevo, y parecían mágicas, pues allí mismo te enseñaba las fotos y podías decirle cuál querías. A mí me hacía un té fuerte brasileño, que se podía beber durante todo el día, y a Mary-Emma le servía zumo. Ella se divertía curioseando esto y aquello, pero además Reynaldo tenía un xilófono de verdad, que le dejaba tocar, tanto con los macillos como con los palillos normales. Éstos producían unas notas más intensas. A Mary-Emma el xilófono le fascinaba. Golpeaba una lámina con fuerza y, con cada nota, se giraba a mirarme sorprendida. «Mira, déjame que te enseñe», le decía Reynaldo, y cogía un palillo en cada mano y los hacía rebotar sobre lo que yo llamaba un teclado de dos pisos. Parecía que le encantaba Reynaldo porque era atento y simpático, y quizás porque era moreno (la indiferencia de los niños al color de piel era un mito, Mary-Emma notaba las diferencias y las similitudes casi con el mismo interés, no había ningún «Dilema de la Diferencia», como mis profesores, tan dados a la aliteración, alguna vez explicaban, tampoco el «Pecado de lo Igual»), pero también le encantaba por el xilófono. Una vez tocó la única canción en inglés que conocía, una canción folk cuyos versos, uno tras otro, hablaban de anhelo y de aflicción, una que acababa con «... like the summer dew». Y cuando terminó se quedó muy callado, y luego sólo dijo:

—¿No debería ser «like the summer *does*»?

—¿Dónde has estado? —preguntó Sarah.

—¿Qué quieres decir? —Había algo en su voz que hasta ese momento no había apreciado. Me pregunté si ésa sería su voz Petit Moulin. No era tan áspera como la voz de los *coulis* y las *quenelles*. Quizás sí un tono tipo ñoquis de mejilla de buey y chirivía.

—Viniendo hacia casa te he visto en Maple Avenue y parecía que venías de lejos. Y Edward me ha dicho que te ha visto caminando en la otra dirección, con Emmie en el cochecito y tú a toda prisa, sabe Dios camino de dónde.

—Perdona. ¿No debería llevarla a pasear?

Nunca antes me había sentido acusada. Quizás es que nunca antes me habían acusado de nada. Nunca había sido responsable, todo había que decirlo, de gran cosa, y por lo tanto tenía poca práctica en eso de que mis acciones fueran escudriñadas y valoradas negativamente. Bueno, una vez, en primero del instituto, había intentado ser animadora. Pero ¿eso contaba? Cuando me tocó lanzarme al aire con una rodilla flexionada hacia adelante, la otra pierna hacia atrás y una mano en la cintura —un salto de gacela, se llamaba—, me caí al suelo sin más, y mi prueba terminó ahí mismo.

La voz de Sarah se tornó suave.

—No, claro que te la puedes llevar de paseo.

Y entonces abandonó el tema y pasó a otros que no tenían nada que ver, por lo que yo, en aquel entonces, no dije nada más sobre el asunto.

Con mi nuevo dinero —Sarah ya me había concedido un aumento— me compré una motocicleta de segunda mano, una Suzuki 125 que dejaba aparcada en el porche de delante y con la que iba a clase y a casa de Reynaldo. También me compré una lámpara para la mesita que había visto en un catálogo; éste mostraba a un hombre durmiendo apaciblemente mientras su mujer, también de catálogo, leía un libro gracias a la lámpara de luz suave y focalizada que ahora era mía. En la vida real, sin embargo, la luz era tan intensa que aquel hombre tendría que haber llevado gafas de sol. Tendría que haber levantado una minitienda de campaña en su lado de la cama. La luz de la lámpara era tan intensa como la del sol de mediodía, y mientras yo estudiaba junto a Reynaldo éste no podía dormir. De nuevo otra preciosa imagen de amor que no me había molestado en cuestionar; me había limitado a creérmela, y a comprar la lámpara. Opté por apagarla y leer menos de lo que debía.

Ahora parecía que la ciudad había empezado a despojarse del monocromático invierno, para exhibirse con su colorido y alocado pijama. Aunque los petirrojos todavía no habían reaparecido, los cardenales silbaban sus cantos de apareamiento. Los bancos de nieve que quedaban yacían ya muy deslucidos por la lluvia. Una vez más, sin embargo, una nevada nocturna cubrió la ciudad con una calma sepulcral. Era un último recordatorio antes de que el invierno desapareciera del todo, un *amuse-bouche*, un *mignardise*, un *déjà-vu*, un *je reviens*: hacía ya mucho que había dejado el francés. *Au printemps!* La evaporación de la nieve conferiría al cielo nocturno un escabroso tono amarillo. El alumbrado eléctrico se reflejaba sobre la nieve restante, y durante algunos días todo fue triste y blanquecino.

Pero pronto el azafrán dio paso al narciso y el narciso a la peonía. Flores cuya intención era sólo impresionar a los insectos nos tenían impresionados a mí y a otras muchas personas. Los jardines comenzaron a emerger. Los pájaros todavía no habían vuelto, pero los que se habían quedado empezaron a cantar. Cada tres días teníamos un sol cálido, alimonado, el césped comenzaba a reverdecer bajo la lluvia y la nieve derretida, los chicos de las hermandades empezaban a llevar pantalones cortos, las violetas siberianas a azular los jardines. Sin embargo, de vez en cuando, en algún lugar sombreado, todavía veías algún pequeño bloque de nieve moteado de negro, tan sólido y tan condensado que no podía derretirse. En estos casos era como si la nieve se hubiera transformado en una nueva sustancia, como el sílice de Marte, que se suponía que era el último vestigio de algún tipo de agua.

Hojas de tulipán, onduladas y gruesas, habían brotado para después arquearse hacia abajo, quedándose sus recias vainas en forma de bala, pero en ángulo (sólo los tulipanes más grandes se mantenían derechos, le dije a

Reynaldo mientras lo besaba. Bajo su cuerpo, por la noche, estaba siendo transportada a lugares tan altos y estrellados que temía estar perdiendo años de vida, como los astronautas, de los que se dice que viven vidas más cortas). Los primeros tulipanes se abrían en medio de un mar de hojas, como promesas en manos de duendes. El Día de San Patricio llegó y pasó, y ni una sola cerveza verde rozó mis labios. Estaba demasiado ocupada, mis días demasiado llenos, y sin Murph —que parecía haberse desvanecido por completo, excepto por el olor a cera de su cepillo todavía en el baño, al igual que su hilo dental, su jabón negro y algunos otros artículos— ¿qué sentido tenía la cerveza verde?

Mis paseos con Mary-Emma me hacían apreciar los jardines y la suavidad del aire. Los jacintos, con su estructura que desafiaba la gravedad —abejorros botánicos que parecían anunciar «mira, mamá, estoy volando», hasta que la gravedad evidenciaba la futilidad de tal ambición—, pronto florecieron y se inclinaron. Grupos de narcisos formaban corros junto a los árboles, y flores del género *phlox* roseaban las colinas del parque. Lo que en junio serían hierbajos ahora eran forsitias y las estrellas violáceas de los acianos. Si me adentraba en los callejones entre las casas para ver mejor algunos de los jardines, y siempre que no prestara demasiada atención a las variopintas agrupaciones de cubos de basura, tales callejones me parecían senderos irlandeses, o al menos se asemejaban a los que había visto en fotos del condado de Cork. Me quedaba contemplando el surrealista modo de colgar de los corazones sangrantes, y las aguileñas, con sus minúsculos y excéntricos farolillos, creciendo en los más inhóspitos lugares —cerca del hormigón caliente—, brotando hacia arriba y hacia abajo simultáneamente. Si no había nadie mirando, arrancaba una para Mary-Emma. Al igual que con la boca de dragón, podías usar la aguileña como una pequeña marioneta parlanchina, pues ambas tenían un delicado gozne parecido a una mandíbula que se podía abrir y cerrar. Podías hacer pequeñas imitaciones de tu madre en el mercado de granjeros, y sin tener que ir con ella al mercado.

—¡Mira, Mary-Emma! —Y Mary-Emma miraba.

Era algo hermoso tener a una pequeñina pegada a tus pasos. ¿Por qué no se había dado cuenta de ello mi propia madre? Quizás es que siempre tuvimos demasiado invierno en las venas.

Mary-Emma señalaba hacia las alcantarillas, pues había visto que algún que otro mapache se escabullía a través de ellas.

—¡*Pamaches* ahí! —exclamaba.

Los lirios enanos, los lirios barbados y los primeros mosquitos hicieron su aparición simultáneamente, cada cual con su plumaje gris violáceo, de rayas sutiles. ¿Dónde estaban los enanos barbados para añadir sustancia y significado a los lechos de flores? Bueno, en algunos jardines sí que había gnomos de cerámica, muy a la alemana.

La luz, cada vez más fuerte, resplandecía sobre las nuevas hojas de los árboles, y el intenso y voluptuoso olor de las lilas impregnaba el aire. El aroma especiado, húmedo, de la madreselva se cernía sobre los cubos de basura. Incluso conocí al trío de al lado, que finalmente aparecieron tras el invierno, todos ellos muy guapos. La mujer —me acordaba de que se llamaba Catherine— le sonrió a Mary-Emma. Mary-Emma no le sonrió, sino que se escondió detrás de mi pierna.

—Nunca me saluda —dijo la mujer. Los dos hombres habían seguido andando—. ¡Espero que no sea porque soy blanca!

Me quedé mirando a esa loca enamorada de Satie. «La mayoría de la gente que conoce es blanca —no le dije—, incluidos sus padres.» Me limité a mirarla mientras ella se apresuraba a dar caza a sus dos hombres.

En el jardín de los Thornwood-Brink crecían las más extrañas de entre todas las flores: tallos sin hojas coronados por globos floreteados de color morado. Parecían sondas, o centinelas, o farolas de gas, o cetros, eran los atractivos chulos del jardín. *Alium*, se llamaban, y en realidad eran cebolletas mutantes. Sus bulbos eran como cebollas, a prueba de ardillas, y se suponía que Sarah los había plantado alrededor de la casa para que formaran una especie de feroz barrera natural, quizás para mejorar la recepción de la señal de televisión.

—¡Mira esto! —exclamó Sarah frente a la puerta de delante y mientras sacaba una hoja impresa del buzón—. ¡Otra vez los nazis de las plantas! ¡Parece ser que tengo hierba pezonera y espino cerval en el jardín, y quieren que me deshaga de ambos! El problema con los nazis de las plantas es que empiezan por las plantas, pero luego...

Los perros de la casa de al lado estaban entregados a sus juegos. En el cielo, los gansos retornaban, aleteando sobre nosotras, su graznar de contralto como el quejumbroso chirriar de una carreta.

—¡El año pasado me estuvieron acosando por el césped! Decían que estaba cortándolo en la dirección errónea, y que eso le daba a mi césped un aspecto ligeramente distinto al del resto de los jardines, ¡resulta que yo estaba trastocando el *look* del barrio! Estaba cortando hacia aquí —y en este punto inclinó todo el cuerpo—, cuando tenía que haber estado cortando hacia allá. —Inclinó el cuerpo en la dirección opuesta. La indignación le confería la energía de una bailarina. Y el tiempo, más cálido cada día que pasaba, hacía que su nerviosa delgadez, despojada de sus gruesos jerséis de costumbre, viera la luz.

En una de las fotos que Reynaldo hizo de Mary-Emma que más me gustaban, ésta salía mirando hacia arriba, hacia el objetivo, llena de esperanza y alegría. La llevé a Kinko's para que la ampliaran y después fui a Walgreens con la propia Mary-Emma y compré un marco rojo brillante *made in China*. La cajera de Walgreens, afroamericana, me echó un vistazo, después otro a Mary-Emma y dijo:

—Deberías hacerle trencitas. Ni una sola chica negra ha llevado el pelo a lo afro desde 1972.

Me entregó el ticket sin mirarme. Cogí mi compra y con ella volví a casa de Sarah. Saqué la foto de mi mochila, la puse en el marco y lo coloqué sobre la mesa del comedor. Era un regalo. Oía a Sarah hablando por teléfono en la cocina, revisando la redacción del menú de la semana.

—¿«Enfundado en beicon»? No, me parece que no. No suena a comida. Y vuelve a cambiar lo del pollo. Le has puesto demasiados adjetivos. Parece que estemos intentando ocultar algo.

—¿Quién es ésa? —le susurré a Mary-Emma señalando hacia la pared del comedor, de donde venía la voz de Sarah.

—Mamá —dijo, sonriendo.

—¿Y quién es ésa? —dije, señalando hacia el marco.

—¡Emmie! —contestó alborozada.

—Eso es —dije, y me puse a bailar un poco con ella por el comedor.

Las ventanas estaban abiertas y podíamos oír a los perros de los vecinos ladrando y persiguiéndose. Di un giro y me encontré de frente con Sarah. Era extraño, pero llevaba mi perfume.

—¿Quién la ha hecho? —dijo señalando a la fotografía sobre la mesa.

Me sentí desconcertada, como golpeada por una mano robótica salida de la nada.

—Un amigo. Pensé que a lo mejor te gustaría.

Un calor punzante me pellizcaba los ojos. Sólo había querido complacerla y sorprenderla, pero ahora, de repente, me sentía muy cansada. Eché un nuevo vistazo a la foto, para intentar verla desde su punto de vista, y me percaté de que en ella Mary-Emma aparecía sentada sobre la alfombra de rezar de Reynaldo. Esperaba que pasase por una alfombra de yoga.

—¿Qué amigo? —preguntó con aspecto serio y preocupado.

—Un amigo mío —dije tontamente, pues ya me sentía temerosa e insegura.

Llegados a este punto Sarah pareció perder su interés en el tema. Afuera pasaba un coche, despacio, con la radio a todo volumen, la música retumbando. Sonaba un éxito local, un rap que se había grabado aquí, y decía: «¡Fuera de Troy! ¡Black Boy! Muestras tu indignación, ¡acabas en prisión!»

—Sea quien sea, no dejan de pasar por aquí. Ya van cuatro veces esta semana, y dos hoy. ¿Ése no será tu amigo, no?

—No —dije—. Mi amigo es brasileño. —Como si eso lo aclarara todo, la fotografía inocente, la inocencia en general. «La doncella conoce a su amado como el cielo a la hierba distante.» Lo cual significa que lo conoce más o menos, y que desde arriba no ve ni una brizna. Tenía la cabeza llena de poesía mediocre, y no toda era mía.

—¡Ahí está otra vez! —exclamó, y se dirigió rápidamente a la ventana que daba a la calle para ver, supongo, si podía identificar a quien fuera que condujese, el coche, las llantas giratorias, la matrícula.

Se volvió a mirarme y dijo:

—¿Te has fijado en si ese coche ha pasado antes?

—No sé qué coche es.

—Pues, ¿has visto algún coche con la radio a todo volumen dando vueltas por aquí?

De hecho, sí que lo había oído antes. El coche y la música rap. Oías cómo se acercaba, cómo giraba la esquina para enfilar nuestra calle, la música crepitando como un enorme horno bajo la casa. Yo tenía bastante buen oído para los sonidos graves. Ahora bien, lo que realmente me había llamado la atención, y lo que me preocupaba más era que el teléfono sonaba y que al contestar yo, como Sarah me había dicho que hiciera —«residencia de los Thornwood-Brink»—, hubiera un largo silencio y luego colgaran. Esto me había hecho pensar en Bonnie, en que estaría en casa sola, para nada poniendo su vida en orden, para nada como ella había esperado, ni por asomo. La veía tirada en el sofá, en posición fetal, acuciada por el remordimiento, lágrimas de desolación surcando su rostro. Cómo no.

Sin embargo, la preocupación de Sarah no tenía nada que ver con Bonnie y sí con el padre biológico. Me di cuenta de que pensaba que quizás era él quien estaba merodeando con el coche, después de haber averiguado la nueva dirección de Mary-Emma. El padre biológico no había firmado ningún papel. Y aunque la agencia había hecho todo lo que se suponía que debía hacer —poner anuncios en los periódicos locales y básicamente tratar de encontrarlo con ese mínimo de desgana que la ley exigía—, no era difícil imaginar a un chico joven, en un bar o en el trabajo, o caminando hacia casa con su primo un día soleado de vuelta de la iglesia o del instituto, y de repente se enteraba de que tenía un hijo que había sido dado en adopción y que decidía reclamar sus derechos. Pero ¿le habría dado por pensar a Sarah, como a mí, que a lo mejor el padre era uno del equipo de fútbol de los Green Bay Packers? Un chico algo conocido, guapo, despreocupado, sin tiempo para una relación, no digamos ya un hijo. O al menos uno de los hijos descarriados de alguno de los jugadores de los Packers, ya mayores.

—Igual es que no he prestado mucha atención —dije.

—¡Perfecto! —Se puso roja—. ¿Y a «eso» le has estado prestando atención? —Señalaba, airada, a la foto—. ¿Al fotógrafo? ¿Le has prestado atención a él? ¿Quién es esa persona que le está haciendo fotos a Emmie?

No dije nada, porque ya no podía hablar.

El coche y la retumbante canción rap volvían a recorrer la calle.

—¡Ahí está otra vez! —gritó Sarah, y corrió hasta la ventana. Vi que movía los labios en silencio, memorizando, y después cómo se dirigía a la cocina y escribía el número de la matrícula en un post-it.

Tras regresar al comedor, me dijo:

—He puesto el número de la matrícula al lado del teléfono. Si vuelves a ver ese coche en particular, avísame.

—Vale.

—Es sólo que... —Y empezó a pasarse ambas manos

por el pelo, angustiada; sus palabras, una especie de murmullo para sí misma—. Siento como si mi vida fuera una larga y terrorífica procesión de coches... —No entendía a qué se refería... ¿A un funeral?—. Oye, lo siento. Te he disgustado —dijo. Me tocó el hombro, en lo que puede que fuera un gesto tierno, pero yo estaba demasiado helada para discernirlo—. Gracias por la foto. Lo entiendo. Es una foto bonita. La niña está preciosa. Pero ya no más. ¿Lo entiendes?

—Sí —dije automáticamente.

—No es que no me fíe de tu amigo. Es sólo que, quizás, no me fío de su agenda.

—Creo que no tiene agenda —dije como una boba.

Sarah me fulminó con la mirada.

—Te voy a decir algo ahora que no te he dicho antes. Nunca llamé a las personas que pusiste como referencias en tu currículum. Te cogí porque me pareciste angelical. Tenías un aura. No llamé a una sola persona. Bueno, sí que llamé a una pero no estaba en casa. Me daba igual lo que tuvieran que decir sobre ti. Fui una esnob contigo. Me fie única y exclusivamente de mi instinto.

No sabía qué decirle. Como todo el mundo, yo creía que era una buena persona. ¿Cómo podía decirle yo que debería haber comprobado las referencias? O: «¿Cómo se te ocurre dejar a tu hija en manos de alguien cuyas referencias no has comprobado?»

—Veo que quieres a Emmie, y sé que ella te quiere. Pregunta por ti cuando se despierta. Tu nombre es, a veces, el primero que menciona. No quiero que creas que sospecho de tu amigo, pero no quiero que saque fotos de Emmie. Cuando vayas de paseo con ella, ve a otro sitio. No vayas a su casa, no vayas con él. —Me puso la mano en el hombro y sonrió—. El amor es un hechizo —dijo—. Y sólo cuando despiertes sabrás si has tenido suerte... o no.

Me quedé callada, y ella también.

—Me preocupo por ti igual que me preocuparía por cualquiera —añadió de forma un tanto extraña.

Entré, como mi madre diría, en modo como-quieras. Eché mano de la protectora y polivalente frase de la chica del Medio Oeste.

—Vale, perfecto —dije.

Empecé a buscar otras rutas para ir a casa de Reynaldo. No era necesario usar las calles más obvias. Si cogías las secundarias, los caminos entre las casas, entre las flores y jardines, y cubos de basura y de reciclaje, podías viajar sin ser visto, como si estuvieras en Irlanda, con Mary-Emma en su supercochecito rebotando sobre la gravilla y los baches, todo el camino hasta casa de Reynaldo. Una vez allí nos hacíamos algún mimo y charlábamos, y él hacía sopa *mulligatawny* o un curry mañanero, platos que en aquel entonces yo creía típicos de la cocina brasileña, y comíamos. Mary-Emma jugaba, y las fotos que Reynaldo hacía —para su clase de fotografía—ya no me las daba, sino que sólo me las enseñaba, y más que nada se las hacía de espaldas mientras ella estudiaba algún objeto, un cenicero o un reloj. La niña de esas fotos podría haber sido cualquier niña del mundo. Jugaba al fútbol con ella y le enseñaba frases y canciones. Cuando nos íbamos él siempre decía *ciao*, algo que Mary-Emma había empezado a copiar, igual que a despedirse con la mano. «¡*Ciao*, Airnaldo!»

A menudo, cuando regresaba a casa con Mary-Emma, ésta estaba adormilada, por efecto del paseo en el cochecito. Me la llevaba directamente a su habitación, en la buhardilla, donde solía tardar poco en despertarse. Podía oír a Sarah al teléfono: «... higos asados, estofado de jabalí con guindas maceradas..., ajá..., mollejas de ternera con castañas... ¡Suena un poco Sheriff de Nottingham! Estamos en primavera, pero aquí no la veo por ninguna parte. ¿Y las patatas nuevas, los espárragos, los ajos tiernos y los brotes de helecho, las vinagretas y salsas *roux*? ¿Qué me dices del sorbete de limón con albahaca fresca por encima?».

Impulsada por una suerte de demencia, y por el hecho de que Mary-Emma ya no estaba dispuesta a echar una siesta, me inventé una canción a base de palmas y «patatas y espárragos / ajos y helecho / vinagretas y *roux*». Cuando Sarah terminó de hablar por teléfono, bajamos al comedor y se la interpretamos, arriesgándome con ello a que creyera que nos burlábamos de ella, cosa que no ocurrió. O eso me pareció.

—Vaya, muchas gracias, supongo —dijo, y Mary-Emma corrió hasta donde estaba Sarah y abrazó una de sus piernas, apretando la mejilla contra su muslo. Sarah le acariciaba la cabeza—. ¡Este restaurante me está volviendo loca! —dijo distraídamente—. Alguien me acaba de acusar de saquear los bosques. Por los brotes de helecho. Y por la ternera, a uno de los camareros le ha dado por pasearse por la cocina balando: «¡Mamá, mamá!»

—¡Mamá! —repitió Mary-Emma contenta, y Sarah sonrió.

—Tiene su gracia —dije, encogiéndome de hombros—, aunque también es un poco triste.

—Sólo cambiamos el menú una vez a la semana, ¿por qué tiene que ser tan difícil? ¡Y luego el absentismo del segundo jefe de cocina!, por mencionar sólo un caso, que si nos ponemos a hablar de los camareros... Voy a empezar a guardar todos los mensajes que recibo en el buzón de voz y a hacer un CD con las excusas de los empleados: «No puedo ir hoy, estoy tosiendo sangre...» En la fiesta de fin de año lo voy a poner a todo volumen.

—Mamá —dijo Mary-Emma en un arrullo, buscando, quizás, que Sarah relajase la pierna.

Sarah seguía acariciándole la cabeza, y al mismo tiempo movía el cuello a uno y otro lado.

—Cuando muevo el cuello así —dijo, más o menos sonriendo y más o menos no— oigo unos crujidos que asustan.

—A mí también me pasa —dije.

—Agg —dijo Sarah, con los ojos cerrados—. Todos los años hacemos demasiadas cosas con venado y uchuvas. Está ya muy visto, la verdad.

Una vez regresé de un paseo con Mary-Emma y me encontré con Edward, solo, riéndose con alguien con quien hablaba por teléfono. Cuando colgó, seguía de buen humor.

—Papá —dijo Mary-Emma sin demasiada alegría, pero igualmente elevó los brazos y él la cogió entre los suyos.

—¿Qué tal ha ido el día? —me preguntó a mí más que a ella.

—Bien —dije.

—Bien —dijo Mary-Emma. Empezó a desabrocharse ella misma la cremallera del anorak. Me acerqué para ayudarle a quitársela, pues Edward, sujetándola, no podía. Tuvimos que maniobrar un poco.

—¿Todo bien? —me dijo Edward afectuosamente.

—Sí, creo que sí.

—¿Muchas cosas en la cabeza? —No sabía muy bien a qué venía ese interés por mí. ¿Sería que tenía aspecto de estar decaída y preocupada? ¿Fuera del alcance de sus encantos?

—Bueno, no sé. Están las clases y eso, claro. —Y, para que no fuera a pensar que me estaba quejando de que compaginar estudios y trabajo era difícil, me apresuré a añadir—: Y también que mi hermano está pensando en alistarse en el ejército.

—Oh.

—Espero que no lo haga. —Esto era cierto—. Pero bueno, supongo que lo tengo ahí, en la cabeza. —Esto último no era realmente cierto, aunque debiera haberlo sido. ¿Por qué no lo era?

—Le servirá para curtirse un poco, enseñarle un par de cosas sobre cómo funciona el mundo —dijo Edward—. Lo que no lo mate lo hará más fuerte —añadió prosaicamente. Nietzsche de bolsillo.

—Sí, pero ¿y si lo mata?

Se hizo hueco entre nosotros una gélida aprensión, un poco de pasado y un poco de futuro, cuyos detalles yo no podía conocer pero que se expandían por la habitación y nos dejaban a ambos lívidos. Sólo la voz de Mary-Emma —«¡Papá! ¡Ahí, frío!»— consiguió devolvernos a las cálidas migajas del presente.

—La filosofía de Nietzsche no se ensucia las manos con eso —dijo Edward, camino del congelador. Volvía a ser el científico—. Y tú tampoco deberías hacerlo. Los filósofos hacen un buen papel en las fiestas, pero no valen para recoger las cosas después. Pero bueno, permíteme que te dé un consejo: no hagas de guardián de tu hermano. No te preocupes por los hermanos. Te lo dice alguien que tiene una hermana. Preocúpate por ti misma. ¿Los hermanos...? Ellos no están preocupados por ti.

El trabajo académico era a ratos tedioso y a ratos fascinante. Tomaba los apuntes que mis profesores querían que tomase. En la biblioteca, en los márgenes de mis libros, anotaba «anarquía natural». Anotaba «destino versus volición». Anotaba «modernismo como argumento contra lo moderno». Una y otra vez escuché la música de *La lista de Schindler*. Y después la de *El puente sobre el río Kwai*. Más que nada, sin embargo, pasaba muchas horas en mi habitación en compañía de Rumi. Murph seguía sin aparecer, aunque una vez me escribió un correo en el que me contaba una larga pelea que había tenido con su novio y después los besos y otros actos de contrición que habían mediado en su reconciliación. Me llegó también un correo de mi hermano. «Querida hermanita —empezaba—. Quizás seas la única que podría convencerme de que no haga lo que tengo pensado hacer, si quisieras, y sólo si quisieras, porque tampoco es que tenga la sensación de que nadie a mi alrededor, quitándome a mí, esté muy interesado por lo que haga con mi futuro, que es esto: hacer algo de verdad. No me importa en qué parte del mundo acabe mientras no sea Delton County.»

Después me llegó otro correo de él que empezaba: «Por favor, lee éste e ignora el anterior.» De modo que ignoré el primero, pero, al no haber visto nada peligrosamente jactancioso en lo que me había enviado antes, me despisté y no llegué a leer el nuevo.

La primavera templó el aire. La luz caía del cielo

como el azúcar de un azucarero. Por la noche, si dormía en casa, sin Reynaldo, éste me llamaba.

—¿Estás dormida? —me preguntaba siempre.

—No.

—Suena como si lo estuvieras. Rápido. ¿Cuántos dedos tengo en la mano?

Me hacía reír.

Noel, Noel, toallita de papel. Noelle apagó la aspiradora al verme.

—Por fin es mi cumpleaños —dijo—. Esta vez de verdad. He puesto un sobrecito de pachulí en la bolsa de la aspiradora para celebrar la ocasión.

—Bueno, feliz cumpleaños —dije, y tanto Mary-Emma como yo, ésta en mis brazos, le cantamos *Feliz cumpleaños* en portugués. El final —muitas felicidades, muitos anos de vida!— lo cantamos con muchos bríos y excelente pronunciación, ya que justo esa parte me recordaba a *In-A-Gadda-Da-Vida*. Se oyeron unos aplausos detrás de nosotras, y yo me giré.

Ahí estaban Sarah y Edward. Sólo Edward sonreía.

—Muy bonito —dijo Sarah mirándome. Llevaba un suéter dorado de punto de arroz, el cual, ceñido a sus delgados brazos, hacía que éstos parecieran sendas mazorcas. Sobre la cabeza llevaba su grueso sombrero de chef, de algodón—. ¿Qué idioma es ése?

—Portugués —dije—, creo.

—Portugués —repitió Sarah, asintiendo con la cabeza.

—Es mi cumpleaños —dijo Noel, acudiendo a mi rescate.

—Bueno, pues feliz cumpleaños, ¡mi querido Noelle! —Lo besó en la mejilla y lo rodeó con un brazo, dejándolo ahí. Estaba claro que llevaba años trabajando para ella.

Él la señaló y a la vez me miró a mí para decirme:

—¡Adoro a esta mujer!

—Sí, pero, cariño, te has dejado la Coca-Cola Light en el congelador y otra vez ha explotado. —Sarah no sonreía. O más bien, no sonreía abiertamente.

Me dirigí de vuelta a la cocina acompañada de Edward y de Mary-Emma. Edward sacudía la cabeza.

—Siempre hace lo mismo con la Coca-Cola Light —dijo.

Me disponía a calentar una magdalena en el microondas, para Mary-Emma, cuando Edward me frenó en seco, cogiéndome del brazo.

—Mira —dijo—, hay una polilla dentro. Sin meter la magdalena, apretó el botón de encendido, para ver lo que hacía la polilla.

Esta inclinación por la tortura, disfrazada de curiosidad, era igual que la mórbida experimentación de los médicos, de los chicos aburridos, de los lunáticos, y también Edward la tenía dentro. La polilla no se chamuscó. Tampoco revoloteó ni ardió en llamas, al contrario de lo que quizás habría pronosticado un analista de datos. Al contrario de lo que yo misma había pronosticado. ¿Había perdido toda posibilidad de convertirme en una científica loca? La polilla no hizo nada en absoluto. Se limitó a quedarse pegada a la pared del plástico del microondas. Probablemente la pobre criatura llevaba ya un tiempo muerta. La retiré con un trozo de papel de cocina; después calenté el tentempié de Mary-Emma.

—Bueno, quería ver —dijo Edward.

Bonnie me inquietaba. Soñaba con ella por la noche. Siempre se acercaba como para decir algo, pero finalmente no lo hacía. Flotaba. Zumbaba. Llegaba volando procedente de alguna habitación contigua. No había puertas, pero de repente aparecía una y se la tragaba. Reaparecía a través de alguna pared. Siempre iba con las manos vacías. Estaba engordando. Su ropa era de ese gris pálido de las fotocopiadoras o de las impresoras personales. No había manera de que hablara. Me resultaba imposible sacarle una sola palabra.

En casa de los Thornwood-Brink el teléfono sonaba mucho, y cuando yo lo cogía solía haber una larga pausa hasta que finalmente colgaban. Y entonces, por una temporada, las llamadas parecieron cesar.

Preocupada por la idea de que Bonnie hubiera puesto fin a su vida, me metí en Google y de nuevo busqué «Bonnie Jankling Crowe», pensando que, como siempre, no encontraría nada. Sin embargo sí que encontré una noticia breve en un periódico de Georgia sobre una tal «Bonnie J. Crowe» que había sido hallada muerta en un apartamento de Atlanta, asesinada. No se sabía de ningún sospechoso. No había señales de robo. Caso pendiente. El corazón me dio un vuelco. ¡Claro!, pensé. Éste era justo el tipo de cosas que le pasaría a la pobre Bonnie. Aquí estaba yo preocupándome por si se suicidaba cuando, de hecho, acabar asesinada era más su estilo.

Pero ¿cómo habría conseguido el dinero para llegar hasta Atlanta? ¿Habría vendido el reloj de oro por el que había intercambiado a una niña y había renunciado si no a toda su felicidad al menos a todo lo relacionado con Mary? Me metí en eBay y descubrí un reloj de oro cuyo vendedor se hacía llamar «bonniegreenbay». ¿Cuántas Bonnie Crowes había en este mundo? ¿Cuántas bonniegreenbays? Tenía que parar. Había descubierto demasiadas cosas. Había aprendido cosas sobre las que no te examinaban: tenía que ponerme con mis estudios. Las bandas sonoras de *El día más largo* y *Salvar al soldado Ryan* sonaron sin cesar en mi apartamento.

Los sábados por la noche iba a ver a Reynaldo yo sola. Ya no me ponía el sujetador con relleno; ese lío había llegado a su fin, o ese lío de tetas, como decía Murph. No pareció importarle mi falta de calidad láctica, como decíamos de las vacas. De hecho, parecía cautivado o al menos muy atento, y en una ocasión me dijo que prefería a las chicas con poco pecho. («¿Y *tú* te lo creíste?», me diría cruelmente un novio posterior.) Si el vestido gris no estaba disponible, me veía obligada a crear un conjunto a base de las varias prendas negras que tenía, todas de un negro ligeramente distinto: estaba el negro azulado y el negro oliva y, el más extraño de todos, el negro rojizo —todos gastados o brillantes o desteñidos en matices únicos y que resultaban imposibles de combinar con nada que no fuera negro—. Añadía quizás un suéter amplio plateado, y como pendientes unos de cuarzo o unos colgantes de bolitas, como un tercer y cuarto ojo en la oscuridad. Me pintaba con un lápiz de labios que hacía que mi boca pareciera ensangrentada. Me aplicaba un rímel que por la mañana aparecía amontonado, como hollín, en las esquinas de los ojos. Me ponía una chaqueta verde militar que no casaba para nada con una bufanda de color marfil alrededor del cuello; parecía un chow-chow.

Como si mi intención fuera ser una terrorista de fiesta de disfraces, me ponía mi collar de escarabajo egipcio, unas gotas de Princesa Árabe y un aparatoso anillo azul fabricado en Karachi. No me importaba ser políticamente incorrecta. La idea era el ataque sorpresa. Lo cual parecía funcionar. A veces no hablábamos en absoluto. Sus brazos eran suaves y fuertes. Su pene era pequeño, y lustroso y suave, como una seta de cardo entre hierba de la cesta de Pascua. Su boca sorbía cuidadosamente como si cada parte de mí fuera una ostra, su ostra, lo cual me hacía sentir que lo quería. Se apartaba de mí y me miraba feliz desde arriba. «Tienes una nariz acariciable como la de un caballo —me dijo una vez—, y también unos ojos negros y dulces como los de un caballo.» Y yo pensé en todos los caballos que había visto y en que siempre parecían estar intentando que sus dos ojos se centraran y trabajaran al unísono. Los ojos de los caballos eran bonitos, pero también tímidos y perdidos, y al tenerlos en partes opuestas de la cabeza, como los peces, uno de los dos siempre retrocedía escéptico y temeroso, y te observaba con dureza. No me sentía en absoluto como un caballo, cuyo instinto sabía que era correr y correr. Yo, más que nada en mi vida, había tratado de mantenerme inmóvil como un trozo de coral, para que no me vieran los tiburones. Pero ahora me había arrastrado hasta alcanzar tierra firme, y de algún modo ya era un caballo.

Nuestras relaciones sexuales tenían algo de improvisadas y entusiastas, tiernas y a la vez muy activas, como ocurre cuando los jóvenes no se sienten avergonzados de sus cuerpos, de su apariencia, de lo que quieren. Nuestros besos eran urgentes pero también cuidadosos, luminosos, ebrios sin serlo. Él planeaba —tembloroso, tenso y volátil—; yo me zarandeaba, me encorvaba y arqueaba, una bailarina con traje de león marino. Cuando acabábamos a veces él decía: «¡Ha sido para recortar y guardar!» Cuando dormía en su cama, mi sueño era largo y profundo, y a menudo me iba directa desde allí a casa de los Thornwood-Brink, si me necesitaban el domingo. O a veces incluso el lunes. Caminaba, o bien cogía mi Suzuki. Sarah salía volando en cuanto yo llegaba, no sin antes ofrecerme alguna excusa arbitraria.

—No quiero que Le Petit se convierta en uno de esos pequeños restaurantes exclusivos con todo el mundo superserio con sus chaquetas blancas como si fueran técnicos de laboratorio o algo así. Aunque mírame a mí —señalaba su propia imagen a lo Marie Curie—, parezco una higienista dental. —Yo había notado este tipo de esnobismo hasta en los demócratas más concienciados. Tampoco yo podía decir que fuera inmune al mismo. ¿Para qué servía la educación, si no para llenarse de contradicciones? O al menos eso me parecía a mí.

Continuaba Sarah:

—Edward trabaja en un laboratorio y ni siquiera ellos llevan bata blanca... Aunque quizás deberían... La verdad es que en una cocina sí que hace falta algo de disciplina. Te he dejado una nota sobre Emmie. Está un pelín resfriada. Las gotas de Tylenol y las instrucciones están ahí mismo, en la encimera. ¡Adiós!

Sarah había comprado una nueva sillita que se acoplaba a la bicicleta, en la cual ponía a Mary-Emma, en vez de en la carretilla, para pasear por el parque, mientras Mary-Emma cantaba y tarareaba para dormirse, su voz temblaba al pasar sobre los baches. Pasábamos junto a muchachos latinos y negros que pescaban en el estanque, para la cena, y pensaba en las absurdas disparidades que nos afectaban a todos, en cómo Mary-Emma se había convertido en esa pequeña princesa afroamericana mientras que esos pobres del estanque eran las víctimas de una nueva sociedad de «apártate y no mires». A esto nos había llevado un mundo sin iglesia. No muy lejos. Y quizás por esto a menudo admiraba la piedad de Reynaldo. Al mismo tiempo, los críos se divertían pescando. Pese a que nunca los viera pescar nada. Era, no obstante, primavera, y eran jóvenes, y ni siquiera los directores de los fondos de inversión podían privarles de esas dos cosas.

Los miércoles que durante el día estaba en casa con Mary-Emma, sonaba la sirena del mediodía y los perros de al lado se volvían locos y, a coro, le daban la réplica ladrando, como saludando a alguna especie de perro rey. Los miércoles por la noche, como mimetizando lo ocurrido durante el día, la casa se llenaba de invitados y de sus comentarios. Polémicos fragmentos de discusión flotaban hacia arriba, como el polvo de una alfombra sacudida.

—Lo de la era posracial es una idea de blancos.

Para mí, desde arriba, empezaban a asemejarse a un círculo espiritista de discusión liberal.

—Muchas ideas son ideas de blancos.

—Es como el posfeminismo y el posmodernismo. La palabra «pos» la añade gente que se ha aburrido de discutir.

—Y mientras, la discusión sigue sin resolverse porque es imposible de resolver. No es ese tipo de discusión. Es la discusión de la vida. Y luego, algunos va y ponen el «pos» delante... ¿De qué van? Es como decir: «callaos ya, estamos cansados, queremos irnos a dormir».

—Si rechazas la religión, rechazas la raza negra.

—La cultura negra no es más que la cultura del sur trasplantada al norte, eso es todo.

—Bueno, eso no es todo.

—Los negros han preservado el sur allí arriba: la cocina, las expresiones, los acentos, mejor que los blancos del sur que han acabado en el norte.

—¿Y eso por qué?

—Bueno, ¿no es obvio?

—¿Porque los blancos del sur que han acabado viviendo en el norte lo hacen entre los blancos del norte? ¿Y los negros viven todos juntos, en barrios segregados?

—Yo estoy aquí en representación de los Pottawatomie, de los Oneida, de los Chippewa, de los Winnebago y de los Ho-Chunk. Y os digo que no se nos ha integrado satisfactoriamente porque nunca nos dieron trabajos de verdad, no digamos ya trabajos que entraran en contacto con vuestras casas y vuestras propiedades. Siempre en edificios altos, en oficinas alejadas de todo. Vuestra relación con nosotros, desde el principio, ni siquiera era de explotación. Era homicida.

—Dave, siéntate. Eres más blanco que otra cosa.

—Además, Dave, os dieron algunos casinos.

—¿Eso qué es: la sartén que le dice al cazo «apártate, que me tiznas»?

—Yo creo que cuando la sartén le dice al cazo que la tizna, está expresando su deseo de crear una comunidad. También está reaccionando contra ese hábito del cazo de llamar a la sartén «mierdera».

—No podemos solucionar la historia. Tenemos que trabajar con lo que tenemos.

—Lo que tenemos ahora es que los abuelos blancos de mi hijo por fin acaban de poner al niño en el testamento, junto con los demás nietos. Y quieren que los feliciten. Por Dios; que el niño tiene diez años. ¡Han tardado diez años!

—Lo que tenemos ahora es gente vanidosa que dice: «A mí me da igual que una persona sea negra, verde o morada.» Como si el negro fuera un color de piel aberrante y sin sentido, como lo es el verde o el morado.

—Lo que nos pasa ahora es que voy caminando detrás de Kwame cuando entramos en un restaurante y veo que la camarera se asusta. Un chico negro de trece años que entra a un restaurante. Yo soy blanca y por lo tanto no saben que soy su madre y estoy ahí, justo detrás de él. No saben que los estoy viendo. Pero lo que estoy viendo es lo que Kwame vive día tras día. La camarera ve la sudadera con capucha, se toca el busca y luego pregunta un poco seca: «¿En qué te puedo ayudar?» No «¿mesa para dos?», o «buenas tardes».

—Como si de repente hubiéramos vuelto atrás en el tiempo.

—Y que lo digas. Y los parientes los adoran mientras son pequeños y angelicales, pero en cuanto se hacen mayores y ya no les parecen tan preciosos, cuidado. De repente se dan cuenta de que tienen a un joven negro por nieto, o a una chica afroamericana llena de energía y sensualidad. La adolescente negra ya no les hace tanta gracia.

—Déjame que te diga, también las adolescentes blancas son un verdadero horror para cualquier pariente.

Risas.

—¿Se trata de racismo o de inexperiencia racial?

—Otra vez con eso.

—Las chicas también lo tienen complicado.

—Yo hablaba de las chicas.

—Las de todas las razas.

—¡No me hagáis hablar del Islam, que como empiece...!

—¿Y por qué somos tan horribles con los negros musulmanes? Desde hace décadas tenemos a toda esa gente de Chicago de lo más inquieta cada vez que una mezquita aparece en su vecindario, y luego salimos todos como posesos a ayudar a los musulmanes blancos de Bosnia.

—¿«Como posesos a ayudar»?

—Cariño, no hables y sigue bebiendo.

—La lotería del sufrimiento: a ver a quién le toca y a ver quién sufre más. Menudo juego de tontos. ¿Y quién se inventaría lo de la «lotería del sufrimiento»?

—Gente que no lo padece. Gente que se puede permitir el lujo de verlo todo como un juego. ¿Y si te toca te tienes que callar, no puedes protestar? Además, no tiene sentido. ¡La lotería reparte buena suerte, no sufrimiento! Quien sufre de verdad no lo ve como una lotería, pues siempre conoce a alguien que lo está pasando peor. El sufrimiento es relativo y no tiene nada que ver con la lotería. ¡Si acaso tiene que ver con mis parientes!

—¿Y quién inventaría lo de «la lotería de la vida»?

—Te digo lo que es la lotería del sufrimiento: la guerra fue ideada para compensar el número de mujeres que morían durante el parto. El número de hombres jóvenes que morían en la guerra era así igual al de mujeres jóvenes que morían dando a luz. Pero ahora todo eso se ha ido al traste..., así que parece ser que los viejos están planeando matar a los jóvenes para quedarse con todas las tías buenas.

—Entonces por eso se inventó la guerra. Para eliminar a la competencia. La Madre Naturaleza ha creado una situación de competencia excesiva.

—El *Padre* Naturaleza.

—Ah.

—O Nate, como lo llaman sus amigos.

—Nate.

—Sip.

—Te digo lo que es una lotería: tanto Halcón Negro como Otis Redding murieron en este país, ¿no? Pero es Halcón Negro el que tiene un bar y un campo de golf.

—Lo cazaron como a un perro. Lo que se merece es una estatua.

—¿Tiene una estatua?

—¿Tiene una estatua Otis?

—Creo que un banco de granito.

—¿Un banco de granito? Creo que habría preferido un campo de golf y un bar.

—A ver quién es el más agraviado... Menudo juego de tontos.

—¿Y eso qué relación tiene con nuestra discusión?

—¿Desde cuándo importa que eso tenga relación?

—Pues importa. Por ejemplo, el reclutamiento militar de las minorías. Es importante que se sientan involucradas.

—Las escuelas son las que se equivocan para empezar. No integran como es debido, ni siquiera en el autobús escolar. Si no se arregla eso, lo demás es tontería.

La persona de la tontería otra vez. O el hermano de la persona de la tontería.

—Está el caso de las escuelas en esta ciudad. El único instituto que no está fallando a los negros es el especializado, en el que los blancos sólo suman el veinte por ciento del alumnado. ¡Eso es otorgar poder y dar oportunidades! Pones a los chicos negros en un centro por y para blancos y en seguida todos son relegados a los cursos técnicos. Todos al sótano, con los profesores de formación profesional. Y claro, de ahí pasan a trabajar muchas veces sin haber terminado los estudios y sin título. Y mientras, los padres blancos acaparan todos los recursos para sus hijos superdotados. ¡Quieren dinero para instrumentos de cuerda! ¡Lo exigen! Y consiguen sus violines. Para los nuestros, violencia. Lo que yo digo es, ¡menos violines y gastaos más dinero en formar y contratar a profesores negros, hombre!

—Y luego que los órganos de dirección de los centros educativos maquillan las cifras. Los datos sobre fracaso escolar sólo tienen en cuenta el último año de cada etapa educativa. Si lo dejas antes, no cuenta, es como si no hubiera fracaso. Lo cual les conviene, porque claro, el fracaso educativo queda mal. ¿Que dejas los estudios demasiado pronto? No cuentas. Desaparecido en combate.

—Así que lo de los datos es un cuento de hadas.

—Un cuento de hadas perverso.

—Contado por un hada perversa.

—Creo que sé a quién te refieres.

—¡Basta!

—Lo increíble es que, pese a ser cifras maquilladas, siguen siendo social y racialmente inaceptables.

Había murmullos y carcajadas e indescifrables oleadas de supuesto silencio que de repente hacían crecer o menguar la distancia, como en una suerte de *Bolero* de Ravel.

—¿Y entonces qué estás diciendo? Que nada que no sea una revolución es una tontería.

—Pues, quizás sí.

—Pues eso sí que es una chorrada.

Chorrada. Era la palabra que solíamos usar en casa

cuando tocaba bañar a *Helen*, nuestra cerda. Después de usar la manguera para otros menesteres, la última chorrada se reservaba para la cerda.

—Es una postura que no ayuda en nada.

—Cariño, puede parecer que no ayuda, pero hay gente a la que le ayuda. Alguien tiene que ser idealista.

—Ese tipo de idealismo es en realidad cinismo, y del más extravagante y ostentoso.

—¿Es que todo tiene que ser realizable aquí y ahora?

—Todo tiene que ser menos estúpido.

Una de las niñas de raza mixta —Althea— se acercó a mí con el rostro iluminado. Quería contarme un chiste.

—¿Por qué los negros son tan rápidos? —me preguntó.

—¿Por qué?

—¡Porque todos los lentos están en la cárcel! —Y chilló encantada.

—¿Quién te ha contado eso? —pregunté, a lo que ella respondió señalando a una de las niñas blancas sentadas en el rincón. El que Althea me hubiera contado el chiste era tal fuente de hilaridad para ella misma y para la otra niña que ambas se habían tapado la cara con las manos y se reían a carcajada limpia, tan fuerte que también yo acabé riéndome.

Reynaldo y yo íbamos al cine del campus, a ver películas que yo consideraba románticas e ideales para una cita de pareja. Él movía las piernas inquieto y bromeaba sobre lo predecible del guión.

—Sabía que iba a ocurrir eso, estaba claro.

—¿Cómo lo sabías? —le susurraba en la húmeda oscuridad del cine.

—Me ha llegado un mensaje por el móvil.

Y yo sofocaba una risa. Unos minutos después a veces me decía con su acento intermitente:

—El móvil me dice que ella se va a dar la vuelta y se va a marchar, pero que se girará para echar un último vistazo.

Y por supuesto así era. Y yo me reía. Después nos íbamos a su casa y bebíamos té.

—La primera vez que usé un móvil me dio tanta vergüenza... estar hablando por la calle, yo solo, como un loco. Pero Dios, cuando hizo este maravilloso mundo, lo llenó de todo lo que podíamos necesitar. Él supo lo que tenía que poner en el mundo para que un día pudiéramos tener teléfonos móviles.

—Dame un beso —le decía yo.

A veces íbamos a algún mitin a favor de Palestina, después nos íbamos a casa, encendíamos velas pequeñas y nos acostábamos. La luz hacía vibrar la habitación como una cámara de mano. Él besaba como si llevara décadas besando. Yo intentaba aprender lo que él sabía.

Por la noche se abrazaba a mi cuerpo, con piernas y brazos, y dormíamos así, encajados, hasta que involuntariamente uno de los dos se movía un poco. En cualquier caso, nunca nos separábamos del todo, siempre había contacto.

—¿Crees en los errores espirituales? —susurró en la oscuridad una noche.

—Sí —dije.

—¿Y crees que todo un país puede ser un error espiritual?

—Sí.

Y aunque él seguía sin pronunciar una sola palabra de amor por mí, en ninguno de sus idiomas, yo era incapaz de pillar la indirecta. La indirecta tendría que aparecer en el cielo, escrita con el humo de varios aviones para que yo me enterase. Aunque tampoco ese mensaje aéreo era del todo fiable: quizás no cubriría el cielo en su totalidad, o alguna brisa lo emborronaría, y entonces ¿cómo estar segura de lo que decía? ¡NI SIQUIERA UN MENSAJE AÉREO HABRÍA FUNCIONADO! Durante años me preguntaría por qué pensé que mis sentimientos por este hombre iban más allá de un capricho puro y duro, de esa emoción, de esa expectativa. No cabía duda, en cualquier caso, de que a estos sentimientos yo les había dado el nombre de «amor». Estaba enamorada. Había aprendido a decir «amor» en portugués y en árabe, pero todo para nada. Por la noche, en la habitación de su apartamento, con sólo los pequeños ojos rojos de su estéreo, su móvil y su impresora láser iluminando la oscuridad, me dijo como con un suspiro que yo era la única amistad que tenía en Troy, que se había mudado en enero después de que su negocio en Nueva York se viniera abajo —un negocio de mensajería que se encargaba de transportar cosas de Nueva Jersey a Queens en una furgoneta blanca pintada con el eslogan: NO HAY PAQUETE DEMASIADO PEQUEÑO—. Pasado el 11-S, su furgoneta ya nunca conseguiría atravesar puentes y túneles a la hora. Al ser negro, empezaron a pararle una y otra vez y a registrarlo en busca de drogas. Uno tras otro, fue perdiendo clientes. Los paquetes no llegaban con la suficiente rapidez. En diciembre le vendió la furgoneta a un blanco y con el dinero se matriculó por ordenador para estudiar aquí.

—Pensé que estaría bien volver a estudiar un poco.

Me gustó la manera en que dijo «un poco».

—¿Por qué aquí?

—¡Buena pregunta! —dijo—. Algunos amigos de

Nueva York me habían hablado bien de aquí. Además, no hay túneles de los que la gente tenga miedo.

—No, aquí no hay nada de terrorismo. De lo único que te tienes que preocupar aquí es... ¡del hongo del maíz!

—Se nota que eres hija de granjero —dijo.

—¿Tuviste algún problema con la tarjeta de residencia, al tener tu negocio y eso?

—¿Tarjeta de residencia?

Ninguno de los dos sabía cómo funcionaba todo eso.

—Tu estatus como inmigrante y esas cosas.

—Ah, no. Ningún problema. ¿Cómo crees que entró Mohamed Atta? Es muy fácil. Entras y hasta la vista, *baby*.

—Me pregunto si Mohamed Atta alguna vez dijo «hasta la vista» —dije yo.

—Oh, estoy seguro de que sí —dijo Reynaldo bastante en serio.

Y entonces me daba la vuelta y empezaba a darme un masaje. Sus dedos parecían hechos de algún tipo de acero. Sus manos se aferraban como esas tenacillas con las que se abren y se hurga en las langostas. Los músculos de mi espalda, cuello y piernas se le entregaban, y hasta mis pies parecían abrirse como las varillas de un abanico. Cuando se lo daba yo, él me decía:

—Ráscame la espalda con esas uñas largas que tienes para tocar el bajo. —Y yo lo hacía.

—Dónde te pica... —le preguntaba.

—Ah, sí, ahí.

—No hagas eso de «ahí, sí, ahí». Tienes que decir arriba, abajo, izquierda o derecha.

—Recibido —dijo, y después—: Sí, justo ahí, un poquito atrás y al lado...

—¿Atrás y al lado?

—También he dicho «justo».

—Ya, pero mi mano está en movimiento, y no soy...

—... ¿adivina?

—Exacto, adivina.

—Pero sí un encanto.

En realidad estábamos fuera del alcance de las palabras, en una meseta de placer y dolor donde el lenguaje no venía a cuento.

Para él yo parecía ser, más que nada, un divertimento. Después de hacer el amor se tumbaba de espaldas, se estiraba y proclamaba lo relajado que se sentía.

—¿Relajado? Te sientes relajado... ¿Y ya está?

—Ah, no —me decía, girándose para mirarme a los ojos—. También veo fuegos artificiales y a Jesús volando con capa y todo eso.

—¡Ah, vale! —Le dejaba que se riera de mí.

Cualquier momento, cualquier instante, cualquier excusa me parecían buenos para montarme en mi Suzuki y acercarme a su piso. Hacía el camino con la cabeza descubierta, dejando que el pelo latigueara por el viento. Ya no usaba casco para nada, aunque a veces sí que me ponía un pañuelo de muselina para que el pelo no se me metiera en la boca, y entraba en su apartamento todavía con él. Una vez pensó que yo había dicho que era un pañuelo «de musulmana» en vez de «de muselina». Él me ponía las manos en la cabeza como si me estuviera bendiciendo.

—Podrías ser la madre de mi hijo —me susurraba.

Yo emitía un murmullo, asentía y decía:

—Vale.

Pero era a Mary-Emma, a la cual yo ya quería, a quien nos imaginaba teniendo. La tendríamos y la querríamos. Su risita, su sonrisa, su piel de caramelo. Y a veces era cierto: los tres salíamos juntos, y éramos como una familia. Si él me hubiera querido, o incluso si simplemente me lo hubiera dicho, habría muerto de felicidad. Pero no ocurrió. Así que no morí de felicidad. Palabras para un epitafio: NO MURIÓ DE FELICIDAD.

Los miércoles por la noche el grupo de Sarah seguía reuniéndose y sus comentarios seguían abriéndose paso hasta la habitación de Mary-Emma, en la buhardilla. El hueco de la rampa de la ropa sucia conducía las palabras mejor que las escaleras: quizás las palabras subían las escaleras ellas mismas, sin pararse siquiera en los rellanos. Las voces eran alternativamente como de ópera, de vodevil, sibilantes y tediosas. A veces lo que sonaba como una canción era en realidad una burla. A veces lo que sonaba a burla era una petición de comida. A veces los comentarios sonaban ebrios, o exhaustos, o enérgicos, o a emisora de radio.

—El sistema de salud, la educación y los servicios sociales deben tener en cuenta la situación económica de la gente. Debe ser lo contrario de lo que siempre ha sido: pobres dentro, ricos fuera.

—Todo esto de la indiferencia racial... Toda esta gente que insiste en que no notan el color de piel de los demás... Esos padres que vienen a recoger a sus hijos a la guardería y que fingen que nunca se han fijado en el color de piel de Jared... Me dan ganas de decirles: «Cariño, si como dices no ves las razas, pues será que estás ciego. ¡Toma, te doy este bastón! Notarás, por cierto, que es blanco. O igual, como no aprecias los colores, pues no lo notas.»

—¿Y lo de «baza racial», como cuando dicen «jugar la baza racial»?, ¿quién se inventaría esa expresión?

—O. J.

—Antes de eso, creo.

—«Baza racial»..., ¿y qué demonios significa? Otra idea de blancos.

—Oye, ya dije que los blancos hemos tenido muchas ideas, y muy buenas.

—Un negro no puede acusar a un blanco de jugar la baza racial, porque lo contrario, la baza racial blanca, se juega a diario.

—De hecho es que no es ni una baza, es una baraja entera.

—Un juego entero.

—¿Conocéis a la poetisa Alta?

—No es una poetisa de verdad. Es terrible. Huy, ¿he dicho eso en voz alta?

—Pues yo siento que conozco su cuerpo sólo de leer su poesía.

—Pues si su obra es todo mentira, y ese cuerpo del que tanto habla ni siquiera es el suyo.

—Una poetisa con una doble.

—Me encantaría tener un doble. Sólo para hacer la compra.

—¿Y haciendo la compra con vuestro hijo captáis a veces esa mirada? Ésa con la que te dicen: «Veo que has estado tonteando con gente de color... Esperemos que pagues en efectivo.»

—Creo que sé a lo que te refieres.

—La sospecha.

—Y sospechan de tu religión, también. A mí eso me parece muy anticultura negra.

—No me hagáis hablar del Islam. —Era la persona del «no me hagáis hablar del Islam».

—¿Qué sentido tiene el transporte escolar? Organizan ese sistema para que ningún niño pobre y negro se quede atrás, y sí, el autobús se encarga de llevarlos y traerlos, pero ¿para qué?, si luego los segregan en el sótano, en las clases taller.

—¿Estabas aquí la semana pasada? ¿O ha pasado más tiempo desde que hablamos sobre eso?

—El primer día que llevé a Kaz al cole, ¿para que le hicieran la prueba esa para ver si debía entrar en preescolar o directamente en primero?, pues me quedé fuera de la oficina escuchando mientras esa mujer le hacía un examen de locos. Una de las preguntas fue: «El pino es a la piña lo que la, *hueco*, es al higo.» ¡Pero si tenía cinco años! ¿Cómo iba saber lo que era un higo?

—¡Algún día lo sabrá!

—¡Basta! ¡Esa analogía es de lo más antigua y ridícula! Bueno, creo que él dijo algo completamente al tuntún, como «conejo». Y después va y sale la señora con cara de preocupación y me dice que el niño tiene dificultades de aprendizaje y que lo tiene que poner en una clase de educación especial. ¡Pero si tenía cinco años!

—Los identifican pronto, pero por la financiación más que otra cosa. Necesitan tener un número elevado de alumnos para poder asignarles una clase especial y contratar profesores. Y los niños negros son el primer candidato.

—La segregación interna, incluso en las que se supone que son escuelas integradas, es un secreto a voces.

—¿Y no tienen otro propósito más que ése?

—Poco más que el de la financiación. Todo un montón de mierda.

Y de nuevo la persona del «montón de mierda».

—Desde luego que este tipo de cosas ayudan a hacerte una idea de lo que es ser afroamericano en este mundo.

—Bueno, sí y no.

—Gracias.

—Perdonad que vuelva a sacar lo del pelo, pero ¿alguien mencionó algo sobre una peluquera hace un tiempo? Necesito la dirección si la tenéis. La gente no para de hacer comentarios sobre la melena afro de Emmie.

—¡Sí, deberías hacerle trencitas!

—Elva, en South Elm, es buena, simpática y le encantan los críos. En Navidad va a los albergues de los sin techo y pela a todo el mundo, negros y blancos.

—¿Esa que canta es Sarah Vaughan?

—Sí, es ella.

—Dios, qué manera de improvisar.

—Y tú eres el que dice que no cree en la cultura negra como concepto, que no existe.

—Así es.

—¿Alguna vez has oído a Julie Andrews improvisando jazz?

—No creo en la cultura gay, ni en la cultura blanca, ni en la cultura de la mujer, ni en nada de eso. Es todo tan...

—Fantasioso, cariño.

—¿Alguna vez has escuchado a Julie Andrews, cantando cualquier cosa?

—No te hace falta tener ojos azules si tienes pendientes azules.

La mayor parte del tiempo no sabía de qué estaban hablando. Pero a veces, al recordar ciertos comentarios, el contexto me los aclaraba. Ciertas frases, como una fina capa de arena, flotaban en mi cabeza hasta que se cristalizaban. Ahora hablaban de la improvisación como algo admirable.

—Vaughan coge *Autumn Leaves* y la convierte en *Finnegans Wake*.

—¿Y ése es tu argumento?

—Sí. Una especie de argumento a la irlandesa: con cerveza de por medio. Estoy bebiendo cerveza.

—Cuando estuvimos en Francia, los agentes de aduanas nos miraron totalmente contrariados. «Pero mira», nos dijeron, como si nos estuvieran enseñando algo de lo que nosotros no nos hubiéramos dado cuenta, «vosotros sois blancos y vuestro hijo es negro, ¿cómo puede ser?». Como si fuera antinatural o como si nunca antes nos hubiéramos percatado de nuestro propio color de piel. Y tuve que decirles en inglés, y de mala manera: «¡Éste es el aspecto que tiene una familia norteamericana!»

—El resto del mundo no entiende la ingobernable diversidad de este país.

—Diversidad cada vez más extrema como consecuencia del capitalismo.

—Y de Karl Rove. Una vez estaba en un restaurante y lo vi sentado a varias mesas de distancia. Estuve cinco minutos pensando: «Podría coger este cuchillo de la carne, ir hasta allí y cambiar el curso de la historia. Ahora mismo.»

—¿Y?

—Bueno, salta a la vista que opté por seguir siendo una mujer libre. ¿A alguien le apetece un timbal?

—¿Llevan carne?

—¡Cómo estás con lo de la carne! Hasta se ha hecho socia de PETA.

—Todavía no.

—No. Mejor. Aunque lo tengo muy claro, en diez años les dan el Nobel de la Paz. El año pasado les echaba quince, pero creo que las cosas se les están poniendo de cara muy deprisa. Y la excusa que darán es que un trato más humano para los animales contribuye al trato más humano entre las personas.

—No me acaban de convencer todos esos grupos que luchan por los derechos de los animales.

—Lo mismo que a mí. En seguida se ponen a comparar a los animales con los negros. Dicen: «Los tratamos igual que tratábamos a los negros.» Y tú les dices: «Sí, pero los negros eran personas.» Y ellos: «Sí, eso lo sabemos ahora, pero no es lo que la gente decía entonces.» Y tú dices: «Bueno, mucha gente ya lo decía entonces. Y desde luego ahora, que yo sepa, no hay nadie que vaya por ahí diciendo que una vaca es una persona.»

—¡Menudos preservacionistas!

—Hay unos austríacos que dicen que los chimpancés son personas.

—No me hagáis hablar de las investigaciones sobre primates. Hay tantas ganas de asociar a las personas con los monos... Con animales de cualquier tipo.

—Eso lo hacen incluso con los judíos.

—Bueno, los austríacos...

—¿Qué quieres decir con «incluso»?

—No quiero decir nada. Quería decir que lo hacen incluso con las gallinas. He oído que los de PETA comparan lo que les hacen a las gallinas con lo que les ocurrió a los judíos.

—Bueno, ¿qué otra manera hay de que se queden quietos en sus nidos y te calculen tus impuestos si no les cortan las piernas?

—Tienes un sentido del humor muy negro.

—No digas «humor negro». Es racista.

—¿Habéis notado que cuando alguien dice «no soy racista» inmediatamente tú sabes que lo es?

—Es como esos hombres totalmente inconscientes que dicen «yo no soy sexista», y a ti te dan ganas de decir: «¡Cariño! ¡Por supuesto que lo eres!»

—A mí me encantaría que la gente se enterase de una vez y empezara a decir «padres de nacimiento» en vez de «padres biológicos». Biológicos somos todos.

—Ése es en parte nuestro gran problema, que somos biológicos.

—Y no me gusta que se use la palabra «adopción» para los animales. Las asociaciones humanitarias la usan todo el tiempo, pero a los niños adoptados les resulta confuso.

—Una vez oí a I. B. Singer hablar sobre el holocausto de los pollos.

—Y ahora también está ese otro que se llama Peter Singer.

—¿No querrás decir Pete Seeger?

—El filósofo que dice que matemos a los bebés con malformaciones pero que no comamos carne.

—Ah, ya, ese hombre es un bestia.

Yo había visto una bestia. Había visto muchas bestias, sobre todo de carga, caballos con esas largas colas que casi tenían vida propia, barriendo las moscas a uno y otro lado.

—Demasiados Singers.

—Comentario que nos devuelve a Sarah Vaughan.* Sí. Me comería otro timbal.

Había visto un montón de mierda. Había visto bestias. Lo que nunca había visto en mi vida era uno de esos timbales.

—Demasiadas Sarahs.

---

* En referencia a la palabra *singer*, ya no como apellido sino como «cantante».

—¡Jamás en la vida!

—Demasiados timbales. ¡Por supuesto, coge otro!

—Está la teoría de que la gente es muy cruel con los de su propia especie y que hasta que no solucionemos eso no dejaremos de maltratar a los animales.

—Pero también, como decía, está la teoría de que tratar a los animales de forma más humanitaria nos ayudará a tratarnos mejor entre nosotros. Hará que digamos: «Un momento, pero si esto no se lo hacemos ni a los animales, ¿por qué se lo hacemos a las personas?»

—A veces da lo mismo por dónde empieces, animales o personas.

—¿Y eso es realmente lo que están diciendo los filósofos hoy día?

—No sé lo que dicen todos. En realidad mi campo es la tecnología de los lácteos.

—La teoría es que, a menos que un animal esté expresando toda su animalidad natural, está siendo cruelmente usado y su vida no merece la pena. En este caso uno pensaría que los activistas verían la muerte como un acto de piedad. Pero lo que importa aquí no es la muerte. Lo que importa es la vida.

—Yo hubiera pensado que lo importante es la manera en que se les mata, cómo debe hacerse.

Y a continuación me pareció oír la voz de Sarah.

—¿Cómo matar gallinas en cantidad suficiente para alimentar a todo el planeta? Hombre, ¿es que no hemos aprendido nada del Holocausto? ¿Es que no podemos reunirlas a todas sin más y gasearlas?

Más risas generalizadas.

—Eso expresaría el componente judío de las gallinas, ¿o tendría que decir el componente gallina de los judíos?

—Por eso tenemos Israel, cariño. Ya no somos gallinas.

—Lo de expresar la animalidad es caca de vaca. Pero si ni siquiera los humanos expresan toda su humanidad natural. ¿Acaso el vagabundo que duerme a la intemperie está expresando su humanidad? Y sin embargo pasamos todos junto a él y ni nos fijamos. Este tipo de cosas hace que todas nuestras buenas intenciones sean pura caca de vaca.

Yo había visto caca de vaca. Había visto a gallinas ir tras ella y comérsela tibia.

—Lo único que yo digo es que, por Dios, ¡echamos agua a las plantas! ¡Una planta la riegas! ¿Y a un niño con malformaciones no?

—Agua, ¿alguien quiere agua? ¿Qué tal tu vino, está bien?

—¡No, no está bien! ¡Necesito otro!

—¿No se suponía que íbamos a hablar sobre familias interraciales?

—Sonya es incapaz de ceñirse a un tema en concreto.

Una vez había visto un sketch en el que un anfitrión cloroformizaba a un invitado para impedir que dijera una sola palabra más.

—¡Todo es genética! ¡Parece ser que hay un gen para todo! Es triste pero cierto, o quizás no sea triste.

—O quizás no sea cierto.

—Yo lo único que sé es que nuestro hijo tiene el gen de los atletas. Y es adoptado, obviamente. No hay ni una sola persona en toda nuestra familia que tenga ese gen. Vamos a sus partidos y sobre el campo es como un auténtico dios griego, y nosotros allí, en las gradas, parecemos los vendedores de palomitas.

Podía oír la voz de Edward. El contacto con la ciencia, los científicos y los académicos había hecho que hablara como los profesores. Usaba la frase «por así decirlo». Mucho.

—Llamémoslo rehidratación recombinante, por así decirlo.

Saltaba entonces la voz de Sarah:

—Edward, permíteme que te dé un consejo: deshazte de los «por así decirlo».

Hubo una pausa larga.

—Antes prefiero echarme arena en los ojos.

Risas. Yo casi nunca reconocía la mayoría de las voces.

—Es broma.

—Pero ¿qué crisol de culturas? Sí, hay muchas cosas en ese crisol pero no se funden. Igual que tenemos CE, conducir ebrio, tenemos CSN, conducir siendo negro, y tenemos CSJ, conducir siendo judío. Y ¿cuál es el que hace que te paren y te registren?

—No he leído mucho sobre el tema.

—Quizás es que no has leído mucho en general.

—Cualquiera que se haya dedicado a leer las obras completas de Proust y *El hombre sin atributos* seguro que renuncia a otros títulos.

—Sin duda.

—¿Sabéis esos parasoles que se ponen en las ventanillas del coche para que los bebés no se quemen con el sol? ¿Necesitábamos uno? ¡Por supuesto! Pues él me dijo que no. ¡Fue así, Edward! ¡Me dijiste que no!

—¿Porque la niña no es blanca?

—¿Te digo cuál es mi sistema de seguridad? Yo. Un hombre negro en la casa. Ahuyenta a todo el mundo.

Oí unas suaves pisadas sobre los escalones alfombrados. Miré hacia arriba desde mi lugar en el suelo, junto a Mary-Emma. Una mujer apareció en la entrada, de piel morena, alta, esbelta, el pelo dividido en cuidadas rastas, su cabeza como una enredadera, su figura estilosamente resaltada en una mezcla de negro y colores brillantes. Nadie dijo «mamá» y nadie corrió hacia ella. Ni uno solo de los niños la reclamó como suya. Dos de ellos ni se dignaron a mirarla. Edward apareció tras ella, le tocó el brazo y ella se giró. A continuación ambos se apartaron, retrocedieron, desaparecieron.

Al final de la velada, cuando los padres vinieron a recoger a sus niños, bastantes les preguntaron qué tal les había ido. Los niños contestaban «genial» o «un rollo» —no había punto intermedio, nada que no fuera o una gran aventura o una debacle—. Me encantaba la manera en que las mujeres negras caminaban junto a sus hijos, llevándolos cogidos muy de cerca. Me encantaba cómo los padres blancos aupaban a sus hijas negras y se las llevaban en brazos. Sólo Mary-Emma, con su pequeña sonrisa, permanecía callada mientras, uno tras otro, los niños abandonaban su habitación. Abajo oí la voz de Sarah, a solas con Edward en la cocina.

—Has vaciado el estante de arriba del lavavajillas pero no el de abajo, y los platos limpios se han mezclado con los sucios: ¿y tú quieres tener sexo ahora?

¿Era posible que estuviera oyendo esas cosas? ¿Sería esto el clamor de base de un importante movimiento social, o una pequeña y a la vez gran locura? El sonido me llegaba con claridad. El sonido era inconfundible.

Cogí a Mary-Emma en brazos. Con una toallita le limpié parte del chocolate que tenía alrededor de la boca.

—Ve a abrazar a tu madre —le dije, volviendo a ponerla en el suelo y enviándola a toda prisa a la cocina, para que los interrumpiera.

Grité «buenas noches» y salí por la puerta. Me fui rápidamente, por educación, a vivir mi propia vida. No había venido en moto pero igualmente me recogí el pelo con un pañuelo, como si fuera a usarla. Era una *sharmoota*, con un *hijab* atado indebidamente, no bajo la barbilla, sino —una concesión, el punto intermedio— por detrás, a la altura de la nuca, como Grace Kelly en *La angustia de vivir*. ¿O era en *La ventana indiscreta*? Caminé y caminé y después, como en mis sueños recurrentes en los que volaba pero a tan sólo unos centímetros del suelo, en un vuelo poco ambicioso pero vuelo en cualquier caso, emprendí un ligero trote. De camino, atravesando la húmeda noche de abril, directa a casa de Reynaldo, arranqué una pequeña rama en flor de un manzano. La pondría en agua cuando llegara a su casa.

Pero cuando llegué noté que algo no cuadraba. No había luz en las ventanas. Subí las escaleras y golpeé la puerta suavemente. Una ráfaga de intranquilidad me recorrió el cuerpo, y cuando giré el picaporte y empujé la puerta vi que ésta, al no estar cerrada con llave, cedía. Me lo encontré sentado en lo que ahora era un apartamento vacío y oscuro, en mitad del suelo, su rostro refulgente por la luz de su portátil. Me recordó a cuando solíamos poner papel de plata en las fundas de los viejos discos de mi madre para quemar la palidez de nuestras caras. Todo había desaparecido: la cama, el xilófono, la mesa. En la pared colgaba un solitario póster, letras blancas sobre fondo negro: «Un profundo silencio reinaba sobre aquella tierra. La tierra en sí era toda desolación, carecía de vida, de movimiento, tan solitaria y fría que ni siquiera podía decirse que su espíritu era el de la tristeza. Había en ella un atisbo de risa, pero de una risa más terrible que cualquier tristeza...» Sabía que era un fragmento de la primera página de *Colmillo blanco*, libro que había leído en séptimo. No había reparado antes en el póster, aunque quizás es que ahora, al ser la única cosa allí, excepto por el propio Reynaldo y su portátil, llamaba la atención. Cerró la tapa del portátil de golpe y me miró, o al menos miró hacia donde yo me encontraba. Estaba sentado sobre su alfombra de rezar, orientada hacia el este. Me acordaba de cuando había pensado que era una alfombra de yoga, como la de mi hermano. Me quité los zapatos en la puerta, como a él a veces le gustaba que hiciera, pero no me sentía relajada. Mi corazón martilleaba y casi lo podía sentir en la garganta. Se me pasó por la cabeza que quizás tanta vibración podía hacer que se me soltaran los empastes.

—Hola —dijo, sin sonreír y como si entre nosotros mediara una larga y lúgubre distancia.

Se concentró en mi cara un instante y después se giró. Tenía una taza de té en el suelo, a un lado, y la cogió y bebió de ella, mirando hacia la pared. Yo ya había sido testigo de exactamente estos mismos movimientos y expresión... ¿Dónde? (Edward. Los había visto en él, el día que lo conocí.) Con el tiempo acabaría identificando ese modo de actuar como el principio del fin —el cese de todo interés por parte de un hombre—. Era un modo de actuar: Fatiga Altanera. Como el nombre de una estríper. Por un lado estaba lo sagrado, la inmersión, la intrusión, la ruptura de lo cotidiano que precedían al amor romántico. Y luego estaba la Fatiga Altanera, la estríper, que acababa con todo.

—¿Qué pasa? —pregunté.

No había nada donde dejar o meter la rama de manzano, de modo que me quedé quieta, de pie, con ella en la mano; por cómo caía ahora podía ver que ya empezaba a morirse, tenía un aspecto que había estudiado en los cuadros de flores.

—Me mudo a Londres —dijo—. He enviado el xilófono a tu piso. Deberías recibirlo en unos días. Mary-Emma lo puede tocar allí. Y tú también, claro.

¿Sería una pista el póster de Jack London? ¿Un código? Todo se había vuelto extraño. Lo que había entre nosotros se estaba disolviendo como un cubito de hielo en un vaso: cuanto más rápido se fundía, más pequeño se hacía. Así sería como el mundo llegaría a su fin, me habían dicho.

—No pertenezco a ninguna célula —dijo.

—Nunca se me había pasado por la cabeza. —Aunque ahora sí. Había aceptado participar en alguna especie de misión. Debía de ser eso. Había algún mulá manipulador en su vida. Corrían muchos rumores sobre reclutamientos clandestinos, aunque dichos rumores se suponía que no eran más que eso, y de hecho a veces se empleaban para hacer chistes—. ¿Por qué Londres?

—Los ingleses son muy críticos y a la vez muy poco quejicas, una fase que los norteamericanos se han saltado por completo, al pasar directamente del estoicismo sin sentido al lamento neurótico en menos de medio siglo.

—Va, eso no tiene sentido.

—Formo parte de una ONG islámica para niños afganos. Eso es todo. Piensan que soy parte de una célula. No lo soy. Si alguien te pregunta, si te interrogan después de que me haya ido, por favor diles que no lo soy.

No había lugar en esta conversación para «¿y nosotros?». El espacio conversacional se había llenado, de repente, de otras criaturas. Quizás es que finalmente habíamos llegado a esa etapa de la intimidad que, de hecho, acaba con la intimidad.

—Eres brasileño. ¿A qué tipo de célula podrías pertenecer? ¿A una célula de depilación brasileña?

Una vez, entre sus periódicos, me había encontrado con un catálogo de lencería. Cuando lo cogí y lo examiné más de cerca, vi mi nombre impreso en la etiqueta de la dirección. Lo debía de haber cogido, sin decirme nada, una de las pocas veces que había estado en mi casa, quizás para mirar a las voluptuosas modelos. Ahora que por lo visto se iba a Londres, todo tipo de cosas que durante mucho tiempo me había negado a pensar volvían a mí, como en medio de una ventisca de arena que bien podría destrozarme los ojos.

—No soy brasileño.

—¿No? —Claro que no lo era. ¿Cómo no lo había pensado antes? ¿Dónde estaban las *bossa novas*? ¿Cómo es que no se sabía ni una sola frase de *La chica de Ipanema*?

—Sobre eso mentí.

—¿Por qué? ¿De dónde eres?

A lo mejor resultaba que se sabía la letra de *Kashmiri Love Song*, mi canción favorita de Rodolfo Valentino. ¡Mis manos estaban realmente pálidas! Incluso si él no las amaba por el Shalimar. El corazón me repicaba en el pecho como el tamborileo de unos dedos sobre una mesa.

—Hoboken, Nueva Jersey.

—¿Hoboken? ¿Como Frank Sinatra?

Rió brevemente, en sus ojos un atisbo de pedantería.

—La primera revolución norteamericana tuvo su origen en Nueva Jersey.

—Juego y enfermedad. Desde el principio. ¿Estamos en clase de Historia norteamericana? —Observaba su rostro bello y familiar. Me iba a dejar tan misteriosamente como había aparecido. Qué agonía. El fin como si fuera un principio, pero al revés. Un palíndromo: «amar-rama».

—Eres una chica inocente, aunque no eres pura. Pero en cualquier caso, creo que eres inocente. Sobre todo para ser judía. Eso es bueno.

—¿Para ser judía?

—Sí. —Su voz no parecía suya, y él pudo ver que yo me daba cuenta de ello, y me ofreció una rápida sonrisa no prevista, fuera de ese guión de despedida.

—Veo que no me vas a decir nada más, ¿no? —Empecé a retorcer el dobladillo de mi camiseta. En la vida, como en las películas, uno a veces podía tomar a un robot por un ser humano—. ¿Qué le ha pasado a tu voz? Hablas sin contracciones. ¿Cómo puedes ser de Nueva Jersey?

—Cuando descubras quién eres, ya no serás inocente. Y será triste para los demás verlo. Todo ese conocimiento se reflejará en tu cara y la cambiará. Pero sólo será triste para los demás, no para ti. Sentirás que tienes una especie de sabiduría, muy errónea, pero será un error que para ti tendrá cierto poder y por desgracia lo atesorarás y lo cultivarás.

—¿Qué tal si primero descubrimos quién eres tú? —Por lo visto yo había sido el minibar (que no el almimbar) en este piso temporalmente alquilado. Aquello había sido una fiesta en la que los invitados tienen que traer lo que tomarán y yo había llevado la cerveza—. Eres un *haddi*: alguna clase de yihadista.

—No es la yihad lo que está mal. Son las cosas que están mal lo que está mal.

—Gracias, guerrero sagrado, por el sermón islámico-fascista.

—Como dijo Mahoma, no conocemos a Dios tanto como debiéramos.

—¿Y quién tiene la culpa de eso? ¡Ni tú ni yo! A lo mejor Dios no se ha paseado entre nosotros lo suficiente. A lo mejor Dios no se ha esmerado mucho a la hora de darse a conocer.

De repente me sentía como un viejo jefe indio, uno que se da cuenta de que el mundo ha cambiado irrevocablemente y de que la nueva generación jamás llegará a conocer a la antigua, ni siquiera a los gloriosos valientes, encorvados sobre sus caballos al final de algún sendero. Pero si Reynaldo pudiera ver la incertidumbre de su propio camino, quizás pudiéramos vivir nuestra desesperación juntos. Pese a todo, no lo veía tan estrictamente religioso. Se negaría a comer *bratwursts*, pero ¿quién podría culparle? Calientes rezumaban grasa, frías eran la muerte personificada...

—No sabía que fueras capaz de blasfemar de ese modo —dijo.

¿Era una sonrisa lo que veía en su cara?

—Bueno, a veces la creación supera al creador. A fin de cuentas, un ordenador puede ganarle a un campeón de ajedrez, un hijo puede ser más listo que su padre. —Decidí no entrar en el tema de Frankenstein—. A lo mejor la Biblia, con su Dios vanidoso y protestón, nos está diciendo que también la creación es más divina que el Creador. ¡Fíjate! ¡Acabo de decir eso y no he sido castigada!

—A veces estas cosas llevan su tiempo —dijo.

—¿El qué, el castigo?

—Sí. Todo.

—Genial. —Y a continuación añadí—: ¿Y qué tal la idea de una yihad más suave y amable?

—Uno debe escuchar a Dios.

—Entonces Dios debería hablar alto y claro. Dios balbucea.

—Nos ha hecho sus mensajeros.

—Pues qué bien para él, tener sus propios empleados y sucursales por todo el mundo.

—Somos sus corderos...

—No me refería a ese tipo de empleados.

—... y también sus lobos.

—Eso suena muy, muy complicado.

—En la humanidad está el origen de todo el sufrimiento.

—Y el origen de Dios. —Había traspasado una línea—. Pero como he dicho antes, la creación a menudo supera a aquello que lo creó. —¿*Hybris* o diseño inteligente?

Se quedó callado, con una sonrisa que no era una sonrisa. De repente me vi cayendo hacia él, como si el torrente de sentimientos que me rompía por dentro pudiera convertirse mágicamente en cariño, en un cariño útil: quizás si lo besaba... pero se apartó. Lentamente me levanté y empecé a retroceder, un cauteloso paso tras otro, mientras él hablaba. La rama de manzano se me había caído cerca de él.

—Hay mil millones de musulmanes en el mundo —dijo.

—¿Y qué quieres decir con eso? ¿Que no debería tener problemas para encontrar a otro?

Me miró fija e intensamente. Tenía esa habilidad para conjurar una alta dosis de concentración en su cara y ojos.

—Está esa posibilidad —me dijo. Por un momento un sentimiento de pena por nosotros dos brilló en sus ojos—. No se puede sacar sangre de las piedras —añadió con pesar. Se refería, supuse, al amor. Era una expresión que le gustaba y que ya me había dicho otras veces.

—Sí, sí que se puede —dije.

Yo siempre intentándolo.

—¿Se puede?

—Se puede.

—¿Y cómo se hace?

—Vas a una cantera.

—¿A una cantera?

—Sí, si vas a una cantera siempre te encuentras con algún cadáver, de alguien que ha sido asesinado.

Se rió.

—¿El Corán no te prohíbe reírte del humor cruel?

—Me burlaría un poco de él, ¿por qué no?

—No —dijo.

—En todo libro hay muchos espacios en blanco...

—Silencios...

—¿Así que quién sabe realmente lo que se está diciendo entre líneas? ¡Con todos esos silencios!

Pero entonces, sintiendo que me estaba riendo de él, el color desapareció de su cara y ésta se endureció, y tuve la sensación de que ya había recogido lo poco que le quedaba y de que se había marchado. Localizar su parte viva sería como buscar a un minero entre los escombros de una mina: podía taladrar y cavar e iluminar diversos túneles, pero la probabilidad de volver a verlo, al menos tal como fue, no era muy alta.

—Cuando hablas evitas tocar temas difíciles —dije.

—¡Eso espero!

—Me has mentido —dije por fin.

—Mentir al infiel no es más que conversar en su idioma.

Parecía uno de los muchos mensajes de la fortuna

que, en tiras de papel, sobresalían entre las páginas de mis libros.

—Nunca he sido infiel en lo que a ti respecta.

—No en el sentido al que tú te refieres, no.

—¿Es ahora cuando me vas a hablar de la Norteamérica vacía? ¿No te das cuenta? ¡Estoy de acuerdo contigo!

No dijo nada.

—No estarás yendo a clases de vuelo, ¡espero!

Negó con la cabeza.

—No.

Conforme retrocedía, un rollo de papel y dos pastillas brillaron sobre la repisa de la ventana que me quedaba más cerca.

—¿Qué es eso? —pregunté, señalando las pastillas.

En el pecho, mi corazón había pasado del rápido chasquido de un naipe contra los radios de una bicicleta, al fuerte y errático golpeteo de una zapatilla en una secadora.

—Son para emergencias. Y por higiene, claro. ¿Las pastillas? Están hechas a base de patatas brasileñas, dos de tus intereses.

—De verdad.

—Las patatas y Brasil.

—Te había entendido. —El miedo y la pena brotaban en mí como fuegos que se apagaban entre sí. Los sentimientos constructivos me habían abandonado—. Por mucho que quieras que este mundo se acabe, no se puede acabar. Mientras nosotros hablamos las semillas de todo esto están siendo almacenadas en cajas, en el *permafrost* de Noruega.

—¿Quién las encontrará?

—La gente las encontrará.

—Sí, no digo que no tengas razón.

—¿En serio? —En la repisa de la otra ventana vi un pequeño paquete de tampones—. ¿Por qué tienes esos tampones?

—Para emergencias. En el peor de los casos, sirven para frenar el sangrado.

—En serio.

—Cuando te pregunten por los nombres de mis amigos, tendrás que decir que no sabes cuáles son, porque no sabes cuáles son.

—No sé cuáles son. —¿Por qué no lo sabía?—. Este tipo de desesperación política y espiritual —comencé a decir a la desesperada, acordándome de algo que había oído un miércoles— es confundir un mundo pequeño con uno grande, y uno grande con uno pequeño.

Sonrió. Amablemente, no se rió.

—No tienes ni idea de lo que dices —fue su comentario.

—Quizás. O quizás no. —Eran palabras infantiles. Pero no por ello eran inciertas—. Quizás estás siendo reclutado por un topo. ¿Y si resulta que eres víctima de un complot?

—¿Y si resulta que yo soy el topo? —dijo en un tono de picardía fingida—, ¿y si resulta que yo soy el complot?

—¡Escúchame! Los yihadistas, los talibanes y Al Qaeda, no respetan a los que son de fuera de su círculo. Piensan que todos esos reclutas fervientes están locos, porque son de otros países, y los utilizan y se ríen de ellos.

—¿Quién te ha dicho eso?

—Don Donegal. Un día que tú no viniste a clase.

—¿Qué?

—Sabe hablar árabe y rastrea información. Eso es lo que alguien me dijo.

—¡«Rastrea información»! ¡Deberías escucharte!

Me quedé mirándolo, sintiendo que ése era el fin: nunca más volvería a verlo.

—No es la yihad lo que está mal —dijo—. No es una guerra lo que está mal. Son las cosas que están mal lo que está mal.

Era como si Gertrude Stein me hablara desde el interior de un *burka*. Yo seguía dando pasos hacia atrás, o así fue hasta que en el dedo gordo del pie sentí algo punzante, quizás algún pequeño clavo que sobresalía en el entarimado. Adoptando una especie de postura de yoga, elevé el pie del pinchazo, del que salía sangre. Apreté el dedo y vi que varias gotas caían al suelo, pero también que no tenía nada clavado. Levantar el pie, en cualquier caso, parecía provocar que sangrara más. Estaba el rollo de papel higiénico en la ventana, de modo que cojeé hasta allí y me hice con un trozo. Me lo enrollé alrededor del dedo.

—¿Estás bien? —preguntó, con un tono que por un momento me recordó al chico dulce que, en el fondo, yo sabía que era, aunque esa parte ya no importaba.

—Sí. No me duele —dije.

—Se piensan que soy parte de una célula, pero no lo soy. Espero que siempre creas eso.

—En el nombre de Alá. Sí, creo.

Me puse las zapatillas.

Era como la clásica escena de las películas en la que uno de los amantes está en el tren y el otro en el andén. El tren echa a andar, y el amante en el andén empieza a andar y después a correr, y después a esprintar, y finalmente se para conforme el tren se aleja para siempre. En este caso, sin embargo, yo hacía todos los papeles: era el amante en el andén, era el amante en el tren. Y también era el tren.

—En el nombre de Alá.

En el nombre de la-la-la-la-la-la-la-la-la-la-la. Salí corriendo, llorando, a la calle. Corrí y corrí sin girarme en ningún momento, sin que nadie viniera tras de mí. Pasé junto a la Asociación de Estudiantes Musulmanes, una pequeña casa no muy lejos de la de Reynaldo, pintada en turquesa y blanco. Sabía que, en la parte de atrás, habían improvisado una mezquita. El propio Reynaldo formó parte del equipo que había ayudado a pintarla. A estas horas de la noche no había nadie dentro ni en sus inmediaciones. A veces, durante el día, había visto un ominoso bullicio a su alrededor. Nada, pensé, debería ser bullicioso. Todo debería suceder con lentitud y de forma espaciada. A toda prisa pasé junto a una calle que por lo general cogía pero que hacía poco había sido levantada para cambiar el alcantarillado, y en medio de la calle había unas vallas municipales con un cartel que decía CALLE CERRADA. En la parte inferior del cartel un grafitero había pintado en negro «te quiero». En el cielo brillaban las estrellas como las cien arañas que, a lo largo de la vida de un adulto, se decía que le caían a uno en la boca mientras dormía con la mandíbula abierta. Corrí en dirección norte, y más al norte, y más, y quizás podría haber corrido hasta llegar a Canadá, donde, paralizada por la tristeza y el agotamiento, mis dedos y brazos se agarrotarían en alto y, como en una de esas míticas transformaciones del dolor, me convertiría en arce. Mis lágrimas de savia podrían ser reducidas a sirope, para disfrute de los demás.

Lo curioso de una herida en el pie era que la propia presión al andar, en vez de agravarla, frenaba el sangrado y contribuía a su curación. Sonaba a creencia New Age. CALLE CERRADA, «te quiero». Ya en casa me desnudé y me metí en la bañera mientras se llenaba, y sentada con el agua hasta la cintura di rienda suelta al llanto más profundo. El trozo de papel higiénico que había enrollado alrededor del dedo se deshizo en pedazos, y cuando me sumergí entera —para desaparecer, para limpiarme, para alterar mi estado de conciencia, cualquiera que fuese—, los trocitos nadaron hacia mi cabeza y se me pegaron al pelo. Cuando ya no pude aguantar más la respiración, saqué la cabeza y vi que el calor del agua había hecho que el dedo volviera a sangrar. Hilos de rojo carmesí corrían descontroladamente, como si la vida manara en libertad, cuando en realidad era una señal de muerte. Salí de la bañera, me lié una toalla y me puse a girar y a girar. La toalla se cayó al suelo y el baño se llenó de las gotas que salían despedidas del pelo, y yo seguí girando hasta que sentí que ni estaba viva ni muerta, sino que estaba en un lugar vertiginoso, un estado que, estaba bastante segura, no tenía nada que ver con el sufismo, ni con que la parte más recóndita y radiante de mi alma se elevara hasta alzarse sobre mi cuerpo. Era más bien la mezcla de una presión arterial baja y el ejercicio físico —mezcla que de niña había experimentado muchas veces—, una ligera separación del cuerpo que te servía para recordar lo que eras.

V

Los relojes se adelantaron una hora. La luz llegaba pronto y aguantaba hasta tarde. Mis sueños eran ligeros, y las noches largas y llenas de conversaciones estridentes de gente que parecía estar en mi habitación. Pero cuando me despertaba no había nadie. En el apartamento hacía bochorno. A la pradera, me había percatado, cada vez le costaba más aferrarse a la primavera. Era como si no hubiera suficientes ramas con las que atraparla, colinas con que contenerla. No tenía agarre, y en seguida cedía paso al calor húmedo del verano. Pronto las conversaciones estridentes dieron paso a la sensación de que me picaban insectos que no veía. Todo lo que comía parecía unirse a una gran bola fangosa en mi intestino, y el pulso se me paraba mientras dormía para a continuación revivir acelerado, tortuoso, haciéndome despertar de mis sueños de callejones sin salida, de carreras desnuda, de rabia. Me levantaba y echaba a andar con ese espeluznante paso pesado de los pies dormidos, sintiendo como si las uñas fueran independientes de los dedos. Todo esto por tener el corazón roto.

No había fregado ni barrido el suelo en meses. Había ido usando papel de cocina cada vez que se caía o derramaba algo. Yo confiaba en que, con el tiempo, de esta forma, todo el suelo quedaría limpio. Este método de limpiar el suelo, a trozos, pensaba yo que sería como escribir un poema cada día hasta que finalmente uno hubiera dicho todo lo que había que decir sobre la condición humana. Las cosas, sin embargo, no funcionaban así, ni siquiera con la poesía: los rincones mugrientos seguían estándolo, mientras que ciertos espacios selectos eran pulidos y abrillantados una y otra vez. A veces, cuando se me acababa el papel de cocina, usaba las toallitas de Emma, pues siempre tenía algún paquete en la mochila. Empezaba por arriba e iba bajando hacia el suelo: por lo visto podía limpiar casi toda una habitación con una única toallita. Me estaba aficionando a esta forma engañosa de tener limpia la casa.

Ni una sola persona me preguntaba por Reynaldo, hecho que me hacía darme cuenta de lo muy privada que había sido nuestra aventura. Breve, y ya desvanecida. Como la película *Brigadoon* pero con pañuelos en la cabeza. Me sentía fatal. Al parecer no había quedado rastro alguno de mí en su apartamento —excepto mi sangre—, y quizás por ello nadie vino en mi busca. Trozos de canciones se formaban y repetían en mi cabeza, ayudándome un poco a expresar mi tristeza. «A la hierba no le importa / el viento es libre / la pradera, antes mar, no canta para mí.» La gramática defectuosa era consustancial con la pena del bajista.

Talada como un árbol, así era como me sentía. Una sensación nueva y que a su vez me hacía sentir que todos los sentimientos que vendrían a partir de ahora probablemente serían malos. Las sorpresas ya nunca serían buenas, serían como las tristes bocas de los peces, forzadas por el anzuelo a un silencio jadeante, o peor.

A veces me despertaba demasiado temprano y sentía el movimiento de mis pies bajo las sábanas, sin darme cuenta en un principio de que eran míos. Sentía más la sábana que los pies, y me asaltaba la sensación de que allí había otra persona, en la cama, conmigo, pero cuando rápidamente miraba veía que no. Estaba sola. Por la noche, antes de dormirme, no tenía demasiados reparos en quedarme mirando el teléfono. «¿Estás ahí?» «Sí.» «¿Te estás durmiendo?» «La verdad es que no.» «¿Cuántos dedos tengo en la mano?»

De hecho, nadie me hizo la más mínima pregunta. Nadie hizo un solo comentario. Excepto Sarah.

—¿Has visto en el periódico la noticia sobre el estudiante ese que ha desaparecido? Encontraron sangre en su apartamento pero no se sabe de quién es.

—¿De verdad? —dije.

—No sería el chico que le hacía fotos a Emmie, ¿no? ¿O un amigo suyo?

—Que yo sepa no.

—Ahí está el problema. «Que yo sepa no.» Deja lugar a la duda.

Su mirada se me escapaba. La observaba pero sin ver gran cosa, y supongo que mi aspecto sería el de una persona loca de infelicidad, pues se acercó, me acarició la manga del suéter y me dio unos golpecitos de cariño en el brazo.

—Perdona —dijo—. No sé por qué me ha dado por hablar de todo eso.

—No pasa nada —dije.

No pasaba cuasi nada.

Volvió a sus menús temáticos. La Noche de las Especies Invasoras: ñoquis de hojas de mostaza, mejillones cebra al vapor, sopa de zanahoria y chirivía silvestres, ensalada de achicoria, hierba ajera, mostaza, ranúnculo, berros y bardana. ¡Servilletas de vello humano! Bueno, este último plato me lo inventé yo, lo solté por ver si le hacía gracia, pero ella se limitó a decir: «Hmmmm. Ñam.» También estaba la Noche de las Especies en Peligro: visón de granja con arroz silvestre, gratén de anguilas americanas y gallo con chirivías *baby*. Sarah me explicó que comer especies en peligro de extinción tenía sentido en términos ecológicos —si algo era sabroso y adquiría popularidad, ¿la gente querría protegerlo?—, pero tampoco es que prestara demasiada atención. La idea general era algo así como que la comida siempre sobrevivía.

—¡Me voy al tajo! —gritó Sarah enfilando las escaleras.

Podía ver el borde de su chaqueta blanca.

—¡*Ciao*, mamá! —gritó Mary-Emma hacia abajo.

Decía ya muchas cosas.

—Tengo *zueño* —dijo cuando más tarde se quiso ir a la cama. Le encantaba ver películas de Esther Williams, que yo le traía de la biblioteca de la universidad, y que o la excitaban o la dejaban exhausta.

—Venga. Vamos.

—Me muero —dijo.

—Bueno, algún día. Pero no por mucho tiempo.

—¡Me muero de *zueño*! —dijo, y riéndose se dejó caer sobre el nuevo futón que Sarah le había comprado para ayudarla a dejar la cuna.

Dos veces, de vuelta en mi piso, el teléfono sonó y cuando lo cogí sólo se oían ruidos: palabras lejanas e incomprensibles, gemidos electrónicos, sonidos como de agua al correr. «¿Diga?», chillé varias veces. Pero la única respuesta era un balbuceo subacuático. El identificador de llamadas decía «llamada móvil», nada más. Apreté la tecla de última llamada, pero no me proporcionó información alguna. Más tarde, cómica y quizás acertadamente, imaginé que tal vez se trataba del móvil de Reynaldo, que a lo mejor conservaba mi número en marcación rápida y que sin querer había apretado mi botón de camino al baño. A algún baño en algún lugar. Probablemente los sonidos que había oído eran los de una cisterna. O quizás Reynaldo estaba en alguna zona calurosa en la otra punta del mundo y su teléfono había estado a punto de estallar —¿acaso no era un teléfono móvil?— pero el código secreto no se había activado correctamente, y en vez de explotar se había topado con interferencias románticas: conmigo.

Empecé a echar de menos a Murph. Lo único que me hacía falta era su compañía, volver a tener la sensación de que estaba ahí. Con cada día que pasaba sentía que si de algún modo volvía a ser parte de mi vida, las cosas cambiarían a mejor.

Y entonces, sorprendentemente, ocurrió. Como si se lo hubiera pedido a mi ángel de la guarda, Murph volvió, y justo en el momento perfecto, pues si hubiera sido unos días antes hasta habría sido un poco rollo, ya que no hacía mucho había empezado a usar sus cosas, tonterías como su «ionizador del cabello», que yo suponía que me desencrespaba el pelo, y su atomizador, que básicamente usaba para rociarme la cara con agua mineral. Desde que me habían roto el corazón, en cualquier caso, ya no usaba nada. ¡Dejaba que la electricidad estática campara a sus anchas por mi pelo! Dejaba que mi cara se resecase cuanto quisiera. Y entonces una tarde llegué al piso y allí estaba, sentada en el sofá. Había llegado el mismo día que el xilófono y ella misma se había encargado de subirlo desde el porche.

—Esto mola —dijo, señalando el instrumento.

—¡Hola! —exclamé.

Dejé caer los libros y le di un abrazo. Estaba muy contenta de verla.

—Sí —sonrió.

—¿Estás colocada?

—Sip.

—¿Muy colocada?

—¡Colocadísima! —Parecía cansada—. Me siento como una veterana.

—¿De los colocones?

—No.

—¿Entonces de qué? ¿De los culocones? —El humor vulgar, si mal no recordaba, era una práctica ritual importante dentro de ciertas corrientes del sufismo.

—Una veterana de la guerra de los sexos.

—Ah, vale, yo también. Pero me temo que esa guerra nunca se declaró.

—¡Puto Congreso de vagos! ¡Y ni siquiera nos organizan un desfile ni nada!

—Bueno, tenemos las bandas de música —dije, señalando el estadio.

—No es un desfile —dijo.

—Es un cuasi desfile.

Ella y su novio también habían roto.

—Ya no hacíamos nada —exclamó—. Me había puesto en el congelador, ¡y ni siquiera tuvo la decencia de dejarme enfriar primero!

Así que nos quedaríamos en el apartamento, fumando cigarrillos e inventando melodías acordes con nuestro dolor.

—¡Me ha utilizado como le ha dado la gana! —dijo—. Si llama y contestas tú, no lo dudes: que se note que nos cae mal.

Pero nunca llamó.

Yo dije:

—¿Sabías que cuando las mujeres tienen orgasmos los escáneres muestran que partes de su cerebro es como si desaparecieran? Al menos eso es lo que se ve en la pantalla.

—Bueno, concuerda con mi experiencia anecdótica de los hechos en cuestión.

—Y con la mía.

Como en un ritual, sacaba el bajo y me lo ceñía al hombro, aunque la correa siempre se caía.

—... Espera, que me pongo la correa...

Y Murph, al instante:

—¡Eso! ¡Eso! —No había comentario al que no le sacara punta con sus gritos.

Nos dedicamos a cantar sobre todo lo que me había pasado recientemente. Pese a que en la vida real el amor de un chico no parecía dar para tanto, nos encantaba lo mucho que podía dar de sí en un poema o una canción. «Disoluto Dan, no tenía ningún plan / Para Pete, todo era arrepentir / Solitario Sam, difícil de aguantar...» Y de esta forma tratábamos de aportar nuestras propias canciones de dolor frente al desconcierto del amor. Hasta teníamos una canción que se llamaba *Desconcierto del amor*. También una triste, lenta, titulada: *¿Por qué no para el tren aquí?*, que para Murph era demasiado *country*. Sugerí que le quitásemos los signos de interrogación, pero seguía pensando que le faltaba sustancia, sobre todo en la parte que hablaba sobre una iglesia convertida en apartamentos, que precisamente era la que a mí más me gustaba.

—Pero si es como la parte del paraíso asfaltado y con aparcamiento de *Big Yellow Taxi* —protesté.

—No —dijo—. Créeme. No. —Murph sabía cómo hablar sin delicadeza ni malicia, sin ninguna de las dos, y en todo caso prefería mi canción: *Todos son tú, en tus sueños*, basada en algo que alguien me había contado una vez sobre los sueños, ¡pero que también era una canción de denuncia sobre el narcisismo del amante traidor! ¡Oh, sí!: ¡Venganza impotente, alza tu voz, nena! ¿Había algo mejor que las palabras que te funcionaban, que decían lo que tú querías? ¿Qué más daba si el tren paraba aquí o no? Yo marcaba el ritmo con el bajo eléctrico y ella se entregaba al xilófono con éxtasis y dolor, siempre con un cigarrillo cerca apoyado en un platito y haciendo sus señales de humo como si fuera la minúscula hoguera de dos pieles rojas prisioneras. ¿Quién hubiera dicho que Murph sabría tocar?

—En realidad sólo es un juguete —dijo—. Cualquiera lo puede tocar.

—Bueno, eso no es verdad —dije poco convencida, e impresionada.

Los brazos y manos de Murph se movían arriba y abajo del teclado con la ágil destreza de una ardilla, entrelazando senos y cosenos. De repente se paraba y me señalaba con el palillo derecho, indicándome que había llegado el momento de mi solo, y a él me abandonaba yo, o eso intentaba. Murph prefería las colaboraciones a mis esfuerzos en solitario, entre los que destacaba *Caca de perro: bombones para mi hermano*, y estábamos en nuestro elemento con las más roqueras, como *Embutido en una tarde de verano*, canción que habíamos escrito juntas y en cuyo título combinamos una de las expresiones más bonitas del lenguaje con una de las más feas, resumiendo así nuestros pensamientos sobre el amor. «Tarde de verano» era lo que Dios había provisto. «Embutido» simbolizaba el cuerpo humano en su aspecto más horripilante. Cuando marcaba el ritmo con el bajo, cuando lo hacía bien, Murph podía acoplarse con el xilófono y sonaba genial. Bueno, quizás no genial. Un poco tonto, pero dulce. «¡Pon esa cara de bajo!», me decía. Probablemente mis facciones estuvieran contorsionadas por la concentración y el arrebato. Entre risas y más risas, agotadas y agradecidas, encontrábamos tiempo para dejarnos llevar por alguna balada melódica:

> *¿Te has largado al cielo,*
> *y me has dejado atrás?*
> *Cariño, te seguiría,*
> *si es que no te importa.*
> *Subiría la escalera,*
> *la que conduce al cielo,*
> *pero la puerta está cerrada*
> *al pie de la escalera.*
>
> *¿Estás en el paraíso*
> *con alguien a quien le importas?*
> *Oh, tírame la llave*
> *de la puerta en la escalera.*
> *Veo los escalones y pienso*
> *que el amor es suficiente,*
> *pero me siento y espero,*
> *y sé que no basta que te quiera:*

cariño, por favor,
ábreme la puerta en la escalera...

¿Quién me abrirá la puerta?

—Yo también quiero escribir algo —dijo Murph una noche, y como ya era tarde, y como ya nos habíamos bebido dos cervezas cada una, me cogió el bajo y fue punteando los acordes de una nueva canción, allí mismo partiendo de cero, de un instrumento transparente con cuatro cuerdas. Cada una creaba un verso.

¿Por qué te dejé marchar con mi cabeza?
Ahora cuando salgo hago como que no existes.
Pero a lo lejos te veo,
y no sé qué hacer,
porque nunca he estado tan loca
por alguien tan loco como tú.

La locura es amargura,
yo te quise más que nadie.
Mi futuro será la casa
de tu lunático fantasma.
¿Por qué siguen brillando las hojas
y el maldito cielo azul?
¿Es que no ven que estoy loca,
por alguien tan loco como tú?

Quería rimar «no nos odies, ni nos llores, danos flores» con...
—¿Cómo se dice? —preguntó—. ¿Clitoris o clítoris?
No estaba segura. ¿Por qué no estaba segura?
—Quizás depende de cuál tengas —dije.

Decir que todo esto nos hacía morir de la risa no hace justicia a lo mucho que nos consolaba. Pronto empecé a sacar el bajo todas las noches y tocábamos toda melodía que nos supiéramos en *sol* menor y *mi* menor, con *riffs* que eran como subir las mismas tres escaleras una y otra vez. Pasamos a inventarnos canciones que no tenían estribillo, que más bien eran un maldito y despiadado verso tras otro, un lamento como un maldito cuchillo danzante, dando vueltas por ahí, sin quedarse en ningún sitio. Línea tras línea intentábamos componer frases con significado que rimaran entre sí: que «azote» rimara con «sacerdote», «cúbico» con «púbico», «panorama» con «cama», «soportable razón» con «terrible traición», «lucky» con «Kentucky». Bueno, lo cierto es que las frases apenas tenían sentido. Nos turnábamos, pero nuestros versos parecían remitir a lo mismo y con el mismo estilo: eran como los versos de un acosador sin esperanza y borracho de amor. Si bien bajo nuestras uñas, como polvo acumulado, algo quedaba de esperanza... y con ella intentaríamos rehacernos, pese a que todo era un desastre todavía, con nuestras vidas sin sentido, porque, cariño, eras lo único que tenía, y esperando aquí en el aparcamiento, bajo la estrella polar, afuera de un bar, cariño, aquí, aquí, pienso en este disparate, mientras espero tu rescate, pero no, no estás... ¡No estás en ninguna parte!

Llegamos a un punto en que era algo bueno que no hubiese estribillo.

Una noche nos vestimos como indigentes, llenamos un carro con latas de cerveza y nos fuimos a un descampado cerca de las vías del tren para aullar como lobos. Esto se correspondía con una etapa tardía del sufismo, intermedio-tardía.

—Cuando hagamos nuestro CD —dijo Murph mientras nos arrastrábamos de vuelta a casa— y lo saquemos a la venta, pondremos una cuchilla dentro de todos los estuches.

—Y también minibotellas de ginebra —añadí—, y una pistola.

—Eres genial —dijo Murph, y me pasó el brazo por los hombros.

—Sí, no sé, yo cada vez tengo más la sensación de que me va a tocar ser la típica que hace de hermana de todos los tíos —gimoteé—. Creo que el hecho de que me leyera *Cómo conquistar un marido* en mandarín no me fue de mucha ayuda.

Murph sonrió, pero lo que dijo a continuación fue inquietante. Tiernamente tomó mi cara entre sus manos y dijo:

—¡Pero mírate! No vas a ser la hermana de nadie.

Bajo el sol, en los jardines, los lirios amarillos se habían abierto, sacando sus lenguas colgantes color hueso de nectarina. Había una especie de zumbido en el ambiente, de tictac, como si todo lo que tenía vida estuviera contemplando la posibilidad de estallar.

—Últimamente Emma está cantando esa canción en particular... Me preguntaba por qué —dijo Sarah con toda la intención, en la cocina. Llevaba un gorro de chef, pero no el más convencional sino otro más sencillo y plano, de tela recia, que a veces se ponía.

—¿Una canción?

—¿*Para Pete, todo era arrepentir*?

—Ah, vale —dije—. Me la inventé yo.

—No pasa nada —dijo como quien perdona algo. Por lo visto yo necesitaba que me perdonara.

—También hemos estado cantando canciones tradicionales —añadí esperanzada.

—Sí —dijo—. *I Been Working on the Railroad*. La he oído cantando ésa. Sólo que hay dos cosas sobre esa canción que me preocupan: la gramática, que deja bastante que desear, y que hace alusión a los esclavos.

No estaba segura de estar oyendo bien. Su sentido del humor no siempre era explícito, o transparente, y a veces era como si la escuchara desde otra habitación. Las palabras «¿va en serio?» escaparon de mi boca.

—Más o menos. —Me atravesó con la mirada—. No estoy segura.

Y a continuación se fue arriba, como para averiguarlo. Tras regresar, añadió:

—La concordancia sujeto-verbo se aprende a una edad muy temprana, de modo que ten cuidado con lo que cantas. Es un problema sobre todo para los niños de color. Una simple cuestión gramatical puede convertirse en una barrera importante para ellos. Con el tiempo.

—Sí —dije mecánicamente.

—Somos pioneras —me dijo—. Estamos haciendo algo importante, sin precedentes y terriblemente duro. —Dicho lo cual desapareció de nuevo, y yo me eché a un lado para ocultar mis ojos llorosos tras la puerta, porque me sentía cansada y no sabía exactamente de qué estaba hablando Sarah.

—¿Tassa? —oí que llamaba Mary-Emma con tono de preocupación.

Empecé a echar mano de todas las canciones escocesas y baladas de taberna irlandesas que conocía, rebosantes de hospitalidad y de lagos. El problema era que la palabra «bonnie», típica de aquellas tierras, también aparecía con frecuencia en esas canciones, y cuando ocurría supongo que un temor se reflejaba en mi cara, pues Emmie se quedaba mirándome, notando que algo pasaba, que nos habíamos topado con alguna piedra en el camino. En cualquier caso, siempre mostraba interés por memorizar las canciones. «Bonnie oh, bonnie hey, nonny bonnie pretty day.» El teléfono sonaba y yo me quedaba muda, inmóvil. Si Sarah estaba en casa, contestaba ella, y por lo general me sentía aliviada al oír su voz. «¿Sopa de quesadilla? No, nosotros no, los que sirven eso son los de la competencia... Sí, por supuesto que es su receta secreta. Tienen que mantenerla en secreto porque, si supieras de qué está hecha, no la volverías a pedir.» Pero alguna vez le oía decir: «¿Quién es?», y después colgar el auricular con fuerza.

Como Mary-Emma no sólo había pasado de la trona a la silla normal sino que además llevaba ya un mes durmiendo en su cama «de chica mayor» —el futón en el suelo—, a menudo me tumbaba a su lado a la hora de la siesta. Allí leía y cantaba, y a veces yo misma me dormía. En ocasiones Noel nos despertaba al pasar la aspiradora por la casa, siempre con su iPod iluminado en el bolsillo del delantal, sus auriculares bloqueando todo sonido. Era la primera vez que yo veía un iPod, y cuando la aspiradora no estaba puesta podías oír el hilo de sonido que los auriculares dejaban escapar y a Noel cantando a capela, absorto y de modo intermitente. Al no oírse, cantaba como si estuviera sordo. De entre las canciones que se ponía una y otra vez, había una que podía identificar: *I Can't Make You Love Me*, de Bonnie Raitt. Reconocía la letra a pesar de no sabérmela del todo. Si hubiera una canción que dijera lo contrario, que anunciara: «*Sí puedo* hacer que me quieras», haría ya tiempo que la habría memorizado palabra por palabra.

Noel me vio, sonrió y apagó la aspiradora. Se quitó los auriculares. Vi que tenía los ojos llorosos.

—Es difícil escuchar esta canción —dijo.

—Es una canción triste —coincidí.

—Mi antiguo novio se subastó a sí mismo con esa canción de fondo, en una función benéfica para recaudar fondos para el sida. «Esclavos del Amor», se llamaba la subasta.

—Vaya, ¡ojalá el mío hubiera hecho algo así! ¿Y ésa fue la última vez que lo viste? —Ya no podía entender el mundo, de modo que me limitaría a fingir que lo intentaba.

—Más o menos.

—¿Rompisteis?

—Bueno, cogió el VIH esa misma noche. Y murió... justo el verano pasado.

—Dios. Lo siento.

—Gracias —dijo.

—Creo que Bonnie Raitt te debe una canción nueva.

—Alguien me la debe —dijo.

Lunes de Pascua, no había clases, como si estuviéramos en Canadá. Cogí la moto. La hierba brillaba con fuerza, pese a que el cielo lucía un tono perla afelpado. Los perros ladraban en la casa de al lado. Como regalo de Pascua para Mary-Emma llevaba dos peces, metidos en recipientes para comida. Sería cuestión de encontrar un bol grande de cristal, de los que Sarah parecía tener decenas.

En el interior del hogar de los Thornwood-Brink se veían los restos de la fiesta: un conejo de chocolate de un metro de alto, un tren de juguete. Había huevos de verdad, que Sarah había hervido en tés de varios tipos para darles color. Estaban todos apilados en una cesta de mimbre.

—Un poco arriesgado eso de poner todos los huevos en la misma cesta —dije, yo pensaba que de forma ocurrente, pero no me oyó.

—Emmie está dormida —dijo Sarah—. Ni siquiera esa Suzuki tuya ha conseguido que se despierte.

—Ay —dije—. Lo siento. —Posiblemente me estaba acostumbrando a sus reprimendas indirectas y aleatorias. Dejé los peces sobre la mesa.

—Qué bonitos —dijo Sarah—. Te prometo que no me dedicaré a pensar cómo cocinarlos. —Estaba frente a la encimera de la cocina, machacando bulbos de narcisos blancos en un cuenco, formando una pasta—. Hay algo que he pensado que te debería contar. —Se detuvo un instante—. Algo que está pasando. —Incluso calmada se la veía atareada y tensa—. Pero oye, vamos a tomarnos una copa de SB. —SB era un Sauvignon Blanc. Eso lo sabía ahora. Si me lo hubiera dicho un mes antes hubiera pensado que se refería a la Super Bowl, o a una guitarra customizada SMB, o a sus propias iniciales—. Tengo una botella en la nevera. Lleva ahí mucho tiempo, así qué estará helada. Ñam.

Dejó de machacar los bulbos de las flores.

—Vamos al salón —dijo.

Trajo el vino, un sacacorchos Screwpull y dos copas, y nos sentamos, ella en el sofá gris pálido y yo en un sillón, igual que el día que me hizo la entrevista.

—No debemos decirle a Edward que hemos bebido blanco en vez de tinto —dijo—. ¿Eres menor de edad?

—¿Menor de qué? —contesté.

Sonreí y tomé un sorbo, y Sarah agitó una mano en alto.

—Bueno, si bebes más de una copa, no cojas la moto para volver.

—Una está bien. Con una me sobra.

Sarah tomó un sorbo de SB y le dio algunas vueltas antes de tragárselo.

—Me gusta el vino con aroma a roble —dijo.

—A roble y con... un toque de noble —dije.

No estaba aprendiendo mucho en mi clase de Cata de Vinos, pero me bastaba un simple sorbo para atreverme a decir cualquier cosa.

Se esforzaba por sonreír, parecía estar a punto de decir algo. No era por nada que la gente se llamaba como se llamaba.*

—Están pasando algunas cosas que me parece que deberías saber —dijo. Su rostro presentaba un aspecto que yo había visto antes: valentía a la vez que tragedia, como ves la grasa en la carne.

Un sentimiento de «oh-oh» se apoderó de mí. Tomé un trago de SB.

—La historia tiene un trasfondo algo desafortunado, así que será mejor que empiece por ahí. Hay una cosa que has de tener en cuenta: lo que te voy a contar ocurrió hace años y en aquel entonces nosotros éramos personas diferentes. —Se recostó un poco en el sofá. Yo me incorporé ligeramente.

—¿Tú y Edward? —pregunté, y bebí más vino, fresco y con aroma a hierba.

Yo ya no sabía lo que la gente quería decir con «no-

---

* Alusión al apellido Brink, que como sustantivo significa «borde», y que además forma parte de la expresión *on the brink of*: «estar a punto de».

sotros». La culpa de esto la tenía la universidad. En Dellacrosse, siempre había sabido a quién se refería la gente. Otra cosa que tampoco entendía era qué quería decir quien afirmaba de sí mismo que había sido una persona diferente. Sonaba al tipo de ciencia ficción emocional que un pequeño pueblo nunca habría tolerado. «Pero ¿qué dices de que eras una persona diferente? Déjate de chorradas. Si te conozco de cuando las gallinas te llegaban a la rodilla.»

—Edward y yo —dijo—. Vivíamos en el este, en Massachusetts. Nos llamábamos Susan y John, y teníamos un hijo.

¿Me sentía conmocionada? Ya no estaba segura de lo que sentía. Al parecer nadie era quien decía ser.

—¿Estás sorprendida? —Arqueó las cejas, a la espera de que yo dijera algo.

—¿Lo dices en serio? —fue por lo que opté. Tenía la sensación de que uno podría limitarse a decir «¿lo dices en serio?» eternamente y nunca sería una pregunta retórica, siempre te responderían y la conversación nunca se acabaría.

—Susan y John —dijo, e hizo un gesto enfático con la cabeza.

—¿Eran vuestros segundos nombres?

Se paró a pensar.

—En cierto sentido, sí.

Y estaba a punto de seguir cuando oímos a Noel en la puerta de atrás. Primero fue la llave en la cerradura, después el estrépito de cubos y palos.

—Tendremos que dejarlo para otro momento —dijo Sarah, que se incorporó para dejar su copa en la mesa.

—Vale —dije entre sorbo y sorbo. Noel hizo su entrada en el salón con sus zapatillas deportivas y un ramo de narcisos para Sarah. Sabía que los había cogido del jardín de su anterior cliente.

—¡Vaya, gracias! —dijo—. ¿Te apetece un poco de vino?

—¡Vale! —contestó con una sonrisa—. Irá bien con mi Coca-Cola Light —añadió, ahora con una risa nerviosa.

Noel no solía coger flores del jardín de Sarah (para la cliente posterior), aunque una vez sí que había arrancado una hortensia y Sarah le había pedido que la siguiente vez eligiera una de más abajo; había dejado un hueco bastante grande en la mata. Sarah sentía que a los pobres se les debía permitir ciertas cosas vedadas a los ricos. Privilegios a cambio de que no armaran una revolución. Una solución mucho menos sangrienta para todos. Se lo había oído decir uno de sus miércoles.

—Luego hablamos —me dijo.

Llevé la copa a la cocina y la dejé en el fregadero. Me dirigí a la habitación de Mary-Emma a ver lo que hacía.

Cuando me asomé, vi que estaba tumbada con los ojos abiertos de par en par.

—¿Cómo estás?

—Tú tienes ojos marrones —dijo—. Yo tengo ojos marrones.

—Sí, así es.

—Yo quiero ojos azules como papá.

—No. Tus ojos son perfectos. ¡Y tienen que ser marrones como los míos!

—Vale —dijo.

Estaba en una edad en la que se despertaba de una siesta y de repente había crecido dos centímetros, o ya hablaba con frases completas, o expresaba ideas tristes e inquietantes.

—¿Quieres ir al parque? —pregunté.

—¡VALE! —gritó feliz.

—Primero te tengo que enseñar una cosa: te he traído dos peces como regalo de Pascua.

Fuimos abajo y los miramos. Seguían en los recipientes de comida, de modo que me hice con un cuenco grande de cristal y los vertí en él. Nadaban frenéticos, dándose golpes en los morros.

—¿Qué nombre les ponemos?

—¡Juicy! —exclamó Mary-Emma.

—¿Juicy?

—Ése es *Juicy*. Y éste, éste... ¡*Steve*!

—¿*Steve*?

—Sí. Son hermanos. —Se quedó observándolos hasta que me pareció verla un poco bizca y aburrida.

En el parque se montó en el columpio y yo me puse a empujarla, más y más alto. En cuanto se bajó se dirigió al tobogán. Tuve un momento de duda y tragué saliva, pensando en todos los peligros, pero finalmente la dejé. Era un tobogán rápido, y por lo que había podido ver en visitas anteriores, los niños solían deslizarse a toda velocidad sobre el metal caliente, salir disparados y acabar de bruces en el suelo, con los muslos quemados. Mary-Emma no fue una excepción, pero su entusiasmo permaneció intacto. Otra niña y ella empezaron a participar en un pequeño juego: se turnaban para tirarse, y una vez ambas en el suelo, trataban de hacerse reír adoptando poses estrafalarias. A veces una fingía estar muerta o inconsciente mientras la otra intentaba hacerla revivir, objetivo que se consideraba logrado cuando ambas se reían y que se conseguía mediante cosquillas o poniendo arena en la barriga o el pelo de la que fingía estar inconsciente. A veces parecía que los niños tenían un concepto de la muerte muy distinto del de los adultos, que pensaban que la muerte se podía dar de muchas formas y con intensidades diferentes, y que se cruzaba con la vida de muchas formas y maneras no reconocidas. Eran los adultos los que creían que la muerte trataba a todo el mundo con una morbosa igualdad. ¿Por qué no iba a ser la muerte tan variada como la vida? O al menos ¿por qué la muerte no iba a dar ese morboso trato igualitario disfrazándose y engalanándose igual que la vida?

Cuando terminaron de jugar, la madre de la niña se acercó.

—Mi Maddie está encantada con tu pequeña —me dijo, ciñéndose el bolso y preparándose para marcharse.

—Sí, parece que se caen bien —dije. La dejaría que me tomara por una madre demasiado joven.

—¿Cómo se llama?

—Mary-Emma.

De repente la mujer pareció incómoda, y a la vez decidida, en mi experiencia una mala combinación.

—¿Crees que podríamos quedar de vez en cuando para que jugasen? —preguntó la mujer—. Maddie no tiene amigos afroamericanos, y creo que le vendría bien tener uno —sonrió.

Me quedé sin habla, pero sólo unos instantes. Y entonces, todas las conversaciones de los miércoles por la noche que había oído quedaron destiladas en una única frase, que pronuncié como un muñeco de un ventrílocuo:

—Lo siento —le dije—, pero Mary-Emma ya tiene muchos amigos blancos.

No me esperé a ver qué cara ponía, ni para tratar de suavizar el mensaje. Me levanté, cogí a Mary-Emma y me la acomodé en la cintura. Y así nos dirigimos a casa, manejando yo el cochecito vacío. Mary-Emma no se retorció ni hizo ademán de querer que la bajara para correr delante de mí. Estaba cansada.

La idea de que la usaran de ese modo —para divertir y educar a niños blancos, para proporcionarles una experiencia, como si fuera un payaso contratado— me enfureció, pero caminar frenética y empujando el cochecito por todos los baches de la acera contribuyó a que se me pasara. De vuelta a casa, en la cocina, les dimos trocitos de pan a los peces. Los mordisquearon, pese a que quizás no fuera la mejor opción alimenticia, sobre todo para *Juicy*, que murió a los pocos días. *Steve*, sin embargo, era fuerte y resistiría, inmune a la muerte.

Por lo general le daba la comida a Mary-Emma a primera hora de la tarde, le ponía un bragapañal limpio y la acostaba para que durmiera su siesta. Le canté *Swing Low, Sweet Chariot*, pese a que iba sobre unirse a los muertos y planificar la vida del más allá como una gran fiesta en compañía de amigos y familiares. ¿Sería esto causa de preocupación? ¿Sería la gramática deficiente? Me miraba con los ojos de par en par mientras cantaba.

—Cántala otra vez —dijo cuando terminé de recitar la parte que me sabía.

—Ahora a dormir —dije—, y que tengas dulces sueños.

Decidí que llevaría su ropa sucia al cuarto de la colada, en el sótano. Solía lanzarla por la rampa, pero como no tenía gran cosa que hacer, pensé que quizás podría ayudar un poco y poner yo misma una lavadora con la ropa de Mary-Emma. Sarah había salido.

Pero cuando llegué al sótano (que estaba enmoquetado y en el que Mary-Emma y yo a veces jugábamos cuando llovía), vi que la luz del cuarto de la colada estaba encendida. Entré de todas formas, y allí me encontré con una mujer que hasta entonces no había visto. Era guapa de esa forma pálida, pecosa, estilo seta venenosa, típica de las pelirrojas: encantadora, posiblemente nociva, prosaica a la par que exótica. Parecía que se disponía a planchar. Tocó la superficie caliente con un dedo humedecido en saliva, pero la plancha no chisporroteó.

—¡Ay, hola! —dije—. ¡No era mi intención asustarte! Soy Tassie.

—Sí —dijo—. Yo soy Liza.

—Cuido de Mary-Emma.

—Yo ayudo con la colada y esas cosas —dijo. Vio que llevaba ropa en la mano—. Dame eso si quieres. Suelo lavar la ropa de Emmie con Dreft.

—Ah, vale —dije—. Verás que hay manchas de...
—Y entonces, justo detrás de ella, en el hueco de debajo de una pequeña puerta que daba a una especie de bodega o despensa, vi unos zapatos marrones de hombre, y los dobladillos del pantalón sobre ellos, inmóviles al otro lado. El estudio del vino llevado a otro nivel. Era como ver los zapatos de la persona sobre la que Dorothy había aterrizado con su casa, en Oz—. Verás que hay manchas de hierba y tierra del parque.

—No hay problema —contestó.

—Vale, perfecto —dije, y a continuación me di la vuelta y me fui.

—He conocido a Liza —le dije a Sarah esa misma tarde después de que entrara por la puerta de atrás—. La mujer de la colada.

—Ah, bien —dijo Sarah, animada, mientras dejaba una bolsa de la compra en la encimera—. Pues prácticamente ya conoces a todo el mundo. Te falta el chico que ayuda con el jardín.

—¿Noelle no hace eso?

—¿Noel? No.

—Ni Edward tampoco.

—Oh, no, Edward no. —No me miraba, centrada como estaba en sacar y guardar los artículos de la bolsa. Brotes de brócoli y huevos.

—Mary-Emma está arriba, durmiendo, así que si no hay problema me marcho ya.

—Sí, claro. ¿Podrías venir el viernes, por casualidad?

Salí volando a casa en mi Suzuki. Tenía el examen final de Bandas Sonoras del Cine Bélico, y aunque había escuchado el *Adagio para cuerda* de *Platoon* noche y día, todavía no había visto *Los mejores años de nuestra vida*, que entraba en el examen. Llegué y la vi, arropada bajo una manta en el sofá. Me encantó el hombre de los garfios. Ya nunca les ponían garfios a los hombres. Todo era de plástico, digital, de imitación. Un pirata de verdad ya no era posible. Un garfio sería útil para tocar el bajo, o para llegar a los estantes más altos de la casa, o para limpiarse las uñas de los pies; y si él, tu hombre, tu marido-garfio, se rascaba la cabeza con uno, ningún pensamiento que se le ocurriera podría ser estúpido o rechazable. El amor debería ser útil. El amor debería aportar algo.

El viernes Sarah volvió a intentar contarme su secreto. El secreto de Susan. Una vez más me invitó a sentarme con una copa de Sauvignon Blanc, mientras Mary-Emma dormía.

Primero hablamos sobre el pelo de la niña, lo cual ayudó a rebajar mi aprensión.

—La gente sigue criticándome por el pelo de Emmie.

—¿No les gusta su melena afro? —dije.

—¡Tú también te has dado cuenta! Creen que debo dejar que le crezca y después hacerle trenzas, a pesar de que es sólo una niña. Supongo que la ven como Rapunzel, y piensan que le hará falta ese pelo para poder escapar de mí, la bruja que la ha adoptado y que quiere cortárselo.

—Es imposible que nadie piense eso.

—Nos enfrentamos a una situación difícil que nosotros mismos hemos creado —dijo. Me sirvió más SB—. Tiene un intenso aroma a brezo —dijo—, este vino.

—A brezo. Sí. —Tendría que acordarme de eso para el examen final de Cata de Vinos.

Acto seguido comenzó su historia. O la comenzó de nuevo.

Iban en coche, circulando por una autopista, John y Susan y, en el asiento de atrás, ese nuevo y misterioso niño, su hijo, Gabriel, con nombre de ángel pero que era muy travieso y que tenía cuatro años. Se había emperrado en que quería un helado, y no dejaba de pedirlo.

—Calla, niño —le dijo John, algo alterado.

Pero lo que Gabriel hizo fue estirarse hacia adelante, pegarle a John en la nuca con el puño y estirarle de la melena. John gritó de dolor.

—Estate quieto, Gabriel —dijo Susan, quienquiera que Susan fuera—. Vas a hacer que tengamos un accidente.

Susan estaba atrapada entre esas dos energías masculinas, una ya formada y la otra en proceso de formación e indómita como el fuego. En cualquier caso, la ya formada estaba tan encendida como la otra; ambas echaban chispas. Una tenía que dejar que los machos de la especie se enfrentaran a placer, le habían dicho en una ocasión. ¿Quién había sido? ¿Quién le había dicho eso?

—¡No! —contestó Gabriel, y John se giró un momento y le dio al niño un manotazo en la rodilla.

—John —dijo Susan suavemente a modo de advertencia. Gabriel no dijo nada. No lloró. Pero sí que se quitó un zapato y se echó hacia adelante para, con él, atizarle a John en la cabeza.

—¡Oye, estate quieto! ¡Que estoy conduciendo! ¡Susan, haz que se esté quieto! —¿Por qué no podía hacer que se estuviera quieto? Los camiones rugían sobre el aguanieve.

—Estate quieto, Gabriel —dijo Susan, que se retorció para intentar calmar a su pequeño y tratar de quitarle el zapato.

Pero el niño era de ideas fijas. Se inclinó hacia adelante y volvió a darle a su padre en la cabeza. Era un niño problemático. Podía ser muy dulce, pero luego tenía ese lado salvaje. Un cable suelto que echaba más chispas de lo habitual en espacios reducidos.

—Ay, Dios. ¡Se acabó! —dijo John.

Dio un volantazo y se metió en el arcén. Puso las luces de emergencia y rodó unos metros sobre la gravilla. Había una pequeña área de descanso un poco más adelante. Los conductores pitaban enfadados al pasar. Puso el freno, se dio la vuelta y desabrochó los cinturones del asiento de Gabriel.

—Si no eres capaz de comportarte en este coche, no puedes estar en él. ¡Sal ahora mismo!

—¡John, estamos en una autopista!

—Hay mesas de picnic ahí delante. Que se siente en una un rato. ¡Ya hemos aguantado lo suficiente! ¡Nuestros padres nunca habrían aguantado esto! —El estribillo de toda una generación, recitado con indignación.

—Hay muchas cosas que nuestros padres nunca habrían hecho.

—Bueno, pues quizás hacían bien. ¡Fuera! —le gritó a Gabriel, que parecía sólo un poco sorprendido.

El niño decidió hacer caso. Abrió la puerta, salió deprisa y la cerró todo lo fuerte que pudo. Empezó a caminar hacia el área de descanso, con un único zapato. Las mesas estaban vacías y cubiertas de la misma nieve fina que, bajo los coches, se había transformado en sucia aguanieve.

—Dios, mira lo que ha pasado —dijo Susan—. Yo me bajo con él. —Se giró para coger el bolso del asiento de atrás. El coche empezó a rodar suavemente.

—¡No me puedo creer que por una vez haya hecho lo que le he pedido!

—John, sólo tiene un zapato. Métete en el área de descanso. —A tientas buscaba el bolso y quizás también el otro zapato. ¿Dónde estaba?

—No puedo seguir por aquí. Tengo que incorporarme primero...

Los camiones vociferaban como elefantes furiosos.

—No. Sigue un poco por aquí y para.

—Lo estoy intentando —dijo John, pero la presión del tráfico le hizo incorporarse ya muy cerca de la entrada al área de descanso, que finalmente se le pasó. Una vez en el carril no pudo hacer otra cosa que seguir circulando.

—¡Pero ¿qué haces?!

—¡No podía incorporarme y a la vez girar!

—¡Reduce la velocidad y para a un lado! Yo me bajo.

—No puedo hacer eso sin causar un accidente —dijo—. A ver, un momento. —Y aceleró. Por lo visto pensó que acelerar sería lo mejor para acabar con toda esa situación lo antes posible—. ¡Vamos a tener que ser un poco imaginativos! Aunque una vez oí que alguien hizo algo así.

—¡¿Que hizo qué?! ¡Déjame salir! —Se desabrochó el cinturón y volvió a retorcerse sobre su asiento. El sonido del llanto empezaba a formarse en su garganta.

—No te preocupes. Será como una especie de «tiempo muerto» para Gabriel —dijo, ahora con un tono algo más preocupado y mientras miraba por el espejo retrovisor. ¿Qué quería decir «tiempo muerto»? ¿Quería decir que el tiempo realmente se paraba mientras todo lo demás seguía adelante sin él? ¿Que se sacaba a determinada gente del tiempo? Si era así, no era Einstein quien lo hacía, sino personas que eran lo contrario de Einstein—. Tiene que entender un par de cosas sobre la vida, y quizás esto lo ayude. Daremos la vuelta en el siguiente cambio de sentido y en seguida lo recogemos. —La cara de John empezaba a reflejar la rigidez de la angustia, la tensión del arrepentimiento—. Tranquila. En seguida estamos. —Susan veía a Gabriel en el retrovisor de su lado, reduciéndose de tamaño hasta que una curva en la autopista lo hizo desaparecer por completo.

En ésas estábamos cuando sonó una explosión como de arma de fuego —la lata de Coca-Cola olvidada de Noel— y ambas saltamos. Liza llegó procedente del sótano con una cesta llena de ropa. A pesar de que sólo la había visto una vez antes, yo ya tenía la sensación de que estaba en todas partes.

—Seguro que es una de las malditas latas de Noel —dijo Sarah, que abrió el congelador para encontrárselo lleno de pequeñas gotas marrones congeladas.

Sarah suspiró.

—Liza, ¿te apetece un poco de vino?

—Sí, por qué no —dijo, y empezó a enumerar todo lo que estaba a medio lavar y lo que estaba a medio secar y lo que estaba tendido y lo que estaba doblado, lo que seguía arrugado y lo que estaba planchado. Me sentía muy intranquila.

—Tassie —dijo Sarah, que empezaba a rellenar un cheque para Liza—, ya hablaremos.

—Vale, perfecto —dije, y me fui rápidamente. Conforme salía, un mensajero de FedEx llegó al porche con un paquete. ¡Probablemente un *risotto*!

Llegué a casa en moto, me metí en la cama e intenté leer para mi clase de literatura: «—¡El perro del hortelano! —dije, pues sabía que secretamente ella lo deseaba... Había descubierto algunos de los más recónditos secretos de Madame; sin saber cómo..., sin saber por qué...» Estiré de la sábana y me tapé la cabeza.

—¿Estás bien? —gritó Murph desde donde se encontraba, frente a su ordenador.

—No —contesté, pero en nuestro apartamento esto no causaba la menor impresión.

Sólo hubo una de esas reuniones un miércoles más. Ese día las chispeantes notas de costumbre parecían algo apagadas, como en la disolución de una orquesta que durante el ensayo decide que no va a tocar. El coro lo dominaba una voz nueva, de mujer, alguien cuya dicción era tan rápida y entrecortada como la de un subastador.

—Las únicas personas negras que conoces fueron a Yale.

—Sí, y todos los blancos que ella conoce también fueron a Yale.

—La persona más blanca del mundo es Dick Gephardt; ¿lo habéis notado? ¡No tiene cejas! ¡Es translúcido!

—¡No era lo suficientemente fotogénico para ser presidente!

—Ver o ser visto.

—¿Has dicho «Habrase visto»?

—¿Haciéndonos los sordos?

—¿Cómo?

—Chistes de sordos. Me encantan.

—¡Y no me hagáis hablar del Islam!

Una vez más, el chico del «no me hagáis hablar del Islam». ¿Estaría provocando a los demás a ver qué decían? ¿Sería un espía? Era difícil seguir la conversación desde dos pisos más arriba, cuando los críos a mi cargo me insistían en que cantara «knick-knack-paddy-whack-give-your-dog-a-bone» una y otra vez; era la letra alternativa de una de las canciones de Barney y sus amigos, y a los niños les hacía morirse de risa.

—Deberíamos trabajar todos en comedores de la beneficencia.

—Yo ya trabajo en un comedor de la beneficencia. Estoy criando a un niño afroamericano en el siglo veintiuno.

—Y más cosas que deberíamos hacer: poner pequeños molinos en nuestros jardines, paneles solares en los tejados...

—¡Y llevar zuecos!

—Yo tengo fe en la nueva generación.

—¡Pues yo no! ¡Son todos unos sonámbulos!

—¿Habéis notado que los jóvenes birraciales siempre se encuentran unos a otros? Cada vez son más fuertes como grupo.

—Se llaman a sí mismos «de raza mixta», no «birraciales».

—Para los jóvenes, tener una madre negra es más prestigioso. Y muchos de estos jóvenes de raza mixta tienen madres blancas, así que hasta *ellos* han formado su propio grupo. Eso es lo que me cuenta Jazmyn.

—Estamos tan ocupados en hablarles a los jóvenes sobre el mundo que a veces nos olvidamos de que hay cosas que ellos saben mejor que nosotros.

—No, sí, estoy de acuerdo. Estos estudiantes que tenemos son lo mejor de ambos mundos. Tienen su lado adulto serio, tienen principios y mundo, y son corteses de una manera en que nosotros no lo éramos. Y por otra parte son adorables, de una manera en que no lo serán dentro de diez años.

—¡Sé a lo que te refieres! Te dan ganas de comértelos. De pegarles un buen bocado. Aunque tampoco hay nada de malo en usar cuchillo y tenedor.

—Es lo que tiene una ciudad universitaria.

—¿Le apetece a alguien una cerveza, o estáis todos bebiendo vino?

—A mí me preocupa toda esta cultura repipi y sin fundamento que tenemos hoy día, creada por todos esos libros infantiles de autores becados. Los adultos cada vez vivimos más como niños: en un mundo imaginario. Leyendo *Harry Potter* mientras los periódicos de este país desaparecen. La gente ya no sabe lo que es real y lo que no.

—Sí, eso ya lo habías mencionado antes.

—Perdón. Supongo que necesito más gente con quien hablar.

—¿Si un árbol cae en un bosque desierto y por lo tanto nadie lo oye, realmente ha caído? Ya sé que no es así exactamente como lo dijo el filósofo...

—Si un árbol cae en un bosque desierto y por lo tanto nadie se entera, pues es una suerte. Eso es lo que debería haber dicho el filósofo.

—¿Qué?

—¿Otra vez con la sordera?

—¿Qué?

La sordera, la de alguien, era sin duda la razón por la que me había sido posible oír a esa gente. Desde dos pisos más arriba a menudo no había estado segura de qué oía exactamente, pero en cualquier caso los sonidos me llegaban, en una amplia variedad de tonos y tempos. La acústica de la casa era muy peculiar. Los comentarios eran de repente estruendosos, irrumpían a toda velocidad por las escaleras o la rampa de la ropa sucia, o de repente suaves. ¿Era todo fruto de la boca humana, o también de la mente? Y volviendo al filósofo: ¿si dos cosas caían en un bosque y hacían el mismo ruido, cuál de las dos era el árbol?

—Lo más exasperante es la manera en que se usa la integración en los colegios para educar a los blancos, no a los negros, para que los blancos adquieran conocimientos sobre el multiculturalismo, más que para que los negros adquieran conocimientos de álgebra.

—El único director negro que tenemos en esta ciudad ha sido el que ha prohibido las gorras.

—Seguro que pronto prohibirán también que lleven esos pantalones caídos con los que van enseñando el culo. ¿Y queréis que os diga la verdad? Espero que lo hagan.

—Cuando eres blanco y adoptas a un niño negro, ¿no sientes que es como si bajaras de nivel social?

—¿Te refieres a cómo te tratan y las nuevas preocupaciones a las que te enfrentas?

—Me refiero a todo lo que hemos estado hablando desde el principio. Todo el mundo tiene historias.

A las ocho los padres subieron a por sus hijos, sus dientes deslucidos por las copas de Zinfandel, sus labios rayados y delineados en tinto. La mayoría de los niños se abalanzaban con entusiasmo sobre sus padres, pero otros, enfrascados en un puzzle en un rincón, ni siquiera se dignaban a mirar. Una vez más, me encantaba la manera en que las madres negras llegaban y cogían a sus hijos, quizás apretando la cabeza del hijo mayor contra su pecho y diciendo «¡Hola, pequeño!». Nunca hubo muchos padres negros en las reuniones de los miércoles, pero los que había también solían ser muy cariñosos, atraían a sus hijos con un abrazo. Algunos de los padres intentaban darme dinero extra, como propina, y aunque no me sentía cómoda aceptándolo, tampoco era capaz de expresar las palabras con que rechazarlo. Una de las niñas, Adilia, le dijo a su hermana conforme salían: «Si no estás atormentando a alguien no te sientes a gusto, ¿no?», y el padre se giró hacia mí y dijo: «A veces nosotros creemos que son niños, pero en realidad son enanos.»

Dije adiós con la mano, como la típica tía viuda en una estación de trenes despidiéndose de todos sus familiares. Me agaché y apreté la cabeza de Mary-Emma contra mi pecho. Le di las buenas noches.

En casa busqué «n. de m.» en Google. Era cierto. Abrías una cloaca que no tenía fin.

Para la última parte de su historia de terror, Sarah debería haber cambiado al tinto. No sólo por el color sino también por su mayor calidez y vigor. Lo que abrió, sin embargo, fue un SB verdoso que, según sus propias palabras, no sólo tenía toques de brezo sino también de marga.

—Es doloroso, terrible, tener que contarte todo esto, aunque ya verás, hay razones para ello —dijo Sarah—. No es que no seamos quienes decimos ser. Aunque supongo que el que nuestros nombres fueran diferentes te puede dar esa impresión.

—Sí. —¿Cómo podía ser de otra manera?—. Pero bueno, ¿qué es un nombre? —dije. La vida estaba llena de posibilidades para citar a Shakespeare.

Dejó su copa en la mesa, se llevó las manos a la frente y se metió los dedos entre el pelo.

—No me acuerdo de por dónde iba.

¿Por dónde se zambulliría? A veces, nadando en un lago, uno se dirige a lo que parece una zona de luz y descubre que en realidad no es más que una capa de suciedad.

—Estabais en el coche —dije, y a continuación quise taparme los oídos, pero no lo hice.

—Sí. Una pesadilla —dijo Sarah. Sacudió un poco la muñeca, mirándose el reloj al mismo tiempo, como si leyera una revista—. He sacado este reloj tan rápido del joyero que se ha quedado enganchado un pendiente.

Me mostró una maraña metálica en la pulsera del reloj. El surrealismo de esta casa era como un *poltergeist*.

—Estábamos en el coche —repitió, y entonces se levantó y prosiguió con la historia mientras caminaba de un lado para otro.

Susan lo agarró del brazo.

—¡John! ¡Sólo tiene cuatro años! ¿Qué estás haciendo? —John aceleraba, pero el tiempo se iba ralentizando.

John se sacudió la mano de Susan de encima.

—¡Déjame conducir! Vas a hacer que tengamos un accidente! —dijo.

Ya habían tomado el desvío e iban por la circunvalación en forma de trébol que los devolvía al carril de la autopista que iba en sentido contrario.

—Mira, sigue allí. Lo veo —dijo John.

Sarah había crecido en una familia en la que los hombres se trataban siempre con crueldad convencional. Ella nunca había sabido qué papel debía desempeñar la mujer en esos ritos masculinos que constituían una especie de refinamiento de la malicia. Pulirse a base de dolor. «Una debe dejar que los machos de la especie se enfrenten a placer.» Las chicas en cambio se decantaban directamente por el pulido. Pulirse a base de pulirse; de este modo, no había que sufrir grandes transformaciones internas.

En cualquier caso, ¿por qué se había dado la vuelta para coger el bolso? Le había costado un minuto. ¿Qué importaba el bolso, e incluso el zapato?

—No está en la mesa. Está de pie en el arcén, ¡llorando! ¡El tráfico está imposible!

—Voy a hacer un gesto para que sepa que ya vamos.

La solución de John era la velocidad. Apretó el acelerador. Mientras pasaban al otro lado, John pitó. Gabriel, que los vio, se adentró un paso en el carril, pero en seguida retrocedió. ¿Quería llegar hasta la mediana para hacerles una señal? Eso parecía, aunque todo ocurría muy lentamente, el tiempo se sucedía de modo tan indefinido, que nada estaba claro. La ralentización del tiempo, el preciado inicio de cada momento, era un regalo que podías usar si sabías cómo. El regalo del tiempo, esa oportunidad, era una oportunidad para el rescate. Si es que uno era capaz de invocar la actitud necesaria para ese rescate. La habilidad para invocarla era un mecanismo de defensa. Los que sobrevivían les transmitían esa capacidad para ralentizar el tiempo a sus descendientes. Pero tras el cristal, donde Susan estaba, era difícil encontrar esa actitud, difícil saber cómo actuar incluso aunque se tratara de su propio hijo —¿debía tirarse del coche?—, y por lo tanto no se entregaba .cada momento que pasaba a la acción, sino a la interpretación.

¿Gabriel sólo quería saludarlos? ¿O estaba intentando llegar hasta ellos? ¿Quería estar con ellos pese a todo lo ocurrido? La capacidad de los niños para el perdón era uno de los resplandecientes dones de Dios.

Susan, de nuevo retorciéndose para mirar atrás, empezó a gritar:

—¡Da la vuelta! ¡Da la vuelta! ¡Da la vuelta!

—¡No puedo!

—¡Pasa al otro lado! ¡En la otra dirección! ¡Vuelve hacia donde está! ¡John, tienes que llegar antes de que intente salir corriendo!

—¡En seguida llegamos! —Esta obediencia a las reglas y al flujo del tráfico era quizás típica de la ciencia. Sin duda era típica de los experimentos.

—¡Da la vuelta ya! —Susan agarró el volante. El coche pasó rebotando sobre la mediana y una sirena de policía empezó a sonar en la distancia, tras ellos.

Como si de un dueto se tratara, un canto agudo comenzó a sonar en sus oídos, un canto que sólo ella podía oír, un alarido jadeante sin cuerpo ni voz real, un viento ululante en la cabeza. Y a medida que todo se ralentizaba para ellos, lo suficiente para pensar y actuar, pudo ver que su niño se echaba a la carretera y que, pese a que un coche frenó y le dejó pasar, otro que no lo vio siguió su curso veloz por la izquierda, y entonces, ante los ojos de todo el mundo, Gabriel se transformó en el ángel dorado y volador a quien debía su nombre.

—No estoy segura de lo que acaba de pasar —dijo Susan, repitiendo esas mismas palabras una y otra vez, y abrió la puerta con el coche todavía en movimiento.

Ya casi en el área de descanso, que quedaba a la derecha, vacía y carente de descanso, vieron que Gabriel yacía al otro lado, a la altura de las mesas, pero sobre la franja embarrada que dividía la autopista. Varios coches se habían parado. Susan se bajó conforme el coche reducía la velocidad. Se cayó, y se volvió a levantar. Empezaba a formarse un embotellamiento. Cruzó los carriles corriendo, sorteando los coches hasta que llegó a él: tenía los ojos abiertos y la boca le temblaba. Le echó su abrigo por encima, y por debajo, y alrededor, como una bandera. El tiempo seguía sucediéndose a cámara lenta, pero ya no de un modo que, ni siquiera en teoría, pudiera ser de utilidad.

Se fijó una fecha para el juicio, el juicio se celebró y se dictó sentencia: una pena de cárcel que a ninguno de los dos les pareció lo suficientemente larga. Se habían declarado culpables de todos los cargos, del primero al último. El juez inclinó la cabeza y se masajeó la cara con ambas manos; había visto cosas mucho peores. Su trabajo era una maldición, y se había acostumbrado a cosas peores. De modo que, sorprendentemente, suspendió la sentencia. El juzgado consideró que la pérdida sufrida por los acusados era suficiente condena.

Se cambiaron los nombres y se mudaron a más de mil kilómetros al oeste.

—Nuestro abogado fue demasiado bueno —dijo Susan.

Durante todo este relato, gracias a Dios, Mary-Emma estaba arriba, soñando. Sus padres habían cambiado, de ser una pareja que quizás pasaba por diferente, por ser mejor que las demás, decidida a ser mejor que la mayoría, a ser una pareja que quizás era diferente por ser peor.

—La mujer que se quedaba sentada y que dejaba que un hombre cometiera ese tipo de error ya no existe —dijo Sarah.

—Murió —dije.

—Gabriel murió. —Me dolían los oídos. Un acorde de bajo de una canción de Peter Gabriel sonaba absurdamente en mi cabeza.

—Pero Susan, también —dije.

—Susan —repitió Sarah, como en trance—. Susan podría morir varias veces más y seguiría sin ser suficiente.

El sol asomó momentáneamente tras una nube y por unos instantes la bañó con una luz purificadora, hasta que, como si hubiera cambiado de opinión, volvió a ocultarse y a dejarla a oscuras.

Quería irme a casa y pasar el resto de mi vida viendo películas. Quería ver monstruos más grandes, más voraces y menos patéticos que éstos.

—En nuestra situación de personas condenadas pero legalmente impunes, ya no teníamos el valor de mirar a nadie a los ojos, y menos donde vivíamos. Ni siquiera celebramos un entierro en condiciones. El hecho de que siguiéramos juntos es algo que no puedo comprender. —Volvía a pasearse por el salón—. Y al mismo tiempo: ¿cómo podíamos no seguir juntos? Sólo nosotros nos podíamos consolar mutuamente. Sólo nosotros podíamos comprender el tipo de redención que necesitábamos.

—Por supuesto —murmuré. Aunque lo juntos que habían seguido era quizás un tema de debate.

—Es extraño, pero es más fácil seguir adelante, olvidar lo que has perdido y tus equivocaciones, cuando no has sido formalmente castigado. A menudo la gente piensa lo contrario, pero no es verdad. El castigo oficial crea un doble castigo que da forma permanente a una experiencia que, de otro modo, con el tiempo, se desvanece, se emborrona y puede ser negada.

Desvanecerse. ¿Sería posible que los acontecimientos regresaran, volvieran sobre sus pasos de plomo, hasta el lugar de donde accidentalmente habían salido? ¿Sería posible que un niño se fuera difuminando hasta... desvanecerse?

—Se habla mucho de lo terrible que es no acordarse de las cosas. Pero acordarse tiene sus limitaciones. Créeme, es mejor olvidar.

—Sí —dije. Aunque todo lo que yo solía olvidar volvía a recordarlo pasado un tiempo, con lo cual mi «sí» quizás no contaba.

—A veces, cuando recuerdo lo que pasó, para ver si puedo perdonar, reasigno los papeles y hago como que es Susan la que está conduciendo. Pero el resultado sigue siendo el mismo. A veces.

No sabía si importaba. No sabía qué decir. Sentía como si estuviera viendo a la ayudante del domador siendo devorada por el león.

—Fue un accidente —dije.

—El término legal es «negligencia». O uno de ellos, en cualquier caso.

Hice un rápido análisis mental: orgullo, debilidad, incómodo sometimiento a la autoridad. Poder paralizante del inconsciente, amnesia por conveniencia, oscura deformación del carácter, ¿secretos enterrados en el pasado? ¿Balbuceos en medio del dolor? ¿Chistes a las puertas de la muerte? ¿No me había salido eso en un parcial?

Había acabado mi copa. Ya no había marga ni brezo que me pudiesen ayudar.

Sarah estaba hablando:

—... Siempre había sido contraria a que una mujer adoptara el apellido de su marido, pero cuando yo lo hice de repente comprendí el alivio que se sentía. Supuse que ése era el alivio que todas las mujeres que se habían casado habrían sentido desde el principio de los tiempos, al sumergirse en una nueva vida, una nueva manera de vivir, una nueva identidad, en vez de aferrarse a su viejo yo como si éste fuera sólido y completo, y no un yo a medias, que es lo que siempre es.

Yo jamás adoptaría el apellido de un hombre. De eso estaba segura. Si bien también sospechaba que las mujeres que adoptaban el apellido de sus maridos veían algo en el matrimonio que yo no veía.

¿Yo? Ni siquiera dejaría que un hombre fuera el que condujese.

—Por supuesto, ya no podía volver a quedarme embarazada. Era demasiado mayor.

—¿Sí? —dije.

Nada de esto era de mi incumbencia. ¿Qué importancia podían tener para mí los hilos y las semillas de la fertilidad de otra persona, el útero vaciado de un melón en un picnic en el que yo no participaba? ¿Me importaba? Volvía a estar bajo el abrigo, con Gabriel y Peter Gabriel y San Pedro y sus puertas.

Sarah se sirvió más SB y a continuación me sirvió a mí. Cogí la copa con ganas.

—Te he tenido que contar todo esto porque la agencia se ha enterado de todo. Y eso ha complicado el proceso de adopción de Emmie —dijo Sarah—. Y quizás está bien que así sea. Es culpa mía. Desde luego que no fuimos sinceros.

¿*Qué*? Pero ¿quiénes eran esas personas, «Susan» y «John», «Sarah» y «Edward»? No eran capaces de aferrarse a nada.

El vino me ardía en la garganta.

—¿Vais a renunciar a Mary-Emma? —Había demasiada emoción en mi voz.

—Nos enfrentamos, por fin, a nuestro castigo formal —dijo.

Asombrada y furiosa con todos, ya no podía creer lo que oía. El SB, con todo su brezo y su marga, llegó a mis labios.

—La has buscado y la has traído aquí. ¡Te quiere! Perdón por decir esto, pero ahora tienes una responsabilidad mayor que... que... —¿Que qué? ¿Que antes? ¿Que la de los demás? ¿Que la mía? ¿Sería ésta mi manera de decir: «Oye, ¿y yo qué se supone que he de hacer? No tengo ni idea, pero esto, estas palabras, es lo que pienso...»—. ¡Tienes que luchar! ¡Por ella!

—Edward no quiere, al parecer —dijo Sarah. Y en ese momento la vi más cansada de lo que la había visto en meses de cansancio—. Tampoco depende totalmente de nosotros. Incluso si la perdemos, cabe la posibilidad de que sea mejor para ella. La gente acabará enterándose.

Sus compañeros de colegio se enterarán. Quizás *debamos* renunciar a Emmie. Incluso si estos hechos que te he contado no formaran parte de nuestro pasado, quizás no debiera estar con nosotros. Es que... este tipo de adopción es complicada. Si hay algo que las reuniones de los miércoles me han enseñado es que el amor no es suficiente.

¿Lo único que todas las discusiones de los miércoles le habían enseñado era que el amor no es suficiente? ¿Ésa era la única fuente de información de que disponía? ¿Y ésa, la única conclusión que había sacado? ¿Quién era la mujer que había querido matar a Karl Rove? ¿No había sido ella? Quería cogerla y zarandearla.

—Yo ya no puedo sola —añadió. Estaba empleando la severidad para combatir su desaliento. ¿Dónde había visto eso antes? En Bonnie.

Yo estaba callada. ¿No me tenía a mí para ayudar? ¿No era ésa la razón de que yo estuviera aquí? ¿También yo estaba fracasando? «Me tienes a mí», quería exclamar, pero no lo hice.

—Edward no quiere luchar. Eso es una parte importante de la ecuación. Emmie se merece algo mejor que nosotros. Lo ideal sería que estuviera con una familia negra. O que al menos la madre o el padre fuera negro. Lo ideal.

—¡Pero si es de raza mixta! Además, no había ninguna familia negra que la quisiera adoptar.

Sarah pareció sorprendida al oír mis palabras.

—Bueno, ya, pero ahora ha pasado un poco de tiempo. A lo mejor mientras tanto ha aparecido alguna. Tenemos que intentar ver el lado positivo. Debería estar con personas que pudieran mostrarle el camino mejor que nosotros. No se nos da bien ser los canarios de esta mina. Edward y yo somos como dos canarios asustados, mirándonos y diciendo: «¿Vamos a donde creo que vamos?» Se podría escribir un triste libro infantil sobre este tema. ¡Unos preocupados y temblorosos canarios camino de las minas!

—¿Y los sentimientos de una niña de dos años?

Sarah empezaba a hablar con un poco más de ánimo.

—Mira, quizás esto no se me dé bien. La semana pasada estaba tan estresada que le dije: «Si no te sientas ahí a ver la televisión ahora mismo, no habrá televisión el resto de la semana.»

Intenté sonreír, quizás con pesar.

—¿Y eso es un problema? —dije.

Sarah se puso rígida.

—Quizás las mujeres estamos atrapadas en un círculo sin sentido: trabajamos más para poder tener niñeras, para poder trabajar incluso más y tener más dinero para contratar a más niñeras. —Intenté no sentirme aludida por el comentario—. El otro día estuve a punto de coger todos sus polos de yogur y hacerlos papilla en el microondas. Como castigo. Creo que ese impulso mío de querer destrozar lo que más le gusta a base de radiaciones no es una buena señal.

—Bueno, pero no lo hiciste. —Sentía que me ahogaba.

—¿No? —dijo como poniéndome a prueba.

Uno podía sentir que se ahogaba, y uno podía hundirse hasta el fondo. Mi corazón latía como un prisionero que golpea las rejas. Sabía que había leído esa frase en alguna parte, y ahora sabía lo que quería decir. Cuando alguien empieza a hundirse en unas aguas profundas, a descender, partes de su cuerpo explotan.

—No —dije.

—No —aceptó—, no lo hice. Es una niña estupenda. Lo es. La quiero con locura.

No dije nada. Sus propias palabras la hicieron palidecer.

—Yo también —dije. Decidí rescatarla.

—Lo sé. Mira, al principio, cuando nos la trajimos a Troy, los vecinos se pasaban con algún pequeño regalo y siempre la miraban, sonreían y decían: «Qué pequeña tan afortunada.» Pensaban que tenía suerte de tenernos a nosotros. Pero un día me la llevé a dar un paseo por el barrio y la persona más racista de toda esta manzana se nos acercó, sonrió y me dijo: «Eres muy afortunada.» Ella es quien tenía razón.

—A lo mejor todo el mundo es afortunado —dije de forma poco convincente, y añadí—: si es que *tienen* suerte, claro.

—O a lo mejor en última instancia todo el mundo es desgraciado. Emmie no debería tener a un padre sin fe y cuya idea de la igualdad social es el multiculturalismo en la cama, en su cama. —De nuevo volvía a sentirme abrumada—. ¡Olvida que he dicho eso! ¡Es el vino! Pero bueno, ya sabes cómo es Edward, le encanta flirtear.

Me quedé callada. Si Sarah no tenía cuidado, todo el mundo saldría huyendo de su vida como de un edificio en llamas.

—Las relaciones no son lo suyo. Ni siquiera tener conocidos es lo suyo. Básicamente, la gente no es lo suyo. ¡De hecho, debería evitar los transportes públicos! —Tomó varios sorbos de vino—. ¡Todo tipo de transporte!

—Coge mucho la bicicleta —dije tontamente.

Sonrió, torció el labio inferior y lo mordió.

—El problema de ver tu matrimonio como una farsa —prosiguió— es que los portazos te los llevas en el corazón. Bueno, ése no es el único problema.

—Siempre está la posibilidad de apuntarse a Farsahólicos Anónimos. —Ya no sólo hablaba a través de mí el brezoso y margoso vino, sino también la brezosa y margosa Murph—. He oído que existe —mentí.

—¿En serio?

—En serio —volví a mentir. Quizás me había vuelto loca.

Sarah dijo con tono cáustico:

—Una relación de ensueño... ¿Dónde se consiguen ésas? ¡Cómo me gustaría saberlo!

Acababa de dejar mi copa en la mesa de centro y me estaba estrujando ambas manos como solía hacer de niña.

—Creo que para ésas hay que hacer el viaje hasta el mundo de los sueños —dije.

—Sí —meditó—, supongo que no las envían a domicilio. O más bien que no son fáciles de enviar. Se estropean con el viaje.

—Sí, creo que hay que recogerlas en persona, en la propia fábrica. Y el camino no es fácil. Hay que atravesar muchas fases. Todo son obstáculos.

—Ayer, en el autoservicio, casi me llevo a rastras a la chica que me pasó la comida por la ventanilla, así de rápido iba. Quizás lo último que Emmie necesita es una madre que esté tan ocupada.

Esto último, una vez más, parecía negarme a mí. Yo estaba allí precisamente para neutralizar o al menos mitigar lo ocupados que estaban los padres. Pero no había tenido éxito, y más bien sentía que era yo la que estaba siendo neutralizada y mitigada.

Sarah se inclinó hacia mí y me puso una mano en la mejilla, lo cual me recordó a Murph. ¿Por qué a la gente le había dado por hacer eso?

—Por supuesto, Emmie te tiene a ti. Eso ha salido muy bien.

Bajó la mano y su mirada se perdió. Pareció no hablarle a nadie en particular:

—Vale, no le puse Maya ni Kadira ni Tywalla. Le puse Emmie. ¿Tan mal está eso?

Me daba cuenta de que se sentía observada por una especie de ojo crítico. Había sido así desde el principio.

—¿Sabes lo que la vecina de enfrente me dijo un día? «Siempre veo a la canguro con el bebé, nunca a ti.» Estoy siempre en Le Petit, día y noche.

¿Dónde estaban las palabras efectivas, útiles, cuando más las necesitabas? Pensé que debía insistir. Pero era como en las pesadillas: el que sueña, incluso soñando, piensa: «Pero ¿qué está pasando aquí?; ¿qué se supone que debo hacer?» En los sueños agradables, de modo igualmente extraño, uno siempre parecía estar al tanto de lo que pasaba.

Prosiguió:

—Las mujeres nos pasamos la vida intentando curarnos de las equivocaciones que hemos cometido con los hombres, y todo ese proceso de sanación no es atractivo. De hecho, es aburrido. —Y entonces añadió—: Todo lo que sea contribuir al bienestar de un niño negro está bien. Por desgracia, yo ya no estoy cualificada para eso. Oficialmente, no.

—Ninguna situación es ideal. Pero ahora eres su madre —dije sin rodeos.

—¡No lo entiendes! —contestó agriamente, su rostro rojo de exasperación—. Nos han pillado cocinando a lo casero.

—¿Cocinando a lo casero?

Suspiró:

—Es jerga de cocineros. Así es como llamamos a volver a meter en la olla algo que se ha caído al suelo. Un engaño... Quiero decir que han descubierto nuestro engaño. Incluso si ocurriera un milagro y saliéramos victoriosos de un enfrentamiento con la agencia de adopción, la historia se haría pública. ¡Emmie sufriría rechazo!

—No, no, eso no es posible.

—¡Sí! —dijo, como si mi supuesta falta de entendimiento la crispara—. ¡Hablarán de todos nosotros! Y cuando Emmie sea más mayor, nos odiará.

Quizás me había vuelto como la adolescente de los McKowen, la chica que habíamos conocido en la primera casa de acogida de Mary-Emma. Quizás me estaba aferrando a algo que no me correspondía amar. Quizás estaba atesorando un amor que no me correspondía atesorar. Mis manos se retorcían una sobre la otra justo de esa manera que tanto enfurecía a mi madre, cuando yo era pequeña y se acercaba a mí y, sin mediar palabra, me las separaba de un manotazo.

Sarah cogió las dos copas y se dirigió a la cocina. Yo la seguí.

Tenía la sensación de que en esa casa todos, y me incluía a mí misma, éramos como personajes de un cuento tenebroso y espeluznante, cada uno de un cuento distinto. Todos éramos personajes grotescos, pero pertenecíamos a narrativas distintas, y por eso nuestras interacciones eran extrañas y sin sentido, como ocurría con los personajes de una obra de Tennessee Williams, con sus repentinas intervenciones locas y anodinas, y a la vez sobrecogedoras. Sólo Mary-Emma parecía inmune, normal, como si no fuera parte de la obra, pese a que lo era, y a que sin duda tenía sus soliloquios, y los tendría más adelante en la vida. ¿Cómo no?

Sarah abrió la nevera, que la bañó de luz como antes lo había hecho el sol.

—Toda esta situación me está llenando la cabeza de pensamientos terribles. Quizás debería tranquilizarme y adoptar una postura un poco más filosófica. ¡Los franceses lo harían, eso desde luego! —Se paró a pensar un momento—. Aunque también es verdad que tienen todos esos chistes que acaban con: «Y entonces el niño se cayó por las escaleras.»

Había puesto su puré de tubérculos, el que le había visto preparar hacía bastantes días, en un Tupperware, el cual, por lo visto, ya no quería almacenar en la nevera.

—Por favor —dijo, haciendo ademán de entregármelo—. No te lo comas. Si me lo pudieras guardar en tu nevera... Te lo pediré más adelante, es sólo que ahora mismo no quiero tenerlo rondando por aquí. No con todos los niños que tenemos en casa los miércoles.

—¿Qué es? —pregunté.

Ya no habría más miércoles. Yo ya lo sabía.

—Es, humm..., una especie de pasta venenosa que, bueno, sirve como quitamanchas. No lo olvides y vayas a pensar que es un *tapenade* de chirivías.

—¿De qué está hecho?

—De... nada. Simplemente, no lo confundas con comida.

Entonces me di cuenta de que se trataba del puré de bulbos de narciso blanco que hacía nada le había visto machacar en un mortero.

—¿Y funciona? ¿Con la colada? —pregunté.

—En teoría —dijo con misterio, rehuyendo la cuestión—. Quizás algún día le pida a Liza que lo pruebe con algunas manchas. Si lo mantienes fresco y húmedo, y lo usas sobre las manchas con un cepillo, se supone que funciona. Llévatelo a casa, por favor, por ahora. Te lo pediré más adelante. Toma, cógelo.

Me puso el recipiente en la mano. Lo cogí. Lo guardé en la mochila. Me recordó a algo que había leído sobre gente que había venido de Europa con semillas guardadas en pañuelos húmedos: una ruptura con un mundo y una nueva vida en otro, donde crecerían y se cultivarían cosas del viejo. Quizás este puré podía matar a alguien de modo fulminante. O podía curar verrugas. Realmente no sabía qué usos tenía, pero me lo llevé de todas formas, a casa, donde tal vez lo usaría para crear una nueva forma de vida, o para limpiar una alfombra, o tal vez para nada.

Empezaba a darme cuenta, gracias a mi estudio diario de las humanidades dentro y fuera de clase, de que las tragedias eran un lujo. Eran construcciones propias de una sociedad opulenta, llenas de tristeza y de verdad pero sin función moral alguna. Las historias sobre la derrota del ánimo expresaban y acentuaban el hecho de que uno tenía ánimos de sobra. El debilitamiento del alma, los relatos de perdición y superación fallida —trenes perdidos, cartas no recibidas, orgullo herido, el descuartizamiento de los hijos, con los que luego se cocinaba un estofado—, todo eso era entretenimiento, inspirador y conmovedor, servido de forma inútil y en un ambiente de comodidad, en mesas llenas de amor y dinero. Allí donde la vida era más miserable, donde las mesas sólo estaban medio llenas, el cómico triunfo del pobre era mentir a medias. Los chistes no sólo eran útiles, eran necesarios. «Y entonces el niño se cayó por las escaleras.» ¡Eso podía ser gracioso! Sobre todo en un lugar y una época en los que ocurrían cosas peores. Y no es que el sufrimiento fuera una lotería, pero sí que era relativo. Para entenderlo y para ponerlo en perspectiva, el sufrimiento requería de la báscula de un carnicero. Y para aliviar el sufrimiento del oyente, mejor que lo que se contase fuera gracioso. Aunque no siempre lo era. Y en este sentido, a veces, las historias nos fallaban: no eran muy graciosas. O peor, no tenían la más mínima gracia.

Me olvidé del recipiente en la nevera. Como con el *wasabi* de Navidad, mi actitud hacia la comida para llevar era de dejadez. Las cosas se iban amontonando en la nevera y el fregadero. Murph y yo estábamos entregadas a una vida de lluvias primaverales, aire cálido, disipación romántica y redacción de trabajos sin sentido que estaba haciendo picadillo nuestra vida doméstica. Me puse nerviosa y empecé a intentar combinar los trabajos de mis distintas clases: «La narrativa exfoliante de Brontë desde una perspectiva sufista», o «Encuentro en Shiraz: el Pinot Noir desde una perspectiva sufista». Tenía yo muchas supuestas perspectivas sufistas. «Himno sufista en *Doce del patíbulo*.» «El sufismo de la falta de novedad en el Frente Occidental.» «La sufista señora Miniver.» Me había memorizado el tema de *El puente sobre el río Kwai*, lo cual no me reportó ningún beneficio. Los platos con restos resecos se acumulaban en el fregadero, al igual que un poso de agua sucia que se negaba a abandonarlo. Tazas de café a medio beber yacían en diversos estantes de libros, con moscas flotando encima. Me devolvieron los trabajos con sus respectivas notas, y con todo tipo de signos de interrogación escritos en los márgenes.

Cuando Murph no estaba estudiando era porque estaba conectada a Internet, dando rienda suelta a su reciente obsesión con la astrología. Deseando ver su vida perfilada en estrellas titilantes o esperando que los cielos por fin tuvieran algo que decirle aquí, en la Tierra, o eso me parecía a mí. Me contaba que los signos solares eran como personas solitarias en la cima de una montaña. Eran cálidos y atraían el dinero, y debían rodearse de los colores de la madera. Los planetas aparecían y desaparecían de su conversación igual que los cometas. Las estrellas eran fuego o agua, o tierra o aire, y encerraban consejos y secretos que dejaban a cualquier caja de galletas de la fortuna a la altura del betún. Cuando yo le decía: «Pero ¿cómo puede ser que la posición de las estrellas y los planetas tenga algo que ver con nuestras vidas aquí, en la Tierra?», ella se quedaba mirándome, herida pero magnánima, y me decía: «¿Cómo puede ser que no la tenga?»

Tanto Murph como yo teníamos mucho trabajo y nuestras sesiones musicales fueron menguando. Empecé a acudir a la biblioteca en mi Suzuki. Mi tutora me dejó un mensaje en el contestador diciéndome que me tenía que dar de baja de Cata de Vinos, ya que finalmente habían descubierto que era menor de edad. El ordenador que había cometido el error se había equivocado con otros diecinueve estudiantes. Mis padres recibirían un reintegro de parte de la matrícula. Al otro lado de la calle, en el estadio, diversos equipos de fútbol jugaban los amistosos de primavera. Los aficionados, vestidos de verde y amarillo, se reunían para animarlos, pese a que esos partidos no contaban. Pasaba las horas haciendo todo tipo de cosas. Vi *La delgada línea roja*. Vi *Apocalypse Now*.

Los verdaderos problemas, hasta donde yo alcanzaba a ver, que no era muy lejos, seguían estando en casa de los Thornwood-Brink, y la retirada temporal de la *tapenade* de bulbos de narciso no había contribuido a que desaparecieran.

—He dejado una clase, así que si te hace falta estoy disponible algunas horas más —le dije a Sarah una tarde cuando ya estaba a punto de irme, pensando que quizás agradecería la oferta. La miré a ver qué decía, pero últimamente cuando la miraba no sabía lo que veía.

Tuve la sensación de que se dio cuenta de ello, ya que me dijo:

—Bueno, ya veremos. No estoy siendo muy justa contigo en lo que se refiere a tu horario y tu sueldo. Pero intentaré compensarte de algún modo.

Una paga extra. Había oído hablar de ellas. Parecía un tema complicado. Me acordé de aquella vez que Sarah me había apretado la mano mientras esperábamos en el aparcamiento del hospital, hacía ya tantos meses, en enero. Y después, haciendo memoria, me di cuenta de que había entendido mal algo que entonces había dicho: no era los que «juntos celebran»; era los que «juntos degüellan».

¿Qué sentido podía tener un comentario como ése?

¡Ojalá hubiera podido utilizarlo en mi examen sobre *Macbeth* el trimestre anterior! La mordacidad: no se podía enseñar. Pero uno podía, eso sí, tomarla prestada. Se te podía pegar, aunque en el proceso resultaras herido.

Una vez, un día que estaba sola en casa con Mary-Emma, sonó el teléfono y cuando lo cogí no hubo respuesta. «¡Bonnie! —dije con voz grave—. ¿Eres tú?» Había cosas que me gustaría decirle. ¡Cosas que debía saber! ¡Cosas que debía saber y que debía saber ya! «¿Bonnie?» Y entonces una voz que me sonaba comenzó a hablar. De algún modo supe que era la voz de la mujer de las rastas bonitas. La mujer que hacía todos los chistes sobre sordos. Dijo:

—Perdona. Creo que me he equivocado de número.

Más adelante, un lunes en que tanto Sarah como yo estábamos en casa, el teléfono volvió a sonar. Lo cogí arriba y oí que alguien decía:

—Soy Suzanne, la ayudante de Roberta, de Opción Adopción...

Sarah había contestado abajo, de modo que colgué y regresé con Mary-Emma. *Steve* seguía nadando en su bol, que hacía no mucho había colocado en un estante alto de la habitación de Mary-Emma. Estábamos ensayando *Ain't No Mountain High Enough*, de Diana Ross, con baile incluido. Hacíamos los ohhs, los ahhs y hasta la introducción, medio hablada y medio cantada, de la versión de Diana, introducción cuyo estilo yo imitaba con la idea de que Mary-Emma aprendiera a hacerlo. De pequeña, era la única canción que me sabía de una cantante negra, o la única que se sabía mi madre, ya que había sido ella quien me la había enseñado. Abría y elevaba mis delgados brazos. «If you need me, call me.» Me ponía una mano junto a la oreja como si hablara por teléfono. «No matter where you are.» Brazos arriba de nuevo, sonriendo y meneando la cabeza. Mary-Emma hacía lo mismo. Abajo, el teléfono sonaba una y otra vez. «No matter how far.» Pude oír que Sarah decía:

—No. Sí. Es cierto.

Hubo un fuerte lamento abajo que, de algún modo, hizo juego con la música. Subí el volumen. «No wind», canté, prácticamente gritando, y acto seguido Mary-Emma:

«NO WIND!» «No rain», canté. «NO RAIN!», repitió. Entonces la cogí y me la acomodé sobre la cadera, como solía hacer, y frente al espejo nos vimos cantar. «Can't stop me, baby, if you're my goal.»

A continuación, durante un breve minuto, nos llegó de abajo un llanto que nada tenía que ver con nuestra canción, pese a que ésta también tenía sus gritos y gemidos, de alegría en cualquier caso. Subí el volumen un poco más para dejar de oír lo que se decía abajo. Con este juego tuve a Mary-Emma ocupada casi media hora. Se apuntaba a todos los gemidos lastimeros y también a los gritos de alborozo. «Life holds for you one guarantee; you'll always have me.» Estábamos prácticamente chillando.

—*YOU'LL ALWAYS HAVE ME!*

—*And if you should miss my love; one of these old days...*

—*THESE OLD DAYS!*

—*If you should ever miss my arms, that held you so tender, just remember...*

—*REMEMBER!*

—*... what I told you that day I set you free!*

—*SET YOU FREE!*

Y entonces, durante una breve pausa en la canción, sonó el timbre de la puerta. Justo antes del estribillo. Bajé la música. Sarah subía corriendo a la habitación. Llevaba mi perfume, el mismo olor que yo. Con su llegada a toda prisa impregnó el ambiente. Princesa Árabe.

—¡Mamá! —gritó Emmie.

Sarah la apretó contra su pecho y empezó a frotarle la espalda frenéticamente mientras Emmie jugaba con el pelo de Sarah, estirando de él y viendo si se quedaba en su sitio o volvía a caer.

—Rápido, Tassie —dijo Sarah con un suspiro sibilante y nervioso—. ¿Puedes abrir la puerta por mí, por favor?

—Claro. —Y añadí—: Esto... ¿y qué debo hacer?

—Entretenerla —dijo.

Corrí con decisión, escaleras abajo. Intenté darme un aire a dueña de la casa.

En la puerta me encontré con una mujer que o me recordaba a alguien que conocía, o es que, de hecho, la conocía. O ambas cosas.

Y ambas cosas era. En cuestión de instantes, las ideas borrosas que ocupaban mi mente se hicieron nítidas. Me sonrió con los labios fruncidos y dijo:

—Hola, Tassie. Probablemente no te acuerdes de mí. Soy Roberta Marshall.

De la agencia de adopción. Sí que me acordaba. Al menos no era la propia Bonnie en persona. Eso sí que hubiera sido demasiado para mí.

—Sí, me acuerdo. Hola.

Le estreché la mano. Sentí que se abría paso en mí cierta insolencia, como si fuera no Bonnie ni la tímida adolescente de los McKowen, sino la mismísima Amber Bowers en el Restaurante Perkins de Kronenkee. Cualquiera que fuese la razón por la que Roberta estaba aquí, no podía ser buena, me parecía a mí. Era como si hubiera llegado la policía, pero la policía vestida de gris pardo y beige. Yo, de modo un tanto extraño, me sentía guardiana de la casa. Supongo que había trabajado en ella lo que a mí me parecía una larga temporada, y había formado un vínculo con sus puertas y paredes, un vínculo más fuerte de lo que en un principio hubiera creído posible.

Roberta no conocía a Amber, de modo que no importaba si fingía ser ella por un breve lapso de tiempo.

Mis dientes estaban en mejor estado —¡gracias, *Bess* y *Guess!*—, pero si mantenía la boca relativamente cerrada era posible que ella no se diera cuenta. Bien pudiera ser que tras mis labios se ocultasen unos afilados colmillos o alguna cosa que le pudiera escupir. Este secreto me daría fuerzas para ser grosera.

—¿Qué tal la pequeña Mary? ¿Está bien? —Roberta me miró directamente a los ojos.

¡Ojalá hubiera llevado un sombrero con ala, para inclinármelo sobre la cara! ¡Ojalá hubiera llevado algún complemento del tipo que fuese! Quizás entonces me hubiera sentido más capaz de enfrentarme a ella de igual a igual.

Por alguna razón, entonces me di cuenta de que todo el mundo llamaba a Mary-Emma de forma ligeramente distinta, como si en verdad no fuera nadie.

—Está bien —dije, lo mismo que si le estuviera hablando a un espía.

De pie en la entrada, procedí a cargar mi peso sobre una pierna y a apoyar un brazo sobre el marco de la puerta. Observaba a Roberta sin invitarla a pasar. No sabía cómo sonreír burlonamente, al menos no de forma deliberada. Tampoco tenía un chicle que poder masticar. Pero sí que podía mover la boca un poco como si tuviera comida entre los dientes, y eso hice, y después fruncí los labios en un gesto que se acercaba a la descortesía. Todo esto era nuevo para mí, y tenía su lado divertido.

Su función y su intención le daban a Roberta un aura de dureza.

—¿Está Sarah? —preguntó, deseando deshacerse de mí, la chusma.

—Déjame pensar... —dije.

De hecho necesitaba pensar para saber qué más podía decir. No estaba segura de lo que Sarah quería que hiciera. Roberta empezaba a estar molesta conmigo. Un frío brillo de irritación apareció en sus ojos.

—Voy a ver —añadí.

Arriba, Sarah me aguardaba de pie en el pasillo, un poco paralizada, pero con Mary-Emma vestida con una chaqueta de pana rosa y una cinta rosa de terciopelo alrededor de su melena afro. Mary-Emma apoyaba la frente sobre el hombro de Sarah, como si le cansara ir tan vestida. Era casi su hora de echar la siesta.

—Roberta Marshall está abajo —dije.

—Dios, no me puedo creer que haya venido tan pronto. Ni siquiera me puedo creer que haya venido hoy.

Por un momento me pareció que era incapaz de moverse. Pero entonces inspiró con fuerza y pasó veloz a mi lado, con Mary-Emma en brazos, decidida a encontrarse con Roberta.

Tampoco Sarah la invitó a que pasara, hecho que confirmó mi mal presentimiento respecto de la visita. Las observaba desde el rellano, junto a una bolsa de basura abierta en la que había animales de peluche, un tren de juguete y mantas de bebé dobladas. Ni siquiera abrió la contrapuerta, que se interponía entre Roberta y Sarah; ésta se agarraba a la puerta interior ligeramente.

—Hola, Sarah. Y hola, señorita Mary —dijo Roberta alegremente.

Mary-Emma la miró, y sin decir nada volvió a hundir la cabeza en el hombro de Sarah.

—Bueno, seguro que no tan señorita —dijo Roberta, restándole importancia al feo que le había hecho la niña.

—No me dijiste con claridad que fueras a venir hoy —dijo Sarah.

—Perdona. Pensaba que me habías entendido. Legalmente, ya ha acabado vuestro período como padres de acogida, y cuando la adopción no se puede ultimar, tenemos que pasar a la siguiente familia. Lo cual significa...

—¿Lo cual significa qué?

—A eso iba. Lo cual significa que tenemos que poner a Mary con alguno de los padres de acogida de la agencia, de modo provisional, por supuesto, hasta que aparezca otra posible familia.

—¿Por qué no podemos ser nosotros los que hagamos de padres de acogida? —La pena surcó el rostro de Sarah.

—Porque no podéis. La agencia tiene una lista de padres que usamos para estos casos. Y está el problema que ya hemos hablado, el de la información que nos habíais ocultado. No quiero entrar en eso ahora.

—Bueno, hemos sido sus padres de acogida todos estos meses. Y, no sé, todavía lo somos en este mismo instante, ¿no?

—Como ya os expliqué, vuestra condición como padres de acogida era una simple formalidad, condicionada a que se ultimase la adopción dentro del tiempo establecido. Dado que no va a ser así, debemos seguir otro procedimiento.

—¿Y estás dispuesta a llevártela ahora mismo por una simple formalidad?

—Me temo que es la ley.

—Necesito hablarlo un poco más con mi marido, creo.

—Has tenido todo este tiempo.

—Bueno, sí, pero aun así necesitamos más tiempo. Para adaptarnos. Como mínimo para eso. Sólo para adaptarnos. Para enfrentarnos a esta decisión de forma sosegada.

—La ley no contempla ese tipo de período de adaptación. Lo siento. Ojalá lo contemplara, pero no es así.

Dicho esto, Roberta empezó a abrir la contrapuerta lentamente, haciendo ademán de cruzar el umbral.

—¡Hola, Mary! ¿Quieres ir a dar una vuelta en el coche? —Roberta se estiró para mirar a Mary-Emma a los ojos y esbozó una falsa y gran sonrisa.

—¿Qué estás haciendo? —Sarah empezó a retroceder.

Roberta le tendió los brazos a Mary-Emma. Se iba a montar un número. Sarah se giró bruscamente.

—¡No la toques! —gritó Sarah, y Mary-Emma empezó a gimotear.

—Puedes hacer que esto sea más fácil para la niña —dijo Roberta—, o puedes hacer que sea duro. —Dio un paso al frente, pasando a ocupar el umbral, la contrapuerta apoyada tras la cadera. Volvió a tenderle los brazos a la niña, cerrando y abriendo las manos.

Sarah se apartó de nuevo con brusquedad.

—Sarah —dijo Roberta con tono de reprimenda—. No conviertas esto en un tira y afloja.

El rostro de Sarah se transformó en una máscara.

—¿Tienes una sillita para niños? —preguntó en voz baja. La derrota se adueñaba de ella. Probablemente había algún tipo de pájaro brillante o pez espinoso que hacía esto, que entregaba a sus hijos, que azuzaba a su propia familia, y que lo hacía disfrazado de roca para evitar que se lo comieran.

—Sí, por supuesto —dijo Roberta.

Los temas más personales se regían por burocracias para que la sensibilidad humana no interfiriera ni obstruyera. La gente siempre podría encogerse de hombros y excusarse en las pequeñas leyes de la vida.

—Vale. Pues la llevo yo de la mano hasta el coche. No voy a consentir que te la lleves así, en la misma puerta.

Sarah la llevó hasta el coche y la acomodó atrás.

—Espera un momento. Tengo sus cosas —dijo, y entró corriendo en casa, lívida, para coger la bolsa del rellano.

La bolsa de basura blanca original ahora se había visto reemplazada por una nueva bolsa de basura negra, más grande, que contenía la dote original de Mary-Emma y otros artículos: ropa, un oso Pooh, el tren de juguete, una copa de plata y el CD de Diana Ross, que yo misma coloqué en la bolsa justo antes de que quedara cerrada con sus asas de plástico amarillas. También añadí a *Steve*, al que metí, con parte de su agua, en una bolsa con cierre hermético, que coloqué sobre la bolsa de basura. No parecía lo mejor, viajar por el mundo acompañada únicamente por esas bolsas de plástico. Me hubiera gustado salvar a Mary-Emma de este particular tema *country* («en estas bolsas de plástico está mi vida, nena»), o al menos de ese verso en particular, pero no era lo suficientemente fuerte como para ahuyentar algo tan poderoso como la música, no digamos ya los duros hechos de la vida. Había intentado ser Amber: recalcitrante, combativa, pero al igual que Sarah había acabado siendo tan pasiva, translúcida y derrotada como Bonnie, limitándome a ver cómo se llevaban a la niña.

—Toma —dijo Sarah, entregándole la bolsa a Roberta. En la otra mano llevaba un vaso con tetina y se lo dio a Mary-Emma por la ventanilla, que estaba bajada.

—¿Mamá? —Mary-Emma parecía asustada.

—No puedo ir contigo —dijo Sarah, y simplemente le lanzó un beso—. Pero todo irá bien. Te lo prometo.

—¡*Ciao*, mamá! —Mary-Emma empezó a llorar y estiró los brazos hacia la ventanilla. Sarah estaba inmóvil en el bordillo, sin decir nada—. ¡*Ciao*, mamá! ¡*Ciao*, mamá! —Su despedida no fue siquiera en el idioma de la madre o de la canguro, sino en el del ex novio de la canguro. El llanto de Mary-Emma nos llegó a través de la ventanilla mientras el coche se alejaba por la calle y torcía a la derecha, en la primera esquina.

No me podía creer lo que Sarah acababa de hacer.

Qué duda cabe de que el rey Salomón había estado en lo cierto. La mujer que dio su consentimiento a que cortaran en dos al bebé no era la verdadera madre.

Pero sí que era la verdadera esposa.

Sarah se dio la vuelta y se apresuró a entrar en la casa. La seguí. Nunca he oído un llanto como el suyo aquel día.

En la cocina me encontré con Noelle, que había entrado por la puerta de atrás, con su aspiradora y sus cubos.

—¿Qué pasa? —preguntó mientras ponía una Coca-Cola Light en el congelador.

—No soy yo quien te lo puede decir —dije, y me fui todo lo rápido que pude.

Durante una semana me mantuve ocupada con diversas tareas, de forma robótica, medio esperando que el teléfono sonara y que al otro lado apareciera la voz de Sarah o de Reynaldo o, más cómico si cabe, de la propia Mary-Emma, pues la echaba de menos. Quería escuchar que todas esas pequeñas pesadillas se habían acabado —¡se había tratado de una serie de errores!—, que todo se había solucionado, recompuesto, que las piezas volvían a encajar, que si podría pasarme por la casa inmediatamente, ¡nos haces falta! Pero el teléfono no sonaba, y los días de primavera se desplomaban uno tras otro, todos igual de idénticos y aburridos. Como un zombi, preparé mi trabajo final para Citas y Bibliografía. «Posibles aspectos sufistas de la investigación académica.» Me sentía empequeñecida. Prácticamente ausente. Cuando la desdicha se acumula, me daba cuenta ahora, te corroía hasta dejarte con tan poca sustancia como un camisón, más desgastada que unas bragas. La luz parecía brillar a través incluso de tus manos, tu sangre ya no era roja, tu piel se inflaba con la brisa, como las medusas en el mar. Tu travesía por el día era tan real como un trance, poblado si acaso por algunos, no muchos, recuerdos lejanos. El día pasaba con el más ligero de los pasos. La vida era inaprensible porque no se estaba quieta. Se arremolinaba y volaba. Era un montón cualquiera de basura, incluso mientras sorteabas las horas como un fantasma que hubiera sido invitado a disfrutar de un día radiante en la playa.

Una noche llegué a casa de la biblioteca y vi que Murph estaba tirada en el sofá. Le hablé pero no me respondió. Le di unos toquecitos. No reaccionaba. Estaba húmeda y tenía los labios azulados. De nuevo intenté que se moviera, pero sólo conseguí que emitiera algunos quejidos. A su lado, en la mesa de centro, estaba el Tupperware con el paté de narcisos blancos del que ya hacía mucho que me había olvidado, y una caja de galletas saladas, algunas de las cuales estaban en el suelo.

—¡Dios mío! —grité, y llamé al 911.

Mientras esperaba le metí los dedos en la boca para ver si quedaba algo del extraño puré y así quitárselo. Tenía un pegote en una mejilla. Se lo retiré, me lavé las manos y después le limpié el resto de la boca con varias toallas de papel mojadas. Sólo una vez más la oí gemir. ¿Dónde estaba el Ipecac?

En seguida llegaron una ambulancia y un coche de bomberos. Kay bajó de su casa y en el porche trató de discernir lo ocurrido.

—¿Vais a necesitar cinta policial? —preguntó—. ¡Tengo un rollo grande de cinta amarilla arriba!

Los enfermeros de la ambulancia eran tres chicos guapos, de cuya guapura no me percaté hasta que los recordé más tarde. Llegaron con maletines llenos de gasas, jeringuillas, tubos y brazaletes para tomar la tensión. Le tomaron las constantes vitales y a continuación la pusieron en una camilla.

Su respiración era superficial, pero no de un modo alarmante. En cualquier caso, le quitaron el *piercing* de la nariz y le pusieron una máscara de oxígeno. Me monté con ella en la parte de atrás y partimos para el hospital. Le cogí las manos, primero una y después la otra.

—¿Bulbos de flores? —preguntó uno de los enfermeros—. Bueno, supongo que para todo hay una primera vez.

—¡Sí! ¡Supongo que sí! —dije con repentino ánimo, pues me daba cuenta de que Murph viviría y de que todo saldría bien.

Y así fue. No había manera de matarla —era como un buey, cruzado con un caballo, cruzado con un oso, cruzado con un camión. ¡Era como el pez *Steve*!—, y una vez recuperada parecía la misma de siempre. Por mi parte, en mis declaraciones a la policía y respecto de mi nueva percepción del potencial frustrado de Sarah para matar a la gente —en teoría a Edward y a sí misma, a menos que quisiera añadir a Liza y a otros tantos en el lote—, mi análisis de los hechos fue tan ineficaz como una espada contra el viento. Mi culpabilidad e inactividad habían conseguido que yo misma me percibiera como una extraña. O quizás yo era así y por fin me había encontrado a mí misma.

Los lagos de la ciudad ya estaban llenos de algas. Suspendí el examen de la Pelvis Neutral. Sencillamente me olvidé de ir. Le dije a la profesora: «¡Es que mi compañera de piso estaba vomitando sangre!», y ella me respondió: «Esa excusa está muy vista.» Acabé el resto de mis exámenes y entregué todos mis trabajos. No había en ellos ni una sola palabra bien fundada. No tenía ni idea de lo que decía, pese a que en diferentes puntos soltaba afirmaciones de una contundencia embarazosa. Me pusieron notables.

—¿Cómo se llamaba esa bruja para la que trabajabas? —preguntó Murph antes de volverse a Dubuque a pasar el resto del verano, con el estómago ya lavado, el pulso recuperado y los exámenes hechos.

—No era una bruja —suspiré—. Al menos, no que yo sepa. —Lo medité un poco más—. Al menos, no era una bruja muy habilidosa.

—¿Y una bruja buena, en todo caso?

—Sí, quizás.

—Lo mismo da. Me gustaría abofetearla —dijo Murph.

Solté una risa irónica y dije:

—Vaya, y a mí.

Me tocó el brazo.

—No dejes que tu vida se convierta en un proyecto sobre tu vida —dijo—. No te lo digo como algo personal. Te lo digo como un mensaje que vale para todo el mundo. Me fue revelado mientras me alejaba de la gran luz blanca de la muerte.

No sentía otra cosa por ella más que admiración. Sentía que tenía poderes curativos. Sentía que podía leer la mente.

—¿A veces no tienes la sensación de que ciertas personas tienen poderes psíquicos? —pregunté—. ¿Como que conoces a alguien que tiene poderes a pesar de que él mismo no se da cuenta?

—Sí —dijo.

—¿En serio? ¿Has tenido esa sensación con alguien en particular?

—Sí, contigo.

Me pareció un chiste y por lo tanto me reí.

—Lo digo en serio —dijo. Sonrió y me abrazó—. Que pases un verano genial.

Habíamos renunciado al alquiler del piso y ninguna de las dos sabíamos qué haríamos cuando llegara el otoño, pero lo que fuera no lo haríamos juntas. Habíamos dejado casi todas nuestras cosas en un depósito: una metáfora, como tantas otras, de lo que era tener veinte años.

Mi padre llamó para preguntarme si me gustaría ayudarle en la granja. Hacía poco que había empezado a desarrollar un nuevo producto —hojas de lechugas triestacionales— y necesitaba que le echaran una mano. Mi función sería correr delante de su nueva y moderna segadora-trilladora y así ahuyentar los ratones. Mi hermano pronto partiría para el campamento de reclutas de Fort Bliss, y estaría fuera todo el verano y toda la cosecha. ¿Tenía yo otro trabajo? ¿Me interesaba?

Le dije que me parecía una buena idea como mínimo para hacer ejercicio, y que le agradecía la oferta. También le dije que daba la casualidad de que mi trabajo se había acabado de modo inesperado. Cogería el autobús a casa el lunes y lo hablaríamos un poco más. Tenía que limpiar el apartamento y solicitar la devolución de la fianza.

—Si no vienes antes, te perderás la graduación de Robert. Es el domingo.

—Bueno, puedo coger el autobús del domingo a primera hora.

¿Qué había aprendido hasta ahora en la universidad? Puedes eludir la mediocridad, pero cuando conduzcas hacia un lugar más concreto y solitario verás por la ventanilla que todo el que conoces vive en ella.

Había aprendido que en el terreno de la literatura —quizás al igual que en la vida—, uno debía hablar no de la intención del autor sino de la intención de la obra en sí. El creador era un estorbo. Dios había muerto. La creación en sí, por otra parte, tenía una personalidad, y esperanzas, y sus propios deseos y planes, pequeños guiños y pasos de baile e intenciones entrelazadas. En este sentido Jacques Derrida tenía mucho en común con Walt Disney. La historia en sí tenía pies y boca, podía caminar y charlar, y hablar sobre sus propios anhelos.

También ahora sabía que había habido muchas edades de hielo. Que aparecían y desaparecían. Había aprendido que no había mamíferos originarios de Nueva Zelanda. Había aprendido que el espacio no era una simple colección de rocas gélidas o ardientes: de vez en cuando, y pese a las diferentes perspectivas sufistas sobre las rocas, aparecía alguna con los restos de una criatura impresos en su superficie. Las esporas de vidas apagadas estaban por todas partes. Creo que había aprendido eso.

VI

Vinieron a recogerme mi padre y mi hermano, pensando que llegaría a la estación con un montón de cosas. Robert iba vestido con la toga de graduación. El birrete lo llevaba en la mano.

—Pues si no traes casi nada —dijo mi padre, extrañado.

—Lo he dejado casi todo en un depósito —dije. Tiré de la toga de Robert—. Oye, felicidades.

—Es un logro mayor de lo que quizás te des cuenta —dijo avergonzado.

—¿A qué hora es la ceremonia?

—No es hasta las dos.

—¿Y ya llevas la toga?

—Y tanto que sí.

—Ya hemos sacado como mil fotos —comentó mi padre.

—No contestaste a mi correo —dijo mi hermano.

—¿Qué correo? —pregunté.

—¡El último que te envié!

—Me dijiste que lo ignorara.

—No, ése no. ¡El de después!

Empezaba a acordarme de que lo había archivado para leerlo más tarde.

—¿Tu dirección sigue siendo caradebajo-arroba-isp-punto-com? —añadió.

Siempre había creído que mi dirección de correo era inteligente y simpática, hasta que la oí en boca de otra persona.

—Sí. Vaya, perdona. No sé qué habrá pasado. —Cambié de tema—. ¿Cómo estás?

—¡Guay!

—¿En serio? ¡Nadie está guay!

—Bueno, es que en realidad no es «guay» con «g», es más como «¡uh-ay!». Que no es lo mismo.

—No, no es lo mismo. Y qué te ha pasado para estar ¡uh-ay!

—Pues que el otro día iba a cruzar la calle y me pasó una rueda por el pie. Todavía me estoy recuperando.

—¡Ja! No te creas nada —dijo mi padre.

—¿Se te acaba de ocurrir eso? —le pregunté a mi hermano.

—No —dijo, sonriendo y subiéndose a la camioneta—. Llevo semanas dándole vueltas.

—¿*Semanas*?

—Bueno, no semanas. En realidad, meses. —Estaba haciendo un esfuerzo por parecer animado, pero se había instalado en una suerte de estrambótica alegría.

—¿Y te has dejado la Suzuki en Troy? —terció mi padre mientras nos alejábamos de la estación.

—Sí. Allí está.

—¡Una pena! —dijo mi hermano. El tema del correo tenía mucho de arrepentimiento y de retraso, y no era divertido. Al contrario que la moto—. Quería verte corretear por la ceremonia esta tarde. ¡Hubieras causado sensación!

—Eso es justo lo que quiero hacer. —Me quedé mirando por la ventanilla. Aspersores de riego yacían a lo largo y ancho de los campos, como esqueletos de brontosaurio.

En casa tuve que ayudar a mi madre a vestirse, en una habitación a la que ella llamaba «la tienda». En ella apilaba las cajas de todas las prendas que iba comprando por catálogo pero que todavía no se había probado para ver si se las quedaba o las devolvía. Cuando le parecía bien, iba y las abría una por una, pero hasta que ese día llegaba permanecían en la tienda, que era, en esencia, como un almacén de correos.

—¿Gail? —llamó mi padre.

—¡Estamos en la tienda! —respondió.

La ayudé a probarse algo que pensé que le quedaría bien, y a continuación le quité yo misma las etiquetas.

—Lo demás lo puedes devolver —dije—. Pero espera... ¿Qué es esto?

Había un bonito sombrero negro con una pluma y una cinta que caía por uno de los lados.

—Eso no es para una graduación.

—No, desde luego. A menos que seas el estudiante: en cuyo caso siempre podrías subir al escenario, echarte la cinta atrás y hacer sonar un silbato a la vez que te sujetas la pluma con los dedos.

—Es para algo, en cualquier caso —dijo, sujetándolo con más cariño del que parecía prudente—. Todavía no sé para qué.

—Para una fiesta de hace cincuenta años, quizás.

—Por aquí tenemos muchas fiestas de ésas. Y aun así no puedes ponerte un sombrero como éste.

—¿Dónde lo compraste?

—Oh, en Internet, en algún sitio. ¿Qué pone en la caja?

Me lo probé.

—Muy bonito —dijo mi madre—. Quizás te lo debería dar.

—Sí, ¡quizás! —me reí—. ¡Me lo podría poner para ir a clase! —Y lo devolví a su caja, que olía a cedro y a insecticida.

La ceremonia tuvo lugar en el gimnasio, dado que se había pronosticado lluvia. Cuando íbamos por la mitad sonó la sirena de los tornados, pero nadie se movió de su asiento. Personalmente, me pareció que ese sonido iba a juego con la ceremonia. Las chicas llevaban todas tacones bajo la toga y cruzaban el escenario con gran indecisión, excepto una, que avanzó con paso rápido y firme, resbaló y a punto estuvo de caerse. No conocía a ninguna. A la altura del pecho llevaban grandes peonías blancas que parecían cabezas de gatos de Angora. Los chicos lanzaban el puño al aire al menor atisbo de un chiste. Cuando Robert cruzó el escenario para recibir su diploma, el director, con buena intención, hizo como que no se lo daba. Robert se rió, y también el director, que le dio unos golpecitos en la espalda y le entregó el papel, tras lo cual mi hermano siguió su camino. Era un chico popular, eso podía verlo. Caía muy bien a todo el mundo. Alguien de su pandilla, entre el público, gritó «¡Gunny!» y «Gunny, ¿y la pistola?», y entonces el hecho de que mi hermano se iba al ejército por fin hizo mella en mí. ¿Por qué no lo había pensado de verdad hasta ahora? Bueno, no era difícil contestar a esa pregunta. Pero de todos modos no tenía excusa.

Una vez que dejaron de sonar las sirenas, salimos fuera y vimos que hacía un día muy soleado. Era la temporada de las flores blancas. A juego con las peonías de las chicas, espireas y margaritas bordeaban los jardines del instituto. En el cielo, como un genio malvado, quedaba una única nube de lluvia, y estaba en rápida retirada.

Al día siguiente, mi hermano partió para el irónicamente llamado Fort Bliss.* Lo llevamos a la estación y allí nos despedimos. Le dimos algunos regalos, cosas pequeñas. Un llavero de pata de conejo. Un cepillo de dientes de concha de tortuga. Yo le di un libro de poemas de Rumi y una tarjeta de siete por doce que decía: «Aquí está la respuesta a tu correo olvidado: ¡no te olvides de escribir!» Por si acaso la tarjeta parecía como la ocurrencia de una hermana mocosa, levanté los brazos, lo estreché con fuerza y le susurré al oído:

—Ponle algo de sol a «soldado». Y no se te ocurra hacerte uno de esos tatuajes de la bandera.

Se apartó de mí.

—¿Por qué no? —preguntó. Y yo podía ver que estaba desesperado por saber la razón de todo. Podía ver que se sentía poco preparado, falto de lo que hacía falta, de conocimientos o de lo que fuera. Sólo la noche anterior había preguntado: «¿Afganistán tiene provincias? ¿Como Canadá?»

—Oh, no sé —dije ahora, encogiéndome de hombros.

Sonrió feliz, en cualquier caso. Ya no era un chico. Se había convertido en un hombre. ¿Cómo había ocurrido? Todo lo que yo decía o sabía lo había aprendido hacía poco, y por eso las raíces de ese todo eran débiles, que-

* *Bliss*: «felicidad».

bradizas, y cualquiera de sus partes imposible de compartir.

—No estés nervioso por el servicio —dije. Era una frase que había oído en alguna canción—. Todo saldrá bien. Ah, y esto —añadí, y discretamente metí un tampón en el bolsillo lateral de uno de sus macutos.

—Por Dios, ¿para qué es eso?

—Para... posibles emergencias. En el peor de los casos, sirve para frenar el sangrado.

—¿Dónde aprendes todas estas cosas? —preguntó mi hermano.

—De las películas —contesté—. Ya te lo dije.

Nos habíamos traído a *Blot*. Robert se agachó y le agarró la cabeza.

—Adiós, *Blot*, perro perezoso —dijo, y lo atrajo hacia sí y le frotó el lomo.

Mi padre metió un fajo de billetes en el bolsillo de delante de la chaqueta de Robert. Mi madre era la que tenía los ojos más llorosos, y mi hermano, como para calmarla y complacerla, se mostraba todo el tiempo jovial, hasta un punto tan artificial y extremo que veías que no tenía ni idea de lo que estaba haciendo. Incluso al echarse los macutos al hombro transmitió una cierta inseguridad. Mi madre se acercó para darle un beso y le pasó la mano por el pelo ondulado.

—Oh, y pensar que te lo van a cortar al cero...

—¡Véndeselo a un fabricante de pelucas! —dije, dándole unos toquecitos en el brazo—. ¡Un poco de dinero extra!

No pude evitar acordarme de aquella vez que Robert había usado margarina Crisco para domeñar su flequillo. La margarina se había congelado de camino a clase, pero a mediodía ya se estaba derritiendo, goteándole en la frente. Intenté no acordarme de cuando era más pequeño y solía, abstraído, sacarse los mocos de la nariz. Éste no era el momento para pensar en él como un niño desafortunado.

Cuando el autobús se alejó, entre siseos y rugidos, con la cara de mi hermano pegada al cristal tintado, mi madre se frotó los ojos y únicamente pudo decir:

—Voy a estrangular al reclutador aquel.

—Venga, Gail —dijo mi padre. Y entonces añadió—: Si lo estrangulas, ¿cómo voy a oírle gritar y gemir cuando lo patee?

Esto hizo que mi madre se sintiera mejor.

Empecé a trabajar en los campos de verduras *baby* de mi padre esa misma semana. Mi trabajo consistía en correr frente a una especie de segadora, un accesorio de la trilladora que él mismo había ideado y que conducía orgulloso como si fuera un coche, si bien el terreno era tan pequeño que le costaba dar la vuelta. Yo corría delante con sendas extensiones en los brazos, unas alas de halcón hechas de plástico y plumas falsas que batía cerca de las verduras para ahuyentar a los ratones y que éstos no acabaran en la máquina. (De lo contrario, habría que llevar las verduras a la planta de lavado triple, y esto se comía buena parte de los beneficios.) Mi padre había diseñado el disfraz, en parte con una cometa que una vez compramos en el festival Cometas sobre Hielo de Dellacrosse. El disfraz incluía una máscara con pico y las dos largas alas, por los que yo metía los brazos. Planeaba bastante cerca del suelo y trataba de tocar un poco las hojas, intentando asemejarme a un verdadero depredador y que no quedara ni un ratón: nadie quería trozos de ratón en su ensalada. Al menos no en la década en que estábamos.

Trotaba, batía y ahuyentaba. Era la creación alada de mi padre, como Ícaro. Casi podía sentir que volaba, como lo hacía en sueños: no muy alto, básicamente corriendo y de repente, de vez en cuando, elevándome un poco, lo suficiente para que el estómago me diera un vuelco. Un segundo. Bastante parecido a superar un badén con la Suzuki.

También despejaba el campo de piedras. A veces había tantas como en la playa, como surgidas de un inframundo que debía de ser una cantera más que otra cosa. Las recogía en una carretilla, bien para añadirlas al criadero de peces o para vendérselas a los de la tienda de semillas y abonos. Las que solían vender en la tienda eran de China. ¡Piedras traídas desde China! ¡Todo era de China, hasta las piedras! Todavía no se había convertido en dicho («como llevar piedras a Dellacrosse», en el sentido de «como llevar leña al monte»), pero pronto lo haría, según mi padre, pues era cierto.

De esta guisa, casi siempre enmascarada y alada, pasé los días de verano. Cinco metros por delante de mi padre y su remodelada trilladora, planeaba, rasaba, me abalanzaba y en teoría también ahuyentaba a los conejos. Los ratones salían disparados; las serpientes, ondulándose. Con la ayuda de mi padre, a lo largo de varias mañanas, hasta había compuesto una canción: «Ardillas y ratones y topos fuera / que soy un halcón / un halcón que planea y además con cresta.» A mi padre empezó a preocuparle que estuviera haciendo mi trabajo tan bien que acabara ahuyentando a los verdaderos depredadores, los que por lo general se encargaban de controlar la población de roedores.

«Así es la vida en el teatro», le dije yo. La banda sonora de *Oklahoma!* no dejaba de sonar en mi cabeza. El sol quemaba. Sobre toda la pradera se extendía una calina brillante y dorada. El cielo brillaba tan azul como una piscina, y a menudo la huella borrosa de una luna matinal colgaba en lo alto. Hasta el mediodía el aire era suave, y tenía ese olor a cobre de la tierra. Por lo general trabajábamos durante las primeras horas del día y durante las últimas, que era cuando todo (las lechugas y yo) estaba más fresco. Las horas en torno al mediodía las pasaba descansando y leyendo, bebiendo limonada fría y Coca-Cola en jarras que habían perdido la tapa. A veces, por la tarde, había tormentas tan explosivas y violentas que era como si estuviéramos en otro planeta. Esas tormentas parecían diferentes a las de mi infancia. Las de ahora ocupaban el cielo en su totalidad, derribaban árboles, cruzaban el estado enfurecidas —descargando agua y viento en cantidades suficientes para invertir la corriente de un arroyo—, y después, una vez pasaban, se hacía una calma absoluta, como si nada hubiera sucedido.

Aunque evité la mayoría de los picnics que siempre se organizaban en Dellacrosse —nunca me había gustado sentarme en el suelo con un plato de papel mientras las moscas te picaban las piernas, ni apretujarme en una mesa vieja de picnic sobre bancos de madera llenos de astillas—, el Cuatro de Julio acudí con mis padres al campo de béisbol del condado para ver los fuegos artificiales. Como éste era el primer gran castillo desde el 11-S, el condado había alquilado un detector de metales por el que todos tuvimos que pasar. Lirios con los colores de los Packers —verde y dorado— adornaban los laterales del detector.

—Como si Al Qaeda hubiera oído hablar de Dellacrosse —dijo mi padre cuando estuvimos sentados—. Supongo que es que todo el mundo quiere estar en el mapa. Da igual qué tipo de mapa sea.

—Es un tipo de terrorismo *no* bombardear este pueblo —dije.

Mi padre me lanzó una mirada.

—Bajad la voz los dos —dijo mi madre.

Había hecho sándwiches de galletas Graham con glaseado de limón como relleno, uno de mis tentempiés favoritos cuando era niña, y mientras esperábamos a que empezara el espectáculo nos iba pasando la fiambrera a mi padre y a mí.

Una vez que se puso el sol, con sus oscuras franjas rosas como un caramelo extendido en el horizonte, y refrescó un poco, dio comienzo el castillo. Al igual que en una operación espacial, los fuegos artificiales estaban diseñados para alcanzar puntos exactos del cielo. Peonías y crisantemos brotaban de espasmos y explosiones. ¿Nos estábamos divirtiendo? Estelas de luces caían, chisporroteaban y se disipaban, y volvían a aparecer. El silencio sepulcral antes de cada explosión empezó a intranquilizarme. Chirridos, silbidos, pums: los verdes metálicos y azules cobrizos recordaban demasiado a la guerra. Formábamos un triste trío, mis padres y yo. No obstante arqueábamos el cuello y bajábamos la vista, de vuelta a las capuchas planas de nuestras respectivas sudaderas, una y otra vez contemplando aquella llovizna iluminada. Ya no nos quedaba refrigerio alguno. Habíamos acabado con todo lo de la fiambrera.

¿Tan mal hubiera estado seguir siendo una colonia de Inglaterra? Me lo preguntaba intensamente con cada explosión. ¿Tan terrible hubiera sido que todo postre se llamara «pudin» —incluso si eran tartas—, vivir sin «elevadores», perder algunos artículos, redistribuir las erres, tener un rey ocioso, tener una reina ociosa y poner todos los volantes a la derecha? Bueno, quizás por lo de los volantes merecía la pena luchar. Quizás nuestros Padres Fundadores tuvieron un presentimiento sobre esto último.

—Hubo mucha viruela en el siglo dieciocho —dije de camino a casa, apretujada entre mis padres delante de la camioneta.

—Desde luego que sí —dijo mi padre—. Pero empezaron a vacunar en los años de la guerra, creo.

—Bueno, al menos de eso podemos alegrarnos —dijo mi madre—. A veces pienso que quizás no habría sido tan horrible ser ingleses.

—¡Es increíble! ¡Justo estaba pensando eso!

—¡*Tories* en mi camioneta! —exclamó mi padre.

—Bueno, ¿tan horroroso sería? Inglaterra se ve genial en las fotos.

—Hubiéramos sido colonos —dijo mi padre.

—¿Y? ¿Nos habrían obligado a todos a llevar una gran «C» escarlata alrededor del cuello?

Mi padre se inclinó para mirar directamente a mi madre y decirle:

—Envías a un crío a la universidad y mira lo que pasa.

—Corinne Carlten va por ahí con una gran «C» de oro colgada al cuello, *sin que nadie la obligue* —dije.

—¿Qué tal está Corinne últimamente? —preguntó mi madre.

—No sé —dije, y me sumí en el silencio.

Todo intercambio con mis padres aterrizaba en algún lugar aburrido donde yo no quería estar.

—¿Y cómo está Krystal Bunberry desde que su padre se puso enfermo y todo eso?

—Ni idea —dije—. ¡Aunque se agradece que enviara todo aquel papel higiénico!

—Si todavía fuéramos ingleses —dijo mi padre—, beberíamos más y conduciríamos por el lado erróneo de la carretera. Básicamente, lo que la gente hace aquí el Cuatro de Julio.

—No me gusta toda la letra de nuestro himno —dijo mi madre. Había renunciado a mí y a mis amigas como tema de conversación—. «Bombas explotando en el aire.» ¿Qué clase de canción es ésa? Cuando la canta mucha gente a la vez, todo el mundo coge mucho aire y parece que diga «bombas explotando en el *pelo*».*

—Vamos a callarnos —dijo mi padre.

Nos quedamos mirando la carretera. Los crucifijos altos de los postes telefónicos y eléctricos, en línea a cada lado, multiplicados y encogiéndose en la distancia hasta casi desaparecer, me hicieron acordarme de la última escena de *Espartaco*.

—¿Creéis que el maíz llega ya a la rodilla, como dicen del Cuatro de Julio? —preguntó mi madre, y en seguida las luces viraron y pasaron a iluminar la entrada de nuestra casa.

Solía ver películas que alquilaba en el Farm & Fleet. No eran muy buenas. Llevaban poco tiempo ofreciendo este servicio, y el surtido era escaso. La sección se anunciaba a sí misma como «Pequeña Cosecha», expresión que nosotros jamás utilizaríamos en casa; ¡podría traer mala suerte! Como dejar la cartera en el suelo, o un sombrero

* Por la similitud, en el original, entre *air* («aire») y *hair* («pelo»).

en la cama. La cuestión es que estuve viendo muchas películas de Jennifer Aniston y documentales sobre Brasil y Argentina. Las devolvía al día siguiente. A veces, de regreso, cogía la ruta larga a casa y así me paseaba con el coche. Hacía un tiempo de verano muy bueno, y los bordes de los caminos se veían azulados por la achicoria, después blanquecinos por las flores de la zanahoria, y en algún tramo los dos colores se mezclaban y creaban una especie de colcha de retales herbáceos a ambos lados. Flores típicas de la pradera habían sido replantadas en ciertos lugares, y en otros nunca habían desaparecido: rosas blandas, malvarrosas, zuecos, laurel.

Mi madre estaba pasando más tiempo del habitual en la cama. La señora Miniver no era. De sus bancales de flores y espejos habían escapado numerosas plantas, para crecer también sobre el césped. Pronto brotaron en éste tallos que llegaban a la cintura, húmedos y vellosos, y que durante diez días de julio se revelaron no sólo como helenios, sino también como hierba mora y *flox*. Un campo de color morado. Una revolución violeta: campanillas chinas, dedaleras y salvia. Era irónico pensar que su parterre nunca había estado tan hermoso. Malvas reales se erguían llamativas, rectas, hasta la altura de las ventanas, afectadas tan sólo por la más ligera de las inclinaciones. También aparecieron guetos de equináceas, y flores del tabaco en tonos fucsia, y milenramas, y era como si todo ello hubiera tomado la decisión consciente de brotar. Sólo las hortensias, que no habían sido podadas, echaban de menos a mi madre. Enverdecieron con rapidez. Inundadas de clorofila, estériles y vírgenes a la vez, sus ramas se inclinaron sobre la tierra con recias pústulas de color crema y lima. Su rendición delataba la ausencia de mi madre. En circunstancias normales jamás lo habría permitido.

A veces por la tarde, en mi cuarto y todavía disfrazada de halcón, desenfundaba al Viejo Bob, y con el arco por debajo del puente, como si fuera un escroto, nos lanzábamos con algún pequeño tema. Alegraba el ánimo conseguir que aquellas cuatro cuerdas entonaran algo que no fuera fúnebre. El contrabajo era un instrumento complicado —mi bajo eléctrico, con su digitación suave, blanda, era en comparación como un juguete—, y a veces lo tocaba sin pisar los trastes. Así lo hacía por ejemplo con *Nardis*, de Miles, que era fácil y cuyo título, al revés, significaba «estrellado» en latín, o algo así; me encantaba y no te exigía demasiado. Una vez, en una audición para el conservatorio del estado, había tocado un solo de un concierto para contrabajo de Sergei Koussevitzky, quien en 1930 había sido portada de la revista *Time*. Y eso era básicamente lo que sabía de él. De todos modos, o no lo hice demasiado bien, o ver a una niña de pie junto a esa enorme criatura de madera, agarrándola del cuello y masajeándole la tripa, rascándole la música a la fuerza, hizo sentir un tanto incómodo al jurado, y no fui seleccionada. Las caras del jurado eran la personificación del escepticismo, como si todos ellos estuvieran diciendo: «¡Lo que hay que escuchar!», y yo nunca había experimentado hasta entonces la letalidad de una cara escéptica. Después de la audición, me alejé de la música clásica por completo, pues necesitaba dejar atrás el recuerdo de aquella experiencia. Los adultos tendían a obviar estos hechos de la infancia cuando les aconsejaban a sus hijos que probaran algo nuevo.

Una vez mi madre se asomó a mi cuarto y me encontró alada junto al contrabajo, con una mano moviéndose por el mástil como un calamar y la otra blandiendo el arco, tocando una especie de staccato. Me dijo:

—No me extraña que no pudiera dormir. Mírate. Menuda pinta.

Y ahí estaba yo, un pájaro con cara de contrabajo, abrazando los hombros de otro pájaro de cuello largo y cuya cabeza crestada de madera, como la de un caballo de ajedrez, me superaba en altura y estaba inclinada sobre mi oído como si me estuviera diciendo qué hacer. Sonrió, en cualquier caso. Estaba tocando *Bye Bye Blackbird*. Pensó que se trataba de mi propio arreglo, pero en realidad lo había copiado, o había intentado copiarlo —ojalá hubiera tenido manos más robustas, y más de dos—, de Christian McBride.

—¡Tu abuela solía cantar esa canción! —exclamó, y acto seguido se volvió a su habitación a descansar.

A veces me daba por golpear la parte trasera de la caja para imprimir cierto ritmo. Mis interpretaciones estaban llenas de idas y venidas; me centraba en la melodía, o en algunas de sus notas, me salía por alguna tangente y volvía a centrarme. Tocaba un preludio para chelo de Bach que justo había aprendido el año anterior. A veces esto era divertido, hacer que el contrabajo hiciera de chelo; era como hacer que un viejo cantara una canción juvenil. El Viejo Bob se quejaba y bramaba, pero cumplía con su cometido, su ocasional brío de carcamal como un último guiño a la juventud. Era conmovedor. No había conocido a mis abuelos, pero si hubieran vivido más años, me los imaginaba muy parecidos a Bob, en aspecto y sonido. A fin de cuentas, era un nombre familiar.

Empezaba a echar de menos mi Suzuki, de modo que, tras pedirles permiso a mis padres, cogí un autobús a Troy para sacarla del depósito. El pequeño trastero que había alquilado —hacía algunos años, un cuerpo en estado de descomposición había aparecido dos módulos más abajo, me dijo el encargado— estaba justo al lado de la estación. Sin embargo, después del viaje en autobús necesitaba caminar un poco, para estirar las piernas. En el trastero, aparte de mi moto, había una caja que cuando abrí vi que contenía mis libros y también las perlas que mi madre me había regalado en Navidad. Me las metí en el bolso. Una vez cerrado el trastero y aparcada la moto en un parking público, eché a andar con paso decidido. Mientras caminaba, metí la mano en el bolso, saqué las perlas y me las puse.

Me dirigí hacia el centro. Troy parecía tranquila y vacía sin el bullicio estudiantil de costumbre. Parecía adormecida, desacompasada. Parecía pertenecer a un pasado bobalicón y encantador.

Sin que me hubiera propuesto ir, vi que estaba cerca del Petit Moulin. Era un sábado a las cinco: la hora del cóctel. El sol lo barnizaba todo, las hojas de los árboles y las lunas de las tiendas; hasta los bancos de granito en las aceras emitían destellos. A esta hora abundaban las sombras, como placas de pizarra translúcida. Cuando la brisa movía los árboles bailaban semitonos.

Decidí entrar en el restaurante para ver si Sarah estaba allí. Me entró la necesidad no sólo de verla sino también, extrañamente, de ver si podía volver a trabajar para ella, en el restaurante, en otoño, cuando volviera a la universidad. Así pues me dirigí a la entrada para buscarla y para pedir trabajo. Probablemente no servían hasta la seis, así que me imaginaba que sólo estarían los empleados.

Pasé junto a la vitrina de los quesos; se exhibían en queseras de cristal antiguas, que eran como recipientes para tartas, con vinagre en el fondo. Subí los escalones de cemento que llevaban a la entrada. Vaya con el acceso para minusválidos. Nunca había estado en el restaurante, de modo que no tenía del todo claro por qué me faltaba el aliento. En uno de los escalones, cerca ya de la puerta, había una maceta con un arbusto lantana, aunque entonces yo no sabía que se llamaba así, ni que costaba novecientos dólares. Lo único que sabía era que parecía sacado de las páginas de un cuento de hadas, con sus grandes flores rosas y amarillas... ¿Cómo podía dar flores de dos colores, ambas etéreas y vivas? Debía de haberse logrado mediante injertos o hibridación.

—¿En qué le puedo ayudar? —preguntó un joven saliendo de detrás del atril del *maître*.

No había ningún cliente, aunque en la barra, con chaqueta blanca, se veía un cocinero sentado, y del otro lado un camarero sacaba brillo a las copas. Sobre ellos había viejas ruedas de molino, recogidas en el campo y que habían sido fijadas al techo, a modo de decoración.

—Venía a solicitar empleo.

—En este momento no tenemos nada —dijo el joven junto a su atril.

—¿Puedo rellenar una instancia de todas formas, por si sale algo? Estoy buscando cualquier tipo de trabajo. Puedo lavar platos. ¡Incluso ahuyentar a los ratones de la ensalada! ¡Cualquier cosa! —Me hizo gracia mi propio comentario y dejé escapar una breve risa, pero el joven parecía consternado.

—Ésta es nuestra última noche.

—¿Qué quieres decir? —pregunté.

—El restaurante cierra mañana.

—Dios mío.

—Exacto.

—¿Está Sarah Brink?

—¿Sarah? —Esto lo pilló por sorpresa, y estudió mi cara para ver lo que sabía, o cómo es que la conocía—. No —dijo lentamente—. Sarah no está.

—Vale. Vale. —Miré a mi alrededor. La presentación de las mesas era elegante. Delicados salvamanteles y servilletas de tela blanca. En todas había un pequeño jarrón de cristal con lirios peruanos. Un ángulo de luz procedente de la calle mostraba una columna de partículas de polvo que pronto, con el bullicio del restaurante, desaparecería—. Bueno..., ¿tenéis alguna mesa libre?

—¿Perdone?

—Quisiera una mesa. Para cenar. Cena para uno. Sólo yo.

—No servimos hasta las seis, pero le puedo dar una mesa ya, si quiere.

—Sí. Me gustaría —dije—. Gracias.

Me llevó hasta una mesa algo alejada y me entregó la funda de elepé que hacía las veces de carta. Sarah había reciclado sus viejas fundas de elepé, añadiéndoles pestañas adhesivas en las esquinas para que el cambiante menú se pudiera fotocopiar, quitar y añadir con facilidad. Me tocó *Harvest*, de Neil Young, y aunque la carta de vinos y el menú tapaban los créditos, intenté ver quién había tocado el bajo en aquel álbum —¿Tim Drummond? ¿Stanley Clarke? ¿El mismísimo Mingus?—. Tuve que retirar un poco la carta de vinos para poder cerciorarme. Drummond.

Me puse a estudiar el menú —¿acaso no era una suerte de poesía?—. Lo hice durante media hora, entre pequeños sorbos de vino, escudriñando cada palabra, estudiando su imaginería y lo bien que sonaba. Había ajos tiernos y brotes de helecho, vinagretas y *roux*. El verano no había acabado con estos ingredientes. Sólo entonces me di cuenta de que *roux* no se escribía *rue*, que sin duda era como debía escribirse y como acabaría escribiéndose, al menos si dependía de Sarah. Había cosas asombrosas: muselina de cangrejo con capuchino de marisco. Había *noisettes* de salmón curado en hinojo con espuma de champán. Nada que se pareciera a un Cacho Mary en este local. Había carpaccio de bisonte con hojas de ensalada marchitas —¿serían las de mi padre?—. Las ensaladas tenían espinacas salvajes, y menta, y acedera con remolacha, y brotes de guisante, y tomates que se llamaban «reliquia», como si fueran broches, y quesos que habían ganado certámenes, como si fueran perros. Tanto las sopas como las ensaladas venían decoradas con ramilletes de flores de calabaza y flores de guisante. Y por fin, conforme llegaba hacia el final, tras infinitas virutas, flambeados y «acompañamientos» —¡confit de *cipollini*!, ¡alioli de rábano!—, ahí estaban, las patatas de mi padre: *baby* y *fingerlings* Bo Keltjin, asadas. Y, acompañando a un costillar de cordero, ahí estaban los «huevos de pato Keltjin», con forma y tamaño de huevo, tan perfectos como una patata nueva puede serlo, con el sabor de la mantequilla sin sal, de las manzanas y del vino con notas de brezo. Sin toques de marga. A marga no sabían.

Teniendo en cuenta todo lo que había leído en el menú hasta llegar a las patatas de mi familia, intenté no pensar que éstas estaban pobremente descritas. Se anunciaban sin hacer uso de las palabras «primaverales», «suculentas», «carnosas», «cremosas» o «crujientes»; ni siquiera «de contrabando», o «cultivadas en barro rico en compuestos para condensar el sabor». Pero bueno, ahí estaban, se suponía que hablando por sí solas. Todo un logro. El nombre de mi padre había estado en este menú, todo este tiempo, quizás durante años, sin que yo lo supiera. Y ya que sólo se trataba de una hoja de papel, pregunté:

—¿Crees que me podría quedar el menú?

—Por supuesto —dijo el camarero, quien no sólo me rellenó la copa de Prairie Fumé sino que además me ofreció una servilleta negra—. He notado que va vestida de negro —dijo.

No lo entendía.

—¿Para que vaya a juego? —Mis vaqueros eran negros, pero arriba, de hecho, iba de azul marino.

—Bueno, quizás no quiera que las hebras de la servilleta blanca se le queden pegadas a la ropa. —Se echó un poco hacia atrás—. Como quiera.

—Ah, claro —dije. Comer aquí era algo serio—. ¡Menos mal que me he traído la seda dental negra! —Quizás estaba loca. Él me miró como si lo estuviera.

—¿Hay seda dental negra? ¿O es sólo que se pone negra? —Quizás me odiaba.

—No estoy segura —dije. Volví a mirar el menú—. ¿Qué tal están las patatas? —pregunté sin alzar la vista.

—Muy buenas. —Sonrió—. También tenemos dos platos que no están en el menú y que le puedo indicar si quiere. El primero es una trucha de lago en costra de almendras, por treinta y cuatro dólares. —Treinta y cuatro dólares por un pescado que probablemente había salido del lago frente al instituto de Dellacrosse... ¡Quién lo hubiera dicho! Sobre el vino, en cualquier caso, no tenía crítica alguna. ¿Qué notas tenía? Notas de ciruela, quizás. ¡Y hasta ahí llegaba!

—Gracias. —Asentí con la cabeza y me coloqué la servilleta negra sobre el regazo, dejando la blanca a un lado de la silla, por si acaso me tenía que sonar la nariz—. ¿Y el segundo?

—Ah. Perdone. Falda de buey en su propio juego servida con setas *shiitake*.

—¿En su propio *juego*?

El chico pareció espantarse.

—Sí —dijo—. Creo.

Echó un rápido vistazo a la pequeña libreta que hacía unos instantes se había guardado en el bolsillo.

—Sí —dijo.

—Gracias. —Intenté sonreír. Y comenté—: Por un momento pensé que ibas a decir «falda de buey con su propia falda».

—No —dijo, se dio la vuelta y se marchó.

El ángulo de luz bajó ligeramente, calentando algo más las mesas, y después decreció más, ensombreciendo el local.

El camarero me trajo una minitaza de puré de chirivía con berros y *crème fraîche*.

—¿Qué es esto? —le pregunté, y me lo explicó. Un *amuse-bouche*.

¿Me envenenaría como el paté de bulbos a Murph? ¿Qué más daba?

—Vale —dije.

Cogí la tacita por su minúscula asa, me la llevé a la boca y sorbí. Me sentía como una giganta asaltando una casa de muñecas. Como una enorme Ricitos de Oro entre ositos diminutos. Me veía como un monstruo. Un tallo de berro se me metió por la nariz.

A continuación me trajeron otra cosa diminuta para muñecas: un higo con piñones y pasta filo caramelizados. La barrita energética de los dioses.

Nunca antes había comido alimentos preparados de

forma tan elaborada, y hacerlo en esa triste, casi religiosa soledad, en un lugar público donde nadie más que yo estaba sentado sin compañía, hacía que cada bocado cantara y rugiera en mi boca. Era una experiencia extraña para mí, en esa tarde cada vez más oscura, ser objeto desapasionado de toda esta atención al paladar, que no al espíritu. Era como un acto de adoración sin rezos. Como una comunión infinita. Como una iglesia sin Evangelios.

Tal que si una compota fuera un chófer, todo plato parecía llegar con una. Pedí los raviolis —¡raviolis!— artesanales, con tomillo, espárragos y hierbas frescas, una revolución herbácea en toda regla. Poco a poco, empecé a sentir que ascendía a una especie de paraíso menor. Era increíble degustar comida con sabores como éstos. ¿Había habido alguna época anterior a ésta en que la gente hubiera comido así de bien? No cabía duda que la gente estaba comiendo de un modo para el que la evolución ni nos había preparado ni tenía explicación. Era un milagro, gratuito, vertiginoso y encantador. Un «paté de chirivía» podía, claro está, limpiar todo rastro de manchas, pero ¿qué era un *torchon*? ¿Y un *ganache*? ¿Y un *soffrito*? ¿Y una *rillette*? Hasta la «escarola ligeramente salteada» proporcionaba una frase en un nuevo idioma, en el que las palabras en teoría conocidas eran alteradas como en el Scrabble —para obtener más puntos— o como en el holandés.

Pedí una ración de patatas Keltjin.

—¿*Con los raviolis?* —preguntó el camarero algo estupefacto.

—Soy pariente —dije.

—¿De los raviolis?

—De las patatas.

Le evitaría la conversación que a veces había tenido

con Sarah sobre el *terroir*, cuyo elemento más importante era una arena que permitiera a la patata moverse y empujar hacia arriba, pero no demasiado.

—¡Ah! —dijo, como si mi respuesta fuera incluso más graciosa que su suposición.

Pedí un pescado que se llamaba *kona kampachi*. ¿No era así como se llamaba una exótica actriz de los cuarenta? ¿No solía llevar un bañador de aquellos con faldita, sus pechos cónicos como gorros de fiesta? Llegó acompañado de medio limón, y éste envuelto en una bonita redecilla. Estrujé, rocié y goteé, y no tuve que recoger pepita alguna. Nunca antes había visto un limón en una bonita redecilla. Un limón vestido de princesa de cuento. «Como para ir con esto al albergue de acogida», oí que decía una de las voces de las reuniones del miércoles por la noche. Las patatas llegaron hervidas a la perfección. Ensartadas, fácilmente habrían pasado por un collar de Barbara Bush.

Comía despacio, pedía más y el tiempo se iba pasando. Los camareros empezaron a recoger estando yo todavía a la mesa, y el comedor casi desierto. «No te preocupes. Estamos recogiendo antes porque es nuestra última noche, pero no hay prisa.» Pedí un poco de jerez y quesos de postre, que llegaron con sus suaves notas a óxido, a amoníaco y a tiritas. Había un queso con motitas, un *cheddar* curado con cristales de azúcar salado, rodajas de queso de cabra con la consistencia de la pasta de dientes seca. Queso de vaca, queso de oveja, queso de cabra. Todos los animales de mi infancia estaban en la tabla. A excepción del cerdo. ¿Dónde estaba el queso de cerdo? Evité preguntar, pese al vino.

Comí un tazón de fresas rociadas con un vinagre balsámico tan intenso que tenía la consistencia de la miel. Las fresas venían adornadas con la misma salvia caramelizada que en una ocasión había probado en la cocina de Sarah. Todos los platos que hasta ahora había comido eran minúsculos y delicados, y el conjunto más que una cena parecía la metáfora de una cena. Pedí más. Pedí un segundo postre de sorbetes caseros acompañados de menta chocolateada, frambuesas y lavanda desperdigadas por el plato como bichitos sangrientos. Había oído a Sarah hablar sobre estos sorbetes: había dicho que los haría en varios sabores y colores, y que los pondría fuera, en la salida de incendios, para mantenerlos fríos allí en sus pequeños recipientes, brillantes bajo la luna invernal. Cuando le comenté esto al camarero, que había oído que estos sorbetes estaban hechos en casa y que los ponían a enfriar en la salida de incendios en invierno, bajo la luna, arrugó la nariz, como si hubiera un ligero mal olor en el comedor.

—¿Quién te ha dicho *eso*? —preguntó.

Mi moto no había sido realmente diseñada para viajes nocturnos de cien kilómetros, pero tendría que apañárselas. Embalada, adelanté un viejo autobús urbano que avanzaba renqueante y entre resoplidos. Una vez fuera de Troy, cuando ya anochecía, el olor a estiércol se elevó a ambos lados del camino. El cielo, que había empezado a tomar un intenso color ciruela, se abrió ahora en algunos puntos, dejando al descubierto el lúgubre verde dorado de la pulpa de esa ciruela. El viento estaba cambiando, de un modo que me hacía sentir intranquila. La lluvia llegaba como un animal a la carrera. Volver a casa así, ¿era una idea estúpida?

¿Era católico el Papa?

¿Mojaba el agua?

Las hojas mostraban su dorso plateado. El cielo tenía el aspecto dorado de las tormentas. Algunas nubes habían atrapado la luz de la ciudad, cada vez más distante, y veía cómo se movían. Iba todo lo rápido que podía. A veces sentía que las ruedas patinaban y entonces tenía que reducir la velocidad momentáneamente. Durante un largo tramo entre dos maizales infinitos llegué a tener la sensación de estar parada, de lo cansinamente invariable que era el paisaje. Y entonces el camino comenzó a rodar de nuevo. Llegaron los árboles, pero el aire permanecía inmóvil, pese a las repentinas y ruidosas ráfagas. En la oscuridad tenías que virar bruscamente para evitar a los animales que había en la carretera. Las zarigüeyas, aplastadas, eran resbaladizas, y los mapaches, en *rigor mortis*, grandes y tiesos; hasta muertos podían hacerte caer. Un pobre puercoespín apareció sobre la línea central, como un cactus decorativo pero letal.

Trataba de distraerme con el lenguaje. «En abril, lluvias mil.» ¿Era verdad? Yo era hija de granjero y no te lo sabría decir. «¿Mojaba el agua?» Eso sí que lo entendía: decir obviedades sarcásticas siempre había sido parte del humor provinciano, y se hacían más obvias cuando eras tú la que te encontrabas en el apuro. ¿Era católico el Papa? ¿Volaban los pájaros? Y si el Papa tuviera hambre y no hubiera otra cosa, ¿cazaría uno y se lo comería? ¿Y si se comiera un hígado de oso, se moriría?

La lluvia comenzó a caer sobre mí como si fuera granizo, y quizás era granizo: frío y punzante. La nariz y las mejillas me dolían del frío. Los guardabarros parecía que estuvieran siendo golpeados por algo metálico. No tenía casco. La solitaria luz delantera apenas alumbraba un par de metros, y yo perseguía su extremo como el galgo al señuelo. El viento se arremolinaba en torno a mis oídos; un auténtico vendaval, como el nombre de mi propia madre:* era hija de un vendaval. Por si esto fuera poco, acababa de comer los platos de Sarah, ¡seguro que me volvía loca y me convertía en una gorgona! El pelo se me estaba enredando y apelmazando. La clave estaba en no desmoralizarse. Una clave que probablemente valía para todo. Hasta para las gorgonas. Y estaba decidida a no desmoralizarme.

—No deberías conducir esa moto tuya tanto tiempo y, por la noche, es peligroso.

Mis padres estaban esperándome. Entré como un objeto a la deriva, con el pelo convertido en tiras de fregona.

—Llevas puestas las perlas —dijo mi madre.

Lo había olvidado. Me toqué el cuello para sentirlas. Estaba empapada.

—Se pueden mojar —dijo, intentando ocultar su sorpresa y su satisfacción—, no pasa nada. De hecho, les viene bien. —Y entonces añadió—: Ha llegado una postal de Robert.

—¿Sí? —Me la entregó.

—Nunca más —insistió mi padre, exigiendo mi atención—. La moto sólo de día.

Eché un vistazo a la postal. «Hola, gente», decía, en vez de «Querida familia». ¿Quién decía «Querida familia», en cualquier caso? Nadie. «Saludos desde los michelines de Texas. La comida aquí es como un cruce entre

---

* En alusión a Gail, fonéticamente similar a *gale* («vendaval»).

Alien 5 y *Depredador 3*. Mañana embarcamos. Besos, *R*.»
Nada. No decía nada. Del otro lado había una foto de El
Paso, con su implacable cielo azul, que era como si una
lobelia hubiera muerto, ascendido al cielo y allí se hubiera convertido en una especie invasora. Hasta que vi esa
foto nunca creí que un cielo azul pudiera parecer tan
malvado.

—¿Has oído lo que te he dicho sobre la moto? —pe-
guntó mi padre en un tono tenso.

—Sí —contesté—. Vale. —Saqué la hoja del menú y
se la di—. He encontrado tus patatas —le dije.

—¿Ah, sí? —dijo.

Hice lo que me mandaron. Sólo usaba la moto durante
el día, para ir al pueblo a tomar un refresco o para alquilar y devolver películas. A veces montaba después de trabajar con mi padre en los campos de lechugas, todavía
disfrazada de pájaro. Zigzagueaba por los caminos veci-
nales, con sus nombres a base de iniciales —F, M, PD—,
cuyo significado desconocía. La soledad de esos caminos, la superación de sus curvas y cuestas, era otro tipo
de vuelo. A veces me daba por pensar que era una extraterrestre tratando de regresar a casa, al espacio exterior.
O quizás, de algún modo, igual que era mitad judía, sólo
era mitad extraterrestre, mestiza, una mulata trágica de
ciencia ficción. Cualquiera podía ver que no tenía ni idea
de cómo regresar al espacio exterior. Mis intentos eran
una clara chapuza. La brisa me refrescaba, incluso vestida de ave rapaz. Sin embargo, si se empezaba a formar
una tormenta, los insectos reaccionaban nerviosos, y entonces tábanos del tamaño de abejorros, y mosquitos y
libélulas chocaban contra mi cara o quedaban atrapados

entre mis alas, y a veces incluso, si estaba cantando, se me metían en la boca. En estos casos tenía que dar la vuelta y volver a casa.

Algunos días, cumplidas mis obligaciones, me dedicaba a vagar por la finca. La tierra arenosa no sólo era buena para las patatas, sino también para los álamos y las tilias, que en nuestro terreno eran enormes y daban mucha sombra. Me paseaba por el pequeño huerto fantasma, donde los cerezos llevaban ya tres estaciones sin podar y se veían espinosos, nudosos, con el aspecto de no dar frutos hacía tiempo; aguardaban quizás la llegada de una sierra, o de un carpintero... ¡o de un dramaturgo ruso! A veces me encontraba algún racimo de cerezas oscuras; al igual que con la fruta del manzanar de al lado —de tan sólo tres árboles—, me gustaba que las cerezas estuvieran algo tocadas. Tenía este hábito desde hacía mucho tiempo, y mi madre, pese a sus intentos, no había conseguido acabar con él: morder la parte estropeada de las manzanas y las cerezas, allí donde la fruta había formado su propio vino, dulce y marrón.

A menudo iba con *Blot* al criadero de peces, más allá de la choza que antes hacía de fresquera y ahora de cobertizo, pasada la bodega de verduras excavada en una pequeña colina junto al bosque. Para echar un vistazo. El principal interés de *Blot* era localizar sus heces del verano pasado, deposiciones que se habían vuelto duras y blancas, como tentempiés espaciales. «¡*Blot!* ¡Ven aquí!», le tenía que gritar, no fuera a embarcarse en un oloroso peregrinaje en busca de sí mismo, quizás para nunca volver. A *Lucy*, nuestra cabra, la habíamos tenido que atar ese verano, pues iba a la obra que teníamos al lado y se ponía a roer el contrachapado de los cenadores.

A veces, bajo mis pies, la tierra cedía un poco: túneles

de topo. En los senderos, las raíces de viejos robles igual se enroscaban para abrazar un grupo de flores silvestres que se estiraban a través del camino como el esqueleto de un animal en un yacimiento erosionado. Me impactaba el carisma de algunos de estos árboles, incluso en su decrepitud; los robles, vestigios de la vieja Sabana, y los arces con sus hojas angulosas: mi hermano y yo habíamos trepado por ellos y habíamos leído sobre sus fuertes ramas. Algunos tenían troncos tan ahuecados que prácticamente podías introducirte en ellos, como en una especie de guarida curativa, donde podías desaparecer hasta que te sintieras mejor; o podías trepar por su interior y de repente emerger por arriba, sólo por el simple placer que ello proporcionaba. El fuego que encerraban en su interior nunca parecía extinguirse del todo. A lo largo de los años, y animados por mi padre (quizás para que no pasáramos tanto tiempo encaramados a los árboles), también empleamos bastante tiempo en reforzar las orillas del criadero de peces con piedras del campo. El estanque parecía necesitar un constante apuntalamiento. Antes de proceder a depositar las piedras, las íbamos apilando aparte, escogiendo siempre las redondas, del tamaño de un puño. Estas pilas a veces parecían tan amistosas como nuestras propias patatas, pero otras se asemejaban a montañas de roedores sin cola, y, bajo cierta luz, podían hacer que te llevaras un buen susto.

Las piedras que no vendíamos a la tienda de semillas y abonos, para que éstos a su vez se las vendieran a los jardineros, las guardábamos para el criadero. Si sus paredes habían aguantado todo este tiempo era porque, siendo niños mi hermano y yo, habíamos sido unos constructores entusiastas; encajábamos las piedras como si fueran piezas del Lego. Solíamos usar también un mortero de fabricación casera: semillas de sésamo, pasta de dientes, chicle y pegamento. Y aunque hacía ya mucho que el agua había desgastado el mortero, las piedras se habían asentado gracias a nuestro diseño y diligencia a la hora de colocarlas. Aparte de eso, la corriente era suave. Los peces seguían acudiendo al criadero y haciendo de él su morada. Algunas semanas, en verano, nuestros desayunos consistían en ojizarcos sobre tostadas.

Al igual que el criadero era algo a preservar, sentía que el prado de tenis —como nosotros lo llamábamos— era algo a rescatar, aunque no sabía muy bien para qué. La juncia y la eulalia habían quebrado el asfalto; la algarroba y la almorta, el carraspique y la salicaria, crecían junto a los bordes. Diferentes tipos de dulcamara, tallo azul y madia también habían aprovechado sus oportunidades. En algunos puntos la pista se había desintegrado en trozos de tierra seca, y en otros estaba salpicada de moho herrumbroso. Los restos de las líneas de la pista eran ahora indistinguibles del liquen que había ido perfilando el hormigón, trozo a trozo. Sedimentos de macadán. «¡Nueces de macadamia!», solía bromear mi padre. Él no estaba interesado en el tenis: le recordaba su infancia, la cual había dejado atrás, una infancia en la que, como en Inglaterra, el campo significaba tenis. ¿Qué más podía significar? Eso es lo que él se había empeñado en descubrir.

Decidí hacer del prado mi pequeño proyecto personal. Primero cogí la maquinilla de cortar el pelo de mi padre y segué las margaritas y los dientes de león. Mi intención era colocarlas en diferentes jarrones alrededor de la casa, hasta que me di cuenta de que estaban llenas de hormigas. A continuación cogí el cortacésped y el rastrillo, y me deshice de los cardos, el armuelle y cualquier otra cosa que creciera. Con el soplete, quemé y despejé por completo el espacio entre los dos postes de madera, donde debía estar la red. Los postes estaban resquebrajados e hinchados por sus muchos años de abandono a la intemperie. La hiedra los abrazaba como una cinta de regalo a una botella de vino. Rastrillé el espacio entre ambos hasta que, chamuscada pero limpia, obtuve una franja de aproximadamente un metro. La cubrí con una alfombrilla que había encontrado en el granero y colgué una gruesa cuerda entre los postes. Después, cogí mi libro de poemas de Rumi y, con cuidado, lo desencuaderné para colgar las páginas dobladas con chinchetas. Por último, sólo quedaba tumbarse y leer. Siempre había soñado con tener un aparato que colgara del techo con un libro iluminado —¿cómo es que nadie lo había inventado?—, y esto fue lo más cerca que estuve nunca de hacer realidad ese sueño.

Todos los días conseguía pasar algún tiempo allí. Era un santuario a salvo de las excavadoras y niveladoras que seguían trabajando en el país de los cenadores. Si era un día de insectos, me llevaba un repelente, vaporizaba el aire y me introducía en la nube resultante, como si fuera colonia. Me tumbaba y miraba hacia arriba. La sombra de aquellas páginas creaba una mágica tienda de campaña. Como aquel prado estaba bastante guarecido de la brisa, las páginas casi no se movían, y si deseaba reordenarlas o recolocarlas podía hacerlo sin problemas. De vez en cuando, mientras leía, se posaban mariposas, como para inspeccionar a esas nuevas primas suyas, y tras unos instantes volvían a levantar el vuelo. Leía a Rumi y pensaba sobre el amor y sus éxtasis, y sobre la extinción del yo en la esencia divina, hasta que, de repente, me encontraba rebuscando un chicle en los bolsillos de mis shorts.

Le quitaba el envoltorio, y la pelusilla que tuviera de mis bolsillos, soplando, y seguía leyendo mientras masticaba. Cuando me cansé de Rumi, colgué a Plath, de cuyos gritos enérgicos y elegantes nunca me cansaba, hasta que me cansé, y entonces, con ganas una vez más de algo diferente, empecé a colgar recetas, procedentes de libros de cocina antiguos que mi madre ya no quería. Estudiaba lo que había ido anotando en las páginas, su atrevida brujería, su pragmático bullicio. Estas recetas eran lo contrario de la poesía, excepto si, como era mi caso, casi nunca cocinabas. Entonces eran lo mismo. Cuando acababa recogía las hojas, por si llovía.

Fui a nadar, una vez, a la piscina municipal de Dellacrosse. Hice el viaje en moto, vestida de normal, el día más caluroso de todo agosto. Me desnudé para ponerme uno de los bañadores viejos de una pieza de mi madre, cuyo relleno de espuma me ayudaba a flotar, y me puse a nadar largos en el agua turquesa, hasta que me sentí agotada.

No vi a ningún conocido en la piscina, excepto una chica con la que había ido al instituto, Valerie Bochman, que ya había tenido un niño rollizo, el cual se paseaba en pañales entre los aspersores de la piscina infantil mientras su madre lo observaba desde una toalla. Extrañamente, el niño no era un encanto. Estaba pálido y rechoncho, y tenía la mirada perdida. Sabía que Valerie se había casado, pero me había olvidado de con quién y no sabía cuál era su apellido ahora. Había enterrado su antiguo nombre y adquirido uno nuevo, como los testigos protegidos. ¿Cómo íbamos a conseguir reencontrarnos las antiguas amigas cuando fuéramos mayores y nos diera por buscarnos en el listín telefónico? Ya no apareceríamos por ninguna parte. Eso sí que era protección. Antes de irme a los vestuarios, de madera de pino, para quitarme el cloro y quedarme mirando la alcachofa llena de cal, que con sus agujeritos oscuros como pasas parecía un queso stilton con arándanos, le dirigí un débil saludo a Valerie, al otro lado de la piscina. No me lo devolvió. Se limitó a mirarme, sonriendo de forma ambivalente, dando a entender que no tenía ni idea de quién era. Así que me fui. Quizás se acordaría de mí después, de camino a casa.

Todas las noches, antes de dormirme, leía un buen rato en la cama, hasta muy pasadas las diez. La luz de la lámpara atraía a los insectos, que conseguían colarse a través de algunos agujeros en las mosquiteras, y sobre las once miraba al techo y siempre estaba lleno de bichos, pequeños, medianos y grandes, claros y oscuros, reunidos allí arriba en siniestras bandadas, como a la espera de Tippi Hedren. Una vez, algo albino alado y patilargo aterrizó en mi libro, y su rareza me fascinó, pese a lo cual tardé poco en aplastarlo entre las hojas. Otra vez me desperté en mitad de la noche y vi que entre el quicio de la puerta y el marco, que encajaban mal, había una larga franja de luz procedente del pasillo, y que las luciérnagas podían entrar en el cuarto. Entraban y salían chispeantes, como hadas, como si la puerta no existiera, como si no hubiera forma de separar mi cuarto del espacio exterior. La verdad es que eran como una visión, pero una que no había tenido de niña, cuando dormía con una profundidad y una quietud que ya no eran posibles.

Todos los días, en cuanto me ponía mi traje de pájaro volvía a sentirme como Ícaro —¡chúpate ésa, profesor Keyser-Lowe de Cultura Clásica II!—, aunque me hacía cargo de que este hecho no era, en términos mitológicos, ni afortunado ni pertinente. Sin embargo, se estaba convirtiendo en la cosa más divertida que había hecho en todo el año. A veces, por la tarde, con la luna estival en el cielo como un trozo de mandarina —¡una monda de naranja, cual si fueran los restos del almuerzo de Dios!—, me preparaba para salir al campo y mi padre, al verme, me decía: «Ay, perdona, esta tarde no. Esta tarde no trabajamos», y yo decía: «Ah, vale», pero salía de todas formas. Quizás me estaba haciendo adicta a ser un halcón o lo que fuera que encarnase. Quizás es que necesitaba mi pequeña carrera todas las tardes. A menudo *Blot* se venía conmigo y corría detrás de mí. *Lucy* nos miraba anhelante desde su restringida posición. Los tordos entonaban su aflautada canción campestre: «Corre a casa, óyeme / ¿por qué no vienes a mí?» Sonaban insinceros y alegres.

La luz menguante enrojecía y bronceaba las nubes de tal modo que parecían formar una cordillera. Con la llegada del anochecer, galopaba entre las hileras de lechugas triestacionales y mis sueños de volar retornaban. En mis sueños nunca volé demasiado alto, y ahora, en el campo, cuando daba un salto, sentía que las alas me sostenían apenas una fracción de segundo en el aire, mi cuerpo hecho cometa. Mis alas encontraban un poco de aire y mi salto se alargaba, y en cuanto tocaba el suelo me volvía a elevar, dándome impulso con las puntas de los pies, y sentía en ese instante que quizás podía arrancar a volar; esta posibilidad era lo suficientemente emocionante. Volar en sí no me interesaba y, de hecho, la idea me asustaba. Mi modesto sueño se había hecho realidad: un vuelo humilde, del tipo en que ni siquiera te elevabas lo suficiente como para disfrutar de una buena vista.

Al anochecer, sola, me callaba, no cantaba. En los campos y cerca del granero y de la bodega de verduras, la luz seguía presente en el bullicio amarillo de las varas de oro. En cuanto se ocultaba el sol salían las golondrinas de sus nidos de barro, para alimentarse. A continuación aparecían los murciélagos; los pequeños revoloteaban con agilidad, mientras que los más grandes, como pumas alados, se encaramaban en el aire directos a por las luciérnagas, ignorando los mosquitos. A veces estudiaba su vuelo, que nunca sería el mío, ni quería que lo fuera, pero en cualquier caso sus movimientos de ballet, rápidos y a la vez pautados, eran de admirar.

Todas las tardes, cuando el cielo empezaba a oscurecer, yo perfeccionaba mis elevaciones y mis brincos. Las máquinas de la cercana obra yacían entonces inmóviles, y las serradas patas de scherzo de los grillos entonaban su cantinela estival —como las enérgicas cuerdas de una pieza de Philip Glass—. Las cigarras vibraban con un repique como de tamborines, las crías de pájaro piaban. Todos ellos se unían en una especie de coro. De vez en cuando sonaba el graznido lejano de algún ganso solitario. Me dirigía hacia la parcela arbolada, donde había un claro cubierto de espiguilla y de centeno que hubiera sido perfecto como campo de fútbol. Cruzaba el claro corriendo, retrocedía y lo volvía a cruzar, sintiendo el ligero despegar de mis alas, la sensación repentina aunque momentánea de ingravidez. Los zumaques, cada vez más encarnados, estaban dando sus frutos más pronto de lo habitual, y a veces corría hacia ellos. En ocasiones *Blot* se ponía a ladrar demasiado, o me mordisqueaba los talones, o trataba de saltar sobre las alas: lo llevaba de vuelta a casa y me volvía yo sola a los campos, a las estrechas calles de tierra entre las lechugas y la col rizada. Corría, me ladeaba para girar y volvía a correr, sintiendo que volaba a ras del suelo.

Y entonces, una noche en que el aire parecía de terciopelo y vibraba con el croar de las ranas —el ocasional mugido de una rana toro junto al estanque espesando la canción— y el cielo cubierto de infinitas estrellas —¡cuántos deseos se podrían pedir!, si uno quería pedirlos. ¡Cuántas posibilidades para guiarse en el mar!, si uno se hallaba al frente de un barco—, ahí estaban: Reynaldo y Robert. Me paré, acalorada por la carrera. Estaban de pie, uno junto al otro, al final del campo, Robert con su alfombra de yoga, Reynaldo con su alfombra de rezar. Ambos tenían un teléfono móvil y un volumen de los poemas de Rumi. Su quietud, el hecho de que se mantuvieran siempre a la misma distancia de mí por mucho que me acercara, y de que no dijeran ni una sola palabra hasta que finalmente se dieron la vuelta y se alejaron, fundiéndose en la oscuridad, pese a que el cielo seguía tachonado de constelaciones, era un augurio. Además, vinieron otra vez, la siguiente noche y exactamente de la misma forma: no vaporosos ni cadavéricos, sino silenciosos, dándose la vuelta y alejándose de nuevo, esta vez acompañados de un pequeño niño magullado que al instante, con la lucidez de las visiones, supe que era Gabriel Thornwood-Brink. Esto me hizo darme cuenta de que estaban irremediablemente muertos, todos ellos, y de que ahora las cosas realmente útiles de la vida, como las estrellas, pasarían a ser un decorado incomprensible.

Yo no estaba cuando los dos oficiales del ejército llegaron en su furgón militar para anunciar la muerte de mi hermano, aunque años más tarde conocí a alguien que había hecho ese tipo de trabajo. «Es muy duro y muy extraño —me dijo—. El trabajo más duro que he hecho en mi vida. Por muy solemne que fuera todo, ibas totalmente desorientado, lo cual, para cualquiera que haya pasado algún tiempo en el ejército, es decir mucho.»

No estaba claro cómo y por qué Robert había muerto tan de repente, tan pronto, tan al instante. Habían hecho ocho semanas de entrenamiento a toda prisa y, acto seguido, los habían enviado al extranjero, pues el número de voluntarios empezaba a ser demasiado escaso. Acababan de aterrizar en un lugar cerca de la provincia de Helmand; no llevaban allí ni tres semanas; hubo una BBIED y no había ningún QRD, pues estaban todos en TK o en J-bad junto con todos los MREs; iban equipados con AKs, pero hasta una inspección de rutina de un terreno minado podía salir mal. La carta dijo algo diferente de la persona que había llamado. Como gesto de compensación por nuestra pérdida, un cheque por valor de doce mil dólares llegó casi al instante, por correo urgente, con *Keltjin* mal escrito.

El llanto de mi madre fue inenarrable. Todo un verano quedándose en la cama no le había dado la suficiente fuerza para enfrentarse a la muerte de Robert, por el contrario, pareció haberla abonado para el luto. Una noche bajó simplemente para gritarle a mi padre:

—¡Nunca le deberíamos haber puesto tu nombre! Cualquier judío hubiera entendido eso. ¡Trae mala suerte! ¿Por qué te empeñaste tanto?

—¡Pensaba que querías decir que me traería mala suerte a mí! —le replicó mi padre también a gritos—. Y a mí eso me daba igual. Me tenían sin cuidado esas supersticiones antiguas.

—¿Ah, sí?, ¡pues mira lo que ha pasado con esas supersticiones antiguas! —chilló, y se fue corriendo escaleras arriba.

Mi padre tampoco había estado presente cuando vinieron los oficiales, y también él había quedado sumido en el silencio al enterarse, aunque sí dijo acalorado: «Voy a hacer algunas llamadas.»

No estoy segura de que llegara a hacer las suficientes llamadas como para quedarse satisfecho. Una misión para limpiar un campo de minas. Una patrulla terrestre que sufrió una emboscada. ¿Qué tal golpeado en la cabeza por el brazo de una grúa? ¿Y por una carretilla elevadora? Los chicos pasaron demasiado tiempo en las montañas de noche, pese a los chillidos de alarma de los monos. Eso según el PL o el CO. Una BBIED. Por lo que se ve había una nueva forma de morir: por teléfono móvil. Y se supone que debería haber acudido una de las unidades de salvamento de la OEF. Pero la DU no tenía los ECD en marcha. Nadie mencionó el miedo o la ineptitud del propio Robert como posibles causas, ni tampoco el «fuego amigo», pero el embrollo de las posibilidades alternativas resultaba sospechoso. Mi padre, en calidad de NOK, era objeto de una incesante lluvia de siglas y eufemismos.

—KIA por RPG talibanes —dijeron.

—Mira, quiero una explicación de verdad, ¡IPSO FACTO! —gritó mi padre con voz tan acalorada como gélida—. ¿Me estás diciendo que su pierna está perdida en algún árbol? —Otro oficial vino a sentarse en nuestro salón, para explicar lo sucedido un poco más.

—De hecho —contestó este hombre uniformado—,

su pierna resultó destruida. Su mano fue la que acabó en un árbol. Estaba muy arriba. Tuvimos que dejarla allí.

Mi padre no se quedaba en la cama por las mañanas como hacía mi madre, sino que se afanaba en el campo, a solas.

—Tienes que descansar —le dije.

Pero él me contestó:

—No puedo quedarme tumbado y pensar. Me da demasiado miedo quedarme tumbado y pensar.

A veces se pasaba el día entero partiendo leña.

Mi madre cubrió todos los espejos de la casa con fundas de almohada y pañuelos. Los espejos del jardín los cubrió con sábanas.

El cadáver llegó en avión hasta Chicago, y desde allí dos hombres se encargaron de las cinco horas de carretera en dirección norte hasta el tanatorio, en un Hummer, como si en Dellacrosse hasta los muertos necesitaran de la protección de este tipo de vehículos, aunque el cuerpo sí que requería refrigeración, así que quizás fue por eso. El conductor, tras saludar a mi padre, le hizo entrega de las chapas de identificación de mi hermano, que mi padre recibió en una mano como si se tratara de un puñado de calderilla, sin mirar.

El funeral, en una iglesia que había sido luterana y a la que Robert nunca había ido —ahora era unitaria: para personas que creían que Dios debía ser elegido democráticamente y tras una ardua campaña—, pareció estar dominado por sus amigos. Chuck Buzlocki, Ken Kornblach, Cooper Dunka. Se pusieron en pie, un loco de la mecánica tras otro, y realmente eran de admirar: tenían una anécdota aburrida de Gunny tras otra, las cuales provocaban en todos ellos tanto risas como lágrimas. Nosotros, su familia, permanecíamos inmóviles en nuestros asientos, mudos y espantados, como si no conociéramos a nadie, ni siquiera a la persona de la que hablaban. ¿No acabábamos de ver a todos esos chicos en la ceremonia de graduación? Escuchándolos, me di cuenta de por qué las notas de Robert habían sido tan malas.

El cura sólo aludía a Dios de forma muy imprecisa, en unos términos que hacían que Dios pareciera un diseño y una fuerza, pero también un poco indiferente a nuestros destinos y por lo tanto imposible de adorar. Como un sistema ferroviario. Te podía llevar adondequiera que te dirigieses, a cualquier sitio. ¡Una empresa de transportes! Sin embargo, no estaba dispuesto a corresponder a tu devoción con amor. De vez en cuando sonaba una oración, pero todas llegaban a mis oídos sin sentido alguno.

> *Padre nuestro que estás en celo,*
> *sacrificado sea tu nombre;*
> *venga a nosotros tu reno;*
> *ciega es tu voluntad,*
> *así en la tierra como en*
> *la guerra.*

No tenía nada en contra de los rezos. Quienes los consideraban murmullos de iluso quizás es que tenían menos necesidad de ilusionarse. La religión, me daba cuenta ahora, y sin la ayuda de ninguna asignatura, estaba hecha para los que tenían que soportar la muerte de sus dulces hijos. Cuando los niños se hacían fuertes y morían menos, y cuando dejaban de ser tan dulces, la religión se iba apagando. Y cuando los niños volvían a endulzarse y a morir, la religión revivía.

Allí sentada, empecé a darme cuenta de que parte de mí no creía que Robert estuviera muerto. Parte de mí creía que quizás era una inocentada. Como a todos, a Robert le hubiera encantado asistir a su propio funeral. Por supuesto que uno siempre asiste a su propio funeral. Pero por lo general uno está tan metido en su papel de muerto que no puede prestar atención a las cosas bonitas que la gente que se levanta dice sobre ti.

El cura seguía animando a los asistentes a decir algunas palabras, y alguno más lo hizo: una chica llorosa y un profesor de Geometría. «Quería a Gunny», dijeron los dos. La chica leyó un poema titulado: «Y Gunny disparó su pistola», que fue insoportable.

Al final, mi padre se levantó y arrastró los pies hasta el atril. Se aferró a él con ambas manos y se quedó mirando a los reunidos. No fue un silencio especialmente incómodo, pues la ceremonia en su totalidad había sido tan incómoda que su mirada silenciosa tampoco aportaba mucho. Sin embargo, sí que es verdad que su semblante parecía decir: «¿Cómo es que vuestros repelentes y ridículos hijos siguen vivos y el mío no?»

Empezó con una anécdota.

—Cuando Robert era pequeño le gustaba subirse a las cuerdas del granero y columpiarse sobre el heno. Tanto a mi hijo como a mi hija parecía encantarles la sensación de volar, así que a veces los dejaba, miraba hacia otra parte. Quizás hice mal. Saber cuándo mirar hacia otra parte y cuándo intervenir nunca ha sido mi punto fuerte. Una vez, cuando tenía seis años, se cayó de la cuerda y no lo hizo sobre el heno. Se dio un golpe en la barbilla con un cubo de metal oxidado. Vino a verme con el cubo en la mano y me dijo: «Papá, no me grites. Ya sé que me tendrán que poner puntos y un pinchazo, pero ha sido increíble.»

La historia había llegado a su fin, pero mi padre seguía de pie tras el atril, como si estuviera pensando en alguna otra historia que poder regalar a la audiencia, algo que fuera más revelador y entretenido, pues hasta en los funerales la gente parecía esperar algún que otro momento divertido. Pero yo podía ver que, para mi padre, esta historia lo resumía todo. Me quedé sentada junto a mi madre, que lo estaba pasando mal. Llevaba el sombrero negro con la pluma. Cogía la cinta negra que caía de un lado y se la colocaba frente a los labios temblorosos. Yo llevaba el pelo recogido con un pasador negro con forma de cuervo.

—¿Qué puede decir un hombre sobre perder a su hijo? —anunció mi padre por fin. Había elevado la voz, como si estuviera llamando a alguien—. ¿A su único hijo? ¡Bueno!, pues que lo echo de menos mucho más de lo que puedo decir con palabras. No sólo era un buen hijo. Era una buena persona. Del mejor tipo que existe.

Eso fue todo lo que dijo antes de que se le agarrotara y amoratara el rostro, de que tuviera que darse la vuelta y bajar del púlpito. Mi madre le había dado un pañuelo, pero en vez de usarlo para limpiarse los ojos se lo colocó sobre la cara, como una toalla caliente en la barbería. Se acercó hasta mi madre, la cogió de la mano y se dirigieron a la salida, dejándome allí sentada. El órgano comenzó a sonar y la gente empezó a levantarse para, bajo el sol de aquel septiembre, dar el pésame a mis padres. Al poco tiempo también el organista se levantó y se fue, no sin antes dirigirme un breve gesto de condolencia.

Sola en la iglesia, estuve inmóvil durante un largo rato. Después giré la cabeza en todas direcciones y vi que no había nadie. Me deslicé por el banco hasta el pasillo y me dirigí hacia el féretro, que estaba sobre una camilla cubierta con una gruesa manta aterciopelada. El ataúd era de color coñac: una mole barnizada, un reluciente piano de salón con una bandera por encima. Acaricié la tapa. Una avispa, del tipo que uno siempre veía alrededor de las papeleras de las zonas de picnic, caminaba por el borde. Me quité el zapato y la aplasté. Y entonces, mientras la limpiaba con el programa de la misa, que tenía una foto de Robert delante, la lista de lecturas bíblicas dentro y, detrás, los tan absurdos números 1984-2002 —¿qué podían significar, sobre todo ahora que las tripas de la avispa amarilleaban el segundo dos?—, se me ocurrió pensar que a lo mejor el ataúd estaría abierto. Presioné los dedos contra la ranura de una de las esquinas. Se abría, así que lo abrí. Al levantar la tapa, la bandera se deslizó y cayó al suelo. No era uno de esos ataúdes con bandera integrada de los que tantos se harían más adelante.

Dentro, como en un gran estuche acolchado, yacía una guitarra rota: un uniforme verde, en parte pino, en parte seta, en parte perejil, con partes de un hombre en su interior. Me puse el zapato y me guardé el programa en el bolso.

—Hola, Robert —dije, pero tenía miedo de ponerme a llorar.

Sabía que había supersticiones sobre tocar a los muertos. También sabía que, según una de ellas, si tocabas a un muerto nunca volvías a estar solo. Me encaramé a la camilla, y después al ataúd; me acurruqué junto a él. Estaba delgada de todas las semanas que había hecho de halcón entre las hileras de verduras, y me encajé a su lado incluso con el bolso, jadeando suavemente porque no me atrevía a respirar del todo, temiendo percibir algún mal olor. Pero una tenía que respirar. Al principio me pareció que olía a alguna especie de producto químico, como al fertilizante que usaban en las grandes plantaciones. ¡Fertilizante industrial! Aunque el interior del féretro estaba acolchado en blanco, como una hermosa maleta, lo que podía ver de mi hermano era como los desechos que alguien hubiera tirado dentro. No tenía piernas, según parecía, por lo que había espacio para las mías. Bajo el uniforme llevaba una sudadera puesta del revés para que la capucha le encajara en la cara. Con cuidado la retiré para ver qué había. Bajo la capucha había un gorro de ducha, de plástico transparente, que alguien había estirado sobre sus facciones. Bajo el gorro de ducha, que no me atreví a tocar, pude ver que ya no tenía nariz ni mandíbula, pero ahí estaba su labio inferior al completo, que tan bien conocía, ahora de color lavanda y con ampollas, y el superior, con sus pecas rojizas bajo el incipiente bigote, que todavía parecía vivo y negro como la pimienta. Su piel, la poca que podía ver, tenía ese aspecto ictérico del mal tiempo que llega para quedarse. Su quietud, la ausencia de tartamudeo, transmitía la más absoluta soledad.

—Robert —susurré en la oscuridad—. Soy yo.

Seríamos como niños una vez más, tumbados entre los árboles en algún campo, excepto que el olor empezaba a parecerme horrible. Y como estaba acurrucada contra él me di cuenta de que lo habían rellenado con cosas, con espuma de poliestireno o algo así, de tantas partes que le faltaban. Una manga estaba llena de papel de periódico, una gran salchicha de papel que crujía cuando apoyaba la cabeza. La mano que salía de esa manga era la de un maniquí; una mano sin nudillos, lisa como un pez. Podía ver que la muerte lo había asentado y aplanado, de la misma manera en que una ensalada —de, pongamos por caso, lechugas triestacionales— se asentaba y aplanaba después de un tiempo de estar fresca, lozana y alta en el cuenco. ¡Lo fresco, lozano y alto que él había sido!

Por si empezaba a llorar, bajé la tapa del ataúd, un techo satinado sobre nuestras cabezas, y dentro se hizo muy oscuro; no del todo, porque el lado de las bisagras dejaba un resquicio, una delgada línea de luz que podía borrar cerrando los ojos. El espacio se redujo y la temperatura subió.

Oí que los amigos de Robert volvían a la iglesia. Y de repente volvían a ser los portadores del féretro.

—Mira, la bandera se ha caído —dijo uno, y la volvieron a colocar sobre el ataúd.

—Señal de mala suerte —dijo otro.

—Cállate la boca —dijo un tercero.

Y en cuestión de segundos estábamos siendo transportados de la iglesia al coche fúnebre. Nos alzaron y deslizaron al interior del vehículo, y entonces oí que decía mi padre:

—¿Dónde está Tassie?

Y mi madre:

—No lo sé. Creo que quizás ya se ha ido para el cementerio con unos amigos.

Yacería junto a mi hermano para siempre. Lo salvaría de ese montón de porquería que era el olvido. Quizás nuestro pequeño mortero a base de chicle, pegamento y semillas de sésamo nos vendría bien. También un poco de agua. Un quesito. Y siempre podíamos pedir que nos trajeran pizza y Coca-Cola. El coche fúnebre empezó a dirigirse hacia las afueras del pueblo, hacia el Cementerio Villa de Dellacrosse. Un nombre que parecía sugerir que todos los allí enterrados vivían en una especie de comunidad. Bueno, organizaríamos fiestas, quizás; seguro que algún batería había sido enterrado con sus baquetas. Acaricié a Robert, y su textura quebradiza y el terrible olor —como mierda enmohecida en un estuche de plástico— hicieron que ya no me sintiera cercana a él. Había estado más cerca de él las noches en que se había aparecido en el campo de lechugas. La persona que estaba en ese espacio fétido no era realmente él.

Me empezó a salir sangre por la nariz. Primero pensé que estaba llorando, pero entonces percibí el sabor metálico. No tenía demasiada experiencia en el terreno del sangrado de nariz, y la boca se me fue llenando de minúsculos coágulos como pequeños trozos de hígado. Me pasé la mano por la nariz y la boca, y pude notarlos entre la mucosidad y la sangre. De todos modos permanecí junto a sus restos —no había mejor palabra para describir el ente improvisado contra el que me acurrucaba—. Allí me quedaría y encontraría el modo de conservarlo en mis recuerdos. Lo volvería a ensamblar hablándole. Le diría «buenos días» por la mañana. Le diría «buenas noches» por la noche. No volver a hacerlo nunca más me parecía impensable. Me quedaría allí y le contaría todas las tramas de todas las películas que había visto en mi vida. No haría de hermana de ningún chico. Me quedaría allí hasta que... hasta que empecé a barajar mis opciones.

Cuando llegamos al aparcamiento y los encargados del funeral colocaron la camilla y los portadores volvieron a aparecer para sacar el ataúd del coche, decidí revelar mi presencia. Se trataba de salir no exactamente mientras iba por delante, sino ante el menor número de personas posible. Cuando los amigos de Robert se disponían a colocar el ataúd sobre la camilla, empujé la tapa, saqué la cabeza y revelé mi presencia. Rápidamente me bajé como pude. La luz del mundo me lastimó los ojos.

—¿Qué rayos? —exclamó uno de los amigos de Robert.

—Es la hermana de Gunny —dijo otro.

—¿Qué hacías ahí?

Y entonces llegó mi madre corriendo, el rostro surcado de lágrimas. Me sacudió la ropa y me abrazó, al tiempo que les hacía un gesto a los chicos para que bajaran la tapa del ataúd.

En el cementerio hubo salvas en honor de Robert. Más pistolas para Gunny. Recuerdo eso. Había un parque de hormigón poblado de gárgolas angelicales o quizás de temibles querubines —¿quién podía distinguirlos?—. Había cruces blancas y macetas de geranios y tejos que eran conos perfectos. Había un tamborilero, tal como había imaginado, pero no estaba allí para prestarle las baquetas a nadie. Había una bandera que fue doblada, de modo increíble, hasta formar un triángulo perfecto. Le fue entregada a mi madre, que ni la apretó contra su pecho ni dio las gracias al hábil doblador. La apretujó en el bolso sin demasiado cuidado. Y después el trayecto a casa. Había cazuelas que la gente había traído, con papel de plata por encima; llenaban la mesa de la cocina. Era como si hubiera un muerto. Y como lo había, esa imagen no contribuyó a ninguna mentira. Me fui arriba, a mi habitación rosa, y básicamente me quedé en ella un mes entero.

Mis padres se encargaron de tramitar una baja por enfermedad para que no tuviera que volver a la universidad por el momento; se me informó de que debía descansar hasta que me sintiera mejor. Los periódicos locales llegaban a mi habitación y yo intentaba leerlos. Me enteré de que los chorlitos se habían quedado atrapados en nuestro condado: yo podría ser uno de ellos. Por lo visto los chorlitos del estado no podían volar porque habían contraído una especie de botulismo —habían comido peces que habían bebido aguas contaminadas—. Y esa contaminación, ¿era resultado de un vertido o de ciertas toxinas naturales en las hojas de nenúfar? Nadie lo sabía. Se estaban barajando ambas posibilidades. Pero la cuestión es que las alas de los pájaros rehusaban moverse, de tal modo que éstos no sólo no podían volar, sino que además algunos se habían ahogado. Otros artículos hablaban sobre patos trastornados por el mercurio, los cuales se suponía que se alejaban de sus nidos, hacían nidos nuevos y se olvidaban de los anteriores. Yo yacía en la cama, enferma y sin comer, como una cigüeña bajo las sábanas, posándome con suavidad sobre este o aquel pensamiento de modo arbitrario. No era que la capacidad de encontrar satisfacción en mi vida cotidiana hubiera disminuido, sino más bien que había desaparecido por completo.

El tiempo refrescó. Las mariquitas japonesas, importadas hacía años como parte del control de plagas de la soja, se habían adueñado de las granjas, incluida la nuestra. Formaban manchas de un naranja chillón en las ventanas y en las puertas, y si se te ocurría apartar alguna te picaba. Por la noche, las que habían conseguido introducirse en casa pasaban el rato golpeándose contra la lámpara del techo.

Los pájaros cantores, atiborrados de moras maduras, y dejando tras de sí charcos fecales de color púrpura en ramas y verjas, volvieron a confundirse y olvidaron partir hacia el sur, y se quedaron en los árboles pelados, las vallas y barandas.

En Hoopen Road tres vacas habían resultado electrocutadas durante una tormenta.

La vida era insoportable, y sin embargo uno tenía que cargar con ella a todas partes. Estaba viviendo en carne propia un trabajo que había hecho para mi clase de Mitología de primero. El dolor, en su errática evolución, pasaba por diversas etapas. Primero Hércules. Después Sísifo. Después Perseo. Después Eco. Finalmente uno se convertía en flor o en árbol, con la inclinación de una flor y la rigidez anhelante de un árbol. Pero con zapatillas. Y cenas. Y tareas domésticas. Sí que «mejoré», por usar la jerga médica, sin que me sintiera realmente mejor, y conforme fueron pasando las semanas otoñales, empecé a salir de mi habitación con mayor frecuencia y también a ayudar a mi padre con la cosecha. Incluso empecé a acompañarlo a hacer entregas de patatas y de mezcla de lechugas triestacionales a restaurantes de Chicago, viajando por carreteras secundarias, entre colinas bajas de origen glaciar y morrenas. También alguna vez lo ayudé con su puesto en el mercado de granjeros de aquella misma ciudad. Mi padre llevaba las chapas de identificación de mi hermano a todas partes. Había momentos en que toda la tierra me parecía una tumba. Otros, de mayor esperanza, me parecía un jardín.

Salíamos muy pronto, al amanecer, cuando la tierra dejaba escapar el rocío en nubes tan espesas y mágicas que, en las depresiones del camino, era imposible ver ni medio metro adelante y los campos parecían humear, como si se prepararan para la visita de un dios, ascendiente o descendiente. ¿Cuál de los dos sería? Quizás era cierto lo que la gente solía decir sobre nuestro país: el espacio exterior estaba interesado en nosotros. Más tarde el aire se despejaba y el día rebosaba luz. Yo observaba las balas de heno sobre el campo, separadas unas de otras de forma simétrica, como si se tratara de la obra de un departamento de arte.

La vida tenía que seguir adelante y uno con ella, aunque sólo fuera por educación. Mi padre y yo intentábamos entablar conversación, del tipo que fuera.

—Los caballitos de mar dan a luz —empezaba yo—. Aunque son machos. Pero ¿por qué los llaman machos, si dan a luz?

Y mi padre se quedaba callado, pensando, conduciendo. Al rato decía:

—Porque ellos exigen que así sea. No quieren que les pase lo mismo que a las mariquitas. Estas mariquitas tienen problemas de masculinidad por todas partes.

Intentaba reírme. Apreciaba su esfuerzo por prestarme atención, por estar conmigo, aunque últimamente le costaba. Frente a nosotros flotaban pequeñas nubes infladas, como absurdos globos para una fiesta todavía por empezar. Grupos de gansos atravesaban el cielo; sus graznidos metálicos anunciaban su partida al sur.

Parábamos en algún sitio para comer y hacíamos exacta y solamente eso: parar y comer. Comíamos sándwiches de beicon, lechuga y tomate, y sopa, y reemprendíamos el viaje. Si hacía buen día, la reluciente hierba y las hojas doradas, el fleo y el cerrillo secos en los bordes del camino, parecían un canto a la luz, cuando en realidad, si uno lo pensaba seriamente, su mecanismo de diálogo con el sol hacía un tiempo que no funcionaba. Las acacias de tres espinas habían sido las primeras en perder sus hojas, dejando un resplandeciente rastro en torno a las alcantarillas del pueblo. Después les llegó el turno a los arces, con sus diferentes tonos de marrón y caramelo. Un rastro de hojas, o de maíz, o de ambos, barnizaba todos los caminos por los que circulábamos. Típico del final del amor, dejar tras de sí un hermoso cadáver. Cuando no se veían dorados contra el cielo azul, como algún símbolo de la realeza, los robles presentaban ese rojo negruzco, mate, de la sanguina; mi padre y yo nos quedábamos mirándolos, a través del parabrisas, cada uno sumido en sus propios pensamientos. Una noche, una bandada de pájaros migratorios, orientados hacia la luna, tomaron por su destino una torre repetidora iluminada, y vimos cómo todos ellos se destrozaban contra el enrejado metálico. Otro desastre amoroso, representado mediante símbolos. Al pasar junto a la torre, mi padre redujo la velocidad, después aceleró de nuevo. El silencio no era lo peor, pese a que seguía conteniendo pena y resignación. De vez en cuando un conejo cruzaba la carretera a toda prisa.

—¿Los conejos son animales nocturnos? —pregunté.

—Sip.

—Y entonces, ¿por qué se los ve durante el día también?

Mi padre estuvo callado un buen rato.

—Trabajan por turnos —dijo por fin.

Cada vez tenía el culo más gordo, era tímida e insignificante, me mareaba en el coche pero no en la camioneta: quizás valía más para la vida de campo de lo que nunca había creído. Cuando llegábamos a casa por la noche, mi padre cerraba la puerta de la camioneta de un portazo y se quedaba mirando el cielo, enorme y vigilante.

—Eso sí que es un cielo —decía.

Una vez dentro, se sentaba frente a las noticias, que desde hacía poco, y cada quince días, mostraba un cuadro de honor de militares norteamericanos: soldados jóvenes muertos en Oriente Medio. Mostraban sus fotografías, varias en cada toma, en silencio, con el nombre, rango y ciudad de nacimiento de cada soldado a pie de foto. Tenían todos cara de bebés, bebés con gorro, y cuando muy de tanto en tanto salía alguno más mayor, un oficial, mi padre gritaba:

—¡Eso es! ¡Sí señor! ¡Se han cargado a un teniente coronel!

Tampoco es que fuera un pez gordo. Una vez sí que apareció uno —un coronel—, provocando que mi padre soltara un amargo grito de alegría. Las caras de todos aquellos soldados nos miraban desde la pantalla como la de un niño dulce y acusador en la ventana del adiós de una horrible guardería. Mi padre empezó a fumar los cigarrillos de mi madre, Camel Light, que a ella nunca parecieron afectarle pero que a mi padre lo dejaban ronco y con tos seca, por lo menos de noche. El brandy se amontonaba junto a su silla, primero en vasos de chupito, después de whisky, después en tazas de café con leche. La noche en que apareció la foto de mi hermano en el cuadro de honor dio la casualidad de que estábamos juntos, mis padres y yo, y nos quedamos inmóviles. También Robert tenía cara de niño con gorro. El gorro era absurdo; no añadía nada, sólo un adorno oscuro, quizás para centrar la composición de la foto. En su mirada había un atisbo de espanto —¿por la política exterior?, ¿por un comentario del fotógrafo?, ¿por el destello del flash?— y no estaba sonriendo.

—A Robert se le ve cansado en esa foto —dijo mi madre finalmente.

—Sí —ratificó mi padre, que apagó la televisión y abandonó el salón.

Los relojes se retrasaron una hora y el sol empezó a ponerse a las cuatro. Abrí el portátil y empecé a enviarle correos a Murph. Me contó que había dejado los estudios aparcados un año para colaborar con una escuela en Baton Rouge. Le conté lo de mi hermano y me respondió horrorizada con un mensaje de condolencias en el que incluyó una canción que había compuesto para mí. Era una canción amable y estúpida, en la que «muerte» rimaba con «suerte», «hermano» con «cercano», «guerra» con «tierra», «grito» con «mito».

En mis carpetas me topé con el último correo que Robert me había enviado, hacía, me parecía a mí, tanto tiempo —en realidad había sido en primavera—, y en cuanto lo vi me quedé helada. ¿Cómo podía ser que no lo hubiera leído? ¿Por qué lo había ignorado como si no fuera nada? ¿Qué problema tenía? No era la hermana de nadie. Los ojos me escocían y se encogían, pero lo abrí finalmente para ver, aunque fuera borroso, lo que decía.

Hola, hermana:
No sé si te das cuenta de que siempre me estoy fijando en lo que haces ahí fuera en el mundo, y de que

yo siempre he pensado que sabes adónde te diriges, y lo mucho que admiro eso. Probablemente tú lo vives de forma diferente, y a lo mejor es que te veo con ojos de hermano pequeño, pero a mí siempre me has parecido lista, independiente y segura de ti misma, intentando averiguarlo todo. O eso creo. Quizás es que son cualidades de chica, aunque admitámoslo: eres muy diferente a mamá. Quizás yo soy más como ella, porque la verdad es que ando un poco perdido, y por eso te escribo. Ahora mismo tengo la sensación de que sólo tú puedes evitar que haga lo que tengo en mente; si no es una buena idea, sino sólo desesperación y confusión, quizás me toque arrepentirme. Sin embargo, yo tengo la sensación de que es lo correcto, pese a lo que dicen algunos. Lo que dice la mayoría de la gente parece no afectarme. Pero si tú me dices «HAZLO» o «NO LO HAGAS», es posible que eso sí que me entre. ¿Me alisto en el ejército? ¿Será una buena experiencia, el ejército? Y si me envían directamente a Afganistán, ¿me arrepentiré?, ¿o me alegraré al final de haber conseguido dinero para mis estudios, y así poder ayudar a papá cuando me envíe a la universidad, ¡o incluso a la Autoescuela de Vehículos Pesados! (es broma). Acuérdate de lo que el señor Holden siempre decía en clase de Ciencias: sólo en el mundo de la física gravedad más inercia es igual a órbita. Sé que a veces en el ejército hay chicos que conocen a otros chicos y que cuando salen del ejército se montan algún negocio juntos. ¿Tú qué has oído sobre eso? ¡Por favor, responde con tu sabiduría y consejos lo antes posible! Hazme cambiar de opinión, ¡si puedes!

Con cariño, tu querido hermano favorito,

ROBERT *GUNNY* KELTJIN

PD. Sin mi pequeña colección de instrumentos de cuerda probablemente me volvería loco.

PD2. Es broma.

Una vez más me sorprendió su voz escrita, que carecía de las paradas y dudas de su discurso hablado. Quería volver atrás en el tiempo. Sólo para escribir un correo —¿acaso era pedir demasiado?—. Cuando Superman volvió atrás en el tiempo, cuando voló hacia atrás alrededor del mundo a velocidad máxima, aunque se veía muy cansado, daba la sensación de haber podido acomodar a un pasajero, como esos delfines que pasean a los niños de un lado para otro. Quería que Superman me llevara con él alrededor del globo. Sólo para enviar un correo. Nada más. No era gran cosa. Pero ¿qué diría? ¿Qué gramática, qué sintaxis, ligaría las frases en ese zumbante vuelo de regreso? ¿Había una puntuación tan fuerte como los remaches aeronáuticos? ¿Y si rellenaba los espacios entre «no lo hagas» con nuestro mortero de chicle y semillas? Funcionaría. Unos instantes.

Tras dejarlo flotar un rato en la pantalla del ordenador, como un pez en una pecera, cerré el correo de Robert, que quedó encerrado en la carpeta y nunca más volví a mirarlo. Las leyes de la metafísica eran a veces más duras que las de la física: no se puede volver atrás. Pese a que los científicos dicen que sí. Ninguna información puede escapar de un agujero negro. Pese a que los científicos insisten en que alguna sí lo hace.

¡Los científicos y los cómics estaban compinchados!

Mientras tanto, el resto del mundo sabía que las cosas eran muy simples: una vida daba tumbos como un bicho sobre la ventana, hasta que un día, de repente, se paraba.

Sabía, gracias a Física de primero, que según una teoría de la mecánica cuántica una cosa podía estar viva y muerta al mismo tiempo: si una partícula también podía ser onda, si podía transformarse y separarse de sí misma, entonces todo un ser compuesto de esas mismas partículas también podía separarse en ondas y estar en dos sitios a la vez, en el cielo y en el infierno, en el bar y en la grada, en la vida y en la muerte. Para todo había universos paralelos. En teoría. Y la observación de un universo era lo único que privaba al otro de su realidad. Robert sólo volvió a aparecerse en alguna ocasión más. La primera vez yo me desperté en mitad de la noche y me lo encontré andando de un lado para otro por mi habitación, en medio de la oscuridad. Estaba hablando. Decía:

—Sigo esperando a que me duela, pero no me duele. Quizás me dolerá más adelante. —Y entonces añadió—: Resulta que es un insulto para los residentes del más allá preguntar dónde estás, dar a entender que no estás seguro de en qué lugar has acabado. ¡Se supone que debes saberlo! ¡Se supone que debes saberlo sólo con mirar! ¡Sin preguntar! ¡Maldita sea! ¡No es fácil estar seguro!

Otra noche en que no podía dormir, me levanté para ir a por un vaso de agua y lo vi de pie junto a la cómoda. Sostenía una pancarta que decía: sí, soy un hombre. En otra ocasión me desperté para encontrármelo al pie de la cama, callado. Tenía el mismo aspecto que cuando estaba vivo, excepto por el hecho de que llevaba un gorro de ducha, uno distinto, ladeado sobre la cabeza, y en una mano tenía la del maniquí, a la que daba vueltas y más vueltas como si fuera una piedra interesante que acabara de encontrarse. Se la colocó frente a un ojo y miró hacia arriba, como si se tratara de un catalejo.

—Robert, ¿qué quieres? —le pregunté, pero no dijo nada, quizás porque siempre había sido así: nunca había sabido lo que quería, y tampoco lo sabía ahora en el más allá.

Cerré los ojos un instante y cuando los volví a abrir seguía ahí.

—Robert, ¿qué estás haciendo aquí?

Más silencio. Me forcé a parpadear una vez más, y tras abrir los ojos le dije:

—¡No te sientas mal, Robert!

Él seguía examinando la habitación con la mano postiza. Cerré los ojos varios minutos, y cuando los abrí vi que esta vez sí, que se había ido para siempre.

Yo suponía que el alma sólo abandonaba el cuerpo en el último minuto y de mala gana. ¿Y quién podía culparla? Amábamos nuestras vidas mucho más de lo que nos dábamos cuenta, y sólo al final percibíamos su munificencia, como a veces decían en la iglesia, sentíamos incluso la riqueza de sus oportunidades perdidas, o entendíamos simplemente que la vida era mucho más de lo que imaginábamos y por lo tanto que dejarla suponía una gran renuncia. A veces imaginaba que justo antes del olvido, postrado y a punto de morir, a uno le concedían un último encuentro de despedida con los amigos: una última ronda en un rincón agradable de la mente. Hasta el *hardware* traqueante y moribundo hacía entrega de sus pequeños placeres antes de pasar a mejor vida. ¡Era toda una canción! ¿Y no era éste un trueque atractivo: sensación por espíritu y viceversa? Un intercambio que se daba a lo largo de toda la vida y que quizás se intensificaba en el momento de la muerte: el sediento abrazado al dispensador de agua por una gota. Éste era el tipo de conceptos que habían estado apareciendo en todas mis clases en la universidad, y que nosotros nos habíamos dedicado a perseguir como perros enfurecidos por sus propias colas.

Un día fui a la antigua habitación de Robert con mi madre, para ayudarla a guardar su ropa en cajas, para la beneficencia, y al descolgar su abrigo de invierno un murciélago salió volando de una de las mangas, salió de la habitación al pasillo, y no hubo manera de dar con él. Ésa fue la última vez que su ropa tuvo algo de vida, al menos en nuestra casa.

Las fiestas del otoño se habían fundido como los antiguos pueblos de una megalópolis. Halloween llegaba hasta el Día de Acción de Gracias, que ya se había convertido en parte de la Navidad, igual que Kenosha se había convertido en Racine y ambas en Milwaukee. ¡Las calabazas tenían coronas de flores! La temporada de caza empezó el Día de los Veteranos. Muchos hombres que nunca habían estado en el ejército se vestían como piruletas de colorines y empezaban a merodear las inmediaciones de algunas granjas en busca de ciervos. Las trabajadoras del sexo, cuya temporada alta coincidía con la de caza, abrieron un local provisional en la comarcal H, pegado a la tienda Home Dollar y cuyo rótulo decía «Baile, Bebida y Comida». Llegó el día de mi cumpleaños, y como por fin tenía edad para beber, mi padre trajo una botella de champán y él y mi madre propusieron un brindis.

—Por nuestra querida y dulce Tassie —dijo mi padre—. ¡Veintiún años! El tiempo pasa tan rápido que sólo de pensarlo me mareo.

Había leído una vez que un geólogo francés se había recluido en una oscura cueva sesenta y un días, pero que

411

cuando salió pensó que habían sido cuarenta y cinco. ¡El tiempo volaba! Sin importar las circunstancias.

—Al menos hemos conseguido que uno llegue a adulto —añadió mi madre.

—Gail —le advirtió mi padre.

—Perdón —dijo ella.

Tenía la cara redonda y abotargada. El duelo la había ensanchado y no enflaquecido. Quizás era por los tranquilizantes que hacía poco le habían recetado. Ahora, tras sus grandes gafas, tenía la doble o triple cara de la madurez; su cara más adelantada, la que solía tener, estaba enmarcada en óvalos de carne; un camafeo humano. En realidad, la grasa se había instalado en todo su cuerpo. Ella, en vez de ponerse a dieta, dijo que se colocaría una mecha en la barriga y la encendería por Hannukah.

Volví a buscar a la otra Tassie Keltjin en Google, para ver si se estaba haciendo algo en honor de su cada vez más distante recuerdo, y si no, para ver si la gente estaba al menos un poco apenada de que se hubiera muerto. Quizás lo estarían. Quizás deberían estarlo. «Si el universo es lo suficientemente grande, todo lo que puede pasar pasará, de modo tal que si pudiéramos ver lo suficientemente lejos, acabaríamos descubriendo una réplica exacta de nosotros mismos.» Esto lo había leído en el periódico. En el *Science Times*. Era como una versión cósmica del número infinito de monos que con el tiempo suficiente acaban escribiendo *El rey Lear*. Lo cual, en términos evolutivos, era un hecho científico. Si te parabas a pensarlo.

La otra Tassie Keltjin seguía muerta y a nadie le importaba demasiado. Nadie estaba haciendo nada.

Pasado el Día de Acción de Gracias, volví a Troy. Mi padre había empezado a experimentar con la espinaca de invierno, cultivándola en un invernadero improvisado y aclimatado con propano. Había mucha demanda de este tipo de espinaca de crecimiento lento, gruesa y a la vez tierna, en Evanston y en Chicago, donde esperaba poder venderla antes de Navidad. Sonrió y dijo que prácticamente no me necesitaba, y que debía volver a la universidad antes de que me volviera tonta de remate.

Había días en que me sentía dura, agridulce, fuerte. Las personas morían, pero si tú te olvidabas de que habían muerto, aunque fuera sólo un minuto, entonces lograban una especie de inmortalidad: seguían viviendo, pese a estar muertas. Volví a dejar la Suzuki en el depósito y a caminar a todas partes. Las agujas góticas del campus parecían insolentes estocadas a Dios, o bien barras de estríper para los santos a los que les gustaba desnudarse. ¡Fatiga Altanera! El patio frente a la facultad de Zoología, el bautizado por los estudiantes como Hipocampus, estaba levantado porque iban a construir allí algún tipo de edificio; había grúas, excavadoras y barreras de hormigón que rodear. Me paraba siempre en los quioscos cerca de la Asociación de Estudiantes, para leer los carteles del club de cine.

Encontré piso, con una chica de nombre Amanda Prague, que había crecido en Pardeeville, Wazeeka y Mukwanago, y que en seguida anunció, como si necesitara dejarlo claro desde un principio, que era un cuarto afroamericana, un cuarto oneida, un cuarto checa y un cuarto irlandesa.

—Eso son muchos cuartos —dije.

—Y que lo digas —convino, y se encogió de hombros.

Amanda necesitaba una compañera de piso, pues la

chica con la que había empezado a compartir en septiembre se había vuelto a casa a mitad de trimestre con mononucleosis.

—Pareces una chica tranquila —dijo—. Si te interesa la habitación, es tuya.

Así que firmé, di su número de teléfono como el mío y me trasladé con tan sólo unas cuantas cosas a la habitación libre que tenía, que ya contaba con una cama, una cómoda y una lámpara. Yo añadí un edredón, un boli y un sujetapapeles. ¿Qué más necesitaba? Esperaría hasta un poco más adelante para meter mi bajo eléctrico. Mejor de forma gradual. En el depósito, a kilómetro y medio de distancia, no sólo seguía mi Suzuki sino también el xilófono. También evitaría mencionar éstos por el momento, aunque quizás para marzo ya estaría circulando con mi moto de nuevo, como otras chicas que había visto: sin casco y serenas, con el aspecto angelical de quienes ya han muerto, con el tráfico rugiendo a uno y otro lado.

De nuevo otro diciembre, y yo que volvía a buscar trabajo. El cielo bajo, mate, era como la foto de un cielo en blanco y negro. Lo cual hacía que resultase extraño en vez de familiar; el que pareciera una foto no lo hacía menos extraño. Un cielo inmenso no debería parecerse a una fotografía más de lo que se pueda parecer a una alfombra. ¿Excepto en pensamientos ocasionales como éste? Estaba resistiendo. Imprimí una nueva versión de mi currículum, y junto a los Schultz y los Pitsky de Dellacrosse, añadí a los Thornwood-Brink como posibles referencias. No descarté ninguna opción de empleo, ni siquiera las más dudosas: una oferta que decía «conecta con la sabiduría colectiva; gana dinero prediciendo el futuro»; otra de una empresa farmacéutica que necesitaba personas para un ensayo clínico; había una de «chica mala», cuya función era escribirle cartas de amor al chico que la contrataba para que su novia las viera y se pusiera celosa. También opté a un trabajo que consistía en fingir determinados síntomas físicos en laboratorios y clínicas donde había médicos en prácticas.

—Describe un dolor abdominal difuso —me ordenó un hombre con una bata blanca.

—Es punzante unos segundos, luego hace como plof y se queda detrás de la costilla derecha, y entonces siento que se desliza lenta y suavemente hacia abajo.

El hombre estaba callado.

—¿Tienes náuseas? —preguntó.

Me sorprendió su pregunta. Quizás es que lo estaba haciendo bien.

—No. Bueno, sí. A veces.

—¿Tienes experiencia interpretando?

—Ahora creo que sí —dije. Pero no me llamaron.

Un día, con una punzada acuciante en el estómago, caminé hacia el centro, hasta el lago, donde los cambiantes reflejos negros sobre la superficie del agua anunciaban tormenta. Pasé junto al viejo restaurante de Sarah y vi que todavía no se había traspasado, pues estaba cerrado. Había un candado en la puerta. El rótulo LE PETIT MOULIN seguía en su sitio, aunque las últimas tres letras de *petit* habían sido arrancadas, sin duda para acabar en la habitación de algún estudiante en un piso compartido. En el escaparate, los quesos que Sarah solía exponer sobre sus respectivos pedestales seguían expuestos, algo arrugados, azulados, amarronados: el *grana* y el *govarti*, el *cocoa cardona*. Nadie los había retirado. El *cheddar* de doce años de maduración, que en buen día era como oro azucarado, estaba ahora agrietado y punteado por el moho. Los quesos de cabra, por norma blancos y pastosos, habían amarilleado y enverdecido. Se había echado el cierre al restaurante a toda prisa, y nadie, ni una sola persona en todo el otoño, se había encargado de limpiar el escaparate. Me quedé observando estos quesos en decadencia como si fueran seres vivos, abandonados a su suerte en un zoo, que en cierto sentido es lo que eran. Estaban moribundos y sin embargo expuestos; el derrumbe y la amargura de una persona resumidos tras un cristal. ¡Negligencia en el mundo de la restauración! En uno de los quesos de cabra me pareció ver las marcas de unos dientes de rata. Qué duda cabía de que en esta ciudad alguien ya habría escrito una carta al director sobre esto.

A mediados de diciembre ya me había matriculado para el siguiente trimestre y encontrado un trabajo a tiempo parcial en Starbucks, de cafetera. Pronto volvería a casa por Navidad para después, en enero, mudarme de forma más definitiva a Troy. No me había costado demasiado encontrar trabajo, ya que el país se preparaba para ir a la guerra y los reservistas habían sido llamados a filas. Los comercios, restaurantes y tiendas de informática se vieron de repente faltos de personal. En el tablón de anuncios en Starbucks vi una nota escrita a mano que decía: GRUPO NECESITA BAJISTA. Me hice con una de las muchas tiras de papel escritas con el número de teléfono y me la guardé en el bolsillo.

Mientras tanto, disfrutaba decantando leche batida sobre café, añadiendo siropes, escuchando música internacional que nunca antes había oído. Aprendí a crear arte —símbolos de la paz, helechos, caras de alienígenas parecidas a *El grito* de Munch— sobre la espuma del capuchino. Ser simpáticos era parte de nuestro trabajo, y la gente nos correspondía con simpatía. Las horas pasaban amenas. De vez en cuando ocurrían cosas fuera de lo normal, momentos especiales que parecían obra de un misericordioso dios-payaso. Una mañana, una mujer le pagó el café al chico que tenía detrás en la cola, y éste decidió pagarle el café al chico que él tenía detrás; este último se lo pagó a la chica que lo seguía, y la cosa siguió así durante cuarenta y cinco minutos, hasta que la cola se acabó porque no vinieron más clientes. La falta de clientes rompió la cadena, pero mientras duró fue mágico.

Al otro lado de las lunas de la cafetería, los estudiantes habían empezado a protestar contra la escalada militar de Bush, contra el complot que había urdido con intelectuales *neocon* que, como los envejecidos miembros de un club de ajedrez universitario, querían un torneo a medida. Barrerían los peones, arramblarían con todas las torres. NO AL BOMBARDEO DE IRAQ, decían las pancartas de los estudiantes. «La guerra no es respuesta», coreaban los manifestantes, y «No en nuestro nombre», que no estaba segura de lo que significaba. En mis descansos salía y me manifestaba con ellos. En sus descansos entraban y pedían *lattes*. Combatíamos la ansiedad, el frío y el escepticismo político con galletas de jengibre y la causa común. O eso pensábamos. Regalaba *chai lattes* y «ojos rojos», que era como llamábamos al café con leche doble; también «ojos negros» —el *espresso* doble—, al que además llamábamos, entre nosotros, el «dick-wheeler»,* no sólo porque creíamos que debía de

---

* Juego de palabras basado en que *dick* significa «pene» y *wheel* puede significar «mover».

tener algún efecto sobre el pene, sino también porque un día un tal Robert *Dick* Wheeler se había llevado tres con su tarjeta de crédito.

¿De dónde saldrían todos los soldados de Bush? Se hablaba de «desplegar» a los soldados; ¿y eso significaba que los demás quedábamos plegados, a nuestra suerte? Eran preguntas que nos hacíamos en voz alta. A la chica que era la encargada de nuestro Starbucks, reservista de la Guardia Nacional, ya se la habían llevado.

—Dicen que ya están buscando hasta en los colegios —bromeó un hombre ácidamente—. Pero bueno, ¡nadie puede negar que en octavo los chicos son todo energía, y que les gusta ganar siempre!

Para entonces la gente ya pensaba en Afganistán como en la guerra buena, algo que me decían hasta algunos de los manifestantes por la paz cuando se enteraban de que mi hermano muerto era un héroe.

—¿Tú crees? —preguntaba yo.

—Bueno —me advirtió alguien una vez, mientras los clientes apuraban sus dosis de cafeína y se ponían los guantes—, ningún héroe resiste mucho tiempo bajo el peso de demasiados «tú crees».

Una tarde sonó el teléfono, Amanda dijo «es para ti» y, casi con ternura, me entregó el auricular.

Estiré del teléfono y de su largo cable hasta llegar a mi cuarto, donde entorné la puerta. Mejor no cerrarla del todo, no fuera a parecer que tenía secretos y que éstos podían causar molestias.

—¿Diga?

—¡Hola, Tassie Keltjin, soy Ed Thornwood!

—¡Oh! —Mi sobresalto fue tal que ni pude decir hola.

—Me imagino que estarás sorprendida. Como un eco del pasado.

—Sí —dije.

—Pero de un pasado no demasiado lejano.

—No, no demasiado.

Los ecos del pasado eran como las habitaciones en que uno entraba y volvía a entrar en los sueños: nunca permanecían iguales. Salías, entrabas de nuevo y ya no era la misma habitación: de repente era más espaciosa, o estaba inclinada, o había una puerta que antes no estaba; sus ocupantes eran otros, el suelo se ondulaba y el sol brillaba de forma extraña y distinta en las ventanas, o a través del hueco que antes ocupaba un techo, o bien ya no brillaba, como si hubiera huido del cielo.

—¿Cómo estás? —preguntó.

En realidad ya nunca sabría la respuesta a esa pregunta. Sentía que mi vida ya no estaba montada como para contestarla.

—Bien, supongo.

—Me alegro. Yo también estoy bien, supongo. —No le había preguntado. Ni se me había ocurrido, ni hubiera sabido cómo. Se hizo una larga pausa—. No es que llame por esto, pero sí que pienso que deberías saber que Sarah y yo nos hemos separado.

Un poco más adelante en la vida, cuando esta época ya me parecía distante y las amistades de entonces se habían difuminado, conocí a muchas mujeres con vidas más tristes que la de Sarah. Sin embargo, sin demasiado esfuerzo, siempre me sería posible rememorar su extraña historia —pese a tenerla almacenada, en formato sueño, en el estante más alto de mi cabeza— y pensaría en ella como en la más triste de todas. Era como *Madame Butterfly*, con la diferencia de que Sarah también hacía de Pinkerton y de Kate. La diferencia entre la ópera y la vida real, me había dado cuenta, era que en la vida real una persona interpretaba todos los papeles. De todas formas, en un sentido estricto, tampoco es que la historia de Sarah fuera suya. Sentía que pertenecía en igual o mayor grado a Mary-Emma, a quien yo nunca había dejado de buscar de forma inconsciente, siempre fascinada por niñas que «tendrían su edad» en tiendas, centros comerciales y parques. En cuanto veía alguna niña alegre, de piel oscura, y de tres, cuatro, cinco, seis años —los años irían pasando—, no podía evitar fijarme. Me acercaba y la examinaba bien, que es lo que con seguridad en alguna parte Sarah también estaría haciendo. Y Bonnie. Si estaba viva. Y hasta Lynette McKowen. ¡Emmie! Una pequeña con cuatro mujeres que pensaban en ella, que la buscaban, más o menos, sin que ella lo supiera. Ése era el tipo de amor más inútil que existía, a menos que creyeras que el amor era tan poderoso que podía llevarte de un firmamento en llamas hasta la desconocida tierra que había escogido para amar, a menos que creyeras en los rezos de monjas lejanas, a menos que creyeras en los milagros y la magia, en el éxtasis y los dados, y los cantos sufistas y los amuletos tras las cortinas y los mensajes de nubes lejanas. El amor y la virtud: su poder de autoconvencimiento era algo increíble; no eran más que una pantomima de deseos, un sueño que hacía que los sueños de verdad, los detectables, los concebibles, parecieran tan reales como las piedras. Cuando me imaginaba a todas estas mujeres, con sus corazones anhelantes, proyectando su amor en vano, inútil, a través del aire hacia Mary-Emma, me las imaginaba en fila, en parte como una expedición de salvamento, en parte como en un campo de concentración; y en mi imaginación las situaba en un camino que superaba colinas y valles, e incluso más allá, que llegaba hasta las praderas y los árboles. Por supuesto, yo estaba con ellas. Y como yo estaba, y como de todas formas todo era fruto de mi imaginación, añadía también a *Helen*, la cerda, a este desfile, porque quedaba pintoresco. Y también a nuestra cabra *Lucy*, por la misma razón. Y simplemente porque me apetecía, incluía también a Robert. Para estar con él un rato, porque lo echaba de menos, y porque en mi mente podía hacer lo que me viniera en gana.

—Lo siento de veras —dije.

En una ocasión Sarah me había hecho un CD de canciones que ella solía escuchar cuando era joven, y las letras hablaban de la maravilla de un mundo cada vez más perfecto. «Se acerca una nueva era. Amigos, estamos cambiando. Qué increíble... el amanecer de una nación.» Las letras parecían salidas de la era medieval de otro planeta.

El amor es la respuesta, decían las canciones, y eso está bien. Estaba bien, pensaba yo, como respuesta. Pero nada más que eso. No era la solución. En realidad ni siquiera era una respuesta, más bien una reacción.

—Era inevitable, supongo —dijo Edward. No podía pensar en él como Ed—. Y probablemente sea para mejor. Ella se ha vuelto al este, a Nueva York esta vez.

De algún modo me resultaba difícil creer que Sarah hubiera hecho tal cosa. Me acordaba de que había dicho una vez: «Para vivir en Nueva York tienes que haber ganado la lotería y tus padres tienen que haber ganado la lotería y todos haber invertido el dinero sabiamente.» También otra vez me miró de forma enigmática y me dijo: «En Nueva York todos los niños blancos tienen niñeras de color. Nosotros hemos hecho lo contrario. Choca esos cinco.»

—¿A Nueva York?

¿Y adónde pensaba yo que se iba a ir, a Prairie du Chien? (Un pueblo con el que yo estaba obsesionada por lo que tenía de destino sombrío, pues significaba no ya «perro de la pradera», sino «pradera de perro».) Y entonces caí en que Nueva York parecía ser el lugar al que las personas medio judías tenían que ir y adonde también yo debería ir algún día. Pese a que, como Sarah dijo una vez, no había esquina donde no vendieran *pretzels* espolvoreados con el tipo de sal que aquí se usaba para deshelar las calles.

—Sí, bueno, mejor no empiezo a hablar de ese tema —dijo.

Sabía que la tasa de divorcios en general estaba a un nivel que antes sólo se veía entre las estrellas de cine. Al casarse, todo el mundo se convertía en una estrella de cine en potencia. ¿Que querías telerrealidad? Ahí la tenías. ¿Tan mala era la idea de los matrimonios arreglados? En éstos la frialdad se confinaba a los corazones de los padres ya desde un principio, en vez de crecer, de forma tan desagradable, en los corazones de los amantes.

—Oye, conseguí tu número de los de Starbucks, llamaron aquí para pedir referencias. Que sepas que me deshice en alabanzas. Y bueno, pensé que ya que estaba pensando en ti, por qué no llamarte.

¿No existía ningún tipo de pena que frenara esta clase de iniciativas por su parte?

—Bueno, gracias —dije.

Su voz me llegaba como si contuviera los gritos de muchas otras personas y sin que él lo supiera. Y cuando intentaba evocar su cara lo que veía era la cara de un ratón que, al corretear, dejaba el rastro de una serpiente.

—¡La encargada de Starbucks que llamó quería saber si eras limpia y responsable! No pude evitar reírme.
Le dije que, efectivamente, poseías esas dos cualidades, y
muchísimas otras. —No dije nada, así que continuó—:
No sé lo que habríamos hecho sin ti.

¿Qué podía decir yo? ¿«Mira lo que pasó de todas
formas»? Habíamos entrado en un oscuro bosque.

Él seguía, ciegamente:

—La primavera pasada, cuando estabas en casa con
nosotros, acabé descubriendo muchas cosas sobre mi
corazón.

¿No lo habían ayudado sus investigaciones sobre el
funcionamiento del ojo humano a descubrir los mecanismos básicos de la vista? ¡Quizás las cosas no iban del
todo bien en su laboratorio!

No tuve clemencia. No dije nada en absoluto.

Él siguió adelante:

—Es extraño cómo, según te haces mayor, algunas
de las cosas que aprendes te las enseña la gente joven.
Tiene uno la sensación de que los jóvenes llegan sabien-
do más. Como científico, esto te hace pensar, *¡Dios, es
cierto lo de la evolución!*

Reprimí la risita de aliento que imaginaba que él
quería.

—Con tu ayuda, y con la de otros, he terminado por
darme cuenta de que la vida, pese a serlo todo, es también, paradójicamente, poca cosa. ¡Menos cuando la luz
la enfoca de forma diferente y entonces de repente te das
cuenta de que sí, de que representa mucho! En cualquier
caso, al final del camino, me imagino que uno siempre
mira atrás y piensa en la vida: «Demasiado pequeña, y
con poco contenido.» Porque claro, al final las luces van
perdiendo fuerza, se van apagando. La sabiduría no exis-

te. Ésa es la única sabiduría. Lo que sí existe es la falta de sabiduría. Intento no olvidarme de eso.

¿Y había sido yo quien le había inspirado esa formulación sobre las carencias y la esterilidad? ¿Ese juego de luces? ¿Este *tra-la-la* sobre la falta de sabiduría? ¿Y yo qué había aprendido de él, aparte de que creía, o solía creer, que los niños tenían que aprender un par de cosas sobre la vida, a las buenas o a las malas?

—Sí, bueno —dije—, la verdad te hará libre, ¿y algo más?

—Sí, quería decirte algo más, efectivamente. —Carraspeó. Quizás se había deshecho de los «por así decirlo», pero ahora decía muchos «efectivamente». Lo cual parecía peor—. Bueno, me preguntaba si te gustaría salir a cenar conmigo algún día —dijo.

Sacrificar a los niños para calmar a algún dios antiguo. Había muchos dioses y todos querían algo.

—¿Cenar? —pregunté.

Últimamente no cenaba gran cosa: por lo general un tazón de cebada roja que, una vez hervida, parecía un enjambre de garrapatas gordas. Derretía un poco de mantequilla en ese revoltillo y me lo comía frente a la tele.

—Sí. Cenar.

—¿Cenar? —dije una vez más, incrédula.

Mi abuela, cuando en la fiesta por su noventa cumpleaños alguien le preguntó qué consejo le daría a la gente joven, teniendo en cuenta su particular perspectiva después de tan larga vida, se había limitado a arrugar la cara y decir con fuerza e irritación: «*¿Qué?*» Pero en realidad estaba ganando tiempo. Y cuando le volvieron a hacer la pregunta, ella miró a su alrededor, a todos sus hijos y sus nietos, y dijo en voz alta: «¡No os caséis!» Nos quedamos estupefactos. Era como si hubiera dicho: «Disparad a matar.» Como si hubiera dicho: «Si sólo disparáis a herir, se vuelven a levantar y vienen a por ti otra vez.» Hubo un tiempo en que yo pensaba que todas esas novelas románticas y en esencia felices que acababan en boda estaban equivocadas, que habían dejado fuera la parte más interesante de la historia. Pero ahora volvía a pensar que no, que la boda era el final. Era el final de la comedia. Así sabías que era una comedia. El final de la comedia era el principio de todo lo demás.

—Sí —dijo Edward.

El repique lúgubre de las campanas de boda, la cuerda del verdugo que decora las mesas como borlas. El pastel mordisqueado por las ratas. La belleza no podía amarte. La gente no era lo que parecía y desde luego tampoco lo que decía ser. La locura era contagiosa. La memoria estaba al servicio de la melancolía. Lo medieval no era tan malo. La seriedad era una expresión de nostalgia. Satirizar la virtud podía tener algo de virtuoso. La capital de Birmania era Rangún. Dwight Eisenhower y Werner von Braun tenían bocas parecidas.

Hasta mis galletas de la fortuna habían perdido su gracia últimamente: «Entierra tus sueños inalcanzables o ellos te enterrarán a ti.»

«Pero no en la cama.»

—¿Cenar? —dije una vez más.

Ser uno mismo no era un gran logro. Lo difícil era no ser uno mismo.

Edward aflojó:

—A lo mejor esta llamada es demasiado repentina. —Su voz sonaba ahora ácida y cansada—. Demasiado inesperada para ti, quizás.

Amanda llegó a la puerta de mi cuarto, metió la cabeza y articuló en voz baja:

—¿Te apetece una pizza a medias?

Moví la cabeza. «Sí.» Desapareció.

La tierra no era exactamente redonda, más bien tenía forma de pera. Y según los expertos en agujeros negros, el noventa por ciento del universo era invisible.

Pese a ello, siempre había algún circo en alguna parte.

—¿Cenar? —repetí al teléfono.

Tras esto último Edward se quedó en silencio. También yo. ¿Para qué estaba viva? No siempre lo sabría ni me preocuparía por descubrirlo. En aquel instante me conformé con ser consciente de mi ruidosa respiración. El aire, me habían dicho, sonaba más fuerte por teléfono de lo que realmente era. Los vientos eran siempre tan impredecibles como dramáticos. Los vientos preponderantes del oeste no siempre eran preponderantes: a veces se entrometía un viento del sur y se formaban pequeños remolinos, *eddies* —¡pequeños *eddies*!—. Lentamente separé el auricular de la cara y éste pareció seguir su camino por cuenta propia, flotando hacia la horquilla, guiado ligeramente por mi mano. El aire se apresuró a refrescarme la mejilla. Fuera, anochecía y estaba empezando a nevar.

Lector, ni siquiera tomé café con él.

Eso fue lo que aprendí en la universidad.

AGRADECIMIENTOS

Por sus numerosos comentarios, mis más sinceras gracias a Max Garland y Charles Baxter. También doy las gracias por su ayuda a Ashley Allen, David McLimans, Elizabeth Rea, la familia Emily Mead Baldwin, el Arts Institute de la Universidad de Wisconsin, el UW Graduate Research Committee y el programa WISELI/Vilas. Y mi eterna gratitud a la Lannan Foundation.